# MYCÉLIUM

# FABRICE JAMBOIS
# MYCÉLIUM

EQUINOX
les arènes

*« Nous sommes entourés de phénomènes que nous prenons grand soin de ne pas remarquer, ou que nous attribuons à la superstition quand nous sommes obligés de les voir. »*

Arthur Koestler, *Les Racines du hasard*

*« Il ne nous est pas donné d'assigner les limites du possible. »*

J.P.F. Deleuze, *Histoire critique du magnétisme animal*, tome 1, 1819

*« Sideways*
*Sometimes*
*Some things*
*Feel like*
*I'm on the other side*
*Waves*
*Of every feeling ever felt... »*

Nine Inch Nails, « The New Flesh »

# PROLOGUE

*Tu es en train de crever comme une bête dans cette ruelle minable et tu te dis que ce n'est pas vrai.*

*Non, ce comble de la désolation, ce malaise sans fond, ce n'est pas vrai. Tu te débats dans un mauvais rêve.*

*Ton corps devient trop grand pour toi. Trop encombrant. Trop lointain ou trop proche.*

*Ton corps: une matière caverneuse où tu visualises avec précision le chemin hélicoïdal qu'a creusé le projectile logé dans ton poumon gauche, à quelques centimètres du cœur. Ce projectile chemisé en laiton, tu le vois en toi. Très distinctement. Avec son extrémité arrondie. Tu le vois aussi distinctement que tu perçois et survoles les textures de tes muscles lisses et striés, les ramures nerveuses rassemblées dans le canal osseux de ta colonne vertébrale ou les dédales de viscères enroulés dans ton ventre. Un spectacle superbe. C'est comme si tu survolais en rase-mottes des récifs coralliens chatoyants.*

*La douleur laisse une traînée écarlate. Une biffure frémissante.*

*Ta conscience se rétrécit au point d'épouser les pulsations hémorragiques du sang dévié de son circuit fermé. Ce sang, il remplit maintenant tes poumons comme une eau de fer noirâtre. Et tu te noies dans cette eau.*

*Asphyxie.*

*Tu te dis que tu es en train de mourir, et cette voix qui ressasse l'imminence de ta mort, c'est la tienne. Une voix qui porte ton existence et la maintient à flot. Une voix qui t'évite la noyade complète et te retient comme entre le pouce et l'index en suspens au-dessus de l'impossible. Car c'est encore toi qui persévères dans ton être à l'intérieur de ce ressassement qu'il ne faut surtout pas interrompre et qui s'obstine dans l'idée que rien de tout cela ne peut être vrai.*

*Mais le pire, c'est que c'est vrai. Tu coules à pic. C'est la mort qui t'entraîne vers la solitude la plus radicale, vers le point où la solitude s'abolit en elle-même.*

*Oui, tu es en train de crever, ici, dans l'air tiède d'une soirée d'été, à deux pas de l'hôpital Beaujon. L'immense tour de brique rouge semble presque oblique au milieu du vide saturé de lumière violette. Un violet électrique qui clignote, parsemé de points lumineux intenses. Des points floconneux entre lesquels ta pensée zigzague comme si elle soulevait les replis de la matière et du temps. Comme si les nervures les plus intimes de l'univers apparaissaient enfin au grand jour.*

*Lucidité folle, étourdissante perception.*

*Peut-être que Borel avait raison.*

*Peut-être que c'est ça, le sommeil hypnotique.*

*L'hyper-veille.*

*Ou peut-être est-ce la mort.*

*La tienne.*

*Qui t'absorbe, qui t'avale tout entière.*

*Tu es seule. Cernée par l'horreur.*

*Tu n'es pas du tout prête à passer de l'autre côté.*

*Tu passes de l'autre côté.*

# PREMIÈRE PARTIE

## *Porte de l'enfer*

# Chapitre 1

*Souad*

*Jeudi 13 septembre 2018.*
*Devant la salle de shoot,*
*14, rue Ambroise-Paré, Paris 10ᵉ.*

Il y avait un petit attroupement au niveau du 14 rue Ambroise-Paré, à deux pas de l'entrée principale de l'hôpital Lariboisière. Personne n'y prêtait attention. On s'était résigné. Les riverains et les commerçants du quartier avaient déjà fait circuler plusieurs pétitions contre la salle de shoot, contre la populace qu'elle drainait et les violences dont elle était rapidement devenue l'épicentre. Accrochés aux balcons des immeubles de la rue, les panneaux « Non à la salle de shoot » s'étaient multipliés. En vain. Rien n'avait bougé. Les toxicos continuaient de zoner ici. Un ballet incessant. La « salle de consommation à moindre risque » était une ruche de la misère humaine. Dérive des toxicos, ronde des flics, dealers qui rôdent : une mécanique aussi parfaitement réglée que le mouvement orbital des planètes autour du Soleil. Un soleil mort.

Cet après-midi, devant le 14 rue Ambroise-Paré : un vieil Africain avec une coupe rasta, un vieux à blouson de cuir et chapeau, et un autre vieux avec un baluchon orange. Il y avait aussi Souad, la capuche de son survêtement rabattue sur la tête, une écharpe grise pelucheuse autour du cou. Yeux de grenouille dans le vague, traits gonflés, nez épais, la dope avait effacé ce qu'il pouvait rester de féminin dans ses traits. La dope ne laissait subsister que le côté masculin, valeur par défaut. Elle indifférenciait les sexes, gommait les frontières du genre et de l'âge, pour le pire. Elle impliquait un mouvement rétrograde de la mort qui s'invite dans la vie pour y faire éclore des zombies.

Souad venait de disparaître derrière la grille métallique verte, à l'intérieur de la salle de shoot. Elle y resta longtemps. Dehors, un autre toxico arriva, sweat à capuche et casquette, un gros sac militaire au dos. Puis un autre, la quarantaine ou la cinquantaine ou plus, impossible à déterminer, longs cheveux filasse, barbe clairsemée, chemise style bûcheron, trop grande pour le sac d'os qui la portait, veste sans manches de bricoleur. Et encore un autre. Celui-là flottait dans son K-way, cheveux ras, barbe de SDF. Tous avaient la même allure. Voûtés, penchés en avant, à moitié désarticulés. Souad ressortit du 14. Équilibre incertain. Elle traversa la rue et se planta devant les vitres du café Le Magenta. Elle fouilla un cendrier, la fouille ne donna rien, elle retraversa la rue, s'arrêta en plein milieu, stoppa une voiture et gesticula devant, elle remarqua une passante, fondit sur elle, la passante l'esquiva et prit le large.

Souad se figea sur le trottoir détrempé noir réglisse. Accès de faiblesse. Cœur qui bat trop vite. Elle leva la tête vers le ciel pour inspirer une goulée d'air. Regard extatique. Tout virait au rouge profond. Les nuages étaient des morceaux de coton imbibés de sang. Souad s'absenta complètement.

Son cerveau, tête de lecture fêlée, revint un peu en amont sur le microsillon des événements. Au moment où elle allait s'injecter une dose d'héroïne de mauvaise qualité, une vraie merde coupée mille fois, elle l'avait vu, il était là. Le médecin. Pas n'importe lequel. L'Ange. Les autres l'appelaient le Doc à bec, à cause de son bec-de-lièvre. Elle préférait l'appeler l'Ange, à cause de sa longue chevelure d'argent, presque lumineuse. À cause de la douceur de son regard bleu clair.

L'Ange lui parlait, l'Ange l'écoutait. Il était le seul à l'écouter. Il avait compris qu'elle avait besoin de quelque chose de plus fort. De quelque chose de plus pur. Il l'avait reçue dans l'un des box de consultation et l'avait laissée parler. Il l'avait comprise. Il lui avait filé quelque chose de *nouveau*. Plus efficace que la méthadone. Des effets comparables à ceux de l'héroïne pure et en même temps *très différents*. Il n'avait pas précisé le nom du produit, mais elle avait dit OK. Fait inhabituel, l'Ange s'était lui-même chargé de réaliser l'injection dans le box. Il était d'usage que les patients de la salle s'injectent eux-mêmes la dope en intraveineuse dans l'un des douze postes prévus à cet effet.

Toujours immobile sur le trottoir, Souad secoua la tête, piégée dans une succession de flashs de lumière.

*Très différent de l'héroïne.*

Souad tituba. Le ciel couleur mercure tombait sur elle, une immense fatigue la traversa comme un courant électrique de dix mille volts. Elle piqua du nez, ferma les yeux. Quand elle les rouvrit, elle n'était plus au même endroit. Elle se tenait à dix centimètres d'un pilier de pierre cannelé. Elle ne réalisa pas tout de suite qu'elle était sur le parvis de l'église Saint-Vincent-de-Paul. Quand elle le réalisa, elle ne comprit pas.

Son cœur cognait trop fort.

Souad posa une main sur la pierre froide. Une main translucide comme de la gélatine. Elle pouvait voir ses os, les réseaux de nerfs, les flux sanguins. Son regard balaya tout son corps comme un scanner fou. Et elle *voyait* tout. Sous ses vêtements, son corps était celui d'un écorché. Au-delà de la peau et des chairs, elle voyait son cœur battre, elle discernait les lobes spongieux de ses poumons et une foule d'organes dont elle ignorait le nom.

Un mannequin d'anatomie. Un Dr Maboul grandeur nature, bien trop réaliste.

Elle sentit tout pulser en elle. Et autour d'elle.

Un élan l'arracha de terre, une *poussée* l'emporta comme un train lancé à pleine vitesse qui vous cueille au passage. Elle se sentit *transportée*. Le voile noir qui obtura son champ de vision se dissipa aussitôt: ses yeux étaient à présent fixés sur les structures métalliques du métro aérien.

Barbès.

Elle était à Barbès, sous la ligne 2, près du kiosque à journaux, au pied de l'escalier qui conduit à la station Barbès-Rochechouart. On la bouscula. Flux de passagers. Les pensées de ceux qui la frôlaient étaient comme des balles traçantes. Leur cinétique était perceptible. Souad captait leurs vibrations. Elle les *entendait*. Bruissements, chuchotements rapides. Paroles torrentielles déversées à même son esprit, inondation de murmures. Les âmes n'étaient plus muettes, comprimées dans des crânes. Elles ondoyaient dans l'espace, en survol absolu, infiniment mobiles, infiniment libres. Toutes les cloisons sautaient. Souad entendait les pensées des revendeurs de cigarettes à la sauvette, des passants affairés, des traîne-savates en tout genre qui zonaient. Souad captait leurs perceptions. Elle voyait des subjectivités à l'air libre sous la forme de courants de pensées enchevêtrés, de filaments anodisés qui zigzaguaient dans l'espace transparent. Visions instantanées, avalanche de fulgurances. Souad était comme un aveugle qui ouvre les yeux sur le monde pour la première fois.

Nouvelle *poussée*. Compression du temps, accélération brutale. Souad était maintenant dans la station Barbès-Rochechouart. Au bord du quai. Les pieds sur la bande de sécurité antidérapante. Et, partout autour d'elle, des bouquets de pensées éclataient comme des feux d'artifice multicolores. Ces faisceaux luminescents, Souad pouvait les voir et les sentir jusque dans sa peau, entés sur son épiderme. Ils irriguaient son corps comme ils irriguaient l'univers. Ils la raccordaient au monde de façon immédiate, comme si son propre système nerveux étendait ses ramifications à l'ensemble des êtres vivants. Elle n'était plus enfermée dans sa carcasse de junkie, dans sa vieille carrosserie cabossée. Elle n'était plus seule.

Extase. Rayons divins. Sourire d'hébétude.

L'Ange ne l'avait pas trompée. Il ne s'était décidément pas foutu d'elle. Ce qu'il lui avait injecté dans les veines surpassait l'héroïne la plus pure. Cette dope-là, Souad n'avait même pas osé en rêver. C'était un miracle. C'était le plus beau jour de sa vie.

Les verrières de la toiture métallique de la station s'effaçaient pour laisser tomber avec lenteur une pluie argentée de pensées. Entre les gouttes miroitantes, les microfilaments d'argent texturaient tout le champ visuel de Souad. Ils composaient des nébuleuses en mouvement, des tourbillons stellaires. Chaque pensée qu'elle entendait et voyait était un monde en gestation. Un paysage de voie lactée piquetée d'étoiles en formation se surimprimait à l'image du quai de métro. Et ce bruissement qui grondait partout ne provenait pas des talons sur le bitume ni des conversations, mais des âmes vivantes affranchies de toutes limites.

C'était si bizarre, si fort. Le temps n'était plus un fleuve morne qui s'écoule dans un seul sens et nous charrie vers la fosse, il n'était plus une marche forcée irréversible. Car le temps lui-même était une montagne au relief à la fois complexe et harmonieux que l'on pouvait parcourir à volonté, avec l'aisance d'un chamois, dans un glissement sans distance. Le plus frappant, c'était qu'il n'y avait plus de fatigue. Pour la première fois, Souad ne sentait plus ce poids écrasant peser sur ses épaules, sur la charpente de son corps, dans ses os et dans ses muscles, dans sa tête surtout, dans son cerveau violenté, massacré à coups de chimies douteuses. La vie ne manquait plus de rien. La vie était une paix intense, immense, irisée de joies colossales. Tout le réel vibrait d'une félicité absolue. Joie, pleurs de joie. Ivresse indicible. L'éternité retrouvée.

Souad pleurait, elle chavirait. Son ravissement s'étendait au-delà de l'extase. Elle percevait les pensées des passagers contenus dans la rame en approche. Chœur de voix cristallines directement sorties du vestibule des anges. Et ces anges, Souad marchait vers eux. Elle se tenait à présent tout au bord du quai, elle avait franchi la ligne de sécurité blanche. Le métro arrivait. Des usagers présents sur le quai virent Souad faire un pas de plus. Sous son pied droit en suspens, le vide, la voie, les rails électrifiés. Mais Souad était loin. À la jonction de l'espace et du temps, aux confins des structures de l'être, en suspension au milieu d'un immense rhizome de filaments de lumière perlés de mercure, de bulbes argentés qui chacun enveloppaient un univers, impliquaient un monde d'une richesse infinie. Souad entra dans l'une des perles de temps et se mit à l'explorer. Elle chuta, et sa chute dans l'abîme était encore une élévation. Elle survolait des plaines verticales de cristaux, des nuits de lumière mauve peuplées d'âmes murmurantes. Elle n'entendait pas le fracas de la rame qui venait d'entrer dans la station Barbès. Ce qu'elle entendait, ce n'était ni le vacarme des tonnes de métal qui léchaient le bord du quai, ni les cris des voyageurs qui la voyaient, comme au ralenti, perdre l'équilibre et basculer sur la voie.

Elle n'entendait qu'une symphonie divine, une clameur céleste. Elle chutait dans la splendeur. Chute incorporelle dans une cataracte de métal pur, dans un bain sacré, dans un précipité de vie intense.

Béatitude.

Souad était sauvée. *Elle n'était plus seule.*

Elle entra en contact avec les rails au moment précis où la rame de métro arrivait. Son corps fut instantanément cisaillé et broyé.

# Chapitre 2

*Ravard*

*Vendredi 21 septembre 2018.*
*Parc Martin-Luther-King, Paris 17e.*

Ce n'était pas encore la fin du monde, ce n'était pas la fin des haricots, mais c'était quand même une époque de merde, se disait Ravard tandis qu'il marchait vers le tribunal de grande instance du 17e. On avait indiscutablement franchi un palier. Le déclic, ça n'avait pas été les attentats de 2015. Le déclic, pour Ravard, était survenu l'année précédente, quand il était allé chercher sa fille à l'école maternelle et qu'elle lui avait raconté que la maîtresse les avait fait jouer à « cache-cache silence », qu'ils s'étaient tous cachés sous les tables. Un exercice de préparation à une « alerte intrusion ». Il avait imaginé sa fille, cachée sous une table, avec un tueur qui déambule dans les salles de classe pour la flinguer, comme dans *C'est arrivé près de chez vous*, mais avec un Benoît Poelvoorde subméditerranéen salafisé jusqu'aux moelles.

Ravard fit un pas de côté. Une joggeuse venait d'effleurer son bras. Elle continuait sa course dans l'allée du parc. Le tribunal de grande instance se dressait devant elle, planté verticalement à la jonction de Paris et de la banlieue comme une gigantesque pyramide à degrés dont on aurait découpé une tranche. La construction de verre et d'acier culminait à cent soixante mètres de hauteur. Elle tournait le dos à Clichy. Vue depuis la banlieue, elle offrait l'aspect d'une falaise abrupte. Vue depuis Paris, avec ses terrasses arborées et ses strates apparentes, elle avait une physionomie plus humaine. Le Tribunal de Paris n'était qu'une partie de la nouvelle cité judiciaire édifiée dans le quartier des Batignolles, qui réunissait aussi les locaux des différents services de la Direction régionale de la police judiciaire dans un bâtiment hypermoderne aux reflets bleu métallisé : on avait transféré le légendaire 36 quai des Orfèvres au 36 rue du Bastion en juillet 2017. C'est précisément au Bastion que se rendait Ravard. C'est là qu'il bossait. Il avait emménagé dans le quartier des Batignolles fin 2017, à un jet de pierre du Bastion. En général, il allait au travail à pied, toujours suivant le même itinéraire, en traversant le parc Martin-Luther-King.

Il arriva au bout du parc, près de la sculpture métallique en forme de livre ouvert. L'*Open Book*, œuvre de la plasticienne anglaise Diane Mclean, était un cadeau de la reine Elizabeth II à la ville de Paris à l'occasion de sa visite d'État en 2014. Symbole de l'amitié entre les peuples anglais et français, il représentait une invitation à écrire ensemble les pages d'un avenir commun. C'était avant le Brexit, une époque déjà lointaine ; l'avenir commun appartenait maintenant au passé. Le livre d'acier était ouvert en direction du centre de Paris. Il tournait le dos à la banlieue.

Ravard ralentit sa marche pour mieux voir son reflet dans la surface miroitante de l'*Open Book*. Taille moyenne, cheveux bruns courts, Ravard était un homme de quarante ans, c'est-à-dire un homme qui a posé le pied sur une pente glissante et qui commence à glisser. Il portait un pantalon en denim brut japonais et une veste de cuir noire. Mâchoire carrée, allure énergique. Il pouvait encore séduire, mais il n'avait pas la tête à ça. Sa vie se résumait à son boulot et à sa fille. À son boulot surtout. C'est-à-dire à la SAT-PP – la section antiterroriste de la brigade criminelle. Depuis 2015, on avait doublé le nombre des groupes d'enquête de la section antiterroriste. Les dossiers liés aux menaces terroristes s'accumulaient, ils se multipliaient comme des petits pains. Internet était un terreau fertile, un catalyseur prodigieux des haines en tout genre. Derrière les constellations de réseaux islamistes proliféraient maintenant des groupuscules d'extrême droite de plus en plus déterminés à agir. Certains de ces groupuscules étaient sur le point de passer à l'acte. La menace était prise au sérieux. Depuis plusieurs semaines, le groupe d'enquête de Ravard se concentrait sur les activités d'un nouveau groupuscule d'extrême droite baptisé les Vicaires.

Il y avait eu les Antigones, les Veilleurs, les sympathisants de l'Innocence. Il y avait maintenant les Vicaires. Noyés dans la soupe des groupes d'identitaires mais plus structurés, les Vicaires avaient un maître à penser : Stéphane Zenner. Longtemps professeur de biologie en lycée à Maubeuge, dans le Nord, Zenner vivait maintenant en région parisienne dans le 93. D'abord militant au Front national, il avait été exclu de l'organigramme local du parti de la dynastie Le Pen pour des « questions de comportement » et des motifs de divergence idéologique profonde. Car Zenner avait élaboré sa propre ligne. Une doctrine biopolitique qui se fondait sur des travaux liés à la notion de vicariance. La vicariance, du latin *vicarius*, qui signifie « remplaçant », désignait en écologie le fait que deux ou plusieurs types d'organismes de nature identique ou voisine occupent la même niche écologique dans des zones géographiquement séparées par des barrières physiques ou par la distance. Quand cette séparation disparaissait, certains de ces organismes se dispersaient et entraient en compétition avec ceux qui étaient restés dans leur habitat. Il était alors inévitable que l'un des organismes vicariants supplante l'autre. Zenner soulignait que le processus de *vicariance* consistait pour un groupe d'individus à se maintenir dans son habitat. Il lui opposait le processus de *dispersion*, qui était le fait d'individus colonisant activement une nouvelle aire. Les migrants qui échouaient en Europe et se concentraient en différents points de l'Hexagone représentaient pour Zenner l'incarnation la plus visible de ce processus de dispersion, qui impliquerait nécessairement à terme une compétition avec ceux qui souhaitaient seulement se maintenir sur leur territoire, chez eux. Ceux-là étaient en danger. Ceux-là, Zenner les nommait les Vicariants. Le grand remplacement les guettait. Et, à terme, l'extinction de leur race. Dans ses tracts digitaux et ses *posts* sur Facebook, Zenner se polarisait sur les migrants. Il les décrivait inlassablement. Avec un style proche de Lovecraft dans *Horreur à Red Hook*, il peignait des meutes d'individus horriblement bigarrés à l'allure simiesque. Les migrants venaient pour prendre, ils arrivaient par paquets, c'était comme une vidange infinie de l'Afrique, et l'État ne faisait rien pour endiguer ce déferlement incessant, le pouvoir s'était absenté, comme si le poste avait été laissé vacant par une négligence calculée. Il appartenait aux Vicaires de s'emparer du pouvoir et, suivant le slogan de Zenner, de *remplacer les remplaçants*.

En somme, Zenner avait réalisé une synthèse efficace des doctrines de Renaud Camus et Henry de Lesquen. Branché en continu sur Twitter, Renaud Camus avait encore la pêche, même s'il avait plus ou moins perdu toute crédibilité. Plus mesurés, la plupart des sympathisants de son *Parti de l'In-nocence* exprimaient une sorte de sidération face à un état de choses où ils pouvaient lire comme sur une enseigne lumineuse géante et aveuglante la chute programmée de la civilisation française et son remplacement inéluctable. La tonalité dominante de leurs échanges était moins le ressentiment vindicatif qu'une sorte de nostalgie désespérée, étonnamment voisine de celle que décrit Lévi-Strauss à propos de ces peuples du Nouveau Monde qui, après la Conquête et la colonisation, eurent le cœur brisé de voir leur univers s'écrouler et se laissèrent mourir car ils avaient tout simplement perdu le goût de vivre – la nostalgie avait parfois valeur de génocide. De son côté, avec ses faux airs de vieux médecin nazi, le polytechnicien Henry de Lesquen divulguait joyeusement ses thèses racistes sur le Net. Un racisme jouissif, décomplexé, qui séduisait de plus en plus d'internautes. Outre Camus et Lesquen, on trouvait pléthore de petits boutiquiers de la haine. Les identitaires pullulaient. La plupart étaient fichés S. Certains encourageaient les Blancs à former des « foyers blancs » et à migrer en Hongrie ou en province, ils étaient même parfois impliqués dans des projets immobiliers juteux et opaques, ils collectaient des fonds pour créer des « villages blancs » et y sanctuariser leur race. Tout un business florissant. La demande était forte. Sur ce marché de la haine en pleine expansion, Stéphane Zenner s'était fait un nom, il avait réussi à ringardiser ses concurrents directs, à s'en démarquer, ils étaient pourtant nombreux.

Tous ces gens n'étaient clairement pas des partisans du vivre-ensemble. Des pans entiers de la nébuleuse d'extrême droite se radicalisaient, quelque chose se détraquait en profondeur dans le corps social. Le pays s'embarquait sur une voie imprévisible et dangereuse, qui n'était pas celle de la joie. Oui, quelque chose s'était perdu en route, le monde basculait dans la folie pure, dans un délire généralisé de la pire espèce, un délire renforcé par la puissance des réseaux sociaux. Messages viraux, *fake news*, intox, *trolling*, emballements collectifs, boucle de renforcement des préjugés, l'époque était un cauchemar. Le spectacle de la violence ne cessait d'alimenter la violence du Spectacle. C'était épuisant. Et le boulot à la PJ était de plus en plus pesant, avec des tonnes de paperasse à remplir. Ravard pensait parfois à tout plaquer, à quitter Paris pour la Corrèze ou le plateau des Millevaches – certes il ne pousserait tout de même pas le vice jusqu'à fréquenter Coupat et ses lieutenants. Mais il y avait sa fille et il fallait rester à Paris, où vivait Carole, son ex-femme, qui en partageait la garde avec lui. Et il fallait faire le boulot.

Ravard obliqua dans la zone en construction, il laissa derrière lui la rue Rostropovitch et s'engagea dans la rue du Bastion. Des blocs de béton au bord des trottoirs limitaient l'accès des véhicules. À chaque fois qu'il les voyait, ils faisaient surgir l'image de ces deux blocs de béton pris en photo à Berlin, peu après l'attentat islamiste au camion-bélier du 19 décembre 2016. Sur ces blocs, un Allemand avait juste écrit « *Danke Merkel*[1] ». Ravard chassa l'image-parasite de son esprit, il la remplaça par l'image de Stéphane Zenner.

1. « Merci Merkel ».

Celle d'un homme insignifiant, avec un long nez en trompette et de petits yeux noirs. Zenner était un raté, un vrai cinglé. Il n'en était pas moins une menace. Lui et ses Vicaires avaient infiltré plusieurs associations d'aide aux migrants. On redoutait des tentatives d'empoisonnement, des incendies, des attaques en tout genre. Zenner se savait surveillé. Il était prudent. En surface, il n'en faisait pas plus et pas moins que ses concurrents objectifs dans la nébuleuse identitaire : des vidéos postées sur YouTube, des *punchlines* ciblées, des provocations mesurées et des clashs avec d'autres identitaires qui reproduisaient mimétiquement, sans plus de subtilité, les clashs entre rappeurs. Mais pas la moindre preuve d'une action imminente. Seulement un solide faisceau de présomptions. Des allusions à un *nettoyage* fleurissaient dans les groupes de discussion des Vicaires sur le Net. Le plus inquiétant restait cette stratégie d'infiltration des associations pro-migrants par les troupes de Zenner. Il était possible qu'on s'achemine vers un scénario où des migrants seraient directement pris pour cible. Déjà, en Allemagne, certains avaient subi des agressions. À Paris, au cours des quatre derniers mois, plusieurs autres avaient disparu. Certes, le propre des migrants était de migrer, de se volatiliser, de suivre la logique nomade d'une translation vitale. Mais plusieurs d'entre eux étaient vraiment introuvables. Leur disparition inexpliquée inquiétait leurs compagnons de route et les bénévoles des milieux associatifs qui les connaissaient bien.

Ravard était entré à l'intérieur du Bastion. Il arriva devant la porte du bureau de son groupe d'enquête. Cet été, juste après la Coupe du monde, quelqu'un y avait scotché un portrait du joueur de foot Benjamin Pavard, quasi-homonyme de Ravard. Sur le portrait de l'arrière-droit, il était écrit : « Il a une frappe de bâtard… c'est Arnaud Ravard. » Le flic poussa la porte ; à l'intérieur du bureau, Laurent Boisseau et Manel Hayache étaient déjà à pied d'œuvre. Il les salua. Ils avaient l'air préoccupés. Manel s'approcha de Ravard. Elle lui expliqua qu'on venait de leur signaler la disparition suspecte de deux autres migrants. Laurent ajouta que sur les fils de discussion des Vicaires l'activité était curieusement fébrile, comme à la veille d'une offensive.

Tous les voyants étaient au rouge. Zenner allait passer à l'attaque.

# Chapitre 3

*Viator*
*Sacrilège-Zéro*
*Manticore*
*Doc Trasher*

*Vendredi 21 septembre 2018.*
*Central Business District, Lorville, Système Stanton.*

Viator avait quitté le hangar et flânait dans la zone de transit, il prenait son temps. Les autres l'attendraient, il savait qu'ils pourraient même l'attendre des heures sans broncher. Il était leur chef, leur bouclier. Dans leurs esprits, il avait acquis la densité du roc sur lequel vient se briser la vague redoutée. En regardant par la baie vitrée, il se repassa mentalement le script de ce qu'il allait leur dire. Dehors, sous le ballet des appareils qui décollaient des *landing pads* du spatioport de Teasa, le tissu urbain s'étendait à perte de vue comme un carcinome géant plaqué sur une terre couleur sanguine. Lorville, première ville implémentée dans le jeu vidéo *Star Citizen*, était située sur Hurston, une planète intégralement industrialisée. Tourelles hérissées d'antennes, longues cheminées cylindriques plantées dans un maillage serré de tuyauteries et de pipelines aux reflets cuivrés, tout un océan de tôles et de métal rouillé imposait sa masse dans le poudroiement fauve de l'atmosphère ultra-polluée. Indéniablement, le jeu était beau, très immersif, mais pas suffisamment optimisé; il plantait souvent. Zenner avait dû se déconnecter et se reconnecter au serveur après que Viator, son avatar, se fut retrouvé coincé dans le métro. Il avait maintenant plus de trente minutes de retard sur l'horaire prévu. Au pire, ses disciples prendraient la chose comme une mise à l'épreuve supplémentaire, et quand bien même l'envie lui viendrait de ne pas honorer leur rendez-vous virtuel, il savait qu'il n'essuierait aucune remarque de leur part. Zenner s'était attaché les membres de son groupe par un lien puissant qu'il avait su faire naître et qu'il avait laissé croître organiquement. Le processus d'emprise était maintenant porté par une sorte de vitesse acquise. On l'avait choisi comme meneur, des désirs s'étaient fixés sur sa personne comme sur un gilet de fleurettiste. La racine du véritable pouvoir était là, dans cette fascination sans bornes qui fait tomber l'esprit critique et subjugue. Diminué par la maladie à la fin de sa vie, le psychiatre Jacques Lacan se contentait, pendant les séances de son séminaire, de tracer au tableau des graphes et des nœuds borroméens sans prononcer un seul mot. Jamais personne, dans l'auditoire, n'osa formuler la moindre protestation: le public d'intellectuels transis de dévotion avait décidé de croire que son maître à penser refusait stratégiquement de parler par excès de lucidité, *pour mieux écouter*. L'anecdote avait marqué Zenner, elle en disait long sur la capacité des hommes à en suivre d'autres *les yeux fermés*. Il arrivait qu'en de brefs moments de détachement il s'étonnât de la ferveur absolue des membres de son groupuscule: les Vicaires étaient devenus des extensions de sa personne, des golems pilotés par sa volonté toute-puissante.

Avant de paraître devant eux, il appuya sur la touche F4 de son PC pour passer en troisième personne et vérifier d'un point de vue extérieur l'apparence de son avatar. Il détailla l'armure légère Legacy, composée de matériaux *high-tech* et d'éléments vintages en cuir et en tissu habilement combinés. L'ensemble des pièces du *set* formait une customisation unique mais respectait le code esthétique propre aux Vicaires à l'intérieur du jeu : la couleur dominante était un brun sombre profond comme la nuit. Il revint à une vue en première personne, le point de vue classique des joueurs de FPS[1], et traversa plusieurs tunnels avant d'arriver à Leavsden Station. Évoluer dans cette architecture chaotique mais froide et nette avait quelque chose d'apaisant. Le contraire d'une excursion dans le métro parisien, où le moindre trajet était devenu un supplice, un bain dans une soupe de miasmes : on trouvait dans les rames ce qu'il y avait de pire en termes de races, un carnaval de faces hostiles, des masques de chair grotesques et des corps puants dans lesquels circulait un sang vicié. Ces putains de dégénérés allogènes laissaient leurs sécrétions dermiques sur les barres et les sièges comme pour marquer leur territoire, leur seule présence avait valeur d'agression physique. Brusque afflux d'images pénibles. Zenner se crispa, il avait besoin d'évacuer. La perspective de parler à ses ouailles fit sourdre en lui une joie obscure.

Leur point de rencontre, le MacIntyre and Victor's Bar, était en face de lui, indiqué par des néons rouges qui

1. *First-person shooter* : jeu de tir en vue subjective.

formaient le mot *open*. Viator entra dans le débit de boissons et descendit la volée de marches métalliques menant au sous-sol. Et il les vit, ils étaient tous là, disséminés devant le comptoir et autour de la table de billard. Ce bar de Lorville était leur véritable base, un point hors du monde à partir duquel leur campagne de terreur allait se déployer dans Paris et au-delà. Toute la violence contenue dans cette poche immatérielle se déverserait dans le monde réel comme un monstre venu d'outre-espace.

Sur l'écran du PC, les noms des Vicaires et la distance de chacun par rapport à Viator s'affichèrent en bleu luminescent. Ils étaient treize : Sacrilège-Zéro, Scorpion, Arreat, Doc Trasher, Ark, Krusader, Manticore, Harpy, Inquisiteur, Absolution, Vengeance, Walking Ghost Phase et Carnal. Le noyau dur des Vicaires, la garde rapprochée de Zenner. Tous se levèrent, ils se mirent en rang d'oignons devant lui. Viator les passa en revue en silence et s'installa dans l'un des box avec table et banquettes de *diner* américain qui étaient répartis sur le pourtour de la salle. Ses interlocuteurs se succéderaient à sa table, il allait débuter par les entretiens individuels pour assigner à chacun sa mission, c'était devenu un rite. Pour la survie du réseau, il était capital qu'ils ignorent mutuellement la nature des missions qui leur étaient respectivement confiées, toutes les informations étaient compartimentées de façon étanche. De fait, les Vicaires ne se connaissaient pas entre eux, ils n'étaient pas autorisés à divulguer au sein du groupe leur identité civile et n'avaient accès qu'aux pseudonymes de leurs partenaires de lutte. Leurs noms de guerre. Seul Zenner connaissait leurs vrais noms et leurs personnalités, pour la bonne raison qu'il les avait jaugés et recrutés. À ceux dont il n'était pas entièrement sûr il ne confiait que des tâches subalternes, des activités faiblement subversives. Aux autres il pourrait confier le pire. Il savait qu'à terme certains trouveraient la mort, sacrifiés comme de la chair à canon ou les armes à la main dans une mission de loup solitaire. Il s'y était préparé en étudiant à fond l'histoire de la Résistance française, à laquelle il avait emprunté ce modèle d'organisation réticulaire.

Viator leva son poignet droit et activa sa Mobiglass, la montre connectée holographique qui, dans *Star Citizen*, permettait l'affichage de la réalité augmentée – constantes vitales, toxicité de l'atmosphère et, surtout, système de télécommunication et messagerie instantanée. La Mobiglass était l'interface pour dialoguer avec les autres joueurs présents sur le serveur, il était possible de s'adresser à un groupe déterminé ou même à une personne précise. Un système vocal interne au jeu, très commode, plus sûr que les messageries cryptées telles que Telegram. Zenner cliqua sur le micro, il entendit les murmures de ceux qui parlaient sur le canal du groupe. Il sélectionna un nom et bascula sur un canal privé.

« De Viator à Sacrilège-Zéro : *Viens, on commence par toi.* »

Sacrilège-Zéro sortit du rang et prit place sur la banquette opposée ; il parla d'un projet qui lui trottait dans la tête depuis quelque temps, l'enlèvement d'un membre du Parti des indigènes de la République, une association antiraciste ouvertement racialiste. En bon manager, Zenner affectait d'encourager la recherche d'initiatives de la part de ses disciples pour renforcer le sentiment d'implication de chacun dans le groupe. Il balaya pourtant l'idée d'un revers de main, elle était contre-productive, les indigénistes étaient des alliés objectifs : à leur manière, ils œuvraient activement pour la guerre des races et, jusqu'à un certain point, il y avait une convergence des luttes. Zenner attribua à Sacrilège-Zéro une tâche précise et s'assura qu'il en avait bien mémorisé les détails avant de lui demander de laisser sa place au suivant.

Quand les entretiens individuels eurent pris fin, il se leva et switcha sur le canal du groupe. Le moment du discours de motivation était venu. Il s'adressa à tous, comme le capitaine d'une guilde parle aux autres gamers pour préparer un *event*. Une sorte de causerie d'avant-match, nécessaire pour permettre à chacun de franchir le profond abîme qui sépare le projet de son exécution. De quoi puiser en soi une confiance inébranlable pour lutter, à l'instant de passer à l'acte, contre la poussée apparente du moment. Même dans cet espace virtuel, la qualité de l'attention des Vicaires était presque palpable. Zenner leur parla longuement, il aurait pu les convaincre d'avaler leur langue, ils buvaient ses paroles, un discours de vérité qui dissipait la rhétorique spectrale des médias et galvanisait les âmes. Mais au-delà de l'orchestration habile des arguments, Zenner disposait d'une arme redoutable dont il avait tardivement pris conscience : sa voix chaude et grave, sinueuse, capable de s'infiltrer dans la terre des esprits les plus secs. Avec cette voix si particulière et ses faux airs de Nick Cave, il aurait pu tenter de percer dans l'industrie musicale et devenir une rock star ; le destin en avait voulu autrement, Zenner avait opté pour une carrière de brillant propagandiste. Depuis plusieurs années, il abreuvait son public de vidéos et de lives sur les sites Web YouTube et Patreon. Ses apparitions sur le Net s'achevaient invariablement par ces mots tirés d'*Une saison en enfer*: « Quelques fois, je vois au ciel des plages sans fin couvertes de blanches nations en joie. » C'est par ces mêmes mots qu'il interrompit son discours. Il avait joué sa partition sans fausse note, il avait prononcé la formule, la magie avait opéré.

Les Vicaires rompirent le rang. Certains se volatilisèrent, les autres se dispersèrent dans la salle. Viator circula parmi eux. Torse nu, Manticore s'était juché sur un tabouret au comptoir et commandait une boisson. Il était le plus jeune du groupe, le plus facile à programmer, le plus fragile aussi. Doc Trasher se tenait un peu en retrait du groupe, assis sur une chaise devant le billard. Viator se posta en face de lui et lui adressa un sourire complice. La visière translucide de son casque laissait voir les traits de son visage et son nez en trompette – l'une des nouveautés de *Star Citizen* était le système de retranscription de l'expression faciale du joueur sur celle de son avatar dans le jeu. Doc Trasher répondit au sourire de Zenner. Il était son bras droit, la pièce maîtresse de son dispositif et le plus ancien membre des Vicaires. Le Doc lui avait ouvert des perspectives, fait découvrir des systèmes de pensée, son engagement était sans faille. Zenner lui fit un clin d'œil et se déconnecta du serveur. Il retira son casque Beyerdynamic, fit rouler son fauteuil et déplia son mètre quatre-vingt-quinze. Il portait un tee-shirt Pantera comportant le dessin d'un crâne et l'inscription « *Mouth for war* » ; ses cheveux noirs et gras tombaient en paquets sur ses épaules. Dans l'éclairage bleuté de sa chambre, son allure dégingandée et menaçante était celle d'un grand prédateur. Il chercha des yeux son paquet de cigarettes, il le trouva posé sur le manifeste d'Anders Breivik, un pavé de plus de mille cinq cents pages qu'il avait imprimé et consultait souvent, même s'il était écrit à la truelle et truffé d'approximations. Le tueur norvégien s'y montrait prodigue en conseils pratiques pour monter une opération et endormir son entourage. Il avait appliqué ses préceptes à la lettre et réussi un coup de maître. Zenner était intimement convaincu qu'il était plus doué que Breivik, mais il se demanda s'il parviendrait à se hisser à la même altitude que lui. Il faudrait décidément *frapper très fort*.

Il s'empara du paquet de Lucky Strike et s'alluma une cigarette, la main en coupe pour protéger la flamme du briquet d'un vent inexistant. Pendant une seconde, figé dans cette pose, il fut peut-être l'homme le plus élégant parmi tous ceux qui respiraient à la surface du globe au même moment. Il jeta un coup d'œil à sa montre, il avait encore beaucoup à faire : terminer le montage d'une vidéo, prendre connaissance des messages postés sur le forum officiel des Vicaires, la vitrine inoffensive de son organisation, et surtout fignoler son propre manifeste, l'*Esquisse d'un tableau général des Vicariances*. Tout devait être prêt, il restait peu de temps.

Il augmenta le son des enceintes du PC, elles diffusaient « Warriors of Death », de Sepultura. Il recracha une bouffée de fumée et s'étira. Envergure de vautour. Zenner se mit à tourner sur lui-même, mimant au ralenti la danse de Leatherface à la fin de *Massacre à la tronçonneuse*. Il s'arrêta pile en face d'une carte IGN de Paris et sa banlieue punaisée au mur. Plusieurs zones stratégiques étaient entourées au feutre noir. Il promena son regard sur la carte murale comme le point rouge du fusil d'un sniper, et ses yeux se fixèrent sur l'un des secteurs entourés dans la partie nord de Paris.

# Chapitre 4

*Yared*

*Samedi 22 septembre 2018.*
*Porte de la Chapelle, Paris 18e.*

Sous le pont qui enjambe le boulevard des Maréchaux au niveau de la porte de la Chapelle, quelqu'un avait écrit sur un mur « la Sapel Porte de l'Anfer ». La porte de l'enfer. Ou plutôt l'enfer lui-même. Un condensé de ses différents cercles, avec leur peuple de damnés : prostituées, drogués, migrants. Des existences informelles, officieuses, à la pointe de la précarité. Des existences nues. La Bulle, un gigantesque centre humanitaire modulaire d'aspect bulbeux financé par la Ville de Paris à hauteur de six millions et demi d'euros, avait accueilli en deux ans près de soixante mille passages de migrants. On l'avait dégonflée depuis quelques mois et les campements sauvages s'étaient reconstitués en un clin d'œil au bord du périphérique. Dans les arbustes minables des terre-pleins, des vêtements séchaient, éparpillés dans les branches, lavés sommairement à même le caniveau avec des bouteilles d'eau minérale ou avec des eaux usées. Ils étaient là, les migrants. Ils étaient au bout de leur vie, au bout du monde, et ils n'avaient même pas fait la moitié du chemin. Zenner, en les voyant sous le soleil fade de cet après-midi de septembre, les aurait décrits comme les habitants d'une tour de Babel éventrée, bruyante et malpropre, comme une population extrêmement variée qui baragouinait des dialectes choquants, comme un mélange grotesque de races violentes et frustes. Zenner aurait ironisé sur leurs silhouettes trapues, accroupies et affublées de vêtements de sport aux couleurs criardes. Zenner était un nuisible. Les nuisibles ne manquaient pas dans ce monde. Ceux qui avaient migré et venaient d'échouer à la porte de la Chapelle le savaient. Leurs souvenirs étaient comme ces terrains de mines antipersonnel qu'ils avaient dû traverser : peuplés d'éclats noirs, de visages de prédateurs, de drames, de tortures, de menaces sourdes. Ils connaissaient l'air faux des délateurs, le sadisme brut des esclavagistes, l'outrecuidance des passeurs qui imposent des tarifs insensés et fixent le prix exact d'une vie. Beaucoup mouraient en Afrique, avant même de traverser la Méditerranée. La survie était une question de confiance bien ou mal placée. Elle était une question de chance et de choix. Sur le flux des migrants, on prélevait de l'argent, de l'énergie, du sexe, des organes parfois, de la liberté toujours. *On*, c'était les passeurs en tout genre, les militaires, les mercenaires et les civils tordus ; c'était aussi des migrants qui s'attaquaient à d'autres migrants, à ceux qui n'avaient pas les bons alliés au bon moment, à ceux qui étaient trop seuls ou trop faibles.

Yared Wossem était l'un d'eux. Il était seul, mais pas faible. Yared Wossem était son nom et ce n'était pas son nom, car il l'avait pris à un mourant dans le désert, à un homme dont il avait hâté la mort. Il était l'homme sans nom. La survie était devenue son mode de vie. Elle autorisait bien des choses. Yared n'avait pas d'alliés. Il n'avait plus de famille et n'avait jamais eu d'amis. Il venait d'un pays en guerre et pour lui le monde était une guerre. Assis sur le muret de béton de l'autoroute, les yeux plissés, il observait un attroupement sur le terre-plein de la porte de la Chapelle. Ce n'était pourtant pas encore l'heure des bénévoles, l'heure du repas chaud et des cours d'alphabétisation. Non, il était bien trop tôt. Il se passait quelque chose d'anormal au cœur de l'anormalité. Il y avait quelque chose à prendre ou à fuir, il fallait décider vite. Au milieu de la cohue, il remarqua un homme blanc, jeune et propre, avec une chemise noire boutonnée jusqu'au col. Des cheveux très courts, presque rasés. Une allure militaire impeccable. Il ne l'avait jamais vu ici. Décidément pas un bénévole. Plutôt une sorte de rabatteur. L'homme parlait et montrait quelque chose que Yared ne parvenait pas à distinguer. Les exilés se rapprochaient de lui. Des Afghans, des Gambiens, des Érythréens. De toute évidence, ce que l'homme leur proposait suscitait leur intérêt. Il y avait sans doute de l'argent à la clef. Et l'argent était la clef qui ouvre toutes les portes, même celle de l'enfer. Celle qui permet d'en sortir et d'aller jusqu'à Londres.

Yared se leva, son sac à dos à l'épaule. Londres était son but. Debout sur le muret, il hésita encore un instant, comme un plongeur qui, au bord d'une falaise à pic, se demande si l'eau est assez profonde en bas. Il prit une décision. Il s'élança en direction de l'attroupement. Au même moment, l'homme à la chemise noire se mit lui aussi à bouger, drainant dans son sillage une cohorte d'une quinzaine d'exilés, comme le joueur de flûte de Hamelin. Mais c'est bien lui qui avait le visage d'un rat. Pas une once d'empathie sur sa face glabre. Il était en mission. Il marchait vers le nord d'un pas décidé, en direction des voies ferrées couleur rouille. Yared courut et recolla à la troupe qui suivait le rabatteur.

La survie, c'est la vie qui se prend elle-même pour but, qui cherche à coïncider avec soi. En cet instant précis, la survie consistait à suivre la petite troupe de migrants, à se diriger avec eux vers un massif d'entrepôts décatis nichés au pied d'un château d'eau blanc. Un endroit étrange, un îlot au milieu des voies ferrées. Sur la gauche, le cimetière parisien de Saint-Ouen était une étendue morne. L'homme à la chemise noire s'arrêta, il se tourna vers le groupe et pointa son index en direction de la porte entrouverte d'un petit entrepôt sinistre. Il fit comprendre qu'ils devaient y entrer, à tour de rôle, et que les autres attendraient dehors. Il désigna un grand Malien. Le premier à entrer. L'homme s'approcha de la porte, il se retourna vers les autres, l'air incertain. Il s'engouffra dans le bâtiment. Il en ressortit deux minutes plus tard, il regardait droit devant lui et retourna directement à la porte de la Chapelle. La scène se répéta une quinzaine de fois. Yared était le dernier. Il attendait debout. Le rabatteur à la chemise noire s'était éloigné. Adossé au château d'eau, il fumait une cigarette. Un Érythréen ressortit de l'entrepôt. Le rabatteur jeta sa clope et fit un signe à Yared, c'était son tour. Yared eut une nouvelle hésitation, puis il se dirigea vers la porte entrouverte. À l'intérieur de l'entrepôt, l'obscurité permettait seulement de discerner les silhouettes de deux hommes. Yared avança vers eux. Des Occidentaux. Il distinguait mal leurs traits. Il y avait un jeune et un vieux. Le jeune se tenait en retrait, il était solidement bâti. Le vieux portait des cheveux longs qui ruisselaient sur ses épaules. Il lui parla dans une langue que Yared ne comprenait pas. Il lui montra plusieurs billets de vingt euros et lui fit signe de s'asseoir sur une chaise en plastique posée là, seul mobilier sur un sol de béton nu parsemé de gravats. Yared prit place sur la chaise. Le vieux vint se poster sur son côté gauche et l'invita à relever la manche de son sweat jaune sale. Yared s'exécuta. Il ne broncha pas quand on fixa un élastique épais autour de son biceps. Dans la quasi-obscurité, il vit la seringue s'enfoncer dans son bras et se remplir de liquide noir. Prélèvement. Il vit une autre seringue percer la capsule d'une fiole et se remplir d'un liquide plus clair. Un liquide que le vieux lui injecta ensuite dans le bras. Le caoutchouc claqua quand on le lui retira du bras. Comme Yared se relevait, l'homme aux longs cheveux blancs le repoussa sans violence sur la chaise. Il alla chercher un objet posé sur un sac de sport, près du jeune costaud qui surveillait la scène, et revint vers lui. Il tenait un appareil photo. Le flash fit éclater une nova de lumière pure dans l'entrepôt. Dans ce flash de lumière, Yared put entrevoir le visage de l'homme. Un détail le frappa. La bouche, fendue d'une large cicatrice. L'homme lui fit comprendre qu'il pouvait maintenant partir. Il lui tendit les billets de vingt. Plus de cent euros en tout. Yared s'en empara dans un geste brusque et il sortit de l'entrepôt. Au-dehors, l'homme à la chemise noire avait disparu. Le soleil pâle commençait à décliner et faisait luire les rails d'un éclat orangé.

Yared marchait sans hâte, il sentait qu'il se réchauffait de l'intérieur. Une sensation bizarre. Le ciel immense prenait des nuances améthyste. Il sentit une fatigue l'écraser d'un seul coup et dut même s'agenouiller un instant. Ses yeux le brûlaient. Il les ferma. Quand il les rouvrit, le monde avait viré au mauve. Un mauve tirant sur le bleu profond. Le plus étonnant, c'était de voir les minces filaments violets électriques qui flottaient partout dans l'espace. Le réel était fibreux, tramé de filaments luminescents. À mesure qu'il se rapprochait des campements sauvages sous les ponts de la porte de la Chapelle, le réseau des filaments en suspension dans l'air devenait plus dense. Il s'aperçut que chacun de ces fils infra-minces avait pour attache les corps de ceux qui peuplaient les lieux. Son regard capta l'image du grand Malien, celui qui était entré dans l'entrepôt avant tous les autres. Des milliers de filaments violines serpentaient autour de lui comme des tentacules éthérés, ils ondulaient comme les serpents sur la tête de la Méduse. Le colosse ne semblait pas s'en rendre compte. Yared essaya de saisir des cordons de filaments avec ses mains, mais ses doigts se refermèrent sur le vide. Il se concentra sur l'un des segments de ce rhizome. Il parvint à le déplacer. Il renouvela l'opération avec succès : il lui sembla que, par sa seule pensée, il pouvait agir sur ces choses qui flottaient dans l'espace vide, qu'il avait une prise sur cette réalité et pouvait *mentalement* tirer ces fils, les actionner à la façon d'un montreur de marionnettes. Son attention se porta à nouveau sur le Malien. Il avait l'impression qu'il pouvait sentir la vie bouillonner dans cet homme, qu'il percevait les vibrations les plus intimes de son système nerveux, prolongé à l'extérieur par des ramifications filamenteuses. *En pensée*, il eut la sensation d'effleurer une brassée de ces ramifications. Ce fut comme effleurer les cordes d'une harpe invisible ; elles se mirent à vibrer instantanément. Yared vit éclater des milliers de bulles de savon irisées infiniment petites. En éclatant, elles libéraient une fumée vaporeuse. Des effluves d'énergie. Yared eut l'intuition qu'il venait d'affaiblir le Malien, qu'il l'avait en partie dépouillé de sa substance vitale. Il recommença, c'était drôle. Le Malien chancela, il s'agenouilla et, cisaillé par un accès de faiblesse, il s'allongea sur le gazon du terre-plein ; dans son corps, les pulsations avaient perdu leur puissance, les mouvements organiques caractéristiques de la vie s'embourbaient dans une viscosité croissante.

On commençait à s'agiter autour de l'homme qui gisait au sol. Yared, lui, restait immobile. Il considérait le grand Malien avec étonnement. L'avait-il réellement mis à terre par la seule force de sa pensée ? Était-il vraiment la cause de tout ce désordre ? Il finit par s'en désintéresser. Son regard embrassait maintenant toute la ville. Il souriait. Au-dessus de la capitale, un énorme panache de filaments violets s'élevait jusqu'aux cieux. Paris était un plat fumant, il n'y avait qu'à se servir.

# Chapitre 5

*Noirac*

*Samedi 22 septembre 2018.*
*Domicile de Cléo Noirac,*
*7, rue Lepic, Paris 18$^{e}$.*

Thibault Belgrand pesait de tout son poids sur Cléo. Le souffle court, la peau moite, il se retira d'elle dans un bruit de succion et bascula sur le côté. Les amants reprenaient leur souffle, chacun dans un monde séparé. Une baise très satisfaisante. Belgrand était décidément un bon baiseur, il ne volait pas sa réputation. Pendant l'acte, Cléo avait eu du mal à y croire : elle était *vraiment* en train de baiser avec Thibault Belgrand. Il en avait eu beaucoup d'autres avant elle, et de plus belles. Sa copine officielle, Bérénice, était plus grande, de type russe, une sorte d'Ivanka Trump. Cléo ne pouvait pas rivaliser : Bérénice était au top de la beauté, au top de la mode, elle était plus bonne que la plus bonne de ses copines. Mais Belgrand la trompait. Le fait était notoire et ses prétendantes étaient légion sur les réseaux sociaux. En MP, ça y allait, ça ne chômait pas. Et il l'avait distinguée, elle, Cléo Noirac, malgré ses hanches un peu trop larges et la coloration bleue de ses cheveux.

Belgrand était un beau gars, un grand blond aux yeux verts et aux traits fins. Sa famille avait du fric. Il bossait à temps partiel dans un bar branché et faisait des piges pour *Les Inrocks*. Il avait fait de vagues études de sociologie à Paris VIII. Il était très engagé, il avait de belles indignations, de belles colères. Son engagement en faveur des migrants n'était pas théorique, ce n'était pas du flan, il agissait vraiment. Il n'avait rien à vendre, ce n'était pas un créneau marketing ; il était sincère, il y croyait, c'était une belle personne. Un bon baiseur aussi.

Son portable se mit à vibrer. Un texto. C'était l'association. Il était en retard. Mine de rien, ils avaient baisé tout l'après-midi. Cléo proposa de l'emmener en scooter, pour aller plus vite. Il accepta et se rhabilla, laça sa paire de Nike en parcourant furtivement les titres des bouquins qui s'amoncelaient sur la moquette beige. Des essais de Foucault sur la sexualité, des livres de Sade et de Klossowski, des titres à rallonge. Le studio de cette fille était dans l'ensemble plutôt crade. Pléthore de bouteilles en plastique de Coca vides, sans doute pour nettoyer l'organisme les lendemains de cuite.

Cléo enfila un pull noir, des collants noirs, une jupe punk jaune écossais et une paire de Converse. Elle était prête. Ils descendirent dans la rue Lepic. Le scooter de Cléo, une vieille Vespa Primavera noire, était garé sur le trottoir en face de la boutique d'un fleuriste, entre deux trottinettes électriques. Belgrand s'installa derrière Cléo et passa ses bras autour de sa taille. Cléo démarra. Elle avait l'esprit encore vaporeux, à cause de l'herbe qu'ils avaient fumée plus tôt, quand ils faisaient des pauses. Belgrand avait pris un peu de cocaïne aussi. Il avait appelé son dealer habituel, qui était venu livrer quelques grammes à domicile, dans la piaule de Cléo. Le dealer, Oscar, un grand Noir élégant en Barbour bleu marine matelassé – le Barbour pour être au-dessus de tout soupçon –, avait interagi avec Belgrand comme s'il était son ami. Il avait livré la C. et Belgrand l'avait payé, il était parti aussi vite.

La Vespa se faufila dans les petites ruelles de la butte Montmartre et rejoignit la rue Ordener. Dans la circulation dense de la fin d'après-midi, Cléo remonta ensuite la rue Marx-Dormoy. Son passager était collé contre elle, son bas-ventre plaqué contre ses fesses. C'était une sensation bien réelle. Une intimité existait entre eux, pour combien de temps ? Cléo connaissait virtuellement Belgrand depuis plusieurs mois. Il était dans ses contacts sur Facebook, elle avait liké certains de ses posts, il avait liké en retour plusieurs de ses photos de profil successives. C'est seulement la veille, vendredi soir, qu'ils s'étaient rencontrés IRL au vernissage d'une expo sur les migrants au Point éphémère. Sur les berges du canal Saint-Martin, Cléo avait retrouvé sous leur forme matérielle plusieurs de ses contacts. Il y avait là Violaine, une amie vague qui lui présenta d'autres membres de l'association La Chapelle-aux-migrants. Parmi eux, Belgrand. Quand Violaine s'absenta à l'intérieur du Point éphémère, ils purent parler tous les deux. Cléo avait joué cartes sur table, elle avait été honnête avec Belgrand, les migrants, elle voyait ça de loin, elle ne se sentait pas vraiment concernée. Bien sûr, c'était désolant, toutes ces vies brisées, ces dérives, mais la question la dépassait et débordait la sphère de son existence personnelle. Cléo ne sentait en elle aucun élan de solidarité spontané. Elle n'était pas spécialement égoïste mais elle n'avait aucune volonté de s'engager. La conversation roula ensuite sur les études de Cléo et sur des articles qu'elle écrivait dans une revue *hype* et un peu cul, *La Nouvelle Chair*. Belgrand lui posa des questions ; plusieurs fois Cléo eut l'impression qu'il connaissait déjà les réponses, qu'il avait *checké* en profondeur les liens qu'elle avait publiés sur les réseaux sociaux. Ils convinrent de prendre un café ensemble le lendemain à la Fourmi, à Pigalle. Ce qu'ils firent. La suite eut lieu juste à côté, chez Cléo.

Porte de la Chapelle, les bénévoles étaient déjà au travail. Les migrants formaient une longue procession et défilaient devant des tables improvisées. Cléo et Belgrand retirèrent leur casque. Au loin, Violaine leur fit de grands gestes quand elle les aperçut. Belgrand tendit le casque à Cléo et lui fit un grand sourire qu'elle ne sut pas comment interpréter. Il tourna les talons et rejoignit les autres bénévoles, la plantant là avec les deux casques et sa Vespa.

Cléo n'aimait pas cet endroit. Il était dangereux, violent. La « colline du crack », fréquentée par les consommateurs de cette drogue, avait été évacuée quelques mois plus tôt, mais les crackers étaient revenus. À vrai dire, elle avait déjà été évacuée dix-sept fois, mais les crackers revenaient toujours, comme des hordes de zombies. Ils zonaient toute la journée et toute la nuit, ils étaient hors du temps, ils vendaient leur corps pour dix euros, agressaient les passants ou s'agressaient entre eux. Les viols et les homicides fréquents rencontraient peu d'écho médiatique. La situation sanitaire était catastrophique. Les crackers se mêlaient aux migrants, la confusion était totale. Bref, l'endroit était louche, la violence pouvait éclater à chaque instant, c'était dans l'air, c'était visible à l'œil nu. Cléo remarqua trois hommes en marge de la population des migrants, près du talus au bord du périphérique intérieur. Ils détonnaient dans le paysage. Le pilier d'un pont les dissimulait en partie. Deux d'entre eux portaient des chemises noires boutonnées jusqu'au cou. Le troisième avait l'air plus âgé, avec de longs cheveux blancs et un visage curieux, avec un détail qui clochait. Le philtrum, ce repli en forme de gouttière qui relie la base du nez à la lèvre supérieure – et qu'on appelle aussi le *doigt de l'ange* –, était fendu d'une cicatrice profonde. Les trois hommes observaient visiblement un groupe de migrants qui était en train de se fondre dans la file d'attente devant les bénévoles. Cléo observa à son tour le groupe de migrants. Ils n'avaient pas l'air en forme. L'un d'eux se tourna vers elle, comme s'il avait senti qu'elle le regardait. Ses yeux étaient deux trous noir mauve, ils irradiaient une intensité sombre. Et ce fut comme si le monde se mettait à pencher. Un début d'étourdissement. Cléo ferma les yeux, elle se concentra sur ses appuis. Le malaise se dissipa. Elle vit Belgrand, avec les autres bénévoles. Il distribuait des repas. Il était affairé, il ne lui adressa pas un seul regard, elle avait disparu du tableau. Leur moment était passé. Mais qu'y avait-il eu entre eux, au juste ? Avaient-ils simplement baisé ou était-ce le début d'une histoire ? Rien n'avait été formulé, les mots n'avaient pas donné consistance à la situation. Ils avaient couché ensemble, sans plus. Ce qu'ils avaient vécu basculait dans l'irréalité.

Cléo vérifia l'heure sur son portable. Il fallait qu'elle rentre chez elle pour participer à une réunion *via* Skype avec le comité éditorial de *La Nouvelle Chair*. L'heure du rendez-vous approchait, elle était même à la bourre. Elle regarda à nouveau Belgrand. Il était occupé à sortir des boîtes d'aliments de caisses en carton, il lui tournait le dos. Elle attendit un peu. Il ne regardait toujours pas dans sa direction. Elle le voyait s'activer, rayonnant comme un soleil qui dispense sa chaleur et réchauffe les êtres. Elle décida de partir. Ce fut la dernière fois qu'elle le vit.

# Chapitre 6

*Noirac*

*Samedi 22 septembre 2018.*
*Domicile de Cléo Noirac,*
*7, rue Lepic, Paris 18e.*

Quand Cléo entra dans son studio, l'odeur la frappa. Une odeur de baise mêlée à celle de l'herbe flottait un peu partout. Au pied du lit défait, des préservatifs usagés gisaient sur la moquette. Il était presque 19 heures. Cléo mangea des barquettes de LU parfum fraise et les fit glisser avec quelques gorgées de Coca. Elle ébouriffa sa chevelure turquoise et s'installa devant son MacBook Air, la visioconférence allait commencer. L'image des participants apparut sur l'écran. Il n'y avait pour l'instant que Marin Delorme et Maud Lambert, les fondateurs de *La Nouvelle Chair*. La revue s'appelait ainsi en référence à l'œuvre du cinéaste David Cronenberg. Elle explorait les sexualités alternatives, mais la sexualité était surtout un biais pour aborder les champs de la culture et de la société. Marin Delorme dictait la ligne éditoriale, qui reflétait ses prises de position et s'ordonnait à son agenda personnel. Delorme avait une belle gueule, un style de dandy métrosexuel. C'était un normalien genre Augustin Trapenard qui avait dû, lui aussi, grandir à l'intérieur de chemises faites sur mesure. Il avait fait une thèse en esthétique sur *L'Orifice chez David Cronenberg et Gilles Deleuze*. Une thèse remarquée dans le petit monde de l'Université. Il venait d'en tirer un livre, *L'Orifice et l'Artifice*, qu'il avait d'abord rédigé intégralement en écriture inclusive avant de se rendre à l'évidence, c'était illisible en l'état.

Dans l'espace virtuel de l'interface Skype, Delorme accueillit tous les contributeurs de *La Nouvelle Chair* et leur rappela que la *deadline* approchait. Chacun devait rendre son article au plus tard le jeudi de la semaine à venir, le plus tôt serait le mieux. Le numéro en préparation avait pour titre : « Les non-A. Rencontres du troisième type. » Les « non-A » : l'expression était un clin d'œil au roman de A. E. Van Vogt, mais le « A » désignait ici les algorithmes, et non les aristotéliciens. Les « non-A » étaient ceux qui faisaient des rencontres amoureuses sans passer par l'algorithme d'un site de rencontre ou par les recommandations des réseaux sociaux. Dans cette première moitié du XXIe siècle, les rencontres hors réseaux étaient la nouvelle aventure, elles étaient la vraie vie, celle qui est absente de la grande Connexion générale. Il était évidemment question de sexualité mais le numéro de la revue portait cette fois moins sur l'objet de la rencontre que sur sa modalité. Un aspect passionnant des rencontres hors réseaux était celui des réseaux aléatoires qui échappaient aux algorithmes, aux ajustements automatiques et au profilage qu'ils impliquent.

Dans ce numéro de *La Nouvelle Chair*, Marin Delorme se taillait la part du lion avec son article « Œdipe et le Tigre : l'exemple secret du réseau », une analyse brillante d'un fragment de *L'Anti-Œdipe*. Il montrait que les rencontres et le désir ne pouvaient naître que dans les marges artificielles d'une société, dans ses interstices, à travers des regroupements pervers d'inconnus. Marin précisa que son article était achevé depuis près de trois semaines. Il laissa la parole à Maud, qui avait choisi d'écrire une « Cartographie des sanisettes : au paradis des néo-soupeurs ». Le terme argotique « soupeurs » désignait des hommes attirés par l'urine d'autres hommes. Ils abandonnaient volontairement des morceaux de pain dans des urinoirs publics pour les récupérer plus tard et les consommer, imbibés d'urine. Tombée en désuétude à la fin des années 1960, cette pratique revenait en force dans le Paris de 2018. Maud avait enquêté sur le phénomène. La sanisette de la place du Commerce et les toilettes du Castorama de la place de Clichy emportaient les suffrages des nouveaux soupeurs. L'article était presque bouclé. « Pas trop crade quand même, Maud ! » dit Marin. Les autres contributeurs – tous étaient maintenant connectés – rirent de bon cœur. Cléo tenta de les imiter. Elle se sentait en décalage.

Elle eut soudain un nouveau vertige. Sa langue était sèche, elle se sentait fragile, frigorifiée de l'intérieur, la tête prise dans un étau de chaleur. Elle but une gorgée de Coca, son regard rencontra une photo d'André Breton punaisée sur le mur en face d'elle. Le malaise ne passait pas. Elle renversa sa tête en arrière, les yeux clos. Les autres continuaient à présenter l'état d'avancement de leur travail. Cléo crut comprendre que Lucas avait terminé sa chronique sur un ancien court-métrage de Vincent Ravalec, *Portrait des hommes qui se branlent*, à l'occasion de la réédition en DVD de sa « Trilogie sur le sexe, la mort et le vide ». Elle entendit aussi

Anaïs parler de son entretien avec une Ombre, l'un de ces hommes étranges qui passent leurs journées dans le métro et dans les rues à suivre à bonne distance des femmes rencontrées par hasard dont la beauté les frappe, sans jamais les aborder et jamais plus d'une heure. Mais la voix d'Anaïs disparut dans un bruit blanc continu. Toujours renversée dans son fauteuil, Cléo n'entendait plus rien. Elle rouvrit les yeux. Le plafond de son studio était trouble. C'était comme un brouillard, dont émergea lentement l'image du migrant aux yeux mauves qu'elle avait aperçu porte de la Chapelle. Une image entêtante, qui s'imposait où qu'elle tourne son regard, comme dans les phénomènes de persistance rétinienne. Le migrant la regardait droit dans les yeux, il entrait par effraction dans sa conscience intime. Une sensation oppressante. Cléo se sentait siphonnée de l'intérieur. Elle perçut des murmures, elle revenait au monde, elle remontait à la surface. Le visage du migrant s'estompa comme le chat du Cheshire, ses yeux se diluèrent en dernier.

« Cléo ? Cléo ? Tu es avec nous ? »

C'était la voix de Marin. Cléo se rendit compte que son tour était venu de parler, que tout le monde l'attendait. Elle s'excusa, rappela que ses recherches en master de lettres modernes portaient sur les surréalistes et le hasard, que les rencontres hasardeuses, chères à Breton, appartenaient à son champ d'étude. Elle avait cru trouver un cas contemporain de rencontres amoureuses où des individus se confiaient au hasard le plus radical, où c'est en vérité le hasard qu'on cherchait à rencontrer, avec sa logique propre, celle qui trame les destinées de l'autre côté du décor. Une légende urbaine assez confidentielle affirmait que beaucoup d'annonces de chiens ou chats perdus scotchées par des particuliers sur les murs, vitrines, feux rouges ou poteaux étaient en réalité les éléments d'un réseau informel de rencontres. Sur ces annonces, il y avait des indices, mots ou particularités graphiques précises, un code que Cléo avait tenté de percer. Elle y était en partie parvenue, son investigation progressait. Ce réseau secret était d'une grande richesse. Il y avait parfois un flashcode sur les annonces, il conduisait directement à un profil ou à une page personnelle sur Internet. Il arrivait que le flashcode renvoie seulement à un message où étaient indiqués un lieu et une plage horaire pour rendre possible la rencontre. « Bien sûr, précisa Cléo, parfois, un chien perdu est seulement un chien perdu. C'est tout le sel de l'affaire. » Marin lui demanda si l'article serait prêt pour jeudi, il n'obtint qu'une réponse évasive, répéta que le lui envoyer avant jeudi serait préférable, que jeudi était la *deadline* et que ne pas respecter celle-ci signifiait mettre en péril la revue. Il passa ensuite à la présentation de l'édito, de la maquette et de la rubrique *varia*. Cléo sentit le malaise renaître dans sa cage thoracique, un sentiment indescriptible, comme une montée de lave brûlante. Sa tête bourdonnait. Elle se leva, le sol tanguait. Elle marcha jusqu'à la kitchenette et s'aspergea le visage d'eau du robinet. La bande sonore du monde était un bruit blanc avec des nappes de crépitements, des chuintements, des voix multiples qui venaient de nulle part. L'une se détacha du magma sonore, celle de Thibault Belgrand. Cléo pouvait l'entendre parler et hoqueter. Sa voix se transforma en un cri déchirant. Seule dans la pièce silencieuse, Cléo entendit distinctement Thibault hurler à la mort. Elle attrapa le jeu de clefs, claqua la porte derrière elle, dégringola les escaliers, il fallait qu'elle retourne porte de la Chapelle, qu'elle voie Thibault.

# Chapitre 7

*Ravard*
*Manel*
*Boisseau*

*Samedi 22 septembre 2018.*
*Porte de la Chapelle, Paris 18$^{e}$.*

Ce samedi soir là, Ravard était seul chez lui. Sa fille était chez son ex-femme. Il revoyait *Le Bon, la Brute et le Truand* pour la centième fois, une bière et une pizza devant lui sur la table basse. Il en était à la scène où Tuco s'endort le cul en l'air en plein milieu du champ de bataille quand le téléphone sonna. C'était Manel Hayache. C'était urgent, il fallait que Ravard les rejoigne à la porte de la Chapelle. Il y avait des morts, les migrants tombaient comme des mouches. Parmi les victimes, on comptait aussi plusieurs bénévoles. Ravard prit son arme de service et descendit dans le parking de l'immeuble. Au volant de sa Ford Focus, il mit le cap vers la zone sinistrée, il progressa dans la circulation avec le sentiment de remonter le cours du fleuve boueux d'*Apocalypse Now*. Il arriva enfin, le cœur des ténèbres était un brouillard de lumières, la scène évoquait une bouche édentée grande ouverte sous la lampe scialytique d'un dentiste.

À la fin des années 1980, un philosophe français avait cru malin de déclarer qu'être de gauche, c'est savoir que les problèmes du tiers-monde sont plus proches de nous que les problèmes de notre quartier. Trente ans plus tard, les problèmes du tiers-monde étaient très concrètement devenus les problèmes de nos quartiers, les riverains de la porte de la Chapelle pouvaient en témoigner. Ce samedi 22 septembre, le chaos était venu frapper à leur porte. Les autorités leur recommandaient de rester cloîtrés chez eux. Mais certains étaient sortis, ils voulaient voir, être au cœur de l'événement et, qui sait, pourquoi pas faire un *selfie*. Les circonstances étaient troubles. Il n'y avait pas eu d'explosion ni d'attaque physique. Le bandeau d'information qui défilait au bas de l'écran sur BFMTV signalait un « incident en cours », sans plus de précision. Dans les rédactions, on s'affairait, il s'agissait d'assurer un direct avant les autres, mieux que les autres. Ce genre d'événements était une aubaine pour les chaînes d'info en continu, qui trouvaient là leur raison d'être. Ravard se souvenait d'avoir entendu un responsable de France Info dire sans le moindre état d'âme, au moment où cette station radio lançait sa chaîne TV, qu'il faudrait attendre le prochain attentat pour savoir si les audiences seraient au rendez-vous, suggérant à demi-mot qu'ils misaient là-dessus, que c'était leur horizon. Un cynisme qui avait estomaqué le flic. Il s'était dit qu'il n'était pas encore blindé ; il s'était pourtant endurci moralement à force de se promener sur la face morte du rêve. Mais l'époque chevauchait une pulsion destructrice incontrôlable et globalisée, l'odeur des charniers imprégnait tout. Les spectateurs de BFMTV et de ses concurrentes de l'info en temps réel n'étaient plus seulement des cadavres dévoreurs d'images : ils dévoraient d'autres cadavres, ils en réclamaient plus, ils appelaient sourdement de leurs vœux la catastrophe massive, celle qui procure la joie sauvage et sacrée d'une fête du carnage. Ce soir, ils seraient comblés.

On dénombrait déjà plus d'une vingtaine de morts, des migrants et des bénévoles. Ils étaient morts subitement, sans raison apparente. L'hypothèse d'un acte terroriste s'imposa d'emblée, le plan ORSEC fut déclenché. Ces dernières années, la grande hantise de la Sécurité civile se focalisait sur l'usage de bombes sales, capables de disséminer des matériaux radioactifs sur une vaste zone, mais il n'y avait eu aucune explosion à la porte de la Chapelle. Sur place, les analyses spectrométriques menées par les cellules d'intervention chimique et radiologique ne révélèrent rien d'anormal. Équipés de combinaisons de protection NRBC et d'EPI filtrants, les pompiers de la brigade des sapeurs-pompiers de Paris avaient engagé leur véhicule de détection, identification et prélèvement pour cerner la nature exacte de la menace. Ils évoluaient dans la *zone d'exclusion* comme des astronautes à la surface de la Lune. Dans un silence de mort, ils collectaient des échantillons, réalisaient des prélèvements, les conditionnaient et procédaient aux premières analyses. La présence d'agents chimiques toxiques ou d'agents bactériologiques était vraisemblable. À l'extérieur de ce premier cercle, d'autres pompiers étaient venus appuyer les primo-intervenants, ils rassemblaient le matériel en attente d'engagement. Un troisième cercle, plus vaste, définissait un périmètre de zone contrôlée. Un cordon de sécurité maintenait à distance les badauds et les journalistes qui commençaient à affluer.

Ravard passa sous le ruban orange. Il eut l'impression de pénétrer dans une poche de chaos à moitié domestiqué. Une partie des collègues était déjà là. À la brigade, tout le monde était sur le pont – près de cent dix personnes. Les sections antiterroristes étaient épaulées par d'autres sections du service. Chacun suivait le protocole selon un partage des tâches hiérarchisé et très précis, les policiers se répartissaient en une dizaine d'ateliers tels que les enquêtes de voisinage, la gestion des témoins ou l'analyse des enregistrements vidéo. Ravard aperçut Manel et Boisseau ; ils lui résumèrent la situation et lui apprirent que, sur la page Facebook de l'association La Chapelle-aux-migrants, Violaine Bardet, l'une des bénévoles, avait signalé un malade parmi les exilés en début de soirée, elle avait demandé des conseils et des médicaments. Elle faisait partie des victimes, elle était morte. Ravard échangea quelques mots avec un officier de la brigade des pompiers. Avec une voix de stentor, l'homme hurla un ordre à la cantonade, l'extraction des corps allait commencer, on transporterait les cadavres à l'Institut médico-légal avant de poursuivre le travail d'identification. Quand il revint vers ses lieutenants, Manel demandait autour d'elle si quelqu'un avait vu une fille aux cheveux bleus, mais personne ne put l'aider, elle laissa tomber, il fallait procéder à l'enquête de voisinage. Ravard les quitta, il devait rejoindre les officiers de liaison dans la salle de crise de la brigade criminelle.

Il fallait aller vite et tout allait très vite. En chemin, on l'informa que le parquet de Paris venait de saisir la DGSI et la sous-direction antiterroriste conjointement à la section antiterroriste de la brigade. Stéphane Zenner et ses Vicaires flottaient comme des spectres au-dessus de l'hécatombe. Les soupçons s'étaient spontanément tournés vers eux. Les Vicaires étaient des malades, ils pouvaient récidiver, peut-être même étaient-ils déjà en train de répandre la mort ailleurs. Dans l'urgence de l'enquête, ils constituaient l'objectif premier. Il fut décidé que le service de la DGSI était le mieux placé pour traiter cet objectif. Zenner avait été un biologiste prometteur dans sa jeunesse, il n'était pas insensé de supposer qu'il avait su déjouer les dispositifs de surveillance et mettre au point des agents de guerre biologique. Zenner était un virus qui avait infecté les esprits, il infectait maintenant les corps, c'était bien son genre. Quand Ravard arriva au 36 rue du Bastion, l'interpellation de Zenner était imminente.

# Chapitre 8

*Noirac*
*Manel*

*Samedi 22 septembre 2018.*
*Porte de la Chapelle, Paris 18e.*

Plusieurs véhicules du SAMU passèrent en trombe à côté de la Vespa de Cléo, ils la doublèrent, tous allaient vers la porte de la Chapelle, c'était mauvais signe. Le dernier tronçon de la rue de la Chapelle était barré. Cléo gara le scooter sur le terre-plein. Devant elle, les gyrophares crachaient des éclats bleutés comme une guirlande électrique monstrueuse. Un immense cône de lumière bleu clair s'étirait vers le ciel couleur plomb. Une foule s'était massée sur le pourtour de la zone sécurisée, un ruban orange et un déploiement impressionnant des forces de l'ordre en protégeaient l'accès. Les curieux prenaient des photos, chacun s'improvisait reporter, il régnait une effervescence teintée de gravité. Cléo se mêla à la foule. Dans la cohue, elle reconnut au loin Alban Viscardi, un journaliste qui bossait au journal *Le Parisien*. Elle l'avait rencontré l'année précédente dans une soirée, un type plutôt drôle qui avait voulu la baiser, elle lui avait dit non, il n'avait pas insisté, il s'était rangé depuis. Elle joua des coudes pour l'atteindre, un cameraman de BFMTV manqua de l'éborgner avec son matériel. Elle tapa sur l'épaule d'Alban, qui mit un certain temps à la remettre, il avait l'air sonné. Alban était arrivé un quart d'heure auparavant, les flics ne laissaient à peu près rien filtrer, la situation était très confuse, il avait tout de même appris que plusieurs personnes étaient mortes dans la zone de campement de migrants, qu'elles avaient souffert de diarrhées, de douleurs abdominales violentes et de troubles cardio-vasculaires. Il répéta qu'il y avait un grand nombre de victimes. Des bénévoles aussi, oui, mais il n'avait pas plus de détails. Cléo se mit à blêmir, elle était au bord du malaise. Elle essaya d'appeler Belgrand sur son téléphone portable, personne ne répondit. Elle se dressa sur la pointe des pieds pour voir au-delà du cordon de sécurité. Des attroupements de flics faisaient écran. Dans l'éclat trop cru des projecteurs, chaque parcelle d'air était chargée d'horreur. Cléo s'éloigna d'Alban, elle s'approcha de la zone protégée, elle pouvait maintenant toucher la rubalise orange. Elle fit un pas en avant en se baissant pour passer sous le ruban. Quand elle se redressa, un policier massif était planté devant elle. Il lui signifia qu'elle devait dégager. Cléo obtempéra, elle repassa sous le ruban et jaugea le flic de l'autre côté de la barrière symbolique. Elle n'avait pas pour habitude de se laisser intimider. En première année de fac, un étudiant qui l'avait draguée lourdement et qu'elle avait éconduit s'était mis à la harceler, moquant sa culotte de cheval – dont il exagérait grandement les proportions. Il s'était mis à la suivre dans les couloirs de la fac et chantonnait toujours à voix basse une chanson de Bobby Lapointe, « Saucisson de cheval n° 2 », ne prononçant de façon audible que la fin de certains couplets en s'écriant « de ch'val ! ». Son manège dura trois semaines, l'étudiant y mit fin quand Cléo se retourna en un éclair et lui envoya un direct sous l'œil droit, l'impact eut lieu au moment précis où il gueulait « de ch'val ! ». Bien sûr, ce flic était plus impressionnant, il était immense, elle ne pourrait pas l'envoyer au tapis d'un coup de poing, mais il fallait pourtant franchir le cordon de sécurité. Il y eut un mouvement dans les cohortes de policiers, comme s'ils se transmettaient de nouvelles consignes. Ceux qui surveillaient le périmètre de sécurité se démobilisèrent un instant. Cléo en profita, elle se glissa dans la zone et se faufila au milieu des personnels de la police et des sapeurs-pompiers. Elle pouvait maintenant entrevoir les campements de migrants et les tables montées sur tréteaux où Thibault distribuait des repas quand elle l'avait quitté tout à l'heure. Cléo vit les bâches qui recouvraient des formes humaines étendues au sol. Les cadavres étaient là, à quelques mètres devant elle. C'était horriblement réel, la mort. C'était le réel sans fard, un noyau lisse nettoyé de sa pulpe, le cauchemar comme substance de l'être. Des pompiers en combinaison bleu pétrole commençaient à déplacer les corps. Cléo tenta de reconnaître celui de Belgrand, de percevoir un détail, un indice, mais on ne voyait rien. Sous leurs bâches, les cadavres se ressemblaient tous, la grande égalisatrice était passée par là.

Dans le dos de Cléo, une voix féminine répéta plusieurs fois « Mademoiselle ! », Cléo réalisa qu'on s'adressait à elle. Elle se retourna et se retrouva nez à nez avec une femme flic. Son visage avait une beauté sévère, tranchante. Ses cheveux étaient disciplinés en une longue queue-de-cheval et ses yeux noirs en amande semblaient disséquer votre personnalité en un seul regard. Elle portait un brassard orange fluo et une veste en cuir marron – les flics portaient donc vraiment des vestes en cuir comme dans la série *Engrenages*. Elle demanda à Cléo ce qu'elle faisait dans les parages, à l'intérieur du périmètre, et si elle connaissait des victimes, si elle avait été sur les lieux plus tôt dans la soirée. La fliquesse ne rigolait pas, elle était de plain-pied dans la réalité, on pouvait sentir que son cerveau analysait très vite toutes les informations. Cléo remarqua que la policière s'était instinctivement reculée, comme pour mettre une distance entre elle et un agent infectieux. Elle pigea que le foyer de contamination potentiel, c'était elle, Cléo Noirac, et qu'elle venait de sauter à pieds joints dans un horrible merdier. Elle était suspecte et les flics la cernaient. En voyant les nuées de bandeaux d'identification « Police judiciaire » sur les gilets tactiques d'intervention, elle se mit à flipper, s'imagina menottée, placée en quarantaine entre quatre murs. Un peu plus loin, un homme hurla un ordre avec une voix de stentor, Manel Hayache se détourna de Cléo, elle chercha des yeux Ravard et Boisseau. L'instant suivant, Cléo avait disparu. Penchée en avant à la façon d'un sprinteur qui casse son corps pour franchir la ligne d'arrivée, elle s'infiltrait entre les cohortes de la flicaille comme une eau vive dans la roche. Vouloir s'approcher des victimes avait été une erreur, Cléo s'était exposée, elle avait fait n'importe quoi. Elle jeta un dernier regard en direction des campements, vit qu'une ambulance emportait des corps. Elle sortit du périmètre sécurisé et fendit la foule des curieux.

Les flashs des appareils photo crépitaient un peu partout. On aurait presque pu croire à un spectacle organisé. La mort était toujours un spectacle fascinant, jusqu'au moment où elle s'enroulait autour de votre cou. Cléo eut l'impression qu'on l'observait, qu'elle-même était au cœur du spectacle et que toutes ces ombres massées, ces yeux avides, ces pelures d'hommes la regardaient comme une foule lyncheuse. L'air était rare, Cléo se sentait lourde. Elle se mit à courir dans la rue de la Chapelle, où elle finit par retrouver son scooter. Elle était en sueur, elle démarra, glissa dans l'air transparent. Rue Marx-Dormoy, elle s'arrêta soudain. Elle n'avait pas le cœur à rentrer. Elle se mit à rouler au hasard, l'esprit dans le vague, jusqu'à la rue du Faubourg-du-Temple, dans le 10e arrondissement, où elle reconnut une enseigne de néon rouge qui lui était familière, celle du Zorba. Le bar était bondé. Les clients clopaient à l'extérieur. Cléo y entra et commanda une pinte. Elle trouva une table vide dans un coin, s'y installa. Sur son iPhone, elle consulta la page Facebook de Thibault Belgrand. Aucune information. Sur la page de l'association La Chapelle-aux-migrants, les derniers posts exprimaient une inquiétude très vive.

Cléo tenta encore d'appeler Belgrand, elle tomba à nouveau sur la messagerie. Cette fois, elle laissa un message, ce qu'elle regretta immédiatement, elle se surprit même à espérer que Belgrand ne l'écoute pas, mais elle se souvint qu'il était peut-être mort, que c'était même très probable, et qu'il ne répondrait plus jamais à personne. Elle but une gorgée de Leffe. Elle dut faire un effort pour se remémorer le visage de Belgrand. Son image s'effaçait. Elle revoyait pourtant son corps, leurs corps mêlés. Cette image aussi s'effacerait. La vérité des corps était volatile. Ces heures passées avec lui ne se conserveraient pas. Une éternité la séparait déjà de cet après-midi, de ces instants où Belgrand était en elle. À présent, il n'était nulle part. Il ne respirait plus, son corps avait perdu toute chaleur. Cléo pensa aux préservatifs usagés qui devaient encore se trouver quelque part sur la moquette de sa chambre, à côté du lit, elle n'y avait pas touché. L'image du sexe en érection de Belgrand se forma dans son esprit. Ce sexe ne remplirait plus jamais de préservatifs. L'image fut chassée par celle d'un morceau de chair froide, exsangue, l'image du sexe caoutchouteux et racorni d'un cadavre. Une certaine image de la mort. Il y avait là-dedans quelque chose de grotesque.

Cléo vida la moitié de la pinte d'un seul trait. Elle laissa ses yeux errer sur la clientèle du Zorba. Les gens avaient l'air heureux et vulgaires, ils ressemblaient à des esquisses grimaçantes, à des personnages des *Caprices* de Goya, ils parlaient fort, Cléo se sentait étrangère à cette réalité, sa tête commençait à tourner, elle voyait des scintillements, son champ visuel était comme un écran télé mal réglé. Des zébrures de lumière tracèrent les contours d'un visage dans l'espace. Le migrant aux yeux mauves. Il était là, en suspension dans l'air, il la regardait. Ses yeux étaient deux points de démence mauves. Son regard s'intensifia en une lueur laser violette aveuglante qui obligea Cléo à fermer les yeux. Quand elle les rouvrit, les yeux mauves avaient disparu. Une hallucination puissante, très réaliste. Cléo se demanda si c'était un symptôme, si elle aussi était contaminée, si elle allait connaître le même sort que ceux de la porte de la Chapelle et crever dans d'atroces souffrances. À vrai dire, elle ne se sentait pas vraiment malade, même si son état était profondément anormal. Une méfiance irrationnelle lui interdisait d'aller consulter aux urgences, ce qui reviendrait à se livrer à la police, qui la recherchait peut-être. En fuyant la femme flic, avait-elle commis un délit de fuite ? Toutes ces histoires n'avaient rien à voir avec sa vie, mieux valait se tenir à l'écart. Mais le plus préoccupant restait ce qu'elle avait ressenti chez elle en début de soirée. Car enfin, elle avait *su*, elle avait même *entendu* Belgrand hurler à la mort. Les psychoses naissaient ainsi. Il s'était pourtant passé *quelque chose*, elle ne devenait pas folle. Il lui fallait une réponse, très vite.

# Chapitre 9

*Ravard*
*Boisseau*
*Manel*

*Nuit du samedi 22 au dimanche 23 septembre 2018.*
*Au Bastion, 36, rue du Bastion, Paris 17$^{e}$.*

*#Zenner.*

*Zenner ordure, pourriture, FDP !*

*Zenner, le vrai visage de l'extrême droite, celui de la droite exterministe.*

*Zenner, petite salope enjuivée ! Tu vas prendre cher en taule, prépare tes fesses !*

Dans les tuyaux virtuels des réseaux sociaux, les flux de merde s'entrelaçaient, se disjoignaient et se conjuguaient sans relâche, brassant les clivages idéologiques, ethniques et sociaux, les redistribuant de façon anarchique. La bêtise connective régnait sans partage, elle était sans limites. L'humanité en était là, coincée dans une espèce de métier à tisser titanesque et dématérialisé qui défaisait et tramait les liens sociaux en déplaçant les points de fixation de la colère collective à la vitesse de l'éclair. Les petites machines à haïr ne fonctionnaient que détraquées et elles n'avaient jamais aussi bien fonctionné, elles crevaient de haine, s'étranglaient de colère, se gonflaient de pustules – des posts ou des tweets éclataient à chaque seconde sur la Toile, misérables éjaculats de contre-vie. Ce n'était plus seulement des marécages de ressentiment visqueux et enkysté, c'étaient des flux torrentiels de haine où l'on glissait avec fluidité d'une représentation à l'autre, d'une injure à une image, d'une vidéo à un GIF, tout y passait, tout se connectait dans la confusion. Leur écoulement avait connu une accélération brutale vers minuit trente, après que l'interpellation de Stéphane Zenner eut été rendue publique par certains médias. En quelques minutes, le nom du polémiste avait été propulsé en tête des *Trending Topics*[1] de Twitter et les retweets d'une vidéo s'étaient mis à pulluler : on y voyait Zenner deviser sur les moyens de lutter contre les espèces exotiques envahissantes et faire la liste des mesures d'éradication en cas d'émergence d'une « invasion biologique ». À aucun moment les migrants n'étaient évoqués, mais l'allusion était transparente et le procédé rhétorique cousu de fil blanc. Pour beaucoup de twittos, il s'agissait là d'un aveu : ce samedi soir, les Vicaires avaient amorcé par un coup d'éclat le processus d'éradication qui constituait l'horizon de leur lutte et leur raison d'être.

Peu avant minuit, le ministre de l'Intérieur fit une allocution très brève. Il était mal rasé, visiblement pris de court par les événements. Il assura les familles des victimes de la solidarité de la France, ce qui fit naître instantanément une flopée de railleries sur le Net – la France avait-elle été solidaire avec les migrants, avec ceux qui avaient trouvé la

1. Sujets tendance.

mort ce soir-là ? Ou bien le ministre réservait-il la compassion nationale aux bénévoles qui étaient morts avec eux ? Il affirma que le problème était contenu et appela ses concitoyens à la prudence. À ce stade de l'enquête, on ne pouvait exclure aucune piste. Il ne mentionna pas le nom de Zenner ni le groupuscule des Vicaires. Plus tard dans la soirée, le procureur de la République fit une apparition devant les caméras. Depuis 2015, les Français avaient eu l'occasion de se familiariser avec cet homme, autant dire avec la mort. Il annonça un bilan provisoire de vingt et une victimes. Il passa sous silence l'arrestation de Zenner, se borna à indiquer qu'il fallait laisser travailler les forces de police et les services compétents, qu'ils suivaient déjà des pistes, que l'enquête avait commencé et que plusieurs interpellations avaient même eu lieu.

Les forces du RAID avaient en effet surpris Zenner chez lui dans le 20e arrondissement, il se trouvait seul dans son appartement de la rue des Pyrénées, il n'opposa aucune résistance lors de son arrestation. Dès qu'on lui eut signifié sa mise en garde à vue, il choisit de se murer dans un silence buté. On le transporta dans les bâtiments du centre antiterroriste à Levallois. L'attentat était jugé de grande ampleur, les différents services de lutte contre le terrorisme agissaient de concert, ils se partageaient une masse de travail considérable. Au Bastion, une réunion avait lieu toutes les deux heures. Dans la salle de crise, les officiers de liaison avaient un accès direct à toute l'information et faisaient des points réguliers avec leurs équipes tandis que sur le mur d'écrans on surveillait en temps réel ce que les caméras de surveillance filmaient. La scène de la porte de la Chapelle avait été divisée en carrés de constatation, chacun d'eux était examiné à fond par une équipe. À l'entour de la zone étanche, les badauds avaient déserté les lieux mais quelques journalistes s'obstinaient.

Les premières informations émanant de l'Institut médico-légal parvinrent au Bastion au milieu de la nuit. On avait retrouvé des traces de piqûre dans le creux du bras de quinze victimes. Des migrants. L'injection d'un poison était une hypothèse plausible, même si le tableau clinique ne renvoyait à aucun poison connu et déroutait les médecins légistes. La mort était principalement d'origine coronarienne, le cœur avait lâché. Les premiers examens suggéraient cependant une cause multifactorielle, un légiste avait constaté la présence d'œdèmes pulmonaires hémorragiques. D'après ses observations, la substance avait aussi attaqué le foie et le pancréas, provoquant des symptômes intestinaux sévères. Au dire des témoins directs de la scène, les migrants atteints par le mal s'étaient vidés dans un grand « chlop », ils avaient rendu l'âme enveloppés dans la puanteur de leurs entrailles à moitié liquéfiées. Le cas des six autres victimes, trois bénévoles et trois migrants, était moins clair encore et laissait les légistes perplexes, car il n'y avait là aucune trace d'injection. Avaient-ils ingéré ou inhalé la substance toxique ? Des examens approfondis s'imposaient, les autopsies allaient prendre du temps. Le travail d'identification des migrants aussi. En revanche, l'identité des bénévoles décédés fut rapide à établir, notamment grâce à la page Facebook du groupe La Chapelle-aux-migrants : Cynthia Chebbine, Violaine Bardet et Thibault Belgrand n'appartenaient plus au monde des vivants, ils étaient tombés en aidant leur prochain. Sur les enregistrements des caméras de vidéosurveillance placées aux abords de la porte de la Chapelle, on pouvait observer la dégradation progressive de leur état. On y voyait Belgrand et Violaine accourir pour aider un migrant allongé au sol et deux autres qui se tenaient le ventre et vomissaient, on voyait le mal se répandre de façon fulgurante, les hommes tituber, s'agenouiller ou se coucher, se tordre de douleur et se vider. D'abord désemparés, ceux qui n'étaient pas atteints avaient reculé, gagnés par une inquiétude croissante. Belgrand s'était brutalement affalé sur le plateau de la table où il avait disposé les repas, les tréteaux avaient cédé et l'ensemble s'était écroulé, Belgrand s'était mis à convulser au milieu de la bouffe éparpillée.

Les équipes de la brigade réalisèrent des captures d'écran des migrants, ceux qui avaient été touchés par le mal aussi bien que ceux qui, épargnés, avaient été pris en charge par les pompiers et placés en quarantaine. On transmit ces captures d'écran à l'Institut médico-légal et aux services de la préfecture. Les images et les informations affluaient. On s'était réparti le travail d'exploitation des enregistrements suivant un découpage en tranches horaires. Boisseau et Manel, qui étaient rentrés au 36 rue du Bastion au milieu de la nuit, prirent en charge l'analyse des enregistrements du tout début de la soirée, une tranche horaire que n'avaient pas encore étudiée les autres équipes de la SAT. Ravard quitta la salle de crise et retrouva ses deux lieutenants vers 6 heures du matin. Le visionnage des vidéos était interminable. Boisseau commençait à piquer du nez, Manel avait l'air lessivée. Elle alla chercher un café à la machine. Quand elle revint dans le bureau du groupe, Ravard lui fit signe de s'approcher. « C'est pas ta fille aux cheveux bleus, là ? » Manel remuait son café avec une touillette en plastique, elle se pencha vers l'écran. Oui, c'était bien elle, la fille qui s'était volatilisée, on la voyait déposer un homme en scooter et attendre, les bras ballants, un casque dans chaque main.

« Elle ne nous intéresse pas, dit Ravard, ce n'est qu'une gamine, elle accompagne un bénévole, son copain j'imagine, et ensuite elle part.

– Attends, attends, mets sur pause. »

Manel pointa le doigt sur un coin de l'écran.

« Regarde. » L'ongle de son index se posa sur l'image de trois hommes au bord du périphérique intérieur, en marge de la scène. « Qu'est-ce qu'ils font là, eux ? »

Ravard agrandit l'image. Deux jeunes gars en chemise noire et au crâne presque rasé apparurent distinctement. Ils encadraient un homme plus âgé aux longs cheveux blancs. Sa bouche avait un aspect anormal, une sorte de bec-de-lièvre. Les trois hommes surveillaient la distribution des repas aux migrants, ils n'en perdaient pas une miette. Manel répéta :

« Qu'est-ce qu'ils font là ? »

# Chapitre 10

*Noirac*

*Dimanche 23 septembre 2018.*
*Domicile de Cléo Noirac,*
*7, rue Lepic, Paris 18e.*

La nuit était vide, sans fond. Cléo tentait de trouver le sommeil, mais sa conscience ne faiblissait pas, elle aurait voulu qu'elle se désintègre entièrement. Le sommeil vint finalement, un mince filet de sommeil entrecoupé de réveils en sursaut. Elle émergea en fin de matinée avec un teint de papier mâché et la nausée à l'estomac. C'était un dimanche pire qu'un dimanche. Le frigo était vide. En guise de déjeuner, Cléo se contenta d'une boîte de barquettes LU à la fraise, la dernière. Elle alluma son MacBook et parcourut les principaux sites d'information. Les événements de la porte de la Chapelle faisaient les gros titres. Le bilan était de vingt et une victimes, la classe politique était en émoi. Dans tous les sens, on pointait du doigt les responsabilités. Au-delà des Vicaires et de Zenner, dont la notoriété venait de grimper en flèche, l'implication d'autres groupes d'extrême droite était évoquée. Sur les sites de « ré-information », on rappelait que les migrants étaient porteurs de maladies, qu'ils représentaient un risque de contagion et avaient peut-être introduit en France un nouveau virus du type Ebola. C'était la conséquence inévitable des vagues migratoires incontrôlées, la menace planait depuis longtemps et, hier soir, la catastrophe avait eu lieu, certains auraient des comptes à rendre. Les « Décodeurs » du quotidien *Le Monde* prenaient le contrepied des thèses de la « facho-sphère », ils dénonçaient ces « infox », dissipaient les miasmes digitaux : « Non, les migrants ne sont pas des vecteurs de maladies. » L'information était encodée, recodée, décodée, et *vice versa*. L'ADN du réel était trituré, malmené, remodelé, il subissait une dégénérescence accélérée.

Un mail de Marin Delorme s'afficha dans la boîte de réception de Cléo, il s'étonnait qu'elle n'ait pas assisté à la fin de la vidéoconférence, la veille au soir, il ne lui cachait pas qu'il avait été surpris et qu'il n'était pas le seul, bref, il voulait lire le premier jet de son article sur le réseau secret de rencontres animaux perdus. Avait-elle quelque chose à lui montrer ? Avait-elle avancé ? Cléo n'avait pas avancé d'un pouce, son esprit était ailleurs. Elle checka la page Facebook de Belgrand, il n'y avait rien de nouveau. En revanche, les messages se multipliaient sur la page de l'association La Chapelle-aux-migrants, chacun était en état de sidération. Même si l'identité des victimes n'avait pas été officiellement rendue publique, la mort des trois bénévoles dont on était sans nouvelles était de plus en plus probable et les messages d'espoir prenaient déjà la forme d'hommages posthumes. On parlait de Thibault Belgrand au passé, il commençait à se gommer, à s'effacer comme Marty à la fin de *Retour vers le futur*, quand la rencontre entre ses géniteurs n'a pas lieu comme elle aurait dû. Belgrand, qui avait passé le plus clair de son temps à butiner ses conquêtes, à les défourailler sans relâche, était à présent en route vers la sainteté. La mort était parfois un moyen puissant de spiritualiser la viande.

Cléo remarqua qu'un nom revenait dans le fil des discussions, celui de Damien Chautard. Elle l'avait déjà vu intervenir plusieurs fois sur la page de Belgrand quand elle l'avait scrutée la semaine précédente. Il semblait en savoir plus que les autres. Elle eut l'idée de lui envoyer un message privé, elle y renonça rapidement. Car enfin, elle ne le connaissait pas, elle ne se voyait pas lui demander de but en blanc si Thibault était vraiment mort, s'il pouvait le lui confirmer. Elle inspecta son profil numérique sur Facebook et LinkedIn. Comme Belgrand, Damien Chautard était serveur à L'Orange mécanique dans le 11e, mais elle ne l'y trouverait pas aujourd'hui, L'Orange mécanique fermait le dimanche. Chautard travaillait aussi dans un autre bar, Les Pères populaires; elle vérifia, c'était ouvert. Une heure plus tard, Cléo franchissait les portes des Pères populaires. Elle reconnut la musique, l'album *Bossanova* des Pixies. Clientèle clairsemée. Quelques étudiants absorbés par l'écran de leur MacBook Air, d'autres rassemblés autour d'une énorme bobine de câble en bois renversée qui faisait office de table, ils avaient l'air de conspirer. En passant près d'eux pour aller s'installer au fond, Cléo crut comprendre qu'ils parlaient en fait d'une série vue la veille sur Netflix. Un serveur brun de petite taille remarqua sa présence au bout de dix minutes. C'était Chautard. Il vint vers elle pour prendre sa commande. « Je suis une amie de Thibault », dit-elle. Elle précisa : « Thibault Belgrand. » Chautard resta planté là un moment, absorbé en lui-même. Puis il regarda Cléo comme si elle était à des kilomètres, il tira une chaise et s'assit en face d'elle. Il lui demanda si elle était au courant :

Bérénice, la fiancée de Thibault, venait de poster un message sur Facebook. Thibault était mort. La nouvelle était maintenant officielle. Un silence s'ensuivit, assez lourd pour aplatir le volume du monde. Comme si elle se parlait à elle-même, Cléo confia à Chautard qu'elle l'avait *senti* la veille au soir, elle avait eu l'intuition de la mort de Thibault. Elle corrigea : plus qu'une intuition, elle avait eu une véritable prémonition, elle avait littéralement été ébranlée. « Oui, ce genre de choses arrive », dit le serveur. La conversation mourut une seconde fois. Chautard fixait les lunules de ses ongles. Le muscle orbiculaire de sa paupière inférieure se mit à tressauter. Il leva la tête et l'extrême pâleur de Cléo le frappa : « Ça va aller ? » Elle fit oui de la tête, il lui demanda si elle voulait un café ou autre chose, Cléo repoussa la proposition, ce n'était pas la peine, elle allait rentrer, elle était crevée, toute cette histoire était un cauchemar, la mort de Thibault la bouleversait. Chautard finit par lui demander : « Mais vous étiez proches, toi et Thibault ? » Elle esquiva la question, regarda par la vitrine du bar. Dehors, il pleuvait.

De retour chez elle, sa piaule lui parut particulièrement vide, sinistre comme un trou d'eau. Thibault Belgrand était mort, son intuition troublante de la veille était donc fondée. Pourquoi en avait-elle parlé à Chautard ? Il avait dû la prendre pour une folle. Cléo s'étira sur son siège. Punaisé sur le mur en face d'elle, André Breton lui jetait un regard intransigeant et hautain. Toute sa vie, le pape du surréalisme avait été fasciné par la médiumnité, la lucidité magnétique et la transmission de pensée. Il y avait sans doute cru, mais dans quelle exacte mesure ? N'avait-il pas joué à y croire ? Cléo songea à un article qu'elle avait lu en bibliothèque à propos de la transe surréaliste et des phénomènes de lucidité. Elle retrouva le texte sur Internet, mais l'accès à la version intégrale était payant ; elle lança une recherche sur l'auteur, un certain « Borel ». Comme plusieurs personnalités comprimées dans un même corps, on trouvait à l'intérieur de ce patronyme un mathématicien spécialiste des probabilités, un poète du XIXe siècle surnommé le Frénétique et un concessionnaire de véhicules à gaz de pétrole liquéfié. Cléo dut préciser sa recherche, elle entra « Borel + médium » dans la barre de Google et un autre Borel surgit des limbes numériques, François-Michel Borel. Le lien positionné en tête de liste la mena directement au site de l'IMI, l'Institut métapsychique international. D'après la notice de présentation, Borel était l'auteur d'une thèse de doctorat sur Gabriel Marcel et membre de l'IMI. Il n'y avait aucune photo de lui. Cléo cliqua sur le logo du site de l'Institut. Son slogan, affiché sur la page d'accueil, était : « Le "paranormal", nous n'y croyons pas, nous l'étudions. » Ouais, ouais, mais pour l'étudier, ne fallait-il pas y croire un peu ? Le mot *paranormal* était mis entre guillemets, le site insistait sur l'orientation rationnelle de l'IMI : l'Institut métapsychique international était présenté comme « une fondation reconnue d'utilité publique qui se consacre à l'étude scientifique des phénomènes dits "paranormaux" : la *télépathie*, la *clairvoyance*, la *précognition* (ou *prémonition*) et la *psychokinèse* (ou *télékinésie*) ». Dans la rubrique « Ressources » du site de l'Institut, on trouvait des articles et divers textes, Cléo en parcourut quelques-uns. Elle lut un passage du *Traité de métapsychique* de Charles Richet, prix Nobel de médecine et cofondateur de l'IMI en 1919. Richet distinguait le psychique et le métapsychique en prenant pour critère nos capacités : était métapsychique tout ce qu'une intelligence humaine, même très profonde et très subtile, ne pouvait pas faire. Il donnait l'exemple du somnambule prodige Ossowiecki, capable de voir avec exactitude ce que représentait un dessin sur un papier roulé et glissé dans un tube de plomb de trois centimètres d'épaisseur. Il donnait cet autre exemple : « T. vient de quitter son ami J. qu'il a laissé en bonne santé. Il le voit apparaître devant lui, note l'heure, et dit : "C'est à 21 heures que J. est mort." C'est métapsychique, puisque aucune notion psychologique normale n'a pu apprendre à T. que J. est mort à 21 heures. » Cléo relut le passage plusieurs fois ; c'était à peu près ce qu'elle avait vécu samedi soir quand elle avait eu l'intuition de la mort de Belgrand. D'accord, les phénomènes psi existaient peut-être... Elle cliqua sur l'onglet « Contact » du site. Il était précisé qu'une permanence était assurée le lundi, on vous recommandait d'exposer succinctement votre problématique. Cléo hésita un instant. Non. C'était n'importe quoi. Elle cliqua pour fermer la fenêtre, ouvrit le dossier qui contenait ses fichiers sur le réseau secret Chiens & Chats. Elle avait collecté deux nouvelles annonces de chats perdus. Celles-ci ne contenaient pas de flashcode, juste un numéro de portable, mais la présentation de l'une d'elles correspondait à la charte graphique du Réseau : il y avait toujours deux photos du chat ou du chien, son nom n'était pas mentionné, les noms ou prénoms des propriétaires non plus et le texte de l'annonce, très bref, s'achevait invariablement par le mot *récompense*. Il fallait vérifier, mais il était déjà tard et la sensation de nausée revenait, insidieuse, plus forte que ce matin. Une migraine s'installa en quelques minutes, elle se déploya comme le nuage en champignon d'une explosion atomique. Impossible de travailler, impossible de penser, les douleurs ophtalmiques étaient trop vives. Cléo prit un Doliprane et s'allongea sur son lit. Tout se mélangeait dans son crâne, tout revenait en boucle, le sexe dressé de Belgrand devant elle, le migrant aux yeux mauves qui la fusille du regard, les nuées de flics, la mort de Belgrand. Vers 23 heures, un sentiment d'angoisse diffus prit soudainement consistance, une crise de panique monstre, Cléo sentit son cœur accélérer, il battait à tout rompre, elle se leva d'un bond, elle allait crever, elle se rua vers la kitchenette pour s'asperger le visage d'eau, son cœur n'avait jamais battu aussi vite, il allait rompre, un cœur humain ne pouvait pas battre aussi vite.

Voile noir. Cléo s'effondra sur le tapis de bouteilles de Coca vides. Elle ne reprit conscience que trois minutes plus tard, étendue sur le carrelage. Elle avait un goût de sang dans la bouche, elle s'était fendu la lèvre. Elle se rendit compte qu'une de ses dents était cassée, le petit morceau d'émail gisait sur le sol. Elle se releva mais elle n'allait pas mieux, elle sentait les assises du monde se fissurer sous ses pas, elle avançait sur la glace trop fine d'un lac gelé. L'angoisse était là, elle pesait sur sa poitrine, poisseuse comme une nappe de mazout. Cléo fouilla dans son tiroir à médocs et dénicha une boîte de Stilnox, un somnifère puissant, un hypnotique. Au début, c'était commode, le Stilnox, c'était même drôle, certains en faisaient un usage récréatif, c'était un moyen simple de se défoncer sur ordonnance. Elle en avait pris pour lutter contre les insomnies sévères qu'elle avait connues après la mort de sa mère, emportée par un cancer trois ans auparavant. Depuis, elle s'était sevrée de cette merde, elle avait même oublié l'existence de la boîte qu'elle tenait maintenant dans sa main. Elle expulsa deux comprimés de dix milligrammes de la plaquette et les avala avec un verre d'eau. En quelques minutes, la molécule fit effet, Cléo se mit à rire bêtement, seule dans sa chambre. Un calme irréel l'enrobait, un cocon de gaze feutrée. Elle se vit marcher vers son ordinateur en tanguant, elle se réveilla le lendemain dans son lit, la conscience embuée par les traces d'un sommeil chimique.

En relevant son courrier électronique, elle découvrit un mail de l'Institut métapsychique international. Il était signé François-Michel Borel, il répondait à un message qu'elle lui avait envoyé la veille à 23 h 31. Elle n'en avait aucun souvenir. Son message, écrit sous l'effet du Stilnox, était plutôt confus, elle y relatait vaguement son expérience de prémonition et de télépathie. Dans sa réponse, Borel lui donnait rendez-vous à l'IMI à 14 heures ce lundi. Il l'attendait. C'était aujourd'hui.

# Chapitre 11

*Manel*
*Boisseau*
*Ravard*

*Lundi 24 septembre 2018.*
*Gare Saint-Lazare, Paris 8ᵉ.*

*Plus vite, bordel, cours plus vite !*

Les yeux rivés sur les écrans de contrôle du PC sécurité de la gare Saint-Lazare, Manel voyait Boisseau slalomer entre les passagers sur le quai de la voie nᵒ 21. Dans son oreillette, elle l'entendait souffler comme un bœuf. Boisseau était puissant mais moins véloce que celui qu'il poursuivait. Le quai était encombré de voyageurs. Lancé à pleine vitesse, Boisseau percuta un Asiatique et l'envoya valser comme une toupie, il continuait à foncer à toute vapeur. Il dut faire un écart pour ne pas renverser une poussette, l'autre le distançait, il était loin devant, Boisseau entrevoyait par intermittence son crâne rasé. Il le vit ralentir et se retourner vers lui et le chercher du regard. Boisseau avait gagné un temps, il accéléra, il réduisait l'écart, il pouvait l'avoir. Manel l'encouragea, elle informa Ravard, posté sur un autre quai : Boisseau était presque au contact de l'individu pourchassé, il l'avait acculé au bout du quai. Manel vit Boisseau fondre sur sa proie. Mais juste au moment où un train entrait en gare voie 21, l'individu sauta sur la voie et la traversa, il évita de justesse la motrice, qui l'aurait haché menu. Il allait s'en tirer, il venait d'interposer des tonnes d'acier entre lui et Boisseau. Manel gueula dans le micro déporté de sa radio Acropole : « L'enfoiré nous échappe, il traverse les voies, il se dirige vers toi, Arnaud. » L'enfoiré qui était en train de leur filer entre les doigts était l'un des hommes en chemise noire qu'ils avaient repérés sur l'enregistrement vidéo de la porte de la Chapelle. Le portrait et le signalement des trois hommes avaient été diffusés dans tous les services de police, l'un d'eux fut identifié le lundi matin, il était fiché aux Stup. Il se nommait Luc Pelaprat, c'était une petite frappe, un trafiquant de faible envergure qui était déjà passé par la case prison. En dépit de son crâne rasé et de sa dégaine, il n'avait *a priori* aucun lien avéré avec le groupuscule des Vicaires, mais il avait pu évoluer et tomber sous la coupe de Stéphane Zenner.

Depuis sa capture, Zenner n'avait pas dévié de sa stratégie du silence, il n'y avait rien à en tirer. Pourtant, un autre membre des Vicaires, interpellé le dimanche et mis en garde à vue par la DGSI, avait craché le morceau, il s'était même montré très bavard. D'après lui, Zenner avait bien eu l'intention de commettre un crime de masse, il avait évoqué l'idée de mettre au point un poison à l'aide d'une bio-toxine et lui avait expliqué son plan en détail cinq ou six mois plus tôt. Fabriquer des bio-toxines, c'était facile. Les batrachotoxines étaient parmi les plus puissantes, il suffisait de se procurer des spécimens de *Phyllobates terribilis*, ces grenouilles pouvaient être importées illégalement de Colombie, elles étaient les plus dangereuses du monde, la toxine naturellement sécrétée par leur organisme était dix fois plus toxique que celle du fugu. Quand vous aviez réussi à vous procurer ces bêtes, il vous suffisait de les tuer avec de l'éther et de prélever leur peau, de la faire sécher et de la découper en fines lanières que vous plongiez dans du méthanol avant de mettre l'ensemble dans un blender et de mixer à haute vitesse pendant cinq minutes, de filtrer le mélange obtenu et de répéter l'opération plusieurs fois en ajoutant à chaque fois du méthanol pur ; la suite était aussi simple. Dans la nature, une seule de ces grenouilles produisait assez de batrachotoxine pour expédier *ad patres* une trentaine d'âmes ; à l'aide de sa méthode, Zenner était persuadé de pouvoir décupler le nombre de victimes. Il suffirait d'injecter le poison obtenu à l'aide de micro-seringues dans des bouteilles d'eau minérale ou directement dans les corps indésirables. D'autres poisons tels que la ricine ou l'abrine avaient aussi été envisagés. Dans l'appartement de Stéphane Zenner, un plan de Paris punaisé au mur faisait apparaître plusieurs zones entourées et hachurées au feutre noir dans la partie nord ; toutes correspondaient à des camps de migrants et aux locaux d'associations d'aide aux exilés. La plus vaste de ces zones était celle de la porte de la Chapelle. Ce ne fut pas une surprise : dans ses tracts et dans de nombreuses vidéos, le propagandiste avait fait des migrants, invariablement assimilés à des nuisibles à éradiquer, sa cible prioritaire. La plupart des enquêteurs s'accordaient à considérer le manifeste qu'il avait envoyé en hâte avant son interpellation comme une revendication directe des meurtres de masse de ce samedi soir. Le texte invitait ouvertement à pratiquer l'« amochage » de migrants et à mener une « contre-attaque » spectaculaire, il présentait les grandes lignes d'un plan de bataille effroyable et simpliste. Restait à trouver comment Zenner l'avait mis à exécution. Son ordinateur était actuellement passé au crible par les analystes de la DGSI et les fouilles de son appartement n'avaient permis de recueillir aucun matériel biologique ou chimique suspect. L'analyse du bornage de son téléphone portable n'indiquait pas qu'il se soit livré lui-même à ces préparatifs ni aux repérages, mais ses comparses avaient pu suivre à la lettre ses instructions et réaliser fidèlement son plan d'extermination ; ils avaient pu œuvrer en province ou en banlieue, dans un entrepôt ou dans un box loué sous un faux nom, les sentiers du Mal étaient innombrables. Pour l'heure, le cas des trois hommes repérés par le groupe de Ravard était considéré comme la piste la plus brûlante. Le seul qu'on avait identifié, Luc Pelaprat, n'était certainement pas en train de zoner pour traficoter et fourguer de la dope quand les caméras de vidéosurveillance avaient capté son image ce samedi-là porte de la Chapelle : son attitude et celle des deux autres suspects indiquaient qu'ils n'étaient pas étrangers aux désordres biologiques majeurs qui avaient causé vingt et une morts.

Pelaprat résidait à l'hôtel Louvain, 8 rue de Budapest. Il avait surpris les trois flics devant la porte de sa chambre alors qu'il rentrait chez lui, il avait réussi à prendre la fuite, il s'était engouffré dans la gare Saint-Lazare pour se fondre dans la masse des voyageurs. Boisseau et Ravard l'avaient pris en chasse tandis que Manel Hayache avait investi le PC sécurité de la gare pour superviser la poursuite. Elle avait pu voir Pelaprat échapper à Boisseau et franchir plusieurs voies occupées par des trains à l'arrêt. Elle indiqua à Ravard la position exacte du suspect, sa trajectoire allait rencontrer la sienne. Ravard courait sur un quai désert le long de la voie n° 27. Il était presque au bout de la plate-forme quand il vit Luc Pelaprat apparaître entre deux voitures d'un train intercités et se ruer vers le quai. Quand Pelaprat s'aperçut de la présence du flic, il était trop tard, il esquissa le geste de sortir un couteau à cran d'arrêt accroché à sa ceinture, mais un coup de poing dans le plexus solaire le plia en deux, le sol en béton heurta son dos, il était à terre, on le roulait sur le ventre, un genou écrasa sa colonne vertébrale, une paire de menottes doubles en serflex immobilisait déjà ses mains dans son dos, il n'avait rien pu faire.

On le transporta au Bastion. Après un bref examen médical, on le questionna, on lui montra des photos, et non, il ne connaissait pas Zenner, il avait seulement vu des vidéos de lui sur YouTube, il n'adhérait pas trop à son message, à la limite il préférait les vidéos de Soral, c'était un bon, Soral, il avait mis une sacrée branlée à Daniel Conversano. Luc Pelaprat répéta qu'il n'avait rien à voir avec la mouvance identitaire, et encore moins avec le drame du samedi précédent, il n'avait pour sa part eu aucun contact avec les migrants. S'il avait pris la fuite en voyant des policiers devant sa chambre d'hôtel, c'était à cause de l'héroïne qu'il y planquait, il ne voulait pas retourner en taule. Il ne tarda pas à livrer le nom de son acolyte de la porte de la Chapelle : l'autre homme en chemise noire était Ludovic Vernet, un traîne-savates sans intérêt qu'il avait rencontré en cabane deux ans plus tôt, à Fleury-Mérogis ; quant au vieux à bec-de-lièvre, il ignorait jusqu'à son nom, il n'était pas du milieu et la nature exacte de son activité lui échappait, mais Pelaprat avait cru comprendre que le vieux voulait écouler des substances auxquelles il avait accès, il payait bien et il lui arrivait même de filer à ses assistants des doses de dope à l'œil. C'est Vernet qui l'avait mis sur ce coup, il l'avait appelé ce samedi matin pour lui proposer le job. Les flics échangèrent un bref regard, Pelaprat était un demeuré, mais il semblait aussi sincère que limité. Il ne tarda pas à donner le numéro de téléphone et l'adresse de son complice. Vernet habitait dans le sud de Paris, près de la porte de Versailles.

Ravard reçut un appel, il quitta soudainement la salle d'interrogatoire, laissant le prévenu avec ses deux adjoints. Il devait de toute urgence rejoindre les autres officiers de la section antiterroriste dans la salle de crise. Là-haut, ce fut d'abord Lacarnoy, de la DGSI, qui prit la parole. Il ne cacha pas que la pression était forte, les médias pointaient la négligence coupable de son service, accusé d'avoir laissé le groupe d'ultra-droite passer à l'acte alors même qu'il était en principe placé sous surveillance. De fait, certains officiers de la DGSI avaient persisté à ne voir en Zenner qu'un fort en gueule. Lacarnoy souligna que néanmoins les interrogatoires menés auprès des Vicaires interpellés commençaient à porter leurs fruits, de nouveaux éléments venaient d'émerger: 1°) dans la constellation des partisans de Zenner, on pouvait maintenant discerner un noyau de fanatiques capables d'aller au bout de leurs convictions; 2°) ce noyau dur était constitué de treize individus, qui ne connaissaient les uns des autres que leurs pseudonymes; 3°) onze d'entre eux étaient déjà placés en garde à vue à Levallois: Inquisiteur, Ark, Krusader, Scorpion, Sacrilège-Zéro, Harpy, Arreat, Carnal, Walking Ghost Phase, Absolution et Vengeance. Ne manquaient à l'appel que Manticore et Doc Trasher. De ces deux-là, on ne savait rien; ils couraient toujours.

Lacarnoy céda la parole à Diard, le directeur de la brigade, qui résuma la situation: la nature exacte de la substance toxique injectée aux migrants n'avait pas encore été déterminée, quant à ceux qui étaient morts sans avoir reçu d'injection, on ne savait toujours pas s'il s'agissait exactement de la même cause. La contamination avait été foudroyante, mais son origine et sa nature restaient troubles. Les victimes avaient-elles ingéré l'agent toxique ? L'avaient-elles inhalé ou était-il entré dans leur organisme par simple contact avec la peau ? Ce jour-là, les bénévoles avaient distribué un grand nombre de bouteilles d'eau minérale, contenaient-elles le poison ? « Mais nous avons un autre problème », ajouta Diard. Il invita les officiers à se tourner vers le mur d'écrans de la salle de crise.

En gros plan, le visage pixélisé d'un homme africain, un visage dévoré par des yeux exorbités, le visage d'un homme possédé. C'était l'un des migrants présents à la porte de la Chapelle le soir du samedi 22 septembre. L'exploitation des images de vidéosurveillance avait permis d'établir que les bénévoles l'avaient ravitaillé en nourriture et en eau et qu'il avait été au cœur de l'hécatombe, mais contrairement aux autres, il était resté debout, avec son sac à dos à l'épaule, la tête levée vers le ciel dans une attitude déroutante. Il avait disparu de la scène avant l'intervention des pompiers. Il ne figurait ni parmi les morts, ni parmi les rescapés, qui avaient tous été placés en quarantaine et qui subissaient des hémodialyses pour lutter contre l'inexplicable transformation biologique dont on avait observé les prémices en eux. On avait interrogé les moins affaiblis. D'après leur témoignage, l'homme qui manquait à l'appel était un Érythréen, ils le connaissaient à peine, ils ne semblaient pas l'aimer. Son organisme ou son sac à dos contenaient peut-être un agent toxique hautement contagieux et il était introuvable. Il s'était évaporé dans la nature comme un gaz mortel.

# Chapitre 12

*Jed*
*Yared*

*Nuit du dimanche 23 au lundi 24 septembre.*
*Station de métro Belleville, Paris 11ᵉ.*

Il s'appelait Jed et sa peau était sale. Le jeune SDF était avachi contre un distributeur de boissons gazeuses, il lisait un roman de Virginie Despentes ramassé un peu plus tôt dans une poubelle sur le quai. Les autres SDF étaient emmitouflés jusqu'au sommet du crâne dans leurs sacs de couchage, ils ne bougeaient pas, ils ressemblaient à des cadavres dans des housses mortuaires. Il était 3 heures du matin et tout était calme dans la station de métro Belleville. On avait laissé des sans-abri y passer la nuit.

Jed leva les yeux de son bouquin, son chien s'était mis à japper. Il vit le bâtard bringé trottiner jusqu'à l'extrémité du quai. Jed l'appela, mais la bête ne vint pas au rappel. En un clin d'œil, elle avait disparu de son champ de vision, elle venait de descendre sur les voies. Jed l'appela encore, il ne parvint qu'à réveiller les autres SDF, qui se mirent tous à gueuler dans la station vide. Il se releva et longea le quai, il aperçut le clébard au loin, qui avançait sur les voies en direction d'une silhouette à peine distincte de la nuit. Jed se retourna, il avait laissé son duvet et un gros sac Ikea bleu qui contenait sa vie près du distributeur de boissons. S'il décidait d'aller récupérer le chien, les autres se serviraient, c'était certain. Passé un certain seuil de dénuement, la solidarité n'existe plus. Jed calcula vaguement les possibilités de vie en présence. Le dilemme était faible. Dans les deux plateaux de la balance, rien ne pesait très lourd. Il repoussa le panneau jaune « Passage interdit au public – Danger » et descendit les escaliers de service qui menaient aux voies. Il se lança à la poursuite du chien, il l'entendait au loin, les aboiements ricochaient dans le tunnel. Et puis plus rien, juste un silence parasité par les grondements de machines souterraines et le grésillement des néons. Jed marcha longtemps, attentif à poser ses pieds entre les rails électrifiés. La station Belleville était déjà loin dans son dos, comme une rive dont il se serait trop éloigné. Devant lui, le tunnel formait maintenant un coude. Des engins d'entretien de la RATP pouvaient débouler à tout instant. Il fit une pause, mais pas de motrice dans les parages, il se remit en marche et déboucha dans une longue portion de tunnel en ligne droite. À une cinquantaine de mètres devant lui, un arc électrique figea l'espace dans un éclat bleuté. Jed vit une longue silhouette efflanquée se découper dans le flash intense, un homme. Il se mit à courir vers lui comme l'avait fait son chien auparavant. Il courait et il était seul. Il était maintenant à une dizaine de mètres de l'homme, un Africain maigre comme un épouvantail. Il pouvait distinguer ses yeux exorbités, des yeux déments. On eût dit la version zombie de Michaël Jackson dans le clip de « Thriller ». Jed stoppa net sa course. Il se trouvait face à Yared. Il n'était pas assez proche de lui pour discerner les étranges lueurs mauves qui dansaient dans ses prunelles, mais suffisamment pour deviner que quelque chose clochait. Une crainte inexplicable se diffusa dans sa poitrine, une dose massive d'azote liquide directement injectée dans son système sanguin. L'homme décharné le regardait comme un prédateur regarde sa proie. C'est pourtant lui qui se mit à fuir. Oui, l'homme s'enfuyait, il était comme emporté dans un mouvement de fuite infinie et Jed sut qu'il serait vain de vouloir le suivre.

Yared courait, son sac battait contre son dos, il fuyait une fois de plus. Il savait qu'il y avait toujours quelque chose à fuir ou quelque chose à prendre, que la vie se ramenait à ce choix élémentaire. Il avait beaucoup pris. De l'argent, de la nourriture, des vêtements et plusieurs vies humaines. Il avait même pris un nom, ce nom de Yared Wossem qui n'était pas le sien, un nom provisoire, un abri de fortune au milieu de la grande débâcle cosmique. Yared l'homme sans nom fuyait depuis des années. Il avait encore pris la fuite samedi soir, avant l'arrivée du SAMU et des forces de police à la porte de la Chapelle. Il avait profité de la confusion pour charger son sac dorsal de bouteilles d'eau et de boîtes de conserve, il avait traversé le boulevard des Maréchaux et franchi une palissade pour se réfugier dans une zone en construction. Là, il avait passé une partie de la nuit à l'intérieur d'un immeuble qui commençait à sortir de terre. Il avait pu entendre le bruit des sirènes et l'intense agitation à un jet de pierre de sa planque. Il avait pu percevoir les attroupements autour des cadavres des migrants et des bénévoles, il avait vu distinctement d'immenses faisceaux de filaments mordorés s'étirer vers le ciel au-dessus de la porte de la Chapelle, des faisceaux de terreur pure, et il avait su qu'il ne pourrait pas se terrer bien longtemps dans ce bloc de béton, qu'il devrait fuir beaucoup plus loin. La pulsion de fuite palpitait dans son ventre comme un élan intense, c'était comme la tête visqueuse d'un *alien* qui travaillait son ventre de l'intérieur, prête à le faire éclater. L'équipe de surveillance du chantier avait effectué sa ronde avant l'aube. Yared avait senti leur présence bien avant de les entendre. Il avait réussi à sortir de l'enclave de la zone en construction Bouygues sans éveiller leur attention, il s'était retrouvé dans la rue, paumé au milieu de passants aux allures de vapeur mauve tourbillonnante. Yared était un spectre dans un monde peuplé de spectres. L'espace était tissé de filaments de moisissures, il y en avait partout, Yared les voyait ; en se concentrant, il pouvait même les toucher et les pincer, les faire vibrer comme les cordes d'une guitare céleste. Ce spectacle dépaysant et grandiose était devenu oppressant. Yared était entré dans une bouche de métro, il avait sauté les tourniquets et s'était laissé transporter pendant des heures, descendant d'une rame et montant dans une autre, changeant de ligne au hasard. Les murmures dans sa boîte crânienne s'étaient amplifiés, il entendait les pensées, discernait leurs trajectoires et leurs couleurs. Depuis l'injection que l'homme aux longs cheveux blancs lui avait administrée le samedi dans l'entrepôt, les visions hallucinées se succédaient en rafales, c'était épuisant. Les êtres étaient poreux, ils avaient perdu leurs contours. Yared respirait leurs émanations, il était à bout de forces. Il était sorti d'une rame de métro à la station République. Les couloirs et les quais étaient bondés. C'était comme une masse de nébuleuses en mouvement, une masse de plus en plus compacte qui menaçait de l'étouffer. Yared s'était approché d'une extrémité du quai et s'était glissé sur les voies, personne ne l'avait vu. Il s'était tapi dans un renfoncement du tunnel, il y était resté prostré le reste du dimanche, jusqu'à ce que les trains ne circulent plus. L'atmosphère s'était décongestionnée, il pouvait à nouveau respirer. Il avait commencé sa marche dans le tunnel depuis un quart d'heure quand il détecta des présences. L'une d'elles était une sorte de petit vortex orange. Il l'appela *en pensée*, et la chose se rua vers lui. Un chien fit son apparition sur les voies. Yared fit demi-tour et marcha quelque temps, puis il laissa tomber son sac à dos, posa un genou à terre et tendit les mains vers la bête qui l'avait suivi. Elle se mit à trottiner vers lui. Quand elle fut assez proche, il l'attrapa. Il la tenait dans ses bras, ses mains plaquées sur sa cage thoracique et son abdomen. Il sentait la bête de l'intérieur, elle était chaude, son cœur battait vite. Yared voyait les ventricules expulser le sang et se gonfler à nouveau, *plic ploc,* la vie, mécanique grotesque. Le chien le regardait avec son œil rond quémandeur. Sa confiance idiote et sublime déclencha quelque chose dans l'esprit de Yared, une brusque giclée de haine. L'homme se mit à serrer l'animal de toutes ses forces, il l'étranglait, il le broyait, les os et les cartilages émirent des craquements. Au loin, un gribouillis vivant et lumineux venait d'apparaître. Un homme venait à sa rencontre. Yared relâcha son étreinte. La bête était plus morte que vive, mais elle était chaude et le sang circulait encore à l'intérieur. Il la suspendit au-dessus du rail électrifié. Une lueur pétilla dans l'œil du chien. Il lâcha l'animal qui fit un saut de carpe en touchant le rail, le contact produisit un arc électrique. En face, l'homme s'était mis à courir, il se rapprochait dangereusement. Yared ramassa son sac à dos. Le sac était mal fermé, une bouteille d'eau minérale roula au sol. Pas le temps de la récupérer, l'homme fondait sur lui, il était là, c'était une marionnette désarticulée, une poupée de fibres fluorescentes. Yared le fixa du regard, il déchira *en pensée* des fibres de la créature et dégagea aussi vite qu'il pouvait.

Jed vit l'homme détaler et repéra quelque chose à terre. Une petite boule sombre près du rail. Son chien, il était mort. Le jeune SDF s'accroupit auprès de lui et prit la dépouille dans ses bras. Il demeura un long moment à caresser le corps sans vie avant de le déposer délicatement. Il se sentait fatigué, avec la bouche sèche et la langue comme du papier de verre. Il y avait une bouteille d'eau à terre, ça tombait bien, il crevait de soif, il la descendit d'un trait. Le face-à-face avec le dément l'avait ébranlé – il avait manqué de se pisser dessus – et la mort de son chien était un coup dur, Jed était vidé, avec la sensation de flotter dans les airs. Il décida de retourner à la station Belleville et revint sur ses pas. Rapidement, la sensation de flotter dégénéra en vertiges et en fourmillements dans les doigts. Les douleurs abdominales firent leur apparition, des spasmes assez violents pour tordre en deux une barre de métal. Jed tomba à genoux et vomit ses tripes. Il se traîna dans une niche à l'intérieur du mur du tunnel. Ses doigts étaient paralysés, il ne pouvait plus remuer ses jambes, la salive remplissait sa bouche, il devait se concentrer sur l'effort de déglutir. Il dut s'allonger complètement, ça n'allait pas très fort. C'était comme si on avait posé une pierre sur son muscle cardiaque mis à nu, elle pesait de tout son poids, de plus en plus lourde. Jed s'enfonça dans la mort au milieu de la nuit. Son corps ne fut découvert que le surlendemain, le mardi, en début de matinée, par un agent de la RATP chargé de l'entretien des voies. D'abord convaincus que son décès était dû à une overdose, à cause des pupilles dilatées et des marques de piqûre anciennes au creux de son bras, les policiers firent le lien avec l'affaire des migrants de la porte de la Chapelle quand ils découvrirent les hémorragies pétéchiales qui marbraient son torse et ses membres. Ils alertèrent la section antiterroriste du Bastion.

Pendant les heures qui suivirent sa rencontre avec le SDF, Yared marcha dans les tunnels sans rencontrer âme qui vive. Il s'assit sur le ballast et sortit une boîte de haricots de son sac. Tandis que ses doigts plongeaient dans la boîte et portaient la nourriture à sa bouche, il observait ses mains presque translucides. Il pouvait voir ses os, ses muscles et les ramures de son système nerveux. Il ne comprenait rien à ce qui lui arrivait depuis samedi, il comprenait seulement que c'était bon à prendre, il fallait savoir prendre. Il fallait aussi savoir fuir. Quand il reprit sa marche, il s'aperçut qu'un engin de maintenance des voies lui barrait la route au loin. Des ouvriers cheminaient vers lui, mais pas question de retourner en arrière. Il remarqua une ouverture dans la paroi du tunnel, à mi-hauteur. Il escalada la paroi et s'engouffra dans un boyau étroit, il rampa à côté de câbles à haute tension et se blottit contre leurs gaines. Ce fut comme si la mort se lovait contre elle-même. Yared se sentait bien, il se sentait chez lui. Il bascula dans un sommeil sans rêves.

# Chapitre 13

*Borel*
*Noirac*

*Lundi 24 septembre 2018.*
*Institut métapsychique international,*
*51, rue de l'Aqueduc, Paris 10^e^.*

Après avoir fixé rendez-vous à Cléo Noirac à l'IMI, Borel avait fait une recherche rapide sur elle. Elle avait écrit plusieurs articles sur André Breton, le surréalisme, les machines célibataires et le hasard objectif. Une étudiante, encore une petite nana désireuse d'assouvir sa curiosité ou de tourner en douce un reportage sur l'Institut pour le diffuser sur son blog ou sa chaîne YouTube. Au fond, Borel s'en foutait, il avait consacré la fin de son dimanche soir à retravailler un chapitre de ses *Carnets métapsychiques*, un livre qu'il n'écrivait que pour lui seul et qu'il ne publierait jamais. Ce matin, il avait assuré ses cours au lycée Jules-Ferry, la leçon du jour portait sur la notion de contingence, étudiée à travers l'idée de miracle. Il avait expliqué qu'un miracle n'est qu'une exception à une règle, la suspension d'une régularité dans l'enchaînement des phénomènes, autrement dit la mise entre parenthèses des lois de la nature, mais ces lois supposées constantes n'étaient peut-être elles-mêmes qu'une exception dans le cours du monde saisi à une échelle plus vaste, ou un effet d'optique lié à notre ignorance de certains plans d'existence. Il avait laissé sa pensée suivre sa pente habituelle et le cours de philo avait dérivé vers la question des phénomènes paranormaux. Borel avait cité Bergson, William James et *Les Racines du hasard* d'Arthur Koestler. Tout en parlant, il observait les élèves, son propos leur passait au-dessus de la tête. Pour eux, l'essentiel était ailleurs, sur Insta ou sur Snap. Pourtant, à la fin du cours, une élève était restée dans la salle de classe, elle avait une question à lui poser. Borel avait presque repris espoir, au moins son cours avait éveillé la curiosité chez une personne. L'élève avait des cheveux tressés, ils ressemblaient à un calamar décoloré. Elle ouvrit la bouche pour lui demander s'il teignait les siens. C'était ça, sa question. Borel éluda, il quitta la salle ; l'enseignement, il en avait décidément sa claque. Il avait quarante-sept ans, avait toujours été roux et ne se teignait pas les cheveux. Pour son grand malheur, Borel se lassait vite, son tempérament le prédisposait à l'ennui. Sa thèse de doctorat sur Gabriel Marcel et ses diverses publications l'avaient diverti pendant un temps. Les permanences qu'il assurait à l'IMI lui avaient offert une autre distraction et même le sentiment de participer à une recherche dans un domaine encore en friche de la vie de l'esprit. Mais il fallait bien admettre que les recherches sur le paranormal étaient moribondes, les permanences à l'IMI étaient surtout l'occasion d'assister à un défilé de zinzins et de personnes en souffrance.

Borel sortit du lycée et traversa la place de Clichy, il déjeuna au Wepler. Il y avait son rond de serviette et sa place habituelle, sous une étrange fresque où des personnages en déséquilibre se pourchassent mutuellement. Depuis son poste d'observation, il voyait les clients attablés. Le nez sur leur smartphone, ils se parlaient peu, ils avaient désappris à voir, ils étaient comme tous les autres, au fond de la nuit, aveugles à l'évidence des phénomènes, leur monde était étriqué, pétri de contradictions grosses comme des pelotes de varices. Certes, Hegel avait montré que la contradiction c'est la vie, mais les contradictions proliféraient en vrac dans les cerveaux, elles se métastasaient, tous les organes du corps social étaient atteints, la décomposition était proche. Devant les vitrines du Wepler, des jeunes « recruteurs de donateurs » pour Médecins du monde filtraient le flux des passants comme des anémones de mer, ils alpaguaient les piétons les moins rapides, les meilleurs d'entre eux obtiendraient le statut de « recruteurs boosters », ils donneraient l'exemple aux autres recruteurs et pourraient gagner jusqu'à quinze euros de l'heure. Certains, parmi eux, croyaient en leur cause. Borel, lui, n'en avait aucune, il n'avait pas de convictions morales ou politiques et il jugeait Marx ennuyeux. Bien sûr, les besoins matériels étaient premiers, il fallait bien bouffer, mais la politique était une question de luttes violentes et sinistres, et dans toute cette réduction du réel à des problèmes d'intendance, il y avait quelque chose d'un peu raide. Borel fuyait les engagements, il n'avait pas d'enfants ni de femme, des maîtresses ponctuellement ; il n'avait pas non plus fait carrière et n'était pas devenu un philosophe de premier plan. Un jour, il avait vu Alain Badiou attablé au Wepler et, sous ses yeux, le philosophe contemporain le plus lu dans le monde avait fait un caprice de star, il avait exigé du serveur un knack-frites. Badiou adorait les knacks-frites, Michel Onfray en aurait certainement tiré de brillantes réflexions, n'avait-il pas bâti son œuvre sur l'idée que la pensée d'un philosophe n'est pas sans rapport avec ce qu'il mange ? Bref, l'époque était philosophiquement misérable, elle était convulsive et d'une grande laideur, mais les profiteroles du Wepler étaient un délice. Borel lécha même le chocolat dans l'assiette. Il se rendit à l'Institut métapsychique international en marchant sous un ciel bleu cobalt. L'IMI était situé rue de l'Aqueduc, il fallait traverser la cour intérieure d'un vieil immeuble pour y accéder. C'était une maison cernée par de hauts bâtiments. Borel avait les clefs, il s'installa dans la bibliothèque de l'Institut, l'endroit était très calme, il s'y sentait comme chez lui. Il relut une partie de l'*Essai sur les apparitions* d'Arthur Schopenhauer.

À 14 heures précises, on sonna à l'interphone. « C'est tout droit, au bout de la courette », dit-il. Une fille d'une vingtaine d'années entra dans le clair-obscur de la bibliothèque. Taille moyenne, des cheveux teints en bleu, pas exactement une silhouette de mannequin, mais elle avait un beau visage. Et elle avait des seins. Dans sa main droite, elle tenait une sorte d'affichette arrachée, une annonce pour un chat perdu. Elle la fourra dans son sac et tendit sa main à Borel. Une main petite et toute chaude, une main vivante. La fille avait l'air paumée, trop pâle, malade, droguée peut-être. Une camée, formidable.

# Chapitre 14

*Manticore*

*Lundi 24 septembre 2018.*
*Rue de Provence, Paris 9^e^.*

Pendant ses pauses, Emma avait l'habitude de fumer une clope, adossée au mur des Galeries Lafayette en compagnie des autres vendeuses. Sur le trottoir d'en face, Manticore guettait son apparition depuis un quart d'heure, mais elle ne se montrait pas. Il était pourtant certain que son ex travaillait le lundi. Il hésita à aller interroger les trois filles en tailleur noir qui papotaient devant l'entrée de service des Galeries, elles connaissaient sûrement Emma. Au même instant, l'une d'elles le remarqua et lui lança un regard torve. Avec son allure fripée, son sweat à capuche noir, ses rangers et son sac à dos militaire camouflage, il n'inspirait pas vraiment confiance, sa présence commençait à devenir suspecte. Les flics patrouillaient souvent rue de Provence, traîner dans les parages n'était pas l'idée du siècle. Manticore se savait traqué, sa photo devait circuler dans tous les commissariats. Il décida malgré tout d'attendre encore un peu, Emma pouvait paraître d'un instant à l'autre. Il lui expliquerait tout et elle l'aiderait, elle était sa planche de salut, il n'en avait pas d'autres. Dans sa représentation du monde, les femmes aimaient sauver les hommes qui se noient, et Manticore avait justement le sentiment de couler à pic. Depuis samedi soir, il avait perdu pied. Quand il avait appris les événements de la porte de la Chapelle, il avait aussitôt fait le lien avec les Vicaires, et certains propos tenus par Zenner lors de son discours dans le bar de Lorville s'étaient subitement éclairés. Le « Z » n'avait-il pas dit qu'il fallait *frapper très fort* pour marquer les esprits ? Oui, les Vicaires avaient fait le coup, c'était signé. Mais lequel d'entre eux ? Impossible à dire. Probablement Doc Trasher, le doyen du groupe ; il était le plus proche de Zenner, c'est sans doute lui qui avait eu le privilège de réaliser cette mission, de faire quelque chose qui compte ; il entrerait dans l'Histoire. Manticore en avait éprouvé une soudaine affliction, la morsure d'une blessure d'orgueil, on ne l'avait pas estimé apte à mener cette opération. Mais, très rapidement, la panique l'avait submergé : sur BFMTV, l'un des chroniqueurs avait directement mis en cause les Vicaires et annoncé une vague d'arrestations imminente ; la nouvelle de l'interpellation de Stéphane Zenner était tombée peu après. Manticore avait dû tout quitter dans la précipitation, n'emportant que l'essentiel. Il avait abandonné son appartement du quartier de Picpus comme on laisse derrière soi une patrie qu'on ne reverra jamais. En l'absence d'un plan de fuite établi à l'avance, il s'était mis à errer dans Paris. Sa dérive l'avait finalement conduit en bord de Seine, près de Bercy. Il avait fait une halte sous la passerelle d'Ivry-Charenton et s'était assoupi. Le dimanche, au petit matin, il s'était éveillé, entouré de sans-abri au morphotype indéterminé, pouilleux parmi les pouilleux. L'un d'eux lui avait tendu une bouteille contenant un liquide couleur jaune pisse. Il avait repoussé l'offrande avec dégoût et rapidement vérifié que rien ne manquait dans son sac à dos. Il fut rassuré, l'arme était encore là. Un pistolet CZ 75 Shadow racheté d'occasion à un membre du club de tir dans lequel il s'était inscrit fin 2016. Son autre trésor était au fond du sac, sous les boîtes de munition.

L'*Esquisse*.

Zenner lui avait envoyé le fichier le samedi matin depuis une adresse mail créée à cet effet. Manticore avait imprimé le texte dans l'agence de voyages où il travaillait en CDD et il avait emporté la précieuse liasse de feuilles chez lui, passant le reste du samedi à lire la prose de son maître à penser. Pendant leur dernier entretien individuel dans le bar de Lorville, l'idéologue lui avait donné pour mission d'effectuer la relecture de son traité. Manticore s'était senti flatté, il serait le premier lecteur du manifeste de Zenner et, de fait, il en avait découvert les premières pages.

L'*Esquisse d'un tableau général des Vicariances* se présentait comme un long mémoire divisé en deux parties. La première partie, assez dense, déterminait le concept biologique de vicariance avec rigueur. Quand une population ancestrale se trouvait divisée en plusieurs populations dérivées et que chacune se développait sur une aire géographique distincte, le flux génétique entre ces populations s'interrompait et des différences raciales survenaient – ainsi, les Asiatiques avaient développé, entre autres particularités génétiques, celle de mal métaboliser l'alcool. Lorsque les barrières entre ces populations s'effondraient, certaines populations se dispersaient pour investir les aires de répartition des autres. Les niches écologiques des populations allogènes et des populations autochtones étant identiques, il s'ensuivait inévitablement une compétition à mort : il y avait alors *vicariance*. Zenner opposait le modèle-type du *Dispersé*, dont la figure exemplaire était celle du migrant, à celui du *Vicariant*, qui défendait sa forme-de-vie et son territoire ; il proposait de nommer *dégradation* tout phénomène indiquant la victoire du Dispersé sur le Vicariant. Cette victoire était fonction des dynamiques collectives éthologiques et démographiques ; à cet égard, la religion découlait seulement d'une logique de la compétition entre espèces vicariantes, elle constituait une stratégie de lutte globale. Le progressisme de gauche niait pourtant en bloc ces vérités – autant nier la rotondité de la terre. Car Zenner se situait du point de vue de la Nature elle-même ; il se rêvait en Spinoza des races.

Plus ample, la seconde partie du manifeste avait la forme d'un lexique semblable au *Dictionnaire du diable* d'Ambrose Bierce. Elle exposait, tantôt à travers des aphorismes, tantôt dans de longs développements analytiques, les applications concrètes de ce modèle théorique et naturaliste à la situation politique française. On y trouvait pêle-mêle des compilations de faits divers, des statistiques, des citations et des commentaires philosophiques. De façon plus radicale que les sites agrégateurs d'informations tels que *Fdesouche*, Zenner parvenait à faire émerger une trame unique sous les anecdotes et faits divers collectés et résumés. Il montrait que la marche de l'Histoire, saisie du dedans, avait conduit l'humanité au bord de la vicariance généralisée. La phase prodromique était dépassée, la maladie s'était déclarée : une guerre des races sans précédent s'annonçait. Dans la préface de son manifeste, Zenner disait sa dette à l'égard de Kaczynski et de l'*Encyclopédie des nuisances*, il rendait aussi un hommage appuyé à la pensée de Julius Evola. La conclusion, sobrement intitulée « Contre-attaque », esquissait un programme politique minimal qui faisait la part belle à l'amochage de migrants. En déchiffrant les mots de Zenner, Manticore avait eu l'impression d'entendre sa voix, cette voix envoûtante capable de mettre la vérité à la portée de tous les entendements.

Il soupesa son sac à dos, le manuscrit était là, il pesait le poids d'un âne mort, mais il était sauvé des eaux, il ne tomberait pas entre des mains ennemies, même si celles-ci avaient capturé Zenner. Manticore avait appris l'interpellation des autres Vicaires en parcourant un journal gratuit le lundi matin aux abords de la gare de Lyon. Mais s'agissait-il du noyau dur qui se rassemblait périodiquement dans le bar de Lorville ? Avaient-ils tous été arrêtés ? Il chassa ces pensées et se concentra sur l'entrée de service des Galeries Lafayette. Emma ne se montrait toujours pas. Il nota que les trois vendeuses conversaient entre elles en l'observant du coin de l'œil, signe qu'il était temps pour lui de décaniller. Il se mit en mouvement, il fallait fuir, se cacher. Il eût été si simple d'appeler Emma, mais il s'était débarrassé de son portable par crainte d'être traçable. De toute façon, Emma avait bloqué son numéro. Il était à la rue et il n'avait plus qu'elle, même s'il l'avait perdue depuis longtemps. Il la retrouverait chez elle, elle lui donnerait asile, il voulait le croire. Il marchait comme dans un rêve, au milieu de silhouettes pâles. La fatigue accumulée au fil des nuits blanches menaçait de se déverser dans sa tête comme un sac de ciment à prise rapide. Mais tout n'était pas perdu, il avait le manuscrit dans son sac. Il avait aussi le flingue.

# Chapitre 15

*Borel*
*Noirac*

*Lundi 24 septembre 2018.*
*Institut métapsychique international,*
*51, rue de l'Aqueduc, Paris 10e.*

Les cours à la fac reprenaient dans une semaine et Cléo n'avait rien de précis à faire, sinon écrire son article pour *La Nouvelle Chair*, mais elle se sentait trop fébrile pour travailler, elle était encore sonnée. Car, putain, Thibault était mort, c'était un choc répété à chaque fois qu'elle y pensait. Il était mort le jour même où ils avaient couché ensemble pour la première fois. Sans le savoir, elle avait été sa dernière femme, sa dernière cigarette de condamné ; la mort était venue clore la série impressionnante de ses conquêtes et le reste avec. Cléo passa des heures à surfer sur des sites d'information et à scroller des fils de discussion sur Twitter et Facebook, elle regarda aussi la moitié d'un reportage sur Stéphane Zenner, le nouveau facho tendance qui réarmait idéologiquement une certaine jeunesse française et qui, selon toute vraisemblance, avait commandité les meurtres de masse de la porte de la Chapelle. Zenner ne perdait jamais une occasion de rappeler dans ses vidéos qu'il avait grandi à Saint-Denis en banlieue parisienne et qu'en sa qualité de *babtou fragile*, il en avait bavé ; il aimait aussi raconter comment, le soir de son vingtième anniversaire, ses parents avaient été fauchés par une racaille au volant d'un véhicule volé – sa mère n'avait pas survécu. Il laissait entendre que le deuil lui avait forgé un caractère et un destin, celui d'un homme tragiquement appelé à mener un combat contre les hordes de nuisibles qui envahissaient la France. Mais se prenait-il sérieusement pour le fer de lance d'une lutte pour la défense de sa race ? Était-il vraiment passé à l'acte ou n'était-il qu'un polémiste dont les propos étaient montés à la tête de sympathisants zélés et hors de contrôle ? Les rédactions de plusieurs journaux privilégiaient la première hypothèse, elles reproduisaient avec complaisance certains fragments du manifeste que Zenner avait posté sur différents forums juste avant sa capture. À l'entrée « Passivité » de son *Esquisse*, le polémiste avait écrit : « Un vrai chef ne se contente pas de parler. Il *montre* la voie pour restaurer une juste vision du monde. Il *agit*. Sans garde-fou, sans filet, sans états d'âme. »

Cléo ne poussa pas plus loin la lecture, elle quitta son bureau et ouvrit son frigo, il n'était pas mieux garni que la veille. Midi était passé, elle se rappela que Borel lui avait donné rendez-vous à 14 heures à l'Institut métapsychique international ; ce n'était pas très loin, elle pouvait encore y être. Elle avait d'abord hésité, elle était sortie de chez elle sans certitude et s'était dirigée presque machinalement vers l'entrée du métro, elle avait continué sur sa lancée en se disant qu'elle pourrait toujours renoncer en chemin. Son hésitation s'était étirée comme un chewing-gum, elle avait duré pendant tout le trajet. L'hésitation était chez Cléo une disposition fondamentale, une manière d'être au monde et de faire les choses sans avoir l'impression d'être engagée par elles, l'hésitation ne bloquait pas son action mais l'accompagnait. Cléo avait pris la ligne 2 jusqu'à la station Jaurès, elle avait un peu tourné en rond avant de trouver la rue de l'Aqueduc. Sur sa route, elle remarqua une affichette scotchée sur une descente de gouttière, une annonce pour un chat perdu. On y voyait deux photos du même chat de race, un chartreux aux yeux jaunes. L'annonce contenait un flashcode et mentionnait une récompense possible. Cléo arracha l'affichette et continua son chemin. À l'aide d'une appli téléchargée sur son iPhone, elle scanna le flashcode de l'annonce, il la dirigea instantanément vers une page Web qui mentionnait simplement une plage horaire et un lieu : le mardi de 20 à 21 heures dans la cour d'honneur du Palais-Royal. C'était sans équivoque, la personne qui avait posté l'annonce appartenait au réseau de rencontres sur lequel elle enquêtait.

Il était 14 heures pile. Le numéro 51 de la rue de l'Aqueduc était là, juste à côté de la boutique d'un épicier arabe. Sur une plaque de cuivre, on pouvait lire « Institut métapsychique international ». Cléo sonna à l'interphone. « C'est tout droit, au bout de la courette », dit une voix. La porte de l'immeuble s'ouvrit. Au fond du hall d'entrée, une autre porte était ouverte, elle donnait sur un vestibule dont les murs étaient surchargés de rayonnages, des centaines de numéros de la *Revue métapsychique*, du *Journal of Parapsychology* et des *Annales des sciences psychiques*. Cléo traversa le vestibule. Il donnait sur une cour intérieure et sur une sorte de maison avec un long toit en pente. C'était l'Institut. Sa porte était entrouverte, elle la poussa.

À l'intérieur, un homme entre deux âges se tenait au milieu d'une vaste pièce blanche. Il la fixait de ses yeux gris clair. Sa chevelure roussâtre était ébouriffée et son corps svelte donnait l'impression d'être sec comme un nerf de bœuf. Il portait une paire de jeans, une veste en velours et un vieux pull froissé. Il se présenta, François-Michel Borel, il lui dit que son cas l'intéressait beaucoup et l'invita à s'asseoir à la grande table de réunion. Des rayons de livres rassemblés par ordre thématique couraient sur les murs, Cléo remarqua le thème « spiritisme ». Dans un coin, sur un tableau blanc monté sur trépied, on avait dessiné une vaste carte mentale où figuraient les mots *émotions*, *message*, *rêve*, *corps*, *neutralité*, *disponibilité*, *ouverture*. Le mot *volonté* était barré.

« C'est la bibliothèque », dit Borel avec un vague geste de la main. Il ajouta : « Elle sert aussi de salle d'accueil, les salles où nous menons les expériences se trouvent au sous-sol. » Il désigna un escalier qui descendait, tout au fond de la salle. Une clarté tombait de la verrière du plafond, il régnait une atmosphère de marécage paisible. Cléo balaya à nouveau la pièce du regard. Il y avait un grand nombre de revues scientifiques, un fonds documentaire considérable, mais l'Institut manquait quand même de fric, c'était visible. Des taches d'humidité s'étendaient au plafond, les locaux étaient anciens, tout était resté dans son jus depuis des lustres. L'endroit était moins mythique que miteux, mais peut-être était-il propice à la manifestation des esprits ? Peut-être lui permettrait-il d'entrer en communication avec l'esprit de Belgrand ? Tout cela était absurde, et pourtant elle était là, et ce lieu improbable existait. On était quelque part entre le bureau de Fox Mulder dans *X-Files* et celui de Bill Murray au début de *Ghostbusters*. Borel n'avait pas du tout l'air gêné, il lui montra un portrait de Camille Flammarion accroché au mur : « C'était un grand homme, il a fait beaucoup pour les recherches métapsychiques. » Le regard de Cléo tomba sur un Oui-ja, une sorte de planchette conçue pour communiquer avec les esprits. Elle eut le sentiment de se trouver dans les décors d'un de ces mauvais films d'horreur diffusés sur Netflix. Borel l'invita à faire le récit détaillé des faits qu'elle avait mentionnés dans son message électronique. Assise en face de lui, elle décida de jouer le jeu et fit un compte-rendu circonstancié de sa soirée du samedi en décrivant ce qu'elle avait ressenti, ce qu'elle avait cru voir et entendre.

« Vous êtes sensible ! » s'exclama Borel. Il précisa sa pensée. Dans le jargon de l'IMI, cela voulait dire qu'elle avait certainement une sensibilité extrasensorielle, une voie d'accès à des faits d'allure divinatoire, un talent de médium, un talent qui n'avait rien de surnaturel et qui témoignait simplement d'une réceptivité plus grande à certains phénomènes. Beaucoup de choses nous échappaient, même des choses élémentaires, à commencer par le réseau de nos motivations profondes. Borel expliqua à Cléo que, selon lui, ce qu'elle avait ressenti ce samedi soir était directement lié à ce qui était survenu à la porte de la Chapelle. Ce n'était pas seulement l'écho ou la réverbération psychique d'un phénomène distant, c'était plus que ça : elle avait sans doute pressenti la catastrophe. Les phénomènes de télépathie et de prescience étaient parfaitement ordinaires, mais la plupart du temps on ne les remarquait pas. Les ESP – les perceptions extrasensorielles – pouvaient être définies comme la connaissance d'un état externe sans l'intervention d'un sens connu ou parfois comme un comportement répondant à un événement dont nous n'avions pas encore eu connaissance. La télépathie, la clairvoyance et la précognition n'étaient, dans les faits, pas toujours faciles à distinguer. Leur existence était pour ainsi dire avérée : entre 1934 et 1939, le scientifique Joseph Banks Rhine procéda à des tests en demandant à des sujets d'identifier des cartes cachées à leur vue, il y eut 85 724 essais et les résultats furent significativement supérieurs à ceux que le seul hasard aurait permis d'obtenir. Borel se perdit en digressions, c'était un moulin à paroles, sa voix produisait une sorte de bourdonnement continu. L'attention de Cléo devint flottante, ses pensées se mirent à dériver, elle repensa à Bill Murray dans *Ghostbusters*, étrange carrière que celle de Bill Murray, Cléo avait aimé *Lost in Translation*, même si la fin était frustrante, Bill Murray aurait décidément dû baiser Scarlett, il avait voulu *l'épargner*, mais nous n'étions plus à l'époque des *Liaisons dangereuses*. Elle se demanda si Borel pensait à la baiser tandis qu'il était en train de lui parler, car il continuait à parler, il évoquait diverses expériences extrasensorielles, lui confiait que les expériences de mort imminente et de sortie extracorporelle n'étaient pas sa tasse de thé, Cléo se souvint que sa coiffeuse lui avait raconté avoir vécu une expérience de sortie du corps, pour une raison qui lui échappait, les coiffeuses adoraient ce genre de trucs. Borel cita Deleuze, pas le philosophe, l'autre, le théoricien du magnétisme animal, auteur d'un *Mémoire sur la faculté de prévision* en 1836, où il affirmait que les limites de cette faculté de prévoir nous échappaient. C'était un fait maintes fois avéré : nous anticipions souvent des événements dans nos rêves, certains pouvaient être assez marquants pour que nous nous en souvenions après notre réveil. Borel raconta qu'il avait fait un rêve très réaliste quelques années auparavant, des hommes qui entraient dans un bureau et tiraient sur les gens avec des armes de guerre. Le lendemain matin, au réveil, ce rêve lui collait encore à l'esprit, à tel point qu'il pouvait sentir dans l'air un parfum de menace. Ce matin-là, il avait dû traverser Paris en bus pour faire une course dans le 5e arrondissement et il se souvenait d'avoir regardé dans les rues avec inquiétude, il y avait toujours ce sentiment d'agression imminente, ces images d'armes de guerre. C'était le matin du mercredi 7 janvier 2015.

« L'attentat de *Charlie Hebdo* ?

– Oui.

– Quoi, vous voulez dire que vous auriez pu l'empêcher ?!

– Non, pas du tout, je ne savais pas. C'était la première fois que j'avais une intuition aussi précise. D'ailleurs, ça ne s'est pas reproduit depuis.

– C'était juste une coïncidence.

– Possible, mais qu'est-ce qu'une coïncidence ?

– Je ne sais pas, deux événements qui se produisent en même temps, par un pur hasard.

– Non, dit Borel, la coïncidence n'est pas un simple rapprochement accidentel entre deux événements. En vérité, *la coïncidence, c'est ça l'événement*, vous comprenez ? C'est seulement dans ce type d'expérience que nous coïncidons avec le réel, c'est seulement là que nous accédons à un plan d'existence supérieur et que notre conscience capte cette frange de la réalité à laquelle nous sommes aveugles en temps normal. Ici, nous appelons ça les *états supérieurs*. Ce type de coïncidence dont nous parlons, c'est le signe d'un accès à l'état supérieur. »

Borel commençait à montrer des signes d'exaltation, son regard pailleté de givre s'était allumé pleins phares et, à vrai dire, il avait franchement l'air d'un illuminé. Cléo se demandait ce qu'elle foutait là, elle écoutait poliment, son regard tomba à nouveau sur le Oui-ja. Borel avait suivi son regard et sembla deviner ses pensées, il lui expliqua que non, les prémonitions n'avaient rien de fumeux, celles qui se vérifiaient – et elles étaient très nombreuses – confirmaient au contraire l'hypothèse scientifique d'une rétrocausalité : parfois, un effet précédait chronologiquement sa propre cause. Il arrivait que, localement, la flèche du temps s'inversât. La Société hellénique de recherches psychiques, hébergée par le département de physique de l'université d'Athènes, avait étudié en profondeur la question de la bidirectionnalité des causes en relation avec la théorie de la mécanique quantique. Le manque de ressources avait mis un terme aux investigations de cette société métapsychique, qui était actuellement inactive.

Cléo interrompit Borel et revint à son propre récit de la soirée du samedi. Pourquoi avait-elle cru entendre Thibault pousser un long cri d'agonie ? Pourquoi le migrant aux yeux exorbités lui avait-il causé cette impression pénible, ce malaise soudain ? Pourquoi lui était-il ensuite apparu quand elle était dans un bar ? Elle n'avait après tout croisé son regard que deux secondes à peine. Borel caressa son menton glabre et jeta un coup d'œil à son portable. « Attendez, excusez-moi une minute », dit-il. Il s'éclipsa dans la cour intérieure de l'immeuble, elle l'entendit parler à quelqu'un, il téléphonait, le coup de fil fut rapide, il revint, rayonnant : « Cléo, je connais *la* personne qui peut vous aider. Vous avez de la chance, il peut nous recevoir. Venez avec moi. » Cléo le regardait, indécise. Borel insista : « Allons, Cléo, venez. Vous voulez comprendre, non ? »

# Chapitre 16

*Ravard*
*Boisseau*
*Mélissa*
*Vernet*

*Lundi 24 septembre 2018.*
*Domicile de Ludovic Vernet,*
*83, rue Leblanc, Paris 15^e^.*

« En un mot, c'est une brute », conclut Manel. Tandis que Ravard et Boisseau filaient en voiture en direction de Balard, elle leur avait résumé l'essentiel du cas Ludovic Vernet, le complice de Pelaprat. Une existence de petite frappe rythmée par des coups de sang et des gardes à vue, une suite de petits boulots et de magouilles, un casier judiciaire déjà bien rempli, une débâcle ordinaire. En 2016, Vernet officiait comme videur dans une boîte de nuit des Champs-Élysées, il y avait eu plusieurs dérapages, jusqu'à l'incident de trop, une altercation violente avec un client éméché. Vernet l'avait salement arrangé, il lui avait infligé des fractures multiples, plexus solaire, radius et clavicule. La victime, une personnalité du monde de la nuit, avait porté plainte pour coups et blessures volontaires. Au tribunal, Vernet n'avait pas nié les faits, il s'était même vanté de ne pas avoir fait les choses à moitié : l'autre l'avait bien cherché, il lui avait manqué de respect – plusieurs fois, le mot *respect* était revenu dans son discours. Vernet avait pourtant une notion confuse du respect, il ne maîtrisait pas sa force et il aimait cogner son prochain. Sa qualité de pratiquant semi-professionnel d'arts martiaux mixtes avait constitué une circonstance aggravante aux yeux du magistrat. On l'avait expédié à Fleury-Mérogis, un an ferme. C'est là qu'il avait partagé une cellule avec Luc Pelaprat. La promiscuité forcée en avait fait des frères. Ce qui n'avait pas empêché Pelaprat de le livrer aux flics, de leur indiquer spontanément l'adresse de son ex-codétenu : d'après lui, Vernet pourrait leur en dire plus sur l'homme qui les avait employés ce samedi à la porte de la Chapelle, il possédait la clef de l'affaire.

Assis à la place du mort, Boisseau avait mis son portable en mode haut-parleur, son cerveau avait enregistré les informations, il fallait se préparer à une interpellation musclée, le type était un client sérieux. Il rangea le portable, ils arrivaient à destination. Ils quittèrent le boulevard périphérique et s'engagèrent dans l'avenue de la Porte-de-Sèvres. Ravard sentit aussitôt une brusque déflation ontologique, une sensation de vide, une inexplicable tristesse. Il n'aimait pas ce quartier, il l'avait toujours détesté. Si les villes étaient les gouffres de l'espèce humaine, cette portion du 15e arrondissement de Paris était un gouffre à l'intérieur du gouffre, l'abîme dans lequel tout bascule. Une corne du diable évidée, creusée jusqu'à la pointe du désespoir. Le véhicule traversa la place des Martyrs-de-la-Résistance, près de l'ancien stand de tir de Balard. Dans la France occupée, on y avait torturé à mort des hommes, on en avait fusillé beaucoup, certains s'étaient même jetés sur le mur d'amiante électrifié et chauffé à blanc pour l'escalader et s'enfuir, ils avaient tous échoué mais l'empreinte calcinée de leurs mains leur avait survécu, on avait retrouvé des centaines d'empreintes de mains – un art pariétal de la fin des temps. L'anecdote avait marqué Ravard. Ce paroxysme de la détresse, il pouvait presque le respirer, c'était encore en suspension dans l'air, il y avait peut-être une mémoire de l'air. Ravard se souvint de la « mémoire de l'eau », une théorie fumeuse selon laquelle l'eau conserve les propriétés des corps qui ont été immergés en elle, bien après leur disparition. La revue *Science et Vie*, à laquelle son père était abonné dans les années 1980, avait plusieurs fois mis sur le tapis cette hypothèse. Par association d'idées, il en vint à penser à son père – une pensée fugace, à peine consciente, et ce fut comme si la luminosité venait de baisser d'un cran. Il gara la Ford devant le 83 de la rue Leblanc, un bâtiment de briques rouge terne. Les informations que Pelaprat leur avait fournies étaient exactes, le nom de Vernet figurait sur l'une des boîtes à lettres, le suspect occupait un logement social au deuxième étage, porte de droite. Les flics montèrent à pas de loup, ils se figèrent face à une porte grenat. Échange de regards, hochements de tête. Les bruits de pas à l'intérieur ne leur avaient pas échappé. Le molosse était là, ils allaient lui faire face. Boisseau frappa à la porte.

« Police ! »

Il y eut un silence. Une voix féminine demanda :

« C'est pour quoi ?

– Ouvrez. »

On déverrouilla la porte. Une fille très jeune, à peine majeure, apparut. Elle répéta :

« C'est pour quoi ?
– Nous voulons parler à Ludovic Vernet.
– Il est sorti. »
Ravard montra sa carte et entra dans l'appartement. Les murs étaient nus, presque aucun mobilier dans la pièce principale : un appareil de musculation, un clic-clac replié et un téléviseur à écran plat avec une console de jeux. La quintessence d'un style de vie. La jeune femme dévisageait Ravard, inquiète.
« Il a fait une connerie, c'est ça ? »
Presque une affirmation. Le flic éluda, il lui posa une série de questions et apprit qu'elle s'appelait Mélissa Chekroun, qu'elle était la petite amie de Vernet – c'est ainsi qu'elle se présenta – et qu'elle vivait plus ou moins chez lui quand elle n'était pas à Bobigny, chez ses parents. Elle ne savait à peu près rien des sources de revenus de Vernet. Parfois, il travaillait à Rungis, c'était vague. Ravard mit un terme à l'entretien, il n'y avait pas grand-chose à tirer d'elle. Il la considéra un bref instant. Avec ses faux ongles, son leggin et son *thigh gap*, elle aurait eu sa place dans une émission de téléréalité, mais au-delà de son innocente vulgarité, le plus saisissant était son regard éteint. Ce n'était pas la drogue, seulement le vide, l'expression d'une âme dévitalisée. Mélissa Chekroun avait un teint cadavéreux, sa chair n'était l'incarnation d'aucun Verbe. Sa vie se déroulait comme à l'intérieur d'un jeu vidéo équipé d'un moteur 3D médiocre, avec un rendu graphique faible – rien n'y possédait la moindre densité.

Boisseau prit le relais, il s'approcha d'elle, brisa la distance. Il lui demanda ce que Vernet avait fait samedi et s'il lui avait parlé de la porte de la Chapelle. Ravard le regardait faire, quand il remarqua les ecchymoses aux bras de la jeune femme, et il sut que Vernet la battait. Il repensa à l'écriteau placardé sur un immeuble de son quartier, on pouvait y lire : « Aimer ≠ tuer ». Vernet était certainement capable de tuer, mais jusqu'à quel point était-il mêlé au massacre de la porte de la Chapelle ? La fille n'éclairait pas leur lanterne, elle s'était détournée et pianotait sur l'écran tactile de son smartphone. Boisseau montrait des signes d'impatience, il dut insister : « Mademoiselle, avez-vous une idée de l'endroit où il se trouve ? »

Elle répondit juste : « Il s'entraîne. »

Vernet était à la salle avec ses potes, il y passait le plus clair de son temps, c'était sa tanière. Il fallait l'y débusquer.

## Chapitre 17

*Noirac*
*Borel*
*Mérieux*

*Lundi 24 septembre 2018.*
*Cabinet d'Étienne Mérieux,*
*46, rue de la Victoire, Paris 9*[e]*.*

Pendant leur trajet en métro sur la ligne 7, de Louis-Blanc à Le Peletier, Borel en apprit un peu plus à Cléo sur l'homme qu'ils allaient rencontrer, Étienne Mérieux. Cléo crut comprendre que Mérieux était un être extraordinaire, l'un des tout meilleurs magnétiseurs et un clairvoyant de première force. Notre pensée, lui expliqua Borel, était pour lui comme un livre ouvert qu'il lisait avec aisance. Quand on y songeait, c'était vertigineux, car il était même capable d'accrocher des pensées qui étaient en nous et qui nous échappaient. Oui, Mérieux était prodigieux, nettement au-dessus du *game*. Il savait surtout faire *fonctionner les somnambules*. Non seulement il savait induire le sommeil somnambulique chez les sujets réceptifs, mais il savait aussi les faire tomber en *crise parfaite*, il pouvait les guider vers la lucidité absolue et les aider à développer des pouvoirs métagnomiques.

Borel évoqua les expériences menées par Richet à l'Institut métapsychique en 1921, des expériences qui impliquaient Stefan Ossowiecki, un somnambule capable de déchiffrer des lettres scellées dans des enveloppes elles-mêmes encapsulées dans des tubes de plomb. Borel s'était mis à parler plus fort sans s'en rendre compte. Plusieurs passagers de la rame autour d'eux avaient le regard dans le vide mais ne perdaient pas une miette de cette logorrhée. Cléo s'en aperçut et elle éprouva ce que les Espagnols appellent la *vergüenza ajena*, la honte *pour* l'autre. Les oreilles qui traînent, Borel s'en souciait comme de l'an quarante, il s'était lancé dans un survol historique de la tradition du somnambulisme magnétique. Elle remontait très précisément au mois de mai 1784, quand le marquis de Puységur avait découvert le phénomène en tentant de soigner Victor Race, un jeune paysan, avec la méthode des passes magnétiques de Mesmer. Il l'avait plongé malgré lui dans une crise somnambulique et Victor avait démontré des facultés de télépathie, il semblait directement branché sur l'esprit du marquis. Au XIX^e siècle, la théorie du magnétisme animal et la notion de lucidité magnétique avaient failli s'imposer largement dans la société, mais l'Académie de médecine et la science officielle avaient réagi en exerçant une répression épistémologique d'une violence extrême, cristallisée dans plusieurs épisodes comme celui de l'affaire Pigeaire, du nom de ce médecin qui prétendait que sa fille, plongée en transe somnambulique, était capable de voir à travers des corps opaques. Le magnétisme avait été caricaturé, dévoyé par des fraudeurs et des charlatans qui l'exploitaient sur des tréteaux. On avait repoussé le somnambulisme dans les bas-fonds de l'occultisme, on l'avait associé aux pratiques de magnétisme populaire, aux démonstrations publiques payantes, aux numéros de cabaret. Mais le vrai somnambulisme n'avait rien à voir avec ces histoires, ni avec la voyance ou l'astrologie.

« C'est plutôt comme de l'hypnose, risqua Cléo.

– Pas du tout ! » cria Borel.

Plusieurs regards se tournèrent vers lui. Cléo réalisa qu'elle venait de commettre un crime de lèse-majesté, l'autre ne badinait pas avec ces histoires de transe. Il fit une mise au point précise : l'hypnose, qui avait connu un essor fulgurant à la fin du XIX^e^ siècle, n'était qu'une réduction scientiste du somnambulisme magnétique, sa version appauvrie, amputée des phénomènes de lucidité. Comme l'avait bien montré son collègue Méheust, elle n'était qu'une résistance contre les faits magnétiques. De plus, l'hypnose utilisait des méthodes violentes pour provoquer un état de léthargie et plaçait le sujet hypnotisé sous la domination de l'hypnotiseur, ce qui n'était pas du tout le cas dans le somnambulisme magnétique, où le dormeur restait autonome. Refuser le magnétisme et la médiumnité, c'était tout simplement refuser de voir l'étendue réelle des potentialités de la pensée humaine, c'était enfermer la réalité dans le cadre étouffant et rigide du rationalisme. Car le somnambulisme donnait accès à des états lucides où le monde et les autres individus cessaient d'être verrouillés. Ces facultés si précieuses étaient encore en friche, il y avait un continent à explorer et à intégrer à nos catégories de pensée. Borel fit une longue digression sur le chamanisme sibérien et sur la transe magnétique qui portait à une plus haute densité l'homme tout entier et lui ouvrait les portes de la vie immédiate, de l'hyper-veille et de l'hyper-présence. « En fait, c'est tout simplement un autre rapport au réel, un rapport auquel nous ne sommes pas habitués. Par exemple, avez-vous l'habitude de vous sentir entièrement présente à vous-même, Cléo ? » Cléo sentit le regard de Borel se vriller dans le sien, un regard de givre. Elle se demanda quel pouvait être son âge exact, elle ne l'avait pas vu sur Internet. Borel ne jouissait pas d'une notoriété publique élargie, il n'avait pas eu droit à sa notice Wikipédia, cette concession funéraire virtuelle ; il était comme elle, dans la fosse commune de la conscience collective. Elle se dit qu'il aurait pu être pas mal, malgré ce côté chiffonné, mais son regard était celui d'un type pas net, elle baissa les yeux et vit qu'il portait des chaussures Méphisto, la question était donc tranchée, c'était un vieux. Le bourdonnement de sa voix de basse reprit, il expliqua à Cléo que fort heureusement la tradition magnétique ne s'était pas perdue, qu'il y avait encore à Paris toute une société liée au magnétisme authentique, un Paris *underground* connu de quelques initiés seulement, l'un des secrets les mieux gardés de la capitale. Tandis que le somnambulisme magnétique était dévoyé par des charlatans à la fin du XIXe siècle, le véritable Paris magnétique s'était enfoncé dans les limbes de l'espace social, il était devenu occulte pour échapper à sa contrefaçon occultiste, il était une zone d'ombre à l'intérieur de l'ombre. C'était un microcosme complexe, avec ses institutions et ses hauts lieux, ses astres majeurs et ses satellites. Les cabinets de magnétiseurs comme celui de Mérieux en étaient une composante essentielle. Ce microcosme avait traversé les décennies, le Paris magnétique était intact. Aujourd'hui encore, certains médecins exerçaient leur art avec le concours d'un somnambule lucide. Des oncologues, surtout, avaient recours dans leur pratique aux services de ces êtres capables de localiser avec plus de précision qu'un scanner ou qu'un appareil d'IRM les tumeurs et les métastases, car ils étaient capables de les *sentir* et de les voir à l'œil nu. Ils étaient parfois l'ultime recours pour formuler un diagnostic. Tout cela, bien sûr, dans le plus grand secret, car le dédain de l'Académie de médecine à l'égard du magnétisme était inchangé, il les contraignait à opérer dans les marges. Ces médecins portaient en eux la tradition magnétique, ils étaient en cela comparables aux Juifs marranes, ces Juifs contraints de se convertir à une autre religion que la leur et qui avaient pourtant continué à abriter la tradition judaïque en eux en la pratiquant dans l'ombre. Par une pure association d'idées, Cléo pensa à *Homeland*, cette série TV où la tension dramatique atteignait son paroxysme quand Brody, un militaire américain capturé et endoctriné par Al-Qaïda puis rendu à sa vie familiale aux États-Unis, s'isolait dans son garage et déroulait son tapis de prière en cachette.

Cléo et Borel étaient sortis du métro, ils se trouvaient à présent devant le 46 rue de la Victoire. « Nous y sommes », dit Borel. Il n'y avait aucune plaque indiquant la présence du cabinet de Mérieux. Ils entrèrent sous le porche de l'immeuble. Instinctivement, Cléo se dirigea à droite, vers une entrée cossue avec un large escalier couvert d'un tapis grenat. « Non, pas par là », murmura Borel. Ils traversèrent la courette, il y avait là une petite porte et une cage d'escalier étroite. C'était l'escalier par lequel les clients de Mérieux quittaient son cabinet une fois la séance terminée, pour leur éviter de croiser ceux qui patientaient dans la salle d'attente. « Étienne nous reçoit en coup de vent, entre deux rendez-vous », précisa Borel. Une odeur d'humidité flottait dans le petit escalier. Plus haut, une porte claqua, ils entendirent un homme dévaler les marches, il les obligea à se plaquer contre le mur à son passage. Cléo se retourna, elle avait cru reconnaître un homme célèbre, un ministre en exercice. Oui, c'était bien lui, confirma Borel, ils étaient nombreux à fréquenter le cabinet de Mérieux. Des hauts fonctionnaires, des hommes politiques de premier plan, ils venaient consulter en douce, presque honteusement, comme s'ils se rendaient chez leur urologue. La politique consistait à conquérir le pouvoir et à le conserver, ce n'était pas une activité rationnelle, pas plus que l'administration de l'État, cette machine désirante qui ne fonctionnait que détraquée. Mérieux drainait aussi vers lui une pléiade de capitaines d'industrie, de traders des marchés boursiers, de chanteurs et d'acteurs. On s'échangeait son adresse sous le manteau dans les milieux feutrés, dans les chambres des palaces, dans les coulisses des plateaux TV ou *backstage*. Souvent Mérieux ne donnait pas suite aux demandes de rendez-vous. Il était une phalange majeure dans l'univers du Paris magnétique. Il n'était pas le seul magnétiseur, mais il était le plus fort d'entre tous. Ils arrivèrent au dernier étage, face à une petite porte en chêne. Autour d'eux, le silence était irréel. Ils étaient comme au cœur d'un point absolu, un point fixe autour duquel le monde orbitait, à la dérive. Borel frappa deux fois, on entrouvrit la porte.

« Ah ! François-Michel ! s'exclama un homme.

– Étienne, merci de nous recevoir à l'improviste », dit Borel.

La porte s'ouvrit complètement et Mérieux les invita à entrer. C'était un homme d'une cinquantaine d'années, assez petit et rondouillard mais d'une présence intense, il portait un costume sombre et des cheveux noirs plaqués en arrière. La pièce était dépouillée à l'extrême. Il n'y avait que deux fauteuils en cuir sur le parquet. Aucun bureau, aucune bibliothèque, aucune trace de matériel informatique.

« Voici Cléo Noirac, la jeune personne dont je t'ai parlé. »

Mérieux regarda Cléo fixement. Ses yeux étaient deux billes noires, ils semblaient être en contact avec un autre monde. Son visage exprimait une gravité sans borne, comme s'il devinait des cataclysmes à venir et portait à lui seul le poids du destin.

« Je crois que c'est une sensible », ajouta Borel.

Il lui résuma la situation, les événements de la porte de la Chapelle, la prémonition, les hallucinations violentes de Cléo. Mérieux respirait bruyamment. Il regarda à nouveau Cléo et lui demanda si elle acceptait de se laisser magnétiser. C'était sans danger, mais l'espace de quelques secondes elle devrait renoncer au fait d'être une personne individuée, elle devrait renoncer à son sentiment de liberté.

« Alors, êtes-vous prête ? »

# Chapitre 18

*Ravard*
*Boisseau*
*Vernet*

*Lundi 24 septembre 2018.*
*MMA Factory,*
*91, boulevard Poniatowski, Paris 12e.*

Boisseau fit craquer les articulations de ses doigts et poussa la porte de la MMA Factory, le temple des arts martiaux mixtes, l'usine à produire les nouveaux champions de la destruction. On y apprenait à concasser de l'humain dans les règles. Un passe-temps comme un autre, de plus en plus populaire. Longtemps interdites en France, les compétitions officielles de combat libre étaient en passe de devenir légales. Les autorités avaient jeté l'éponge. Elles avaient jusqu'alors assimilé cette pratique à des actes barbares incompatibles avec les valeurs du sport et susceptibles de compromettre l'épanouissement moral de la jeunesse. Dans les faits, les arts martiaux mixtes n'étaient pas si différents des arts martiaux classiques. Les médias dénonçaient à l'envi les violences policières, mais les forces de l'ordre ne détenaient pas le monopole de la violence physique légitime. Une fraction de celle-ci s'exerçait dans les clubs d'arts martiaux les plus officiels : les professeurs de karaté ou de self-défense qui se comportaient en gourous de poche et s'en donnaient à cœur joie étaient légion. Il n'était pas rare que les pratiquants subissent humiliations et souffrances, comme des femmes battues qui ne songent pas une seconde à porter plainte. Mais, tout de même, les MMA avaient porté l'affaire à un degré de violence supérieur ; ils laissaient sur le bord de la route des corps définitivement brisés.

Une odeur familière frappa les narines de Ravard, l'odeur âcre de la lutte, une soupe de phéromones caractéristique ; elle le renvoya à un passé lointain, à la boxe française. Il montra sa carte de la Police nationale à un jeune gars installé à l'accueil et prononça distinctement le nom de Ludovic Vernet. L'employé murmura « En bas » avec un signe de la tête en direction de l'escalier du fond. Tandis que les deux flics fendaient les grappes de pratiquants, l'atmosphère changea : la salle eut une réaction, comme une huître dont la collerette noire se rétracte quand on la touche de la pointe de son couteau. Tous les regards étaient braqués sur eux, Ravard crut même entendre quelqu'un s'exclamer : « Les schmitts ! » Il s'engouffra dans l'escalier, suivi par Boisseau. L'espace aménagé au sous-sol était plus fréquenté que le rez-de-chaussée. On s'y entraînait dur. Dans cette micro-galaxie de corps en mouvement, Ravard reconnut très vite le visage qui l'intéressait. Face prognathe, nez cassé, cheveux presque entièrement rasés, Vernet était devant eux, dans l'octogone, la cage à huit côtés dans laquelle s'affrontent les combattants. Les bras en appui sur le rebord, il reprenait son souffle. Un tee-shirt Lonsdale noir détrempé par la sueur collait à son torse. L'extrême congestion des muscles donnait l'impression d'un engin au bord de l'explosion. Un sacré mastard, il devait avaler des protéines en poudre par bidons entiers. Les policiers s'approchèrent de l'octogone. Vernet était tourné vers eux, mais il ne les avait pas encore remarqués. Il était ailleurs, les yeux embrumés par la fatigue. Soudain, les brumes se levèrent et le contact visuel s'établit. Un flash illumina son regard. Il savait qui ils étaient, il savait qu'ils étaient là pour lui. Début de panique, attitude d'animal acculé, cerveau reptilien en état d'alerte maximal. Vernet n'avait pas d'issue, les flics lui barraient la route, impossible de fuir sans leur passer sur le corps. Regardant alternativement Ravard et Boisseau, cherchant un appui parmi les autres lutteurs présents autour de lui, Vernet jaugeait la situation. Il fixa Ravard et mit un surcroît d'intensité dans son regard. Le véritable combat venait de s'engager. Celui qui précède le combat des corps, celui où se joue la décision. Un combat incorporel dans la dimension cristalline de la pensée, infiniment plus violent que le choc des corps qui s'accidentent, se percutent, se soumettent. Vernet évaluait l'étendue des forces en présence. Face à lui, les yeux de Ravard étaient deux balles blindées lancées à plus de quatre cents mètres par seconde. Dans cet instant qui survolait la ligne du présent, le combat fit rage comme s'ils étaient en train de se dépecer dans la cage, chaque volonté pesant sur l'autre pour la contraindre à déposer les armes.

La tension retomba d'un seul coup. Vernet connaissait maintenant l'issue du combat, il savait qu'il n'aurait pas le dessus. Il sortit de l'octogone et vint à la rencontre des flics. Il les suivit dans un vestiaire. Boisseau pria un homme qui se changeait de dégager et referma la porte. Dans la puanteur de la pièce exiguë, Vernet était seul face aux deux policiers, il attendait, il avait choisi de laisser venir. Ils lui parlèrent de Pelaprat. Il ne nia pas, il le connaissait, ils s'étaient en effet vus samedi à la porte de la Chapelle. Vernet prononça les mots « porte de la Chapelle » comme on s'arrête au bord du vide ; ils se réverbérèrent dans le silence jusqu'au larsen et l'image des cadavres de migrants se mit à clignoter dans l'esprit du malfrat.

« Quoi, vous n'allez quand même pas me mettre ça sur le dos ?

– Vous étiez sur les lieux…

– C'est des conneries ! J'étais là-bas à cause du médecin.

– Le médecin ?

– Paul Delmas. C'est son nom. »

Vernet expliqua qu'il avait fait la connaissance de Delmas par l'intermédiaire de Christian, un pote toxico. Paul Delmas était un toubib, il cherchait un costaud pour l'assister quand il faisait son business.

« Quel business ? »

Revente de marchandise, des produits qu'il pouvait obtenir, de l'héroïne et ses dérivés. Il n'était pas du milieu, il avait besoin d'hommes pour garantir sa sécurité, il payait bien.

« Moi, j'étais juste là pour que tout se passe comme prévu », dit Vernet.

Du tac au tac, Ravard lui demanda :

« Ce samedi, vous pensez vraiment que tout s'est passé comme prévu ? »

## Chapitre 19

*Noirac*
*Borel*
*Mérieux*

*Lundi 24 septembre 2018.*
*Cabinet d'Étienne Mérieux,*
*46, rue de la Victoire, Paris 9^e^.*

« Vous sentez-vous prête ? » répéta le magnétiseur. Non, Cléo ne se sentait pas prête. Mérieux laissait peser son étrange regard sur elle. Il ressemblait vaguement à son père, ce père fantôme dont elle avait récemment retrouvé la trace sur les réseaux sociaux et qui vivait maintenant aux États-Unis, où il avait fondé une famille qui ne serait jamais la sienne. Ce foireux n'avait jamais aimé sa mère, ils avaient juste combiné leur ADN à la faveur d'un coït rapide et il s'était barré quand il avait appris la grossesse, il était parti à l'étranger sans reconnaître l'enfant. Cléo avait grandi seule, élevée par une mère défaillante qui lui avait laissé une liberté totale, et cette liberté, elle n'avait pas envie de l'abandonner, même l'espace d'une minute, dans le cabinet d'un magnétiseur. « Je ne sais pas », dit-elle. Mérieux tenta de la rassurer. Elle pourrait recouvrer toute son autonomie quand elle entrerait dans la phase lucide, elle ne serait pas sous sa coupe : « En vérité, c'est le somnambule qui peut prendre l'ascendant sur le magnétiseur. » Il insista sur ce point, on ne pouvait pas contraindre un somnambule à des actes contraires à la morale ou susceptibles de mettre des vies en danger. Il ne fallait pas se laisser intimider par le mot *magnétiseur* et, à vrai dire, Mérieux se concevait plutôt comme un *concentrateur*, suivant l'expression de l'abbé de Faria. D'ailleurs, l'idée de fluide magnétique était caduque, il n'y avait, pour sa part, jamais cru. Un *concentrateur* était seulement capable d'induire l'état somnambulique et de donner au somnambule un accès à des canaux inconnus.

Borel se tenait en retrait, près de la fenêtre. « Étienne sait ce qu'il fait, dit-il. Ça se passera très bien, Cléo. » Il y eut un bref silence et elle répondit juste : « OK, allons-y. » Mérieux était debout face à Cléo, il lui demanda de fermer les yeux et imposa ses mains sur sa tête. Elle sentit un chatouillement agréable sur son cuir chevelu. Il frictionnait son vertex crânien. Elle relâcha ses épaules, toutes les tensions tombaient, le monde ambiant était assourdi, enveloppé dans une sphère de coton hydrophile. Elle sentit un souffle très léger sur ses paupières, elle glissa en elle-même. Elle flottait dans le vide, elle était en position de surplomb. Loin au-dessous, elle pouvait voir s'agiter des corps minuscules. C'était curieux, elle pouvait se mouvoir sans effort, comme dans un jeu vidéo hautement pixélisé. Son corps éthéré descendit en piqué vers les silhouettes avec une trajectoire spiralée, elle fondait sur elles comme une tempête de grêle. Sa chute s'arrêta net, tout était suspendu. Elle était maintenant à hauteur d'homme, elle pouvait voir les corps pétrifiés dans un arrêt sur image. Elle reconnut les migrants, elle reconnut Thibault Belgrand, elle était à la porte de la Chapelle, c'était à nouveau le samedi 22 septembre. Elle survola le corps de Belgrand, elle s'en approcha si près qu'elle pouvait flairer l'odeur de sa peau. Elle circula autour de lui comme un souffle chaud. Dans le dos de Belgrand, elle aperçut une silhouette qui attira son attention et en un déplacement instantané elle fut devant une fille aux cheveux bleu délavé qui portait deux casques dans les mains. Elle se trouvait devant une version figée d'elle-même. Elle se voyait voir. Dans l'axe de vision de cette Cléo statufiée, il y avait le migrant aux yeux mauves. Cléo eut le loisir de l'observer en détail. Il était maigre à faire peur et des fumerolles noirâtres semblaient s'élever de sa peau sombre. Le malaise qu'elle avait éprouvé l'autre soir en rencontrant son regard lui revint en mémoire, un malaise puissant, une énorme chose blanche qui n'avait cessé depuis de circuler dans sa poitrine comme une hermine déchiquetée. Cette épouvante se décollait maintenant de sa poitrine, elle flottait sous ses yeux, protoplasme translucide. Elle se sentit apaisée. Les affects et les pensées qui l'avaient assiégée ce samedi soir-là au cours de cette scène qu'elle revivait lui apparurent en transparence dans un continuum parfaitement lisible qui se surimprimait à ce qu'elle voyait.

Elle revint vers son corps figé et prit un peu de hauteur, à la verticale d'elle-même. Un long regard circulaire lui révéla la configuration exacte des lieux et la disposition de corps pris dans les glaces d'un arrêt sur image. Elle vit les trois hommes en marge de la population des migrants, près du talus au bord du périphérique intérieur. Le pilier d'un pont les dissimulait en partie. La pensée qu'elle avait eue en les voyant ce soir-là s'afficha devant elle comme dans une fenêtre digitale. *Ces trois hommes détonnaient dans le paysage, ils semblaient épier les migrants, qui surveillaient-ils au juste ?* Elle survola les trois mannequins de chair. Elle pouvait les voir avec netteté. Deux d'entre eux portaient des chemises noires boutonnées jusqu'au cou, et le troisième, le plus vieux, avait une longue chevelure blanche et un bec-de-lièvre. Ses traits se gravèrent dans son esprit. Une brise légère balaya la porte de la Chapelle, les cheveux blancs de l'homme se mirent à ondoyer, la brise emporta Cléo loin des trois individus, elle la propulsa dans les airs. Paris s'étalait sous ses yeux, la porte de la Chapelle n'était plus qu'un point évanescent.

Mérieux souffla encore sur les paupières de Cléo. Elles frémirent. La transe somnambulique prenait fin. Cléo était affalée dans un fauteuil de cuir, ses yeux étaient encore fermés, son sens de l'ouïe était neutralisé. On aurait pu la croire endormie, c'était tout le contraire, l'état magnétique était une veille exagérée, une hyper-veille. Il y eut une transition insensible et les yeux de Cléo s'ouvrirent subitement sur un monde neuf. Elle était revenue. Mérieux la regardait avec ses deux billes noires. « Tout va bien ? » demanda Borel. Oui, tout allait bien, elle se sentait juste un peu différente. Elle se sentait mieux. « Qu'avez-vous vu, Cléo ? » Elle raconta la scène, elle l'avait revécue, une reviviscence d'une acuité sidérante. Tous les détails lui étaient apparus avec plus de précision que la première fois. Elle avait tout revu, Thibault, l'homme aux yeux fous, les trois observateurs cachés, cet homme au bec-de-lièvre, qui lui était complètement sorti de l'esprit. Elle en fit la description détaillée à Borel et Mérieux. Il y eut un silence. Mérieux avait le masque du sérieux absolu. Il posa ses mains sur les tempes de Cléo et ferma les yeux. Son visage s'empourpra comme s'il accomplissait un effort intense. Il expira bruyamment par les narines et rouvrit les yeux. Il tira de sa poche un carnet Moleskine, griffonna quelque chose au stylo-bille, il arracha la page et la donna à Borel. Celui-ci hocha la tête quand il vit ce que Mérieux venait d'écrire, il plia en quatre le morceau de papier et le rangea dans la poche intérieure de sa veste. « Merci infiniment, Étienne », dit-il. Mérieux inclina légèrement la tête et les raccompagna à la porte, il fallait prendre congé. La porte du cabinet se referma. Borel tâtonna pour trouver l'interrupteur de la cage d'escalier. Quand la lumière revint, Cléo était à quelques centimètres de lui, il pouvait voir sa poitrine se soulever, son regard trahissait la perplexité. « Vous avez faim ? » lui demanda-t-il. Cléo était vidée de ses forces et elle crevait de faim, en effet. « C'est normal, dit-il, c'est toujours comme ça après un sommeil magnétique, c'est très fatigant. » Quand ils furent dans la rue de la Victoire, elle lui confia son trouble, elle n'avait pas l'impression qu'ils fussent plus avancés. Borel lui fit un grand sourire : « Au contraire ! » Il prit le papier dans sa poche intérieure, le déplia et le mit sous le nez de Cléo. Sur la feuille arrachée, Mérieux avait seulement tracé un trait incurvé et quatre petits segments qui partaient de l'arc de cercle et se dirigeaient vers le bas, l'ensemble représentait de façon stylisée une paupière fermée.

« C'est quoi ?

– L'endroit où nous allons trouver votre homme, celui qui a un bec-de-lièvre.

– Mais comment Mérieux peut-il le savoir ?

– Je vous l'avais dit, il est très fort.

– Vous vous foutez de moi ? »

Borel considéra Cléo avec gravité.

« Écoutez, Mérieux est tout sauf un escroc. Nous verrons bien s'il a dit vrai, nous irons vérifier demain, à 22 heures. Vous aimez le théâtre ? »

# Chapitre 20

*Mérieux*

*Lundi 24 septembre 2018.*
*Cabinet d'Étienne Mérieux,*
*46, rue de la Victoire, Paris 9ᵉ.*

Mérieux écouta les pas de ses visiteurs s'évanouir dans le petit escalier et s'approcha de la fenêtre. Pendant quelques minutes, il s'absorba dans la contemplation de nuages laiteux ; il régnait un calme affreux.

Bruit étouffé d'une porte. Le client suivant venait d'entrer dans la salle d'attente. Mérieux sortit son téléphone portable de sa poche. Un modèle dernier cri, qui contrastait avec l'aspect suranné du cabinet. Il joua un instant avec, le faisant tournoyer entre son majeur et son pouce, et se résolut finalement à passer un appel.

« Rose, te souviens-tu de notre ami Borel ? Il est passé au cabinet, il m'a amené une jeune personne, elle était présente à la porte de la Chapelle samedi soir. Elle m'a fait la description précise d'un homme qui rôdait dans les parages peu avant le drame. La soixantaine, bec-de-lièvre, longs cheveux blancs… »

Une voix féminine éraillée par la cigarette hasarda :

« Delmas ?

– J'ai immédiatement pensé à lui. »

Dans le cabinet, le silence s'éleva comme une longue flamme sombre. Le magnétiseur demanda :

« L'as-tu revu récemment ?

– Non…

– Tu as l'air d'hésiter.

– Claire avait l'air troublée aujourd'hui. »

Mérieux laissa échapper un soupir.

« Après ce qu'elle nous a raconté sur lui, je ne serais pas étonné d'apprendre que Delmas est impliqué dans ces morts de la porte de la Chapelle… Nous aurions dû alerter la police.

– Il est hors de question de mêler Claire à cette affaire.

– Ce n'est pas mon intention. Je t'appelle juste pour te prévenir : je t'ai envoyé Borel et la jeune personne.

– C'est fâcheux, Étienne. Ils vont nous attirer des ennuis.

– Claire leur dira ce qu'elle veut. Elle *saura* si elle peut leur parler.

– Tout de même, je n'aime pas ça. Ils vont nous exposer.

– Nous sommes protégés.

– Promets-moi surtout de protéger Claire.

– Je t'en fais la promesse », dit Mérieux.

Il ajouta, comme s'il ne parlait plus qu'à lui-même :

« Elle aurait dû cesser de fréquenter Delmas. Nous a-t-elle vraiment *tout* dit ? »

# Chapitre 21

*Manticore*

*Lundi 24 septembre 2018.*
*50, rue Greneta, Paris 2^e^.*

Dans le quartier Montorgueil, Manticore avisa un cybercafé. L'espace de « coworking » promettait une « journée de travail efficace » et, pour quatre euros de l'heure, fournissait un accès à Internet et des boissons chaudes à volonté. Manticore paya. Il éprouva un malaise diffus en balayant la salle du regard. Avec son accoutrement, on eût dit un vétéran du Vietnam ; il faisait tache au milieu des jeunes gens intégrés socialement, dotés de produits Apple et de vêtements APC. Il devina leurs vies vécues à plat ventre, au niveau de relations managériales horizontales et rhizomateuses – toute une génération de femmes et d'hommes hyperconnectés, liés par les fibres d'un même cancer. Maladie à l'intérieur de la maladie, Manticore avait fait sécession au sein du corps social, il n'était plus traversé par la fluidité du tout. Il s'était fixé dans son activité particulière face à l'activité du processus d'ensemble. Cette raideur était le lot de ceux qui ne se laissaient pas *matrixer* et parvenaient à s'arracher au plan organique de l'irréalité. Il s'installa devant un ordinateur et fit une rapide revue de presse, qui lui confirma l'arrestation d'un grand nombre de Vicaires, sans toutefois lui permettre d'estimer combien, parmi ceux du premier cercle, étaient tombés. Un portrait de Stéphane Zenner, dans le quotidien *Le Monde*, indiquait, sans entrer dans les détails, que le polémiste avait envoyé par e-mail un manifeste à un grand nombre de destinataires juste avant son interpellation. Le journaliste établissait un parallèle avec Breivik et d'autres terroristes d'extrême droite qui avaient procédé de façon identique. Manticore reçut l'information comme un coup de poignard dans le dos : d'autres que lui étaient en possession de l'*Esquisse d'un tableau général des Vicariances*. Et puisqu'il n'avait pas été l'unique destinataire du manifeste, c'est qu'il n'avait jamais eu, aux yeux de son mentor, quelque chose d'unique. Il se sentit trahi, disgracié. Il fallait à tout prix qu'Emma l'aide ; il reconnaîtrait ses erreurs et elle passerait l'éponge.

Manticore entra dans l'immeuble de son ex, à deux pas du cybercafé, rue Greneta. Il s'était souvenu du code d'entrée, il se souvenait de tout ce qui se rapportait à Emma, des moindres détails de son corps, de leurs étreintes et, en particulier, d'une nuit de baise intense toutes fenêtres ouvertes en plein été tandis que l'orage se déchaînait au-dehors ; il conservait un souvenir intact de leurs habitudes et de leurs engueulades, et même de la couleur lie-de-vin de cette porte au deuxième étage. Il était sur le palier et s'apprêtait à frapper quand il entendit des voix à l'intérieur. Emma n'était pas seule, elle partit d'un grand éclat de rire. Un autre rire se mêlait au sien. Celui d'un homme. Manticore suspendit son geste et baissa lentement sa main. Complètement immobile, il continua à écouter, s'efforçant d'évaluer le degré d'intimité qui unissait la jeune femme et son invité. Il comprit assez vite qu'une grande familiarité existait entre eux, il était clair qu'Emma l'avait remplacé. Il se demanda furtivement si c'était par un Arabe ou, pire, par un nègre. La minuterie électrique de la cage d'escalier interrompit l'éclairage. Plongé dans le noir, Manticore s'affala sur les marches à côté de la porte et s'aperçut qu'il grelottait. Ce n'était pas le froid mais l'épuisement nerveux, la trouille et autre chose encore, une sensation nouvelle et indéfinissable. Une tension continuelle maintenait l'arc de sa bouche en un rictus absurde qui n'exprimait plus qu'une bouillie de pensées et d'affects. Dans son cerveau, tout s'embrouillait.

Lors de sa dernière visite dans cet immeuble, quelques mois auparavant, il avait frôlé la catastrophe, il avait failli cogner Emma, il avait été à deux doigts de la tuer à mains nues. Elle avait senti le danger, elle avait vu les articulations des poings menaçants blanchir, mais malgré sa frayeur, elle avait tenu bon : elle le quittait, elle ne voulait plus jamais entendre parler de lui, c'était sans appel. Manticore se souvenait de lui avoir répété : « Tu peux pas me faire ça, tu peux pas, je vais péter un câble, je vais péter un câble. C'est pas comme ça qu'on parle aux gens », lui avait-elle répondu, avec la voix mal assurée de quelqu'un qui manie une caisse de nitroglycérine. Elle s'était entendu traiter de salope, de collabo et de pute-à-nègre, elle l'avait dégagé sans états d'âme. Ce n'était pas la première fois qu'il franchissait les limites. Depuis longtemps, il décevait ses attentes. Peut-être avait-elle contribué à le rendre décevant en lui renvoyant l'image d'un raté, mais ce n'était pas une excuse. De fait, Manticore n'était pas un *winner*. Après avoir échoué plusieurs fois au CAPES d'histoire-géographie, des vacations désastreuses et mal payées dans les pires collèges de Seine-Saint-Denis l'avaient empli d'amertume, puis il avait tourné le dos à l'enseignement et commencé à bosser dans une agence de voyages alors qu'il vomissait le tourisme. Lui-même avait peu voyagé, il n'avait vécu que dans un coin minuscule du monde et s'était enfermé dans un domaine de pensée encore plus exigu. Au cours de cette période où son couple se délitait déjà, sa fascination pour Stéphane Zenner était venue combler un vide. Manticore avait regardé en boucle ses vidéos, il s'était laissé convertir, il avait choisi de suivre Zenner comme un apôtre, il avait même adopté ses tics de langage, il le singeait jusque dans ses moindres postures physiques. Sans même le connaître, le propagandiste avait fait de lui sa poupée de ventriloque, il l'avait téléguidé comme ces fourmis que zombifient des spores de champignon. Une rencontre entre les deux hommes avait eu lieu, elle avait achevé la conversion. En quelques semaines, Emma avait vu son compagnon muter et devenir une copie miniature de Zenner, elle avait fini par concevoir de la haine pour cet homme qui bouffait le cerveau des autres. Elle avait assisté à ce processus de dégénérescence psychique qui transforme un être humain en militant radical, à l'éclosion de cette pensée militante qui radote et rebondit entre les bandes d'une surface toujours plus réduite. Il était trop tard pour déprogrammer son mec, qui ne pouvait plus s'empêcher de ressasser l'idée de lutte des races et de vitupérer contre les bougnoules du matin au soir. Elle l'avait laissé poursuivre seul dans cette voie. Parvenu à la dernière crête, il découvrait maintenant que sa route ouvrait sur un abîme.

Toujours assis sur une marche et la tête en appui sur ses genoux, Manticore constata que le silence s'était fait à l'intérieur du studio ; il approcha machinalement sa tête de la porte. Il reconnut les gémissements d'Emma, devina le frémissement des corps vivants qui glissent l'un dans l'autre. Il était certes plus désagréable d'être suivi que suivant, mais être le témoin direct de la scène portait l'expérience au-delà du désagrément, jusqu'aux limites de la douleur morale. La présence de l'autre à l'intérieur, *à sa place*, excluait sa propre existence de manière très concrète. Cette brutale éviction lui fit sentir une diminution de sa puissance d'être. Son grand amour ne s'était pas simplement perdu, il avait été capté par un rival dont il entendait les râles de l'autre côté de la porte. Manticore contracta involontairement ses muscles maxillaires, chaque gémissement d'Emma était comme une flèche plantée dans sa chair. Une douleur sans espérance le transperçait de part en part et dans tous les sens, jusqu'aux dernières fibres de son être. Seul dans cette cage d'escalier, un saint Sébastien subissait son martyre. Une série de mauvais choix avait abouti à ce vaudeville lamentable et Manticore sentait fuir sa substance à travers un siphon, il glissait pour de bon. Pour s'accrocher encore à la vie, il lui aurait fallu se clouer à la porte comme une chouette. Cette porte, il pouvait aussi la défoncer d'un coup de rangers pour faire irruption dans le studio et cribler de balles les deux amants, les emporter dans sa nuit. Le bruit de leurs ébats ne suffit bientôt plus à étouffer la voix qui, au-dedans de lui, le pressait d'agir. Le disciple de Zenner se redressa et appuya sur la minuterie. Il ouvrit son sac à dos et en ressortit le CZ 75 Shadow. Il aimait cette arme fiable et précise, conçue à l'origine pour les unités spéciales des forces armées. Il en apprécia le poids dans sa main. Avec sa carcasse en acier bronzé et son chargeur plein, elle était lourde. Près d'un kilo deux cents grammes. Le poids exact de l'univers.

Dans le studio, la cadence des corps en action s'accélérait. Le coup de feu figea instantanément le mouvement de va-et-vient.

# Chapitre 22

*Ravard*
*Manel*
*Boisseau*

*Lundi 24 septembre 2018.*
*Maison de Paul Delmas,*
*44, rue du Professeur-Calmette, Gennevilliers.*

Ludovic Vernet était une poucave, il avait donné le nom de son employeur, Paul Delmas, l'homme au bec-de-lièvre, un médecin psychiatre spécialisé en psychopharmacologie. Longtemps rattaché au service hospitalo-universitaire de Bicêtre et collaborateur du Mood Center, Delmas avait rejoint le service d'addictologie de l'hôpital Lariboisière en 2013. D'après la secrétaire à laquelle avait parlé Ravard, il s'occupait des sevrages complexes et menait une activité de recherche avec l'unité « Variabilité de réponse aux psychotropes ». Il officiait aussi dans la salle de shoot rattachée à Lariboisière. Un homme gentil et très discret. Il ne s'était pas présenté à l'hôpital depuis dimanche, il était injoignable, ça ne lui ressemblait pas. Ravard envoya Boisseau enquêter sur Delmas auprès du personnel de Lariboisière. Il reçut le feu vert pour procéder à l'interpellation du médecin. Delmas habitait une petite maison à Gennevilliers, au nord de Paris. C'était à deux pas du Bastion.

Le nom de Paul Delmas n'avait pas encore été divulgué publiquement, on ne l'avait pas lâché dans la fosse aux lions, on était prudent, l'affaire des migrants de la porte de la Chapelle avait pris une ampleur médiatique colossale, on s'écharpait sur les réseaux sociaux, la machine paranoïaque tournait à plein régime. Les extrêmes avaient des réactions extrêmes, ils étaient abouchés l'un à l'autre comme un seul être hybride enfiévré, les lèvres de l'un soudées à l'anus de l'autre, façon *The Human Centipede*. On s'agitait partout dans le marécage virtuel, à une exception près : sur le forum du Parti de l'In-nocence de Renaud Camus, on notait peu d'activité. Certes, les contributeurs du forum n'étaient pas des hommes d'action, plutôt des êtres de langage, leur ligne était pacifique, ils avaient les mains pures parce qu'ils n'avaient pas de mains, mais ils devaient tout de même se les frotter depuis samedi soir, au moins en pensée. Rien non plus sur le site des Vicaires, qui était comme une maison abandonnée, et pour cause, la DGSI pourchassait encore ses membres IRL. Plusieurs représentants de leur noyau dur se trouvaient déjà dans des cellules sécurisées à Levallois, en compagnie de leur maître à penser, Stéphane Zenner. Ils n'avaient jusqu'ici fourni aucune information capitale et deux d'entre eux, seulement connus d'après leurs pseudonymes, manquaient toujours à l'appel : Manticore et Doc Trasher. Ce dernier était, au dire des autres Vicaires, le plus âgé du groupe, il avait environ la soixantaine. Les enquêteurs s'accordaient à penser qu'il s'agissait de Delmas : l'alias Doc Trasher était transparent. Delmas avait transporté la fierté d'appartenir au corps médical jusque dans ses activités criminelles.

Quant aux investigations sur Zenner, elles ne donnaient toujours rien. L'exploitation de son ordinateur avait seulement permis d'établir qu'il était un grand consommateur de vidéos pornos. Plusieurs de ses disques durs étaient saturés de films pornographiques, principalement tournés dans les années 1980. Le film historico-pornographique *Catherine la tsarine nue* semblait exercer sur Zenner une véritable fascination, il en conservait plusieurs copies numériques, il avait même redécoupé le film et fait ses propres montages. Condamnée à mort par l'État islamique en 2017, l'actrice porno américano-libanaise Mia Khalifa était l'autre obsession majeure de Zenner. Elle était pour lui un objet de dégoût et de ferveur, il lui avait consacré plusieurs vidéos bricolées à partir de scènes téléchargées, il leur avait donné des titres originaux, *Mia Khalifa contre les Maures*, *Mia Khalifa contre la Vie*, *Mia Khalifa la Chienne du Grand Mélange*, il y en avait des dizaines, bref, ça ne tournait clairement pas rond chez Zenner, il avait tout d'un pauvre type, un gars sans envergure, et pourtant la DGSI considérait comme une évidence indiscutable son implication dans l'hécatombe de la porte de la Chapelle. Même Ravard, qui n'avait jusqu'ici vu en Zenner qu'un pitre de plus dans le panorama des polémistes de bas étage, s'était rangé à cette idée. Sa conviction était que Delmas leur permettrait de faire tomber Zenner, il leur fournirait la preuve suffisante de sa culpabilité. Delmas était la bonne piste, il le sentait, il y avait dans cette voie quelque chose d'intense, un clignotement auquel il était sensible.

Tandis que la nuit commençait à tomber sur Gennevilliers, la Ford Focus de Ravard entra dans la rue du Professeur-Calmette. Manel était sur le siège passager, aux aguets.

« Ralentis, on arrive », dit-elle. Ils passèrent devant le numéro 44, le domicile de Delmas. Une petite maison de plain-pied, insignifiante. Façade en crépi grisâtre et briques rouges apparentes autour de la porte d'entrée et des deux fenêtres. Les lumières étaient éteintes, un volet métallique avait été tiré sur l'une des fenêtres. Ravard gara la Ford quelques mètres plus loin. Les deux flics passèrent leur brassard orange et sortirent du véhicule. Une longue grille et une rangée de buissons desséchés séparaient la maison de la rue. Ravard monta sur le muret de béton dans lequel la grille était scellée, il s'accrocha aux barreaux, leur peinture grenat était écaillée. De l'autre côté, une courette et, accolé à la maison, une sorte de cabanon avec un toit en appentis. Ravard rejoignit Manel devant le portail. Pas la moindre sonnette. La porte était verrouillée. Ils avaient une commission rogatoire, ils enjambèrent la grille et sautèrent de l'autre côté. Sous une fenêtre de la maison, il y avait l'un de ces vieux bancs sur lesquels viennent se réchauffer ceux qui avancent dans la glaciation du grand âge. Ravard frappa à la porte, « Police, ouvrez ». Aucune réponse. Il n'y avait que le bruit lointain de téléviseurs, les voisins regardaient le journal ou *Plus belle la vie*. Ravard et Manel se consultèrent du regard. Elle eut un hochement de tête qui voulait dire « On entre », il tourna le bouton de la porte, elle s'ouvrit. Les deux flics dégainèrent leur Sig Sauer, ils entrèrent dans un long couloir et avancèrent dans la pénombre, épaule contre épaule, l'arme pointée devant eux, index sur le pontet. Ravard appela à nouveau : « Paul Delmas, c'est la police ! » Le silence encore. Ils arrivèrent au fond du couloir. Des deux côtés, il donnait accès à des pièces. Ravard entra dans celle de gauche. Il alluma. C'était une cuisine avec une salle à manger, il y avait une table avec une nappe en toile cirée, un buffet et des meubles de rangement recouverts de formica blanc cassé. Le contenu de plusieurs tiroirs avait été renversé sur la tomette, tout était en vrac. Manel pénétra dans la pièce de droite, une chambre avec lit et bureau. La pièce avait été mise à sac, retournée de fond en comble. Il n'y avait personne. Ravard passa la tête dans la chambre. « Il reste la cave. » La petite porte au fond du couloir y conduisait. Quand il l'ouvrit, un souffle froid caressa son visage, une exhalaison putride. Un petit escalier aux marches irrégulières descendait dans une flaque de néant. Il s'y engagea.

# Chapitre 23

*Ravard*
*Manel*

*Lundi 24 septembre 2018.*
*Maison de Paul Delmas,*
*44, rue du Professeur-Calmette, Gennevilliers.*

Ravard promena le faisceau de sa lampe torche dans l'obscurité et fit scintiller de vieux bocaux de fruits alignés sur des étagères. Il trouva l'interrupteur. Il descendit les marches, suivi de Manel. Ils débouchèrent dans un sous-sol plus vaste que la superficie de la maison elle-même. Il était aménagé de façon plus moderne et plus fonctionnelle que les pièces du rez-de-chaussée. Trois lits, des armoires métalliques, un bureau massif, un téléviseur, et un coin salle de bains et toilettes séparé du reste par une cloison de plâtre Placo. Un plafonnier déversait une lumière crue. Le sous-sol avait été fouillé lui aussi. On avait inspecté les tiroirs du bureau, déplacé les lits et même basculé l'un d'eux sur le côté. Manel sentit qu'elle marchait sur un objet, elle leva son pied et vit la seringue. Il y en avait des dizaines éparpillées sur le sol de béton ciré. Elle les montra du doigt à Ravard et poursuivit en direction de la salle de bains. Il n'y avait pas de porte, elle put discerner une forme humaine derrière le rideau de la douche. Elle braqua le Sig vers la silhouette. Ravard l'imita. La forme était immobile. Manel déglutit. D'un geste énergique, elle tira le rideau de douche et l'horreur lui sauta aux yeux. Delmas était affalé contre le mur comme un pantin désarticulé, entièrement nu. Son crâne était largement ouvert et une grande partie de son contenu s'était sauvée, la matière cérébrale avait coulé sur le torse et sur l'émail du bac de douche. Le carrelage mural était moucheté de taches brunâtres – de la matière organique et du sang caillé. C'était bien Delmas, sa fente labiale caractéristique était apparente. Il était mort, on lui avait réglé son compte, on avait même fait preuve d'un acharnement sauvage. Manel rameuta les troupes pendant que Ravard inspectait à nouveau la maison. Dans le cabanon, il trouva seulement le matériel de bricolage qui avait probablement servi à l'aménagement du sous-sol. Pendant les heures qui suivirent, la police scientifique et d'autres membres de la section antiterroriste investirent les lieux. L'ordinateur de Delmas avait disparu, ses périphériques de stockage aussi, le ou les meurtriers avaient fait le ménage. Dans une grosse caisse à outils fermée par un verrou, on découvrit des seringues neuves et de l'héroïne. Le corps de Delmas fut transporté à l'Institut médico-légal, où les médecins mirent en évidence plusieurs impacts d'un objet contondant, un marteau ou une masse. Outre les lésions à caractère vital, Delmas avait subi de nombreux traumas, on lui avait arraché plusieurs dents et coupé deux doigts avant de le massacrer.

Manel et Ravard retournèrent au 36 rue du Bastion. Boisseau les accueillit à leur retour, il avait questionné des confrères de Delmas et il en avait appris de belles sur lui.

En tant que professionnel, Delmas était estimé, il avait accompli quelques percées dans la recherche en psychopharmacologie, il aurait même pu décupler son salaire en allant faire carrière outre-Atlantique dans un laboratoire de pointe. Pourtant, chaque témoignage laissait affleurer une méfiance, une suspicion diffuse. Après tout, Delmas était un vieux garçon, il n'avait jamais été marié. On lui prêtait une aventure avec une patiente, on parlait de manquement à l'éthique. Certains encore prétendaient que Delmas avait contracté des dettes de jeu, que c'était la raison qui l'avait poussé à vendre son appartement du 16e arrondissement et à emménager à Gennevilliers dans la maison de sa mère à la mort de celle-ci. Son chef de service déplora la perte d'un médecin hautement compétent et dévoué à ses patients, il ne confirma pas les rumeurs qu'on avait rapportées à Boisseau, les gens cancanaient, ils parlaient beaucoup parce qu'ils s'ennuyaient, c'était le cas dans toutes les entreprises. En vérité, Delmas avait été un professionnel exemplaire, un homme secret, il ne s'était pas lié à ses confrères, il ne jouait pas au tennis ni au squash, la médecine avait été pour lui une religion. Ravard haussa les sourcils. Paul Delmas avait peut-être eu la vie d'un moine, mais il était mort comme un narcotrafiquant. Et qu'avait-il fait samedi dernier à la porte de la Chapelle en compagnie des deux petites frappes ?

Il était minuit passé quand Ravard reçut un appel de Lacarnoy, son confrère de la DGSI. Il y avait du nouveau, il l'invitait à le rejoindre sur-le-champ à Levallois pour interroger Zenner. Ravard accepta, comment aurait-il pu refuser ? Il allait enfin se confronter à la Bête.

# Chapitre 24

*Ravard*
*Lacarnoy*
*Zenner*

*Nuit du lundi 24 au mardi 25 septembre 2018.*
*Locaux de la DGSI,*
*84, rue de Villiers, Levallois-Perret.*

Ravard ralentit l'allure de son véhicule et scruta le siège de la DGSI ; le bâtiment ultra-sécurisé était enveloppé par la nuit, mais le tracé de ses contours se découpait avec netteté dans l'air gris transparent. Un frisson désagréable agita la poitrine du flic. Était-ce la fatigue ou l'anxiété ? La découverte macabre dans la cave de Delmas l'avait remué plus profondément qu'il ne l'avait pensé. Il franchit le poste de contrôle et reconnut la haute silhouette plantée devant l'entrée : Lacarnoy était descendu l'accueillir. De son passage à l'école militaire de Saint-Cyr, Henri Lacarnoy avait gardé une rectitude sans faille et la youle, cette coupe de cheveux ultra-courte avec une petite mèche façon Tintin à l'avant du crâne. Ceux qui ne le connaissaient pas auraient pu croire qu'il souriait en cet instant précis, tandis qu'il échangeait une poignée de main ferme avec Ravard, mais Lacarnoy ne souriait pas, c'était seulement la forme de sa bouche, naturellement relevée aux coins, semblable en cela à celle des dauphins.

« Il a parlé ? » demanda Ravard.

Non, Zenner n'avait pas desserré les dents. Mais il était proche du point de rupture, les deux vagues qui arrivaient sur lui feraient céder les dernières digues. Tout en guidant Ravard dans un lacis de couloirs, l'officier de la DGSI s'expliqua : le noyau dur des Vicaires comportait treize membres, onze étaient déjà au frais entre ces murs et les deux derniers venaient d'être identifiés – tous deux étaient morts. Jordan Pelletier, alias Manticore, s'était fait sauter le caisson un peu plus tôt dans la soirée devant le studio de son ancienne compagne. Le témoignage de celle-ci avait permis de faire le lien avec le groupuscule d'ultra-droite en un temps record. La présence d'une version imprimée du manifeste de Zenner dans le sac de Pelletier et le tatouage grand format d'une manticore dans son dos ne laissaient subsister aucun doute.

« Quant au dernier membre de la bande, Doc Trasher, c'est toi qui as découvert son corps, ajouta Lacarnoy.

– Delmas… murmura Ravard.

– Je voulais que tu sois là quand on l'annoncera à Zenner. »

Ravard continuait à suivre son homologue comme son ombre dans un couloir du sous-sol. Une pensée vague qui le troublait souterrainement et luttait pour exister n'eut pas le temps de prendre consistance, ils étaient déjà arrivés devant la salle d'audition. Lacarnoy observa ce qui se passait à l'intérieur par une vitre. Avant d'entrer, il crut bon de préciser que les techniques ordinaires d'interrogatoire ne valaient pas un clou face à Zenner. L'homme avait le verbe sûr et un bagage intellectuel impressionnant. Accusé d'incitation à la haine raciale l'an passé, il avait assuré seul sa défense au tribunal et obtenu la relaxe, ne cessant de rappeler aux magistrats que ses thèses dites « racistes » sur la vicariance et les espèces invasives se déduisaient rigoureusement d'une étude scientifique de la perturbation des écosystèmes et qu'en vérité il restait avant tout un écologiste engagé et soucieux de la biodiversité. Un vrai rusé, pas du genre à mourir les armes à la main, mais toujours prompt à envoyer les autres au casse-pipe.

Lacarnoy se tourna vers Ravard : « Prêt ? » Signe de tête affirmatif. Ils entrèrent.

Dans un silence de mort, Zenner leur apparut en chair et en os. Le policier fut médusé : Zenner était immense, très différent de ce qu'il avait imaginé, sa présence physique saturait d'intensité la pièce étroite. Assis sur une chaise, les bras croisés devant lui, il avait la tête légèrement penchée en avant, ses cheveux masquaient son regard. Pendant une fraction de seconde, Ravard sentit qu'une crainte instinctive s'emparait de lui, comme la frayeur qu'éprouve un animal exposé à un prédateur. Il conçut instantanément un sentiment de colère face à sa réaction, il n'avait jamais été un lâche, il n'allait pas commencer cette nuit. Il prit place entre Lacarnoy et un agent embusqué derrière un ordinateur. Zenner n'était qu'à deux mètres d'eux ; il les ignorait, absorbé dans la contemplation de ses longs doigts, comme si toute sa vie se trouvait à leur extrémité. Il pouvait faire le bonhomme, mais par une voie oblique ou à l'usure, ils feraient fléchir sa volonté, ils le contraindraient à avouer. Celui que tous présentaient comme la Bête sept fois couronnée ravalerait ses « *Non serviam* » et finirait par se soumettre. Il était malgré tout troublant de voir d'aussi près le cerveau vivant dont les idées essaimaient partout sur le Net. Le fondateur autoproclamé de l'écologie racialiste était maintenant lu un peu partout dans le monde francophone, son manifeste se propageait de manière virale et nourrissait des groupes de discussion.

Lacarnoy brisa le silence, il informa le prévenu qu'il lui apportait deux mauvaises nouvelles. Zenner releva lentement la tête et son regard aigu pesa un instant sur Ravard, comme s'il tentait de cerner l'âme du flic à travers sa gangue de chair. Il ne prononçait pas un mot, il attendait la suite. Une attente calculée et ferme, qui laissait deviner qu'il avait déjà anticipé un grand nombre de scénarios pour se vacciner contre la charge des événements les plus déstabilisants en affrontant d'abord leurs simulacres.

« Votre acolyte Jordan Pelletier, Manticore, s'est suicidé en début de soirée », dit Lacarnoy.

Ravard vit les mains du prévenu se crisper comme des serres. Zenner était livide, un éclat de tristesse passa dans son regard fixe. Il faisait un effort visible pour garder le contrôle, mais le masque impassible qu'il avait réussi à composer était en passe de se dissoudre. *Touché.*

« Ce n'est pas tout. Nous avons aussi retrouvé le dénommé Doc Trasher. » Lacarnoy invita le policier de la section antiterroriste à prendre le relais.

« Oui, reprit Ravard, Delmas a été retrouvé dans sa cave, le crâne défoncé. »

D'abord perplexe, Zenner sembla vaciller. La vie de son regard se retira quelques secondes derrière un écran vaporeux. Elle revint, modifiée. Un regard dur, armé, était maintenant braqué sur les enquêteurs. Zenner secoua la tête. D'une voix tranquille, il leur dit : « Vous ne me pousserez pas à bout, je ne vous dirai rien. » Sur son visage, on pouvait lire qu'il se tiendrait à sa résolution. Il rompit le contact visuel et baissa la tête. Il se reploya en lui-même. Glacé, solitaire.

# Chapitre 25

*Ravard*
*Manel*

*Mardi 25 septembre 2018.*
*Maison de Paul Delmas,*
*44, rue du Professeur-Calmette, Gennevilliers.*

Après une courte nuit, Ravard et son groupe retournèrent à Gennevilliers pour passer à nouveau la maison de Delmas au peigne fin. La fouille du cabanon ne donna rien de plus, mais, dans la cave aménagée, la présence de plusieurs pitons d'acier scellés au sol dans la dalle de béton attira l'attention des enquêteurs. Ils ne parvinrent pas à déterminer leur fonction et remontèrent au rez-de-chaussée pour prendre des clichés détaillés de la bibliothèque. Outre les ouvrages médicaux spécialisés et les revues scientifiques, on trouvait dans les rayonnages quelques essais sur le chamanisme, plusieurs livres consacrés à l'ésotérisme, les œuvres complètes de Julius Evola et, bien en évidence, une édition allemande de *Sexe et Caractère* d'Otto Weininger abondamment compulsée et annotée de la main même de Delmas.

Ravard sortit dans le jardin et envoya les photos des livres et des pitons métalliques à ses confrères de la SAT et de la

DGSI. Il rempocha son portable et considéra la maison de Delmas. Au-delà de sa sinistre banalité, cette baraque dans les tréfonds de laquelle la mort s'était enfoncée comme un sabre dans son fourreau avait quelque chose de sordide. Ravard s'écroula sur le banc sous la fenêtre de la cuisine, son entretien nocturne avec Zenner le hantait. Après avoir quitté la salle d'audition, Ravard avait accompagné Lacarnoy dans son bureau. Ensemble, ils s'étaient repassé en boucle l'enregistrement vidéo de l'interrogatoire, ils avaient scruté les micro-expressions du polémiste et cru discerner le flux en fusion des émotions sous la tectonique des muscles faciaux. Indéniablement, ils avaient réussi à faire sauter sa carapace l'espace de quelques secondes. La mort de Manticore l'avait cueilli à froid, elle l'avait touché, il n'avait pas pu feindre ; mais sa réaction à l'annonce de la mort de Delmas était plus intrigante. Zenner n'avait pas éprouvé de tristesse apparente, plutôt une sorte de surprise mêlée de soulagement. Avait-il vraiment été pris au dépourvu par le meurtre de Delmas ? N'avait-il pas en réalité fait assassiner le médecin-chercheur pour qu'il ne le compromette pas ? Zenner avait-il tout prémédité, était-il si fort ? Ravard s'était largement mépris sur son compte, il commençait seulement à découvrir l'étendue du pouvoir de son adversaire. Lacarnoy lui avait donné un exemplaire imprimé du manifeste, l'*Esquisse d'un tableau général des Vicariances*. Le pavé, que la DGSI avait commencé à décortiquer, était maintenant chez lui, sur la table basse. Ravard n'avait pas eu le courage de le feuilleter.

Dans sa poche, le téléphone vibra. Un appel de Lacarnoy. Il venait à l'instant de prendre connaissance des photos de la bibliothèque de Delmas. Les analystes de son service avaient remarqué qu'un certain nombre de livres figurant sur ces clichés étaient cités par Zenner dans son manifeste, en particulier des livres d'Evola et celui d'Otto Weininger, auquel l'idéologue d'ultra-droite avait emprunté la structure de son *Esquisse*. L'un des Vicaires interrogés avait révélé que Doc Trasher était, parmi ceux du groupe, non seulement le plus âgé mais aussi le plus proche de Zenner. Une proximité qui n'était sans doute pas sans rapport avec leur intérêt commun pour ces métaphysiciens marginaux. Pourtant, cette même proximité n'avait pas empêché l'assassinat barbare de Delmas. Zenner avait-il vraiment commandité le meurtre de son lieutenant ? Que s'était-il passé dans cette cave ?

L'autopsie du médecin allait bientôt avoir lieu à l'Institut médico-légal, quai de la Rapée, mais à vrai dire, elle avait déjà commencé ici, car la maison d'un mort est encore son cadavre. Dans la chambre du défunt, Manel ne chômait pas, elle disséquait l'espace pour traquer les indices les plus ténus. En palpant l'intérieur de l'emplacement du tiroir de la table de chevet, elle sentit un rectangle de carton rugueux qui était resté coincé dans le meuble. Elle l'attrapa et l'examina. C'était une sorte de flyer, un carton d'invitation couleur crème sur lequel on avait écrit « 21 h » au feutre noir. Il ne comportait qu'une adresse mail et un croquis minimaliste, une sorte d'œil fermé avec quatre cils. Manel lut plusieurs fois l'adresse mail. Elle murmura à voix basse pour elle-même : « Théâtre des Extases. »

# DEUXIÈME PARTIE

## *Théâtre des Extases*

# Chapitre 26

*Ravard*
*Manel*
*Boisseau*
*Prieur*

*Mardi 25 septembre 2018.*
*Au Bastion, 36, rue du Bastion, Paris 17e.*

Dans la salle de crise spéciale au dernier étage du Bastion, les visages étaient concentrés. Face au chef d'état-major et au directeur de la brigade criminelle, Ravard résumait les dernières avancées de l'enquête en visioconférence avec des membres de la DGSI. Paul Delmas avait été retrouvé à son domicile, le crâne fracassé. D'après le médecin légiste qui avait pratiqué l'autopsie, le décès était survenu la veille en début d'après-midi. La nature des blessures – fractures costales multiples, dents arrachées et doigts sectionnés, éclatement de la voûte crânienne et explosion de l'encéphale – indiquait le déchaînement d'une violence extrême. Delmas avait subi des tortures mais, jusqu'au bout, il avait tenté de repousser la mort, la main droite de son cadavre avait conservé une position de pugiliste. Il n'avait offert qu'une résistance dérisoire, on l'avait tué et on avait dérobé son matériel informatique. Delmas était jusqu'alors inconnu des services de police, il n'était pas fiché. En tant que médecin au service d'addictologie de Lariboisière, il était estimé de ses collègues, qui soulignaient néanmoins une personnalité ambiguë et distante. Des rumeurs faisaient état de dettes de jeu, l'examen des mouvements sur ses comptes bancaires leur en apprendrait davantage. On savait qu'il avait revendu son appartement cossu du 16e arrondissement et emménagé à Gennevilliers dans la maison miteuse de sa mère, morte en 2014, et on venait de découvrir qu'il en avait aménagé le sous-sol. L'enquête de voisinage avait révélé l'existence d'« invitées » régulières chez Delmas, des camées qu'il hébergeait chez lui et qui zonaient parfois dans le périmètre. L'aménagement du sous-sol, les doses d'héroïne retrouvées sur place, tout laissait penser à une salle de shoot clandestine. Delmas avait-il voulu recréer un espace de sevrage dans les soubassements de sa propre maison ? Avait-il aménagé un baisodrome dans son sous-sol ? Y accueillait-il des clients qui payaient pour coucher avec les camées ? Delmas avait-il été un revendeur de drogues et un proxénète ? Les témoignages de ses deux acolytes de la porte de la Chapelle, Pelaprat et Vernet, étaient concordants : Delmas trafiquait, il fourguait de l'héroïne, celle qu'on avait retrouvée dans sa maison était identique à celle qu'on avait saisie dans la chambre d'hôtel de Pelaprat.

Diard, le directeur de brigade criminelle, interrompit Ravard : « On s'éloigne de l'affaire. » *Quid* de la substance qui avait servi à empoisonner les migrants et les trois bénévoles ? Et quel était le lien exact entre Delmas et les morts de la porte de la Chapelle ? Qu'est-ce qui, matériellement, permettait de le relier à ces morts, en dehors de sa présence sur les lieux le soir du drame ? Un proxénète n'était pas un tueur de masse ni un terroriste. Un dealer non plus, d'autant plus que l'héroïne retrouvée chez le médecin était ordinaire, elle ne pouvait pas expliquer les désordres biologiques survenus chez les victimes de la porte de la Chapelle.

Ravard concéda que le poison utilisé par Delmas était pour l'heure inconnu, mais l'implication du médecin dans le drame de la porte de la Chapelle ne faisait aucun doute. Tout suggérait que Delmas avait appartenu au groupe d'ultra-droite des Vicaires et que, sous le pseudonyme de Doc Trasher, il avait été le bras droit de Stéphane Zenner. Plusieurs membres des Vicaires auditionnés avaient en effet reconnu une ressemblance entre les photos de Delmas qu'on leur avait présentées et le Doc Trasher qu'ils avaient aperçu furtivement. Par ailleurs, le médecin avait dans sa bibliothèque des livres abondamment cités dans le manifeste de Zenner. Mais surtout, Delmas avait appliqué à la lettre les consignes de celui-ci en s'attaquant à la cible principale désignée par le propagandiste dans ce même manifeste et dans plusieurs vidéos. L'un des Vicaires avait d'ailleurs révélé le projet de Zenner de s'en prendre aux migrants au moyen d'un poison dilué dans les bouteilles d'eau minérale qu'on leur distribuait.

« C'est maigre », trancha Diard. Il rappela qu'il fallait une preuve matérielle et que le but était de faire tomber le cerveau de cette opération criminelle. Il s'agissait de démontrer la culpabilité de Stéphane Zenner ; en haut lieu, on rêvait de le faire disparaître du tableau une fois pour toutes, c'était une question de salut public : à force d'agiter avec gourmandise le spectre d'une guerre des races, ce malade allait finir par précipiter le pays dans la guerre civile à laquelle beaucoup s'étaient déjà résignés parce qu'ils voyaient chaque jour la société glisser vers le gouffre – c'était à leurs yeux la pente naturelle de la situation.

Sur le mur d'écrans de la salle de crise, les hommes de la DGSI affichaient un air confiant. Lacarnoy fit savoir qu'ils allaient débuter l'audition de chercheurs qui avaient travaillé avec Delmas et que les interrogatoires des Vicaires se poursuivaient ; l'un d'eux, répondant au pseudo de Sacrilège-Zéro, était mûr, il allait bientôt craquer.

Ravard intervint à nouveau pour mentionner le flyer découvert par Manel dans un meuble de la chambre, il prononça le nom de « Théâtre des Extases » inscrit sur ce carton et il eut l'impression que Diard baissait les yeux à ce moment précis. Presque aussitôt, le directeur du Bastion décréta que la visioconférence prenait fin. Ravard le regarda avec surprise, comme si son patron, dont le regard était maintenant fuyant, venait de le désavouer ouvertement. Ravard décida de regagner son bureau sans demander d'explication, il l'avait en travers de la gorge. Pendant tout le trajet, il repensa à Diard, à ce regard fuyant.

Couloirs, ascenseur, couloirs, le Bastion était un dédale aseptisé et feuilleté sur quatorze niveaux. Quand Ravard sortit de l'ascenseur, il tomba sur Manel et Boisseau. Ils revenaient de la cellule de Ludovic Vernet. Ils lui avaient annoncé que sa garde à vue était prolongée. La nouvelle de la mort de Delmas l'avait cueilli à froid, Vernet semblait clairement dépassé par les événements. Ravard demanda à Manel où était le flyer qu'elle avait trouvé à Gennevilliers. Elle l'avait porté aux scellés, mais elle avait eu la présence d'esprit d'en prendre une photo avec son smartphone, elle la lui transféra. Ravard l'envoya par MMS à Ronan Prieur, un commandant de la brigade de répression du proxénétisme. Dans le message qui accompagnait la photo, il demandait à Prieur s'il avait des infos sur Paul Delmas et s'il pouvait se rencarder sur une boîte à cul nommé le Théâtre des Extases. Deux minutes plus tard, il reçut un texto de Prieur. Il avait une info à lui communiquer, il pouvait le rejoindre au quatrième sous-sol du Bastion, à l'entrée du stand de tir. Ravard descendit, il trouva Prieur dans la petite salle attenante au pas de tir. Il nettoyait son Glock en observant les tireurs de l'autre côté du panneau vitré d'isolation acoustique.

« Tu as quelque chose pour moi, Ronan ? » Prieur se retourna, c'était un grand type de trente-six ans avec des yeux sombres et des cheveux longs ramenés en arrière, un beau gosse. Poignée de main vigoureuse. Prieur avait l'air gêné, comme si cracher le morceau lui coûtait. Il confirma que Delmas n'était pas connu de son service. En revanche, le Théâtre des Extases, il connaissait, c'était une sorte de cercle privé, pas vraiment un cabaret, ni tout à fait une maison de passe. L'établissement n'était pas déclaré, son existence était officieuse. Prieur mit Ravard en garde : on parlait là d'une institution, et pas n'importe laquelle. Le Théâtre bénéficiait d'appuis puissants, il n'était pas question d'y toucher, ni même d'espérer une commission rogatoire pour y mener des investigations. C'était un domaine où les flics comme eux n'avaient pas pied. Il pourrait parler à la gérante, une certaine Rose Lecœur, de son vrai nom Géraldine Malgras, mais il ne faudrait pas la bousculer ni être trop insistant. Prieur lui donna l'adresse. « Vas-y vers 19 heures, en principe, elle sera là. Mais n'oublie pas, tu marches sur des œufs. »

Ravard le remercia, il envoya un texto à Manel, elle devait le rejoindre au parking, ils allaient fouiller le passé de Paul Delmas. Quand elle prit place sur le siège passager, Manel demanda où ils allaient.

« En eaux profondes. »

# Chapitre 27

*Ravard*
*Manel*
*Lecœur*
*Boisseau*

*Mardi 25 septembre 2018.*
*Théâtre des Extases, rue Pierre-au-Lard, Paris 4e.*

Comme souvent en semaine, il y avait un embouteillage au niveau de la porte de Clichy. Ravard expliqua à Manel que la piste Delmas n'était pas jugée pleinement convaincante par leur hiérarchie, elle se résumait encore à un faisceau de présomptions et demandait à être étayée. Il évoqua aussi la réaction curieuse de Diard quand il avait mentionné le « Théâtre des Extases ». D'après l'info que Prieur venait de lui communiquer, ce « théâtre » n'était pas le nom du baisodrome installé par Delmas dans son sous-sol, mais celui d'un établissement occulte, une sorte de maison de passe haut de gamme, c'est là qu'ils se rendaient. Prieur était resté vague, il avait même formulé des mises en garde. Certaines maisons closes comme Le Chabanais, Le Sphinx ou Le One-Two-Two avaient en leur temps été protégées par le préfet de Paris et par une pléthore d'hommes influents. En

France, les maisons de passe avaient officiellement été fermées en 1946, mais certaines avaient survécu sous d'autres noms, sous d'autres formes. Ainsi, Le Ruby's, club situé rue Dauphine, dans le 6e arrondissement, avait été dans les années 1990 et 2000 un avatar des maisons de tolérance. De belles Africaines, souvent très jeunes, vous y invitaient à leur offrir un verre, à danser avec elles et parfois à toucher leurs seins pour vous montrer qu'ils n'étaient pas en toc. On pouvait rencontrer en ces lieux des écrivains mondains et des chanteurs de variétés en perte de vitesse. C'était une époque plus simple et innocente, où le vocable « racisé » et le mouvement #MeToo n'existaient pas. Mais la fête était finie. Il était désormais périlleux d'être un dandy, tous les terrains étaient minés, la morale des réseaux avait des semelles de plomb et les lynchages étaient la règle. Être réactionnaire n'était plus une forme de dandysme, car la réaction ne pouvait plus être feinte. La légèreté sonnait faux et le désenchantement était palpable. Pour beaucoup dans ce microcosme, ce fut un dégrisement d'une grande violence. Le Ruby's avait été fermé au cours des années 2000, la brigade de répression du proxénétisme était tombée comme la foudre sur le directeur et sur le gérant de l'établissement.

Ravard gara la Ford rue du Renard, près du centre Pompidou. « Le théâtre qui nous intéresse, tu ne le trouveras pas dans *L'Officiel des spectacles* ou *Pariscope* », dit-il à Manel. Elle le suivit dans la rue Saint-Merri. Il s'arrêta en face d'une rue perpendiculaire, un passage plutôt, à peine assez large pour qu'une voiture y circulât. La rue Pierre-au-Lard était une longue ruelle avec des trottoirs presque inexistants et des graffitis sur les murs. Côté gauche, les bâtiments de cette rue faisaient partie d'un café branché,

Le W. Côté droit, à l'angle de la rue Pierre-au-Lard et de la rue Saint-Merri, se tenait un bâtiment qui abritait une antenne de l'Église mormone. Tout au fond de la voie, on pouvait entrevoir la devanture du théâtre Essaïon et une portion du Café de la Gare. Ravard entra dans la ruelle, il fit un aller-retour, inspectant la façade des immeubles du côté droit, une façade où des lanternes éteintes étaient suspendues à intervalles réguliers. Le flic tentait de suivre les indications de son collègue, il s'immobilisa soudain et fit signe à Manel de venir. Devant eux, une grosse porte en bois sous un linteau de pierre assez grossier. Elle semblait fermée depuis des siècles. Il n'y avait aucune poignée, aucun nom. Ravard s'en approcha, une petite grille rouillée était encastrée dans la porte à la hauteur de ses yeux. Il frappa trois coups. Des yeux bleus apparurent de l'autre côté, comme derrière une burqa, et le jaugèrent. Dans un déclic métallique, la porte s'entrouvrit. Son apparence grossière cachait un blindage et un système de verrouillage perfectionné. Masqué par la pénombre, un homme s'effaça pour laisser passer les visiteurs. C'était une sorte de Russe énorme, il mesurait plus de deux mètres. Ravard et Manel ne remarquèrent pas immédiatement la femme qui les observait dans le noir. La flamme de son briquet se mit à danser sous l'extrémité d'une cigarette et son visage fripé surgit hors de la nuit. Ravard sortit sa carte de police, il commença à décliner sa qualité, il fut aussitôt interrompu par la vieille, on l'avait prévenue de leur visite. Elle les invita à la suivre, ils marchèrent derrière elle dans un long couloir, la cigarette rougeoyante en ligne de mire. Ils empruntèrent un escalier en colimaçon, la rampe était en fer forgé, ils arrivèrent dans une petite pièce octogonale où la lumière était tamisée. Rose Lecœur s'assit sur une méridienne pourpre et considéra les deux policiers. Ils avaient maintenant toute son attention. Manel lui tendit une photo, celle de Paul Delmas. Lecœur la saisit du bout des doigts et posa les yeux dessus. Son regard rebondit sur le papier glacé, comme sous l'effet d'une répulsion. « Avez-vous déjà vu cet homme ? » demanda Ravard. Lecœur portait un peignoir en soie qui laissait deviner une poitrine lourde. Ses traits étaient durs, taillés à la serpe. Elle avait certainement été une belle femme, elle avait eu l'autorité sévère qu'ont les femmes pleinement conscientes de leur beauté. « Non, je ne le connais pas », dit-elle. Elle rendit la photo à Manel, en précisant : « Et je n'oublie jamais un visage. » Ravard scruta celui de la gérante quand il lui annonça que cet homme était mort, qu'on l'avait assassiné chez lui dans des conditions atroces et qu'un flyer portant le logo et l'adresse mail du Théâtre des Extases avait été retrouvé dans sa chambre. Rose Lecœur se leva. « Je ne peux pas vous aider. Et maintenant, sans vouloir vous presser, j'ai mille choses à faire. » Elle leur indiqua la sortie. Le gorille russe était là, vigilant. Il les raccompagna jusqu'à la porte blindée. Les deux flics marchèrent en silence jusqu'à la Ford, ils s'installèrent dans l'habitacle. Ravard tapotait des doigts sur le volant.

« Elle a réagi quand tu lui as montré la photo, elle le connaissait, dit-il.

– Oui, j'ai eu la même impression, elle n'est pas nette. »

Le portable de Manel vibra, c'était Boisseau. Il leur apprit qu'on avait retrouvé un SDF mort dans le métro, il présentait le même tableau clinique que les victimes de la porte de la Chapelle. Dans le même secteur, une caméra de la RATP déclenchée par un détecteur de présence dans les tunnels de service avait capté l'image du migrant érythréen, celui qui avait disparu. Le lien était donc évident. L'homme semait la mort comme une arme biologique vivante, le retrouver était désormais une priorité. Quand Manel et Ravard arrivèrent au Bastion, c'était le branle-bas de combat. Boisseau surgit de nulle part et se colla à la vitre de la portière, il leur révéla l'info capitale : depuis quelques minutes, on avait retrouvé la trace de l'Érythréen, une autre caméra de surveillance l'avait filmé à l'instant où il émergeait de la station de métro Château-Rouge. Il fallait le choper, c'était maintenant ou jamais.

# Chapitre 28

*Noirac*
*Georges*
*La Créature*
*Borel*

*Mardi 25 septembre 2018.*
*Cour d'honneur du Palais-Royal, Paris 1^er^.*

Cléo était assise devant son ordinateur et regardait l'écran sans le voir, elle se repassait en boucle le film des trois jours précédents, son après-midi avec Thibault, les événements du soir du drame, sa visite à l'Institut métapsychique et la séance d'hypnose chez Mérieux. En moins d'une semaine, son existence avait pris un tour inattendu ; ses certitudes volaient en éclats. Borel lui avait donné rendez-vous sur l'esplanade Beaubourg à 22 heures. Il devait la conduire au *théâtre*, un lieu secret qui n'apparaissait pas sur Internet. Il lui avait dit qu'il s'agissait du cœur du Paris magnétique et qu'elle ne serait pas déçue, elle serait l'une des rares privilégiées à *voir*. Mais voir quoi ? Y trouverait-elle vraiment cet homme au bec-de-lièvre qu'elle avait aperçu samedi soir à la porte de la Chapelle ?

Un nouveau mail de Marin Delorme s'afficha dans la boîte de réception Gmail de Cléo. Elle le parcourut, Marin s'impatientait, il ne dissimulait plus son agacement. L'article promis pour *La Nouvelle Chair* n'arrivait pas et la *deadline* se rapprochait, Cléo pouvait-elle au moins lui faire lire ce qu'elle avait déjà *produit* ? À vrai dire, depuis les événements du samedi précédent, Cléo n'était pas très productive, son article sur un réseau secret de rencontres était encore à l'état d'esquisse. Elle avait certes accumulé des matériaux, mais elle ne leur avait pas donné forme. Elle avait de quoi prouver que la légende urbaine était fondée : chaque jour, à Paris et ailleurs, des hommes et des femmes collaient en ville des affichettes d'un chien ou d'un chat perdu, avec une image de l'animal et leur numéro de téléphone, leur adresse mail ou un flashcode. L'annonce était bidon, le but réel était d'attirer un partenaire sexuel, de *rencontrer l'inconnu*. Grâce à cet artifice, la rencontre amoureuse cessait d'obéir aux lois du marché, elle devenait objet de contrebande. Cléo avait mené son enquête et commencé à éclaircir le mystère, elle avait même rencontré plusieurs membres du réseau secret *via* ces annonces d'animaux perdus ; les profils étaient hétérogènes. Elle était d'abord tombée sur des hommes mariés en pleine crise, de bons pères de famille dont les désirs épousaient les *tags* des sites pornos. Deux d'entre eux cherchaient du sexe en *outdoor*. Il y avait aussi eu Greg, un quadra célibataire lassé des boîtes échangistes, et Georges, jeune informaticien au physique ingrat. Georges était un sédentaire à l'obésité morbide, il était prématurément dégarni. Sur l'annonce qu'il avait collée dans le quartier Europe, il avait inséré la photo d'un chaton angora et un flashcode. Sous la photo, il était écrit : « Chaton perdu, très craintif. » Le flashcode conduisait à une page Internet, on y voyait l'image animée du même chaton qui tournait en rond dans son panier.

Sous le GIF, ce message laconique : « Chaton cherche sa maîtresse. » Il y avait aussi une adresse mail et Cléo avait répondu : « Je viendrai chercher mon chaton vendredi prochain à 17 heures dans le square Montholon. » Le vendredi suivant, à 17 heures, Cléo était assise sur un banc du square Montholon. Elle avait vu un jeune homme obèse pousser le portique du square, elle l'avait vu se pétrifier quand il l'avait aperçue, les perles de sueur sur son crâne formaient un casque liquide, il était mort de trouille, il avait même commencé à battre en retraite, il s'était repris, un sourire timide s'était formé sur sa bouche étroite, un trait mince entre les deux bajoues tombantes. Cléo lui avait souri et il était venu s'asseoir à ses côtés, gêné. Le souffle court, il avait murmuré, avec une forme d'autodérision : « Le chaton craintif, c'est moi... » Georges était un dieu du code, un garçon complexé par son apparence, il souffrait de solitude, les jeux vidéo ne le comblaient plus. C'est à l'école 42 qu'un étudiant lui avait révélé l'existence du réseau secret. Georges et Cléo parlèrent longuement dans le square, ils échangèrent ensuite quelques mails, ceux de Georges étaient interminables et de plus en plus nombreux, il voulait la revoir, elle avait changé sa vie, il hantait maintenant chaque jour le square Montholon, il aimait Cléo, il la cherchait dans le jour comme en pleine nuit, il ne pourrait pas vivre sans elle plus longtemps, sa passion était une éruption volcanique continue, un feu dévorant, elle songea à la dernière phrase de *L'Amour fou* de Breton, « Je vous souhaite d'être follement aimée », mais l'amour, ce n'était pas ça, ce type était profondément malade, elle coupa court à toute discussion et classa ses messages dans les spams. Au cours des semaines qui suivirent, Cléo fit d'autres rencontres *via* le Réseau.

Une autre annonce avec un flashcode la mena ainsi sur le site Web d'un certain Félix. On y trouvait de nombreuses captures d'écran du film de Pasolini *Salò*, en particulier des captures de la séquence où de jeunes femmes nues sont tenues en laisse par leurs bourreaux et marchent à quatre pattes. D'autres photos tournaient autour du même motif, qui touchait visiblement au fantasme central de Félix : cet homme cherchait une chienne. Cléo ne poussa pas plus loin l'investigation avec lui. Elle fit par la suite la rencontre de Gabriel, un trentenaire bien dans sa peau et intégré socialement. Ils avaient flirté un soir, il disait avoir lui aussi découvert le Réseau par hasard, et en apparence, rien ne clochait. Le soir suivant, ils s'étaient revus chez lui, ils avaient beaucoup bu, Gabriel avait fini par avouer qu'il répondait parfois aux annonces de chats ou chiens perdus par jeu, histoire de faire croire au propriétaire qu'il avait retrouvé son animal. Il aimait susciter l'espoir, sentir la joie gonfler le cœur de son interlocuteur ; il aimait plus encore saccager cette joie naissante en se rétractant subitement – il prétextait en général une erreur ; la déception qu'il percevait alors était plus tranchante qu'une lame de rasoir, c'était bien kiffant, même si c'était un peu limite. Gabriel était un connard nuisible, Cléo mit aussitôt un terme à la soirée qu'elle passait avec lui, une soirée pourtant bien partie pour s'achever par une séance de baise. Le Réseau fourmillait de pervers en tout genre, ce n'était pas pour elle.

Cléo avait failli se laisser piéger par son objet de recherche. Elle devait le maintenir à distance et le considérer froidement. Sur son bureau, elle avait posé l'affichette arrachée la veille en allant à l'Institut métapsychique. Une annonce pour un chat perdu. Un chartreux. Par recoupements successifs, Cléo avait établi que les annonces de chiens perdus s'adressaient à des partenaires masculins, tandis que les annonces de chats disparus provenaient d'hommes qui recherchaient une femme. Dans le cas présent, l'auteur de l'annonce était donc certainement un homme. Le flashcode sur l'annonce avait dirigé Cléo vers une page Web presque nue. Les quelques mots affichés sur un fond blanc mentionnaient seulement une plage horaire, le mardi de 20 à 21 heures, et un lieu, la cour d'honneur du Palais-Royal. Sur quel type de pervers allait-elle tomber cette fois ? Cléo quitta son studio vers 19 heures. Dans le métro, un type la regarda pendant une partie du trajet. Elle songea à l'article d'Anaïs, une autre contributrice de *La Nouvelle Chair*. Un article déjà bouclé et partagé en PDF. Il analysait le comportement des Ombres, ces hommes qui se contentaient de suivre des femmes sans jamais les aborder, ainsi que celui des Fiancés – c'est ainsi que se désignaient certains sujets interrogés par Anaïs : à chaque fois qu'ils entraient dans une rame de métro, ils se choisissaient une *fiancée fugitive* et, l'espace de quelques stations, l'heureuse élue était pour eux le centre de gravité du monde. Ils s'interdisaient toute histoire, le maximum était un échange de regards ou un sourire. Mais le plus troublant était qu'ils éprouvaient un sentiment de perte bien réel quand la fille quittait la rame, la perte d'une chance unique, preuve qu'il y avait indéniablement un micro-investissement libidinal et qu'il s'agissait à chaque fois d'une micro-histoire vécue intensément. Parmi les Fiancés, quelques-uns seulement prenaient une photo de la fille, la plupart du temps de dos quand elle partait, les autres archivaient ces fragments dans leur mémoire vive ; l'image d'une fille aperçue entre deux passagers les hantait parfois des mois. Plus contemplatifs que les Frotteurs, ils étaient aussi plus inquiétants. Sur le quai de trois stations de la ligne 13, Cléo fut une fois de plus frappée par le spectacle des Pousseurs, ces personnels précaires de la RATP chargés de la régulation des flux de passagers. Affublés de leurs chasubles orange, ils étaient tous debout en rang d'oignons, ils écartaient les bras à la fermeture des portes, ils jouaient leur rôle avec une sincérité désarmante, ils voulaient bosser, ils voulaient bien faire, leur tâche était foncièrement vaine. Il n'était pas rare que les Pousseurs tentent d'établir une connivence avec des passagers. Leur mission était-elle d'introduire un peu d'humanité ? N'y avait-il pas là au contraire la mise en scène parfaite d'une destruction de l'humain ? Les bras écartés devant les voyageurs compressés, ils évoquaient une Andromède démultipliée livrée au monstre de l'Absurde. L'évolution naturelle atrophiait ou supprimait les fonctions et les organes inutiles, la société, au contraire, les faisait proliférer. La société tout entière était du côté de la perversion – cette stratégie d'adaptation aberrante.

Cléo était en avance, elle flâna en bord de Seine avant de revenir vers la cour d'honneur du Palais-Royal. Elle se posta sous les arches près d'un magasin de pipes, puis du côté de la cantine de la Comédie-Française. Elle jeta un bref coup d'œil à l'intérieur, et continua à scruter les promeneurs qui flânaient sur *Les Deux Plateaux*. Les minutes s'écoulaient, il était maintenant 20 h 23 et Cléo n'avait remarqué personne qui fût susceptible d'incarner l'homme du Réseau chats perdus. Des touristes se prenaient en photos avec leur perche à selfie, ils montaient sur les colonnes de Buren à tour de rôle. Un peu en marge, un couple était en pleine séance de shooting – leur visage évoquait vaguement quelque chose à Cléo, peut-être des chroniqueurs d'une émission TV. Le photographe leur donna de nouvelles instructions, ils s'adossèrent au bâtiment et prirent une pose décontractée. Ils ramassèrent ensuite leurs affaires. Il était tard, le soleil se couchait.

Et c'est là que Cléo la vit. La créature. Une femme à la beauté surnaturelle, dans les vingt-cinq ans. Elle était au fond de la cour d'honneur, près des rangées de colonnes les plus hautes. Immobile, elle regardait dans sa direction. Cléo traversa la moitié de la cour, elle se jucha sur une colonne de hauteur moyenne et observa la jeune femme. Un animal des hautes sphères, une gravure de mode directement sortie des pages du magazine *Vogue*. La fille la jaugea un moment et se détourna, elle mit le cap vers les arcades de la galerie de Valois. Sans réfléchir, Cléo se lança sur ses pas. Des cuissardes en peau couleur taupe gainaient les longues jambes de la femme, ses talons claquaient, Cléo voyait sa silhouette aérienne de manière syncopée, c'était comme un film tourné caméra à l'épaule, elle fut bientôt assez proche d'elle pour pouvoir la toucher. « Attendez ! » cria-t-elle. La créature s'arrêta net, elle se retourna comme au ralenti. La beauté de son visage était douloureuse à voir. Elle posa son regard sur la chevelure bleue de Cléo, elle condescendait à prendre en compte son existence, elle attendait la suite. « J'ai retrouvé votre chat ! » dit Cléo. Dès qu'elle eut prononcé ces mots, elle se sentit conne, elle n'avait rien trouvé d'autre à dire, il fallait enchaîner, improviser, mais elle se mit à bafouiller : « En fait... » L'autre était parfaitement verticale, elle scannait Cléo des pieds à la tête comme on détaille une marchandise. Elle la regarda droit dans les yeux et dit simplement : « Non. » Un léger sourire retroussa ses lèvres et elle ajouta : « Mon chat est plus racé. » La créature reprit sa marche, elle s'éloigna comme un voilier, laissant Cléo interdite. Sans comprendre pourquoi, Cléo se sentit éviscérée par un sentiment d'abandon d'une force inouïe, comme si elle venait de se faire éconduire. Dans la vitrine de la boutique de Stella McCartney, elle vit son propre reflet, celui d'une sorte de punkette *cheap* aux cheveux bleu délavé et aux formes un peu trop rondes, celui d'une fille paumée. L'animal abandonné, au fond, c'était elle. Sa mère l'avait mise au monde, et elle l'avait laissée seule.

Cléo marcha longtemps, la nuit était tombée. Elle croisa près des Halles un homme qui donnait à boire à un vieux chien rongé par le cancer ; la bête n'avait plus que la peau sur les os, elle arrivait au bout du voyage, son maître l'assistait dans cette tâche élémentaire de boire, il avait dû refuser de la faire piquer. Ce lien était fort, il allait disparaître. Cléo se dit qu'elle n'avait pas l'équivalent d'un tel lien. Il y avait eu Belgrand, mais Belgrand était mort et elle n'avait jamais eu de lien avéré avec lui. N'avaient-ils fait que baiser ? C'était indécidable, elle ne saurait jamais. Elle vérifia l'heure sur son portable, il était 22 heures. Elle emprunta la rue de Venise et déboucha sur l'esplanade Beaubourg. En contrebas, elle aperçut la silhouette de Borel sous les escalators extérieurs du centre Pompidou. Il marchait de traviole, avec l'allure hésitante de ceux qui n'ont pas su trouver leur place.

# Chapitre 29

*Ravard*
*Carole*
*Diane*

*Mardi 25 septembre 2018.*
*54, rue La Condamine, Paris 17e.*

Dans le parking du Bastion, les équipages de police démarraient pour aller quadriller une partie du 18e, on lançait toutes les meutes sur les traces de l'Érythréen. Ravard dit à ses adjoints qu'il devait s'absenter, il les retrouverait à Château-Rouge. Manel et Boisseau ne se permirent aucune remarque, ils avaient deviné que c'était en rapport avec sa fille, ils le virent courir jusqu'à son véhicule et disparaître. Il mit un quart d'heure à rallier la rue La Condamine. C'est là que vivait Carole, son ex-femme. Elle l'avait quitté deux ans auparavant. Longtemps, elle avait fait preuve de patience, elle lui avait envoyé des signaux, il les avait négligés. Comment aurait-il pu les voir, lui qui vivait à côté du monde commun, au cœur d'une guerre qui lui imposait un autre tempo, une guerre à bas bruit drapée dans la normalité ? Ils avaient divorcé à l'amiable et Carole avait respecté sa volonté : d'après la convention de divorce, Ravard avait la garde de sa fille le lundi, le mardi et un week-end sur deux. Un partage théorique que la réalité venait bousculer. Plus tôt dans l'après-midi, Ravard avait envoyé un texto à Carole pour lui demander d'aller chercher leur fille à l'école à 18 heures, il passerait chez elle pour la récupérer plus tard. En fin de journée, après sa visite au théâtre de Rose Lecœur, il lui avait envoyé un second texto, il était désolé, il ne pourrait pas venir, elle devrait garder Diane cette nuit. Carole avait répondu par des messages laconiques, leur contenu se résumait juste à « OK ». Mais à 19 heures, elle avait tenté de le joindre et lui avait laissé un message vocal : Diane réclamait sa présence, pouvait-il passer voir sa fille, ne serait-ce que quelques minutes, était-ce trop lui demander ? Dans la voix enregistrée, une colère froide.

Au pied de l'immeuble de son ex, Ravard jeta un coup d'œil aux fenêtres du dernier étage. Cet appartement où il n'avait jamais vécu lui inspirait des affects d'exil. La mère et la fille y habitaient. Sans lui. Comme s'il était mort et qu'elles lui avaient survécu. Un morceau de son organisme lui avait été arraché, il vivait et respirait là-haut, de façon autonome. Parfois encore, l'idée lui serrait le cœur. La rupture avait été difficile, il y avait eu des moments atroces, une douleur qui l'avait précipité en bas de lui-même. Elle avait surtout fragilisé sa fille, dont les crises d'angoisses les avaient obligés à consulter une psy – il fallait faire attention à elle, la protéger, Ravard en était conscient. Et pourtant, depuis la rentrée scolaire, c'était la cinquième fois qu'il lui faisait faux bond. Il devait monter, déminer la situation à mains nues.

Carole l'accueillit, le visage fermé comme un poing. Ils s'étaient aimés, il y avait eu quelque chose de réel, qui s'était perdu en route. Elle était brune avec de longs cheveux lisses. Une beauté sévère. Dans ce visage, il restait surtout la sévérité. Carole était en position de force. Elle lui rappela qu'il avait réclamé une garde partagée et répété qu'il ne voulait pas être un *papa du dimanche*. De toute évidence, c'est ce qu'il était. Il encaissa le reproche, elle avait raison. Il ne chercha pas d'excuse, il avait failli à ses engagements au nom d'un autre engagement, son travail l'avait bouffé, il bouffait maintenant sa fille. Ravard serra les dents, il devait être solide et tenir la baraque, il dit seulement qu'il n'avait pas pu faire autrement. De ses yeux vert d'eau, elle lui fit sentir qu'elle le jugeait, il y eut un silence coupant comme une lame de guillotine, et elle l'invita à entrer : « Elle t'attend. »

Diane était dans son lit, un livre de contes ouvert sur les genoux. L'illustration représentait une maison de guingois dans une clairière. Ravard s'agenouilla au bord du lit, il embrassa sa fille, elle avait vraiment l'air désemparée. Elle le questionna. Pourquoi n'était-il pas venu la chercher ? Le flic se mordit la lèvre supérieure, il avait des comptes à rendre ; il expliqua que c'était à cause de son travail, il n'entra pas dans les détails, il ne lui parlait jamais de son métier. Mais malgré toutes ses précautions, la petite avait vaguement compris que sa profession impliquait des risques, qu'il était exposé. Les gosses détectaient les menaces, ils étaient imbus de l'atmosphère anxiogène post-2015. Quand Diane séjournait chez lui, Ravard avait plusieurs fois dû zapper France Info et mettre FIP en urgence, pour lui épargner les attentats et les meurtres. Il avait parfois un temps de retard, elle réclamait alors des explications, elle demandait si c'était vrai, tous ces morts, et il était obligé de mentir, il s'était surpris à repenser à *La vie est belle*, ce film dans lequel un père présente à son fils le camp d'extermination où on les a déportés comme un jeu pour lui dissimuler l'horreur. Les camps avaient changé de forme, ils avaient essaimé et muté, il était plus que jamais nécessaire de mentir pour que les enfants ne flippent pas trop. Il y avait carrément de quoi flipper. Une semaine auparavant, Ravard avait signé le nouveau règlement intérieur de l'école de sa fille ; il s'achevait par une annexe sur « Les bons réflexes en cas d'attentat-intrusion ». Le document invitait les parents, le cas échéant, à recevoir avec prudence les informations qui n'émanaient pas des autorités. Il précisait : « Les familles seront exclusivement informées par les autorités. » La tournure n'était pas au conditionnel, elle exprimait une forme de certitude. Ravard rassura l'enfant comme il put, il se livra au rituel du coucher et dut surmonter les manœuvres habituelles pour faire durer, pour retarder la séparation. Alors qu'il s'apprêtait à prendre congé, Diane lui dit qu'elle voulait encore lui dire « deux choses, non, trois choses ! », Ravard pensa à Manel et Boisseau qui l'attendaient à Château-Rouge, une vague d'impatience le balaya, il fallait qu'il s'arrache ; il se sentit aussitôt coupable de cette pensée en regardant sa fille, il se dit qu'il pourrait la perdre, qu'il l'aimait d'autant plus qu'il avait peur de la perdre, c'était sa plus grande hantise.

Il posa le livre de contes sur la table de nuit, il éteignit la lampe, la pièce chavira dans une pénombre bleutée. Une veilleuse ovoïde diffusait une douce clarté. Le bleu sacré de la chambre de l'enfant, un endroit calme au cœur de la spirale entropique. Le temps s'enveloppa en lui-même, capsule d'éternité à l'abri du froid des nouvelles années sombres, à l'abri d'un monde dégueulasse entré en phase terminale.

Ravard pressa la petite tête chaude contre sa joue mal rasée. Cette sensation, c'était quelque chose de vrai. Une vérité simple, irrécusable. L'épreuve tangible d'une relation qui avait préséance sur toutes les autres.

Quand il retrouva l'air frais de la rue, il vérifia l'heure, il gagna sa voiture et fonça vers Château-Rouge. Les rues étaient des canyons sous un ciel d'orage, Paris s'enfonçait dans la nuit graphite comme une masse de cuivre en fusion.

# Chapitre 30

*Noirac*
*Borel*
*Gustave*
*Lecœur*
*Fauverne*

*Mardi 25 septembre 2018.*
*Théâtre des Extases, rue Pierre-au-Lard, Paris 4e.*

Borel faisait les cent pas sur la place Georges-Pompidou quand il aperçut Cléo ; il lui fit signe, vint à sa rencontre, lui serra brièvement la main et lui demanda si elle s'était remise de la séance chez Mérieux. Il lui posa ensuite quelques questions sur ses études à l'université. « Alors comme ça, vous écrivez un mémoire sur André Breton… Mais le problème avec Breton, c'est qu'il ne s'est jamais jeté à l'eau, il est resté sur la rive, il a envoyé les autres en éclaireurs. Nadja, Soupault, Desnos, ce sont eux qui ont pris tous les risques, ils se sont aventurés sur un autre plan d'existence, et ils l'ont parfois payé cher. Breton était un maniaque du contrôle, il n'a rien mis en jeu, il a mis fin à l'expérience des sommeils magnétiques quand il s'est senti dépassé, il a pris peur. Hier, dans le cabinet de Mérieux, vous êtes allée beaucoup plus loin que lui. » Ils contournèrent la masse tubulaire du Centre Pompidou et prirent la rue Saint-Merri.

« Justement, dit Cléo, vous ne m'avez pas répondu clairement, hier. Comment Mérieux peut savoir qu'on trouvera ici l'homme que nous cherchons ?

– Il l'a lu dans vos pensées », répliqua Borel. Cléo le regarda et vit que Borel l'observait avec un sourire en coin. Il ajouta : « Ou bien il a déjà vu cet homme par ici et votre description était très fidèle. De toute façon, il ne nous le dira pas. Ah, nous y sommes ! C'est dans cette petite rue. »

Ils entrèrent dans la rue Pierre-au-Lard. Elle sentait un peu la pisse. Une rangée de lanternes était allumée côté droit. Borel s'arrêta en face d'une vieille porte, il s'adossa au mur du bâtiment en vis-à-vis, Cléo l'imita. « C'est ici. » Il lui montra la porte, ils la regardèrent en silence. Elle finit par demander : « C'est quoi, au juste, cet endroit ? » Un air grave flottait sur le visage de Borel. Il soupira : « C'est un endroit unique. On l'appelle parfois le Théâtre des Extases. Dans le milieu magnétique, on l'appelle juste le Théâtre. En vous permettant d'y entrer, je me porte garant pour vous. Vous devez promettre de ne pas divulguer ce que vous allez voir. » Son regard pesa un instant sur celui de Cléo. « OK, dit-elle. Vous pouvez compter sur ma discrétion. » Borel parut soulagé. Il lui fit un bref récit des origines du Théâtre. Il avait traversé plus de deux siècles, il était né par accident à la Salpêtrière. Au XIXe siècle, l'hôpital de la Salpêtrière rassemblait beaucoup de marginaux, il abritait un milieu interlope, toute une faune parisienne à la lisière de la misère et de la délinquance. Le service des aliénés, en particulier, était un lieu de drague et de prostitution. Il n'était pas rare que les carabins abusent des patientes, la plupart d'entre elles se prostituaient. C'était aussi un lieu de rencontre entre les magnétiseurs et les hystériques somnambules. Les magnétiseurs y recrutaient leurs assistantes, qui passaient de l'hôpital aux cabinets de somnambulisme, avec l'espoir de se faire un nom et peut-être de devenir des vedettes. Tous les scientifiques curieux du magnétisme animal se pressaient à la Salpêtrière. C'était un bouge, un lupanar, mais aussi un terrain d'expérimentation informel, un lieu de recherche en pleine effervescence. Les internes en médecine s'en donnaient à cœur joie, ils magnétisaient à tour de bras les hystériques, la plupart du temps de jeunes ouvrières au bout du rouleau qui avaient échoué à l'hôpital. Les magnétiseurs les exploitaient ou devenaient leurs protecteurs. Certaines devinrent des somnambules professionnelles, c'étaient pour elles la façon la plus rapide de sortir du ruisseau. Le magnétisme était implanté dans plusieurs services, il y était mis à l'épreuve. Curieusement, les expériences scientifiques sur le somnambulisme magnétique empruntaient parfois leur modèle aux spectacles des magnétiseurs itinérants tels que Charles Lafontaine, surnommé le Bourreau magnétiseur parce qu'il transformait ses sujets en « pelotes d'épingles » pour démontrer leur insensibilité. Lafontaine avait aussi coutume de faire danser les sujets magnétisés, il leur faisait composer des tableaux vivants. Il inspira d'autres magnétiseurs professionnels, en particulier Duchenne de Boulogne et le colonel de Rochas. Duchenne plongeait en état somnambulique des jeunes femmes pour leur faire exprimer automatiquement des émotions, il fut le premier à avoir l'idée d'un théâtre magnétique. De son côté, de Rochas produisit sur toutes les scènes d'Europe l'artiste magnétique Lina, qui se mettait à danser involontairement sous l'action de la musique qu'on jouait, le visage toujours figé dans une expression extatique. À la même époque, une autre danseuse somnambule, Magdaleine, improvisait automatiquement des chorégraphies, elle dansait comme en rêve, vêtue d'une longue toge immaculée. C'était un spectacle frappant, qui marqua profondément le sculpteur Rodin. Plus tard, un interne de la Salpêtrière, Bellanger, invita Magnin, le magnétiseur de Magdaleine, à reproduire ce spectacle sur ses patientes dans une annexe de l'hôpital. Des spectateurs triés sur le volet furent admis aux représentations. Le Théâtre des Extases était né. Il changea plusieurs fois d'adresse au fil des décennies. Il était maintenant là, devant eux, épicentre invisible de la vie magnétique parisienne.

Cléo écouta Borel jusqu'au bout, en surveillant les deux entrées de la ruelle. Elle était aux aguets, s'attendant à voir surgir l'homme au bec-de-lièvre. Ils patientèrent en silence quelques minutes.

« Vous pensez qu'il viendra ? »

Borel consulta sa montre.

« Je ne sais pas. On va aller à l'intérieur, le spectacle va bientôt commencer. »

– On devrait peut-être attendre ici qu'il se montre.

– Le problème, c'est qu'il y a plusieurs entrées. Pas sûr qu'il emprunte celle-ci. Je parlerai à la gérante, elle pourra nous renseigner, elle connaît tous les clients. »

La vieille porte devant laquelle ils étaient postés s'ouvrit et une fille dégingandée sortit du bâtiment. Regard perdu dans le vague, pâleur cadavérique, jean slim noir, boots à plate-forme et tee-shirt noir Siouxsie and the Banshees. Elle s'adossa au mur près du chambranle et s'alluma une clope. Elle était grande, fine comme un fil de fer, avec des traits harmonieux et une longue chevelure blonde et lisse.

L'espace d'une seconde, son regard se posa sur Borel, elle lui adressa un signe de tête presque imperceptible. Borel y répondit par le même geste; il se pencha vers Cléo et lui murmura à l'oreille: « C'est Gustave, la DJ du Théâtre. C'est aussi une violoncelliste virtuose, une excellente interprète de Bach. » Gustave tira quelques bouffées. D'une pichenette, elle éjecta sa clope à moitié consumée, qui décrivit un arc de cercle rougeoyant. Elle s'engouffra dans l'entrée du Théâtre et laissa la porte ouverte derrière elle.

« Allons-y », dit Borel. Ils entrèrent. Le couloir était un boyau obscur. La silhouette massive du physionomiste s'effaça pour les laisser passer.

« Rose ! » s'exclama Borel. Cléo le vit faire la bise à une femme de cinquante ou soixante ans, difficile à dire dans la pénombre; elle resta en retrait pendant qu'ils discutaient tous les deux. Elle devina qu'ils parlaient d'elle. La femme se mit à la détailler des pieds à la tête et à lui sourire; elle vint à sa rencontre et murmura, comme pour elle-même: « Charmante. » Elle saisit délicatement une mèche de cheveux de Cléo entre ses doigts. « Pourquoi cette couleur bleue ? Le rouge vous irait mieux. » La femme se retira dans l'ombre.

« C'était Rose Lecœur, la gérante du Théâtre, dit Borel. Et là, c'est Fauverne, le concentrateur. C'est lui qui magnétise les artistes. » Borel lui montrait du doigt un homme grand et sec au crâne dégarni, engoncé dans un costume noir trop étroit qui le faisait ressembler à Rufus dans *En attendant Godot*. Fauverne était de dos, il se tenait accoudé à la rampe en fer forgé d'un escalier en colimaçon qui s'enroulait en vrille dans les profondeurs du sous-sol. Borel et Cléo descendirent les volées de marches métalliques. Au sous-sol, un autre couloir, qui se ramifiait en plusieurs voies. « Par là », dit Borel. Cléo le suivit dans le couloir de gauche. Il conduisait à une petite pièce divisée en deux compartiments. Dans le premier compartiment, un grand lit et une lumière tamisée. Dans le suivant, la flamme vacillante d'une bougie et plusieurs fauteuils confortables tournés vers un balcon. Borel ferma la porte et invita Cléo à prendre place dans l'un des fauteuils de velours rouge. « C'est notre loge, installez-vous. » Oui, c'était bien le balcon d'une loge de théâtre. Il surplombait une scène vide. Les yeux de Cléo s'accoutumèrent à l'obscurité. Elle se pencha et vit qu'il y avait d'autres balcons de part et d'autre du sien. Il y en avait aussi au-dessus. Des niches juxtaposées et superposées. Un dispositif conçu de telle sorte que les spectateurs ne puissent pas se voir. En se penchant davantage, Cléo parvint seulement à discerner les optiques de jumelles de théâtre, brillant comme des yeux d'insectes braqués sur la scène. « Les clients du Théâtre tiennent à la discrétion, Cléo », murmura Borel. Le rappel à l'ordre était clair, elle se rassit dans le fauteuil. Borel était à côté d'elle, les avant-bras en appui sur le rebord du balcon. De la musique classique était diffusée en sourdine. Du Bach. Elle laissa place au silence. Les faisceaux lumineux de projecteurs tombèrent sur le plateau du théâtre. Gustave fit son apparition sur la scène, elle passa comme un spectre famélique et prit place dans la cabine de DJ installée dans un coin, au fond du plateau. Elle posa un casque audio sur sa chevelure d'or fin et alluma le MacBook Pro. Une nappe brumeuse diffusée par des machines à fumée envahit l'espace scénique, l'ensemble faisait penser à un marécage encerclé par de hauts arbres noirs. Les faisceaux de lumière prirent une teinte ocre. Cléo sentit Borel approcher sa tête de la sienne. Dans un souffle, il lui glissa à l'oreille : « Ça commence. »

# Chapitre 31

*Ravard*
*Manel*
*Boisseau*

*Mardi 25 septembre 2018.*
*Boulevard Barbès, Paris 18e.*

Boisseau aperçut Ravard près de la station de métro Château-Rouge. Il engloutit une dernière bouchée du kebab acheté au Grec algérien plus bas sur le boulevard Barbès et jeta le reste dans une poubelle. Manel était à ses côtés, elle scrutait les photos du migrant érythréen sur son portable, on les avait envoyées à toutes les équipes déployées dans le quartier. Boisseau les regarda à son tour, il imprima le faciès dans sa mémoire.

« Du nouveau ? » demanda Ravard.

Non, rien de nouveau, Manel lui dit qu'ils avaient fait une ronde rapide dans le quartier de la Goutte-d'Or et mangé sur le pouce. La zone à couvrir était vaste. L'image de l'homme recherché avait été captée par une caméra de surveillance à la sortie de la station Marcadet-Poissonniers, à quatre cents mètres de là. Il avait pu se diriger au nord, vers la porte de Clignancourt, ou vers Montmartre. Les effectifs étaient concentrés dans ce périmètre. Il était moins probable qu'il soit retourné vers la porte de la Chapelle.

« OK, on y va », fit Ravard. Il ouvrait la marche, il bifurqua vers la rue des Poissonniers et s'arrêta soudain. « Zenner », dit-il. Et il pointa son index en direction d'une mosaïque au-dessus de la devanture d'une boutique de téléphonie Lebara. Les tesselles carrées noires et brunes représentaient des *aliens* stylisés, l'ensemble ressemblait à s'y méprendre aux œuvres du street artiste Invader, mais ces carreaux de carrelage collés et confectionnés à l'avance étaient du matériel de propagande des Vicaires. Un site secondaire du groupuscule de Zenner vendait en ligne des packs contenant des stickers et des mosaïques prêtes à être posées. Invader avait toujours évoqué un processus d'invasion à propos de son œuvre. Les Vicaires avaient cyniquement détourné celle-ci en la ramenant à leur obsession, ils avaient interprété de façon littérale l'idée d'invasion de l'espace urbain. Depuis plusieurs mois, stickers et mosaïques de *Space Invaders* noir et brun proliféraient dans les quartiers les plus massivement peuplés d'immigrés d'Afrique et du Maghreb. Les idées de Zenner gagnaient du terrain, elles déformaient les esprits, débordaient des crânes et se répandaient sur les murs des villes comme un psoriasis pustuleux. Les traces de cette maladie proliféraient sournoisement, elles se concentraient dans le 18ᵉ. Elles ne semblaient pourtant pas déranger les groupes d'hommes qui, comme des nodules, cloquaient les murs auxquels ils étaient adossés dans la rue des Poissonniers – ils étaient attentifs à d'autres signes, ceux qui scellent l'accointance du client et du dealer. Sur les trottoirs sales, dans la solitude des éclairages électriques et dans les poches d'ombre, ça grenouillait et ça trafiquait, ça négociait sec.

Éclats de voix soudains, tractations obscures, commerces non homologués en tout genre. On était ici au centre de la marge, des hommes passaient d'un groupe à l'autre, vaguement apparentés à ces créatures qui se déplacent au fond des mares dans des nuages de vase. L'Érythréen n'était pas parmi eux, il avait dû trouver une planque plus sûre.

Boisseau observa un moment une prostituée africaine. Son client la suivait, il marchait derrière elle, l'air de rien, bien décidé à conclure la transaction, elle aurait lieu dans une cage d'escalier sordide. Dans le meilleur des cas, la professionnelle équiperait son micheton d'un préservatif, baisserait sa jupe et se pencherait en avant. Peut-être allait-il se faire dépouiller, peut-être était-ce un traquenard où il laisserait sa vie et finirait au fond d'une cave, mais il y allait, comme s'il était shooté, il prenait le risque au mépris de tout calcul rationnel, guidé par cet instinct qui, chez certaines espèces d'araignées, pousse le mâle à s'accoupler avec une femelle dix fois plus grande et qui parfois le dévore. Les trois flics empruntèrent la rue Myrha, puis la rue Léon. Quand ils parvinrent à l'angle de la rue Saint-Luc, Ravard enfonça son regard dans l'air bleu nuit en direction de l'architecture sombre de l'église Saint-Bernard. D'un signe de la tête, il désigna le bâtiment : « Il faut qu'on aille voir à l'intérieur. » Boisseau dit qu'il les rejoignait dans deux minutes, il avait envie de pisser. Il traversa la rue, tenta d'entrer dans une sanisette, elle était fermée, mieux scellée qu'un sarcophage. Il disparut dans un square pour se soulager.

Ravard fit remarquer à Manel un autre *Space Invader* collé au-dessus d'un commerce rue Saint-Luc. En bas à droite sur la mosaïque, on pouvait reconnaître le logo des Vicaires : un V rouge sur fond noir. La charte graphique était un clin d'œil à la série télévisée *V*. Manel ne connaissait pas, Ravard lui résuma le concept de la série – les Visiteurs étaient des *aliens* reptiliens à l'apparence humaine, ils se présentaient comme des amis, comme une chance de venir à bout du cancer et de la mort. Une poignée de résistants à qui on ne la faisait pas découvraient qu'en réalité ils stockaient les êtres humains comme de la viande. Le message de la série était pourtant plus complexe, on pouvait l'interpréter comme un plaidoyer pour le métissage : l'un des Visiteurs avait pour mission de féconder l'humaine Robin Maxwell, la jeune femme se laissait égarer par ses sentiments et donnait naissance à l'enfant-lumière, clef de la réconciliation entre les races. Peu importe si les Vicaires avaient feint de ne pas saisir le propos des scénaristes, dans un climat ambiant où tout fonctionnait à front renversé, leur appropriation du logo avait été un coup de génie – visuellement, c'était très efficace. Les signes de leur idéologie se déployaient en silence, ils proliféraient. Les hommes qui avaient collé ces artefacts respiraient la même atmosphère que ceux qui avaient commis le massacre de la porte de la Chapelle. Dans les parages, les flux radiants du Mal devenaient plus intenses, Ravard et Manel pouvaient presque les percevoir, ils convergeaient juste devant eux, dans l'église Saint-Bernard de la Chapelle.

# Chapitre 32

*Borel*
*Noirac*
*Gustave*

*Mardi 25 septembre 2018.*
*Théâtre des Extases, rue Pierre-au-Lard, Paris 4e.*

Les sons d'une musique synthétique s'élevèrent dans l'espace. Gustave avait choisi de débuter son set par un remix de « Love », de Boy Harsher. De la *minimal wave*. Nappes sonores enveloppantes, spirales rythmiques sombres et vaporeuses. Et c'est alors qu'elles firent leur entrée. Elles étaient cinq. Elles étaient sublimes. Quatre blondes et une brune. Seins nus, seulement vêtues de bas noirs et d'une jupe de tulle noire qui laissait apparaître par transparence un porte-jarretelles. Un ruban de dentelle noire habillait leur cou. Leurs chaussons de danse disparaissaient dans la fumée qui rampait sur le plateau. Elles commencèrent à danser. Leurs mouvements avaient une étrange lenteur ; ils étaient d'une perfection troublante, comme si la musique déclenchait et guidait automatiquement chacun d'eux. Leurs danses n'étaient pas synchronisées entre elles, et pourtant on avait l'impression de ne voir qu'un seul et même système nerveux réagir aux ondes sonores. L'harmonie incarnée. Cléo n'avait jamais rien vu de semblable. Il y avait dans ce spectacle quelque chose d'irréel. Borel ne lui avait pas menti, le Théâtre était un endroit à nul autre pareil, un agencement puissant qui vous emportait ailleurs. Un monde en soi, une percée vers une intensité plus forte.

La danseuse aux cheveux noirs, celle qui était encadrée par les quatre autres, semblait avoir un statut à part, une sorte de danseuse étoile. Encore plus belle que la créature que Cléo avait vue dans la cour d'honneur du Palais-Royal, en début de soirée. Le regard absent, la bouche légèrement entrouverte, la fille aux cheveux noirs dansait comme une déesse qui crée un monde, elle était le centre absolu de cet univers étrange, son joyau vivant. Cléo était fascinée. Borel aussi, elle lui rappelait une autre somnambule, une certaine Katia, qu'il avait rencontrée dix ans plus tôt ici même. Le Théâtre offrait la possibilité de coucher avec les danseuses à la fin du spectacle, mais la passe était hors de prix. Borel avait essayé une fois, il avait sacrifié les restes d'un héritage et l'argent destiné à ses vacances d'été. Il avait connu l'extase absolue et passé le reste de l'été dans son appartement à relire *La Dialectique de l'éternel présent* de Louis Lavelle. À aucun moment il n'avait regretté le sacrifice de son épargne. L'heure qu'il avait passée avec la somnambule avait été plus qu'un moment inoubliable, ce fut comme une vie à l'intérieur de la vie, une manière d'augmenter la vie, non pas en la prolongeant plus loin dans la vieillesse, mais en la faisant croître de l'intérieur, par le milieu. Baiser avec une somnambule plongée *en crise parfaite* était l'expérience érotique ultime, quelque chose d'envoûtant, car une somnambule était non seulement capable de sentir son corps de l'intérieur par un phénomène d'autoscopie, et même de *voir* ses organes internes, mais dans une certaine mesure elle pouvait aussi ressentir votre corps comme s'il était l'extension du sien, y découvrir des zones érogènes insoupçonnées et vous transporter très loin, dans une enclave creusée à même l'espace-temps. Oui, coucher avec une somnambule en transe, c'était autre chose qu'une simple baise : une expérience stellaire, libératrice. Encore maintenant, Borel pouvait éprouver la reviviscence des sensations charnelles de son union avec Katia. Il se souvenait de tout. Car ce fut un moment bouleversant, le point d'équilibre de son existence. Pendant une heure, ses limites internes avaient été ôtées, les digues et les barricades avaient volé en éclat, ce fut comme un appareil de torture dont on desserre l'étau, la compression de son être, accumulée au cours de toutes ces années, s'était dissipée d'un seul coup. Elle avait laissé place à un sentiment d'expansion infinie de soi dans l'autre, de l'autre dans soi. La membrane de l'altérité s'était déchirée dans une étreinte qui avait aboli l'espace et le temps, et Borel était entré en coalescence avec le monde comme on entre dans un bain chaud, un bain de larmes chaudes, celles qu'il avait versées en baisant Katia, tout entier précipité dans sa chute en elle. Une expérience de transcendance pure, une transdescendance dans l'indivision des sensations, une immersion dans la chair du monde.

Borel s'arracha à ses souvenirs, il se rendit compte qu'il bandait, l'érection pulsait contre sa cuisse, douloureuse. Il coula un regard vers Cléo, toujours absorbée par le spectacle. Elle était réceptive, elle était *sensible*. Borel en avait la certitude depuis la séance chez Mérieux, elle ferait une merveilleuse somnambule. Il regarda le renflement de ses seins, ils étaient pleins et vivants. Il releva les yeux au moment précis où elle tournait sa tête vers lui. Elle lui sourit d'un sourire désarmant. Elle lui faisait confiance, il se sentit un peu minable de l'avoir envisagée sexuellement. Il se concentra à nouveau sur les danseuses. Dans un recoin de la scène, Gustave lançait le dernier morceau de son set, « Indentured Pervert », de Deli Girls. Sa tête était levée comme si elle regardait les rangées de balcons devant elle, mais elle ne semblait rien voir. Ses yeux bleu délavé étaient étonnamment fixes, encore plus clairs qu'à l'accoutumée, comme si les pigments de son iris avaient été nettoyés à l'eau de Javel. Fauverne l'avait-il magnétisée, elle aussi ? Gustave lui avait raconté qu'elle mixait parfois dans le même état que les danseuses.

La musique s'arrêta et les danseuses somnambules se figèrent sur la scène comme des mannequins de cire. Immobiles face aux balcons. Il n'y eut aucun applaudissement. Gustave s'éclipsa discrètement. Cléo vit Borel s'emparer de la bougie de leur loge, il la posa dans un photophore rouge inséré dans le rebord du balcon. Elle se pencha et aperçut d'autres lueurs rouges qui perlaient dans l'obscurité. Borel lui expliqua. Les clients allumaient le photophore rouge quand ils demandaient la suite. « La suite ? » Le Théâtre n'était pas seulement un cabaret, c'était aussi une maison de passe très spéciale, on était au-delà du haut de gamme, pouvait-on d'ailleurs encore parler de prostitution ? En vérité, il ne fallait pas être choquée, Rose Lecœur était peut-être la gérante d'un bordel, mais elle prenait soin de ses filles, qui n'avaient affaire qu'à des initiés. Le rituel était toujours le même : les danseuses passaient dans la chambre du concentrateur avant d'entrer en scène, Fauverne induisait leur état somnambulique, elles dansaient, puis elles rejoignaient les loges des spectateurs qui en faisaient la demande à l'aide de ce signal, le photophore rouge. « Mais ce sont toujours elles qui choisissent leurs clients. Elles *sentent* ce qu'ils veulent. Elles sont parfaitement libres de refuser un client. Mérieux vous l'avait dit, les somnambules jouissent d'une autonomie totale. » Cléo regardait Borel, incrédule. Elle jeta un coup d'œil aux danseuses. Toujours plantées sur la scène. L'une d'elles fixait la loge de Cléo. La danseuse brune.

« On dirait qu'elle nous regarde », dit Cléo.

Borel avala sa salive.

« Oui, elle nous a choisis ».

– « Nous » ?

– Oui. J'ai touché quelques mots de notre histoire à Rose tout à l'heure, elle m'a dit que l'une de ses filles pourrait nous éclairer, c'est elle qui m'a conseillé de placer la bougie dans le photophore. La danseuse a quelque chose à nous dire. »

Les projecteurs s'éteignirent et la scène fut noyée dans un noir d'encre. La lueur rouge du photophore éclairait le visage inquiet de Borel. Il s'était tourné vers la porte de la loge, comme si quelque chose allait se produire. Il avait vu juste. Une minute plus tard, on frappait à la porte.

« C'est elle. »

# Chapitre 33

*Ravard*
*Manel*

*Mardi 25 septembre 2018.*
*Église Saint-Bernard de la Chapelle, Paris 18e.*

Saccades des globes oculaires, visages concentrés, les deux flics scrutaient les détails du plan affiché sous le porche de l'entrée latérale. Vue du ciel, l'église Saint-Bernard avait la forme d'une croix latine, une marque imprimée au fer rouge sur le flanc de la misère. Une quinzaine de chapelles se répartissaient autour de la nef, les bas-côtés abondaient en endroits où se cacher. L'Érythréen était peut-être là, embusqué dans la maison de Dieu. Manel plaqua instinctivement sa main sur son arme de service quand elle franchit le seuil. Dans le déambulatoire autour du chœur et de l'abside, une clarté mourante et un parfum d'encens baignaient les colonnes grises, la plupart des torchères étaient éteintes. Ravard demanda à Manel d'inspecter le côté droit, il s'engagea dans la galerie côté gauche. Les lieux semblaient déserts, il était déjà tard, depuis longtemps les âmes parisiennes placées sous perfusion numérique étaient rentrées chez elles, rincées par la fatigue et les eaux glacées du calcul égoïste. Devant un pilier, un panneau de liège saturé d'affichettes colorées relayait des appels à des bénévoles pour aider les migrants, des invitations à « passer des moments chaleureux avec des personnes qui en ont grandement besoin ». Les associations et réseaux d'aides foisonnaient, ils réclamaient des bonnes volontés ; il fallait du cœur pour éponger la misère du monde, et une détermination sans faille pour diriger l'afflux des entrants dans l'étroit canal des structures d'accueil et de l'administration. Ravard ramassa un tract orange tombé à terre. Il lut : « Devenez hébergeur ! » Très peu pour lui ; il était infoutu d'héberger sa propre fille, incapable de respecter la convention de garde. Plus tôt dans la soirée, au moment où il s'éclipsait, son ex-femme lui avait dit : « Il faudra qu'on parle », ce qui, chez elle, était toujours mauvais signe. Le spectre d'une procédure judiciaire planait à l'horizon. Carole avait peut-être malgré tout quelque chose à lui faire payer. Il l'avait déçue, il avait contrarié son plan de vie, elle n'hésiterait pas à sortir les griffes. Il punaisa la feuille orange sur le panneau, juste à côté d'un tract vert fluo orné d'un motif qui attira son attention. Un *Space Invader*. Ravard arracha le morceau de papier et le déplia, il parcourut le texte, il portait la patte de Zenner. L'argumentaire fielleux s'en prenait à l'Église catholique, dépeinte comme une tête de pont de l'Afrique conquérante, une gigantesque officine d'aide aux migrants. Les Vicaires soulignaient que ces derniers étaient pourtant souvent porteurs d'une autre religion, dont ils écoutaient les prêches sur leurs téléphones portables. De ce point de vue, l'Église était engagée dans un processus d'autonégation, un formidable suicide collectif. Elle avait admis dans ses entrailles l'esprit d'impureté et le sale attachement à la main de celui qui égorge, elle préparait sa propre dilacération, elle était incurablement infectée, dépouillée mais les bras grands ouverts. L'idéal humanitaire de la gauche progressiste et l'idée de charité catholique étaient comme deux rêves siamois dont l'un avait dévoré l'autre. Zenner concluait que l'arbre mort faisait encore une bonne charpente, mais que celle-ci ne tarderait pas à brûler.

Ravard referma sa main sur le tract, il en fit une boule compacte qu'il fourra dans une poche de sa veste. Les Vicaires avaient choisi de venir *troller* les paroissiens d'une église administrée par un ordre religieux consacré à l'aide aux migrants, ce n'était pas seulement de la provocation, c'était stupide et pervers. Il reprit l'inspection des chapelles latérales, fit une incursion dans la nef et jeta un coup d'œil à la cuve de la chaire à prêcher. Elle était vide et surplombait des chaises vides. Sous cet éclairage particulier, la scène avait quelque chose de crépusculaire. Pouvait-on vraiment donner tort à Zenner sur toute la ligne ? La tradition spirituelle catholique, clef de voûte d'une civilisation qui avait touché au sublime, sombrait lentement dans le désastre, elle était à l'agonie. Ravard se souvint des mots prononcés par le curé lors de la messe de minuit où il avait accompagné sa mère : « Occupez-vous de votre communauté, si vous ne voulez pas qu'elle disparaisse. » Des mots inhabituels, marqués par le désespoir, qui est le troisième péché. Ce n'était plus la sainte Église triomphante, elle avait rendu les armes, elle était elle-même assiégée, Ravard l'avait très concrètement perçu en passant devant l'église des Batignolles un dimanche, le jour de la fête des Rameaux, il avait vu les militaires patrouiller avec leurs fusils d'assaut pendant l'office religieux, nous en étions là. Ravard, lui, n'avait pas déposé les armes ; il était comme cet ange qui le fascinait quand, enfant, sa mère l'emmenait à la messe tous les dimanches matin. Un ange représenté sur la voûte du chœur, une épée à la main. Il l'avait contemplé pendant de longues heures, il s'était reconnu en lui. Il ne pouvait pas assurer qu'il avait eu la foi, mais il conservait une affinité lointaine avec la tradition de la Croix. Quand il passa devant la chapelle du calvaire, son impression de désolation s'accentua. Dans l'enclave, une chaise en bois à l'abandon était posée devant un mur de peinture vert sombre écaillée. En face d'elle, un Christ en croix rejetait la tête sur le côté, coincé à jamais dans la position de celui qui attend la mort. Un supplice interminable, un sacrifice vain, on ne quittait jamais la cité des ombres, même en payant le prix fort. Ravard se détourna du Crucifié, il avait entendu des bruits de pas. Il rencontra le regard de Manel. Elle avait été plus rapide que lui, elle avait fait le tour en sens inverse et venait de s'immobiliser près de la dernière chapelle latérale à gauche dans la nef, la seule qu'ils n'avaient pas encore inspectée. Elle avait repéré quelque chose, sa main se posa sur son Sig Sauer. Ravard l'imita. En quelques pas, il fut à ses côtés. Dans leur ligne de mire, une forme vaguement humaine affalée sur les dalles de la chapelle des Âmes du Purgatoire. Brusque montée d'adrénaline, mais fausse alerte, ce n'était pas l'Érythréen. Juste un toxico. Un consommateur de crack en fin de parcours, édenté, les narines en partie rongées, le nez transformé en groin. Il était vêtu de guenilles, ses chaussures étaient fendues, ravagées au-delà de l'usure. Des tubes en plastique transparent remplis de cailloux de crack étaient éparpillés entre ses jambes. Manel l'interpella, l'homme tourna la tête vers elle mais ne la vit pas, son regard la traversait. Perdu dans un lointain intérieur, il ne voyait qu'un soleil fixe qui brûlait son cerveau. Ravard dit à Manel de laisser tomber et ils sortirent de l'église. Boisseau n'était toujours pas là, il était pourtant censé les rejoindre. Peut-être avait-il envoyé un texto. Ravard sortait son portable pour vérifier quand un coup de feu éclata dans la nuit.

# Chapitre 34

***Borel***
***Noirac***
***Restil***

*Mardi 25 septembre 2018.*
*Théâtre des Extases, rue Pierre-au-Lard, Paris 4e.*

Borel ouvrit la porte de la loge. La danseuse était là, dans son costume de scène sommaire. Elle se tenait bien droite, le regard embrumé. Sa peau laiteuse avait l'air ferme et ses seins nus défiaient la pesanteur, une large aréole brune entourait les tétons. Borel se concentra sur le visage de la fille. Un visage qui ressemblait à celui de Sherilyn Fenn, actrice célèbre pour avoir interprété Audrey Horne dans la série *Twin Peaks*. Borel l'avait revue dans un téléfilm plus récent, elle avait morflé – gonflée, vieillie, elle avait dépassé le point d'équilibre de sa beauté, cet état de grâce qui ne dure que quelques années, parfois beaucoup moins. La danseuse, elle, était à l'apogée de sa splendeur. Elle irradiait la force des organismes parfaits. Elle déclina son identité, Claire Restil. Son élocution avait quelque chose de bizarre, comme si sa bouche était à moitié anesthésiée. Les somnambules en transe avaient souvent ce type de diction mécanique,

Borel l'avait déjà remarqué. Mais Restil était-elle encore en transe ? Difficile à dire. Elle déclara qu'elle avait ressenti le besoin de venir à leur rencontre dans cette loge, qu'elle s'était sentie attirée.

« Nous cherchons quelqu'un qui est lié à cet endroit », dit Borel. Il lui fit la description de l'homme au bec-de-lièvre.

« Celui que vous cherchez s'appelle Paul Delmas, et c'est à moi qu'il était lié », dit la fille. Elle ajouta qu'il était mort. Les flics étaient passés au Théâtre en fin de journée, ils avaient appris la nouvelle à Rose Lecœur. Même avant de l'apprendre de la bouche de Rose, elle avait senti qu'un drame était survenu. « Paul était très angoissé, ces derniers temps.

– Vous dites que vous étiez liée à cet homme, vous étiez amants ? » demanda Borel.

Une question directe, parfaitement indiscrète. Cléo regarda Borel avec un air surpris. La somnambule répondit qu'elle avait rencontré Delmas quelques années auparavant, quand elle souffrait d'une grave dépendance à l'héroïne. Il avait été son médecin, il l'avait soignée au service d'addictologie de l'hôpital Lariboisière. Il l'avait aidée pendant son sevrage et elle avait réussi à décrocher, elle était devenue *clean*. Au cours du processus, la relation thérapeutique avait évolué. Delmas était tombé amoureux de sa patiente. Un amour fou. Ils avaient eu une brève liaison, mais Restil y avait mis un terme quand elle avait repris sa place au Théâtre. C'est elle qui avait fait découvrir cet endroit au médecin, qui était devenu un client assidu.

« *Votre* client ? »

Un sourire fragile flotta sur les lèvres de Claire Restil.

« Oui. Paul était un client. Un client régulier. Si vous lui aviez posé la question, il vous aurait répondu qu'il était mon amant, il m'aimait. Paul m'avait aidée en tant que médecin, bien sûr, mais il n'était pas plus qu'un client, il ne voulait pas l'entendre, il continuait à venir. À chaque fois, il devait payer pour m'avoir. »

La loge parut d'un seul coup plus sombre, presque oppressante, et Borel eut l'impression de se trouver face à un animal à sang froid, un serpent dressé face à lui et prêt à mordre. Restil était la beauté incarnée, mais elle avait autant d'humanité qu'une lame de rasoir. Légèrement en retrait, Cléo contemplait la danseuse comme on admire une œuvre d'art. Somnambule ou pas, cette fille était une bête de proie, une créature indestructible, c'était une femme libre.

Borel interrogea encore Claire Restil, il était visiblement mal à l'aise, incapable de contrôler son débit. Delmas était-il un homme intègre ? Aurait-il pu vouloir empoisonner des innocents ? Était-il impliqué dans des activités illégales ? Quel était son lien avec les migrants de la porte de la Chapelle ? Toujours avec le même ton mécanique, Restil répondit que non, Paul Delmas n'avait rien d'un criminel, il s'était toujours comporté en homme intègre. D'après la police, de l'héroïne avait été retrouvée chez lui, il en avait toujours un peu pour ses patients en cas de nécessité et il les accueillait parfois chez lui, mais il ne se droguait pas. « Sa seule drogue, c'était moi. » Il n'y avait aucun orgueil dans la voix de la jeune femme, elle venait seulement d'énoncer un fait. Delmas avait découvert le somnambulisme lucide grâce à elle. Il avait manifesté son intérêt pour la question, qu'il avait commencé à étudier en profondeur. Il disait qu'elle l'avait réveillé de son sommeil dogmatique et qu'elle l'inspirait pour ses recherches.

« Il m'appelait parfois sa Muse magnétique, dit Restil.

– Et sur quoi portaient ses recherches ?

– Il n'en parlait pas. Je ne peux pas vous en dire plus. Mais je crois que si on l'a tué, c'est à cause d'elles. Il avait fait une découverte. »

Sans quitter Borel des yeux, la danseuse inclina son buste et releva sa jupe de tulle noire, dévoilant entièrement le porte-jarretelles. Ses doigts fins se refermèrent sur un parallélépipède de métal brossé coincé entre une bande élastique du porte-jarretelles et la cuisse. La bande élastique produisit un claquement sec et Restil tendit l'objet à Borel. Une clef USB.

« Paul me l'a envoyée par la poste ce lundi. Il se savait en danger. Je sens que je dois vous la confier. » Elle répéta : « Je le sens. » Ses yeux noirs ouvraient sur un inconscient à l'état brut, une zone tourbillonnaire insondable. Elle déposa la clef dans la main de Borel, qui à son tour la donna à Cléo. Claire Restil fit quelques pas en arrière, sans tourner le dos à Borel et Cléo. Elle se déroba dans l'ombre.

Borel fixa la nuit un moment, puis il prit une longue inspiration, comme s'il remontait à la surface après une plongée en apnée. Il se tourna vers Cléo. « Sortons d'ici. » Elle ne demandait pas mieux. Ils ne croisèrent personne dans le dédale de couloirs et se retrouvèrent à l'extérieur du Théâtre, dans la rue Pierre-au-Lard, comme s'ils venaient d'être éjectés d'un monde parallèle. Il était maintenant minuit et tout était calme. On avait éteint les lanternes, la ruelle était morte. Ils passèrent à nouveau devant Beaubourg et traversèrent le quartier des Halles. Ils marchaient côte à côte, sans décrocher un mot. Borel avait les mains dans les poches, il faisait de grandes enjambées, perdu dans ses pensées, la mâchoire crispée. Cléo trottinait à ses côtés. En arrivant à la hauteur de la carcasse évidée de la Samaritaine, elle ressentit une grande fatigue, comme une chute de tension brutale. Elle dut ralentir son allure. Dans le creux de sa main droite, elle tenait la clef USB de la pute somnambule. Elle ouvrit ses doigts et l'objet métallique scintilla sous l'éclairage d'un réverbère. La vérité était là, numérisée. Borel était à côté de Cléo, son regard était braqué sur la clef USB. Il fallait examiner son contenu, il proposa à Cléo d'aller chez lui. Elle eut la faiblesse d'accepter.

# Chapitre 35

*Boisseau*

*Mardi 25 septembre 2018.*
*Square Léon, Paris 18e.*

Le jet d'urine mitraillait le gazon roussi avec un crépitement sec. Pour plus d'intimité, Boisseau s'était enfoncé dans l'entrée nord du parc Léon. Il pissait, les yeux mi-clos, concentré sur ce plaisir simple. Un bref répit. Il était claqué, les derniers jours avaient été chargés. Son regard dérivait maintenant à l'intérieur du parc. Résineux faméliques aux branches rognées, arbustes minables, allées incertaines noyées dans une terre ravinée, le square tenait plus du terrain vague ou du champ de bataille que de l'espace vert. Tout au fond, près d'un mur tagué, Boisseau remarqua plusieurs silhouettes. Il reboutonna son pantalon, se rajusta et décida d'aller voir de plus près. Le terrain était en pente, il le gravit, les silhouettes se précisèrent. Des sans-abri allongés dans des sacs de couchage, d'autres assis et recroquevillés contre le mur, le visage enfoui entre leurs bras. L'un d'eux accrocha l'attention du policier. Un homme assis en tailleur sous un graffiti « La Goutte-d'Or 2018 ». Boisseau se figea, une vague d'angoisse explosa dans sa poitrine.

Avec lenteur, il extirpa son téléphone de la poche arrière de ses jeans. Son index balaya l'écran tactile et il retrouva les photos diffusées par la préfecture de police, celles de l'Érythréen. L'allure générale et la couleur des vêtements, tout collait. Il redressa la tête, l'homme l'observait. Dans l'air transparent, quelque chose se fraya un chemin de l'un à l'autre, Boisseau se sentit tout chose, remué de l'intérieur comme si une vrille s'enfonçait dans son ventre et commençait à pétrir ses viscères. Le suspect détecta un moment de flottement dans l'attitude du flic, il en profita pour se lever et s'enfuir. Il détala le long d'un grillage, direction plein sud. Boisseau le prit en chasse, il voyait l'homme de dos et le sac qui ballottait sur son épaule. Il manqua de trébucher contre la racine d'un arbre, évita un banc dans l'espace de jeux, la scène lui apparaissait comme à travers une plaque de verre embuée. L'homme devant lui était une ombre, un tourbillon d'encre en mouvement. Boisseau le vit traverser la rue Polonceau et s'engouffrer dans un passage étroit. À sa suite, il sortit du square Léon et pénétra dans la rue Boris-Vian. Elle bordait le centre sportif de la Goutte-d'Or et s'achevait par un escalier raide. Boisseau vit l'Érythréen ralentir devant lui dans l'escalier, la sensation de nausée se déploya dans sa cage thoracique de manière fulgurante, tout devint trouble, tout chavira. Jambes en coton, chute brutale, le flic se rattrapa à une rampe de métal, il était essoufflé, perdu au milieu du brouillard, son cerveau enregistrait des impressions aberrantes coagulées à des affects de terreur pure. L'homme qu'il poursuivait avait fait volte-face et le toisait, ses yeux luisaient comme deux points mauves. Il remontait les marches vers le policier à terre, il était maintenant tout proche et tendait une main vers lui, elle serrait un objet. Boisseau discerna une ombre pointue, il était paralysé, il sut qu'il allait mourir. La bouche sèche, il murmura dans un souffle : « Non. » Il baissa la tête et ferma les yeux. La main de l'Érythréen était énorme et floue, c'était la main d'un colosse qui s'abat sur le monde, et elle s'abattait sur lui.

# Chapitre 36

*Boisseau*
*Ravard*
*Manel*

*Mardi 25 septembre 2018.*
*Rue Boris-Vian, Paris 18e.*

Boisseau dégagea son arme réglementaire du holster et la leva vers le ciel. La détonation fracassa ses tympans, elle roula longtemps dans son crâne, ce fut comme l'écroulement de la voûte céleste auquel succède le noir total. Quand il redressa la tête, la ruelle était vide, l'homme avait disparu. Son pouls continuait sa course affolée, mais son champ de vision commençait à s'élargir, à gagner en clarté, assez pour lui permettre de reconnaître les deux formes qui le surplombaient du haut de l'escalier. Ravard et Manel se précipitèrent pour l'aider à se relever, ils durent le soutenir, ses jambes étaient encore flageolantes. D'une voix blanche, il leur dit qu'il l'avait laissé partir. Ravard consulta Manel du regard. Boisseau avait l'air plus mort que vif, il le fit s'asseoir sur une marche, le dos en appui contre le mur; il donna l'alerte et demanda une ambulance. Dix minutes plus tard, la rue de la Goutte-d'Or fourmillait de flics, le quartier était bouclé. Un véhicule du SAMU prit en charge Boisseau et l'emporta à l'hôpital Bichat. Manel était montée avec lui, un urgentiste lui avait confié que des examens complémentaires étaient nécessaires, son collègue avait peut-être fait un malaise cardiaque, il était préférable de ne prendre aucun risque. Ravard resta sur place, il retourna dans le parc Léon. Les forces de police étaient en action, elles procédaient à des fouilles corporelles. Une dizaine d'hommes se tenaient debout en rang d'oignons, mains sur la tête, tournés contre la façade d'un immeuble couvert de fresques criardes. Des mineurs des rues qui avaient tenté de se faire la malle en voyant débarquer les troupes, quelques migrants, mais pas de trace de l'Érythréen, il devait déjà être loin, il avait eu un temps d'avance. Toute cette agitation avait réveillé le quartier, une populace curieuse et inquiète était aux aguets. Ces habitants de la Goutte-d'Or, Zola les avait déjà dépeints cent cinquante ans plus tôt dans *L'Assommoir*. Les corps avaient changé, car rien ne durait, mais la misère n'avait pas bougé d'un pouce, elle se plaisait ici comme la vermine dans une peau de lion.

Les recherches ne donnèrent rien, on leva le dispositif policier. Ravard fit une dernière ronde jusqu'à Château-Rouge, où était stationnée sa voiture, puis il roula en direction de l'hôpital Bichat. Aux abords de la porte de Saint-Ouen, il vit apparaître l'immense cheminée d'usine du centre hospitalier, elle évoquait quelque chose de l'ordre de la catastrophe, un processus d'extermination industrielle. On y réparait les corps, on y acheminait aussi les victimes d'accidents qui nécessitaient une amputation, c'était une spécialité de la maison. Un ancien flic, victime d'un accident de moto, lui avait raconté les premiers instants dans la salle de réveil de

Bichat quand il avait repris conscience au milieu de patients amputés de leurs doigts, de leurs jambes, et qui découvraient leurs corps mutilés, il lui avait dit les cris, l'horreur sans fond, un enfer sur terre. Ravard repensa au Christ en croix dans la chapelle de l'église Saint-Bernard, au bouquet de fleurs desséchées sous ses pieds cloués, il se gara dans le parking des visiteurs et rallia le portail des urgences, la rumeur de la ville était comme la respiration d'un dieu mourant.

Manel était là, au fond de la salle d'attente, présence radieuse égarée dans la Cour des Miracles. Elle lui expliqua que Boisseau subissait une batterie de tests, ses constantes vitales avaient été bousculées, la nuit allait être longue. Ravard lui dit qu'elle pouvait rentrer chez elle, il resterait; elle refusa. Il sortit devant l'entrée des urgences pour passer des coups de fil au Bastion. Rien de neuf du côté de l'enquête en cours sur la mort et les antécédents de Paul Delmas, rien ne démontrait matériellement son implication directe dans l'hécatombe de la porte de la Chapelle. Vernet et Pelaprat, toujours en garde à vue, n'avaient pas modifié leur version des faits. Sur les conseils de leurs avocats, ils avaient choisi de ne plus parler. Du côté de la DGSI, c'était le *statu quo*. Zenner gardait le silence, il ne montrait aucun empressement à infirmer les accusations formulées par les enquêteurs, son nom était sur toutes les lèvres dans les JT et devenait un étendard, il récoltait les dividendes du massacre et capitalisait des fractions de haine. On ne pouvait pas l'atteindre, il avait un moral en acier trempé, il en avait vu d'autres, il avait déjà démontré sa force de caractère par le passé, quand il avait fait face à diverses accusations d'incitation à la haine devant les tribunaux et choisi d'assurer seul sa défense. Il était préparé, il ne livrerait aucune information.

De l'autre côté des portes automatiques coulissantes, Ravard aperçut Boisseau qui parlait à Manel. Il rangea son portable et alla à leur rencontre. Boisseau leur annonça que les examens n'avaient rien révélé de préoccupant, ce n'était pas la peine de le garder en observation, mais il devrait faire des analyses complémentaires. Manel enfonça son index dans sa bedaine : « Tu devrais surtout éviter les kebabs. » Sur le visage de Boisseau, un sourire furtif, chassé par un élan d'inquiétude : « Vous l'avez eu ? » Ravard lui laissa entendre que non, ils n'avaient pas retrouvé le fugitif, l'Érythréen leur avait glissé entre les doigts. Il ne lui livra pas le fond de sa pensée, il garda ses doutes par-devers lui : Boisseau avait-il réellement vu l'Érythréen, était-il en état de l'identifier formellement quand il avait cru le reconnaître ? Au fond, peu importait, ils avaient fait chou blanc, ils quittèrent les urgences, du moins avaient-ils vaincu cette journée.

# Chapitre 37

*Lacarnoy*
*Sacrilège-Zéro*
*Lesueur*
*Vitrou*
*Zenner*

*Nuit du mardi 25 au mercredi 26 septembre 2018.*
*Locaux de la DGSI,*
*84, rue de Villiers, Levallois-Perret.*

Lacarnoy se passa la main sur le crâne et reprit sa position initiale, dos parfaitement droit, coudes en appui sur la table, mains jointes devant lui. Depuis plus de deux heures, il travaillait au corps Benoît Dingreville, alias Sacrilège-Zéro. Le Vicaire commençait à montrer des signes de fatigue. Dans son œil bleu pétillant, la lueur de défi mourait à feu lent. Dingreville n'avait pas l'étoffe d'un chef, il n'était qu'une version miniature de son mentor. Un petit homme, une noix qu'on brise en serrant le poing, une serrure délicate qu'on fait sauter d'un coup de tournevis. Il allait bientôt passer aux aveux, tout le laissait augurer, mais avait-il seulement quelque chose à avouer ? Jusqu'ici, l'aide-soignant de trente-deux ans avait nié toute participation à des actes violents et n'avait livré que des éléments insignifiants. D'après lui, Zenner ne lui avait confié que des tâches secondaires. Il se remit à parler, il expliqua que sa dernière mission en date avait consisté à mettre à la disposition des touristes de faux plans de Paris aux abords des sites les plus visités. Sur ces plans, inspirés par la carte des *no-go zones* publiée par Fox News en 2015 peu après l'attentat de *Charlie Hebdo*, le nord-est de la capitale et diverses poches éparses dans Paris *intra-muros* étaient colorés en rouge criard. Ces zones écarlates correspondaient au stade le plus avancé de l'invasion, les espèces prédatrices y pullulaient, des mœurs d'un autre temps y avaient cours, on reconnaissait d'ailleurs aisément ces territoires à leurs allures de déchetterie. Dingreville s'empourprait, il était habité par son propos ; la guerre des races, il y croyait dur comme fer. Il ânonnait les éléments de langage de Zenner, répétait que c'était toujours l'ennemi qui vous désigne, les gens ne voulaient pas le voir, ils ne réagissaient pas – ils permettaient qu'on prenne leur vie mais refusaient de donner leur haine, qu'ils ravalaient comme s'ils se gorgeaient de sanie et s'en délectaient. En affichant leur volonté de réagir, les Vicaires se montraient autrement plus humains que les « progressistes », ils avaient la conviction qu'il ne faut pas donner à manger à son ennemi quand il a faim, cela ne suffisait pas à faire d'eux des « fachos » sans âme ; leur combat était juste, ils donneraient l'impulsion, d'autres suivraient leur exemple : puisque les actes de prédation en tout genre se banalisaient et que l'abomination se répandait sur le sol national, il était crucial d'encourager les actes de résistance et d'expulser une fois pour toutes l'instinct de mort.

Dingreville se tut un instant ; il respirait bruyamment, de la sueur perlait sur son front. Puis il eut un regain d'énergie et planta son regard dans celui de Lacarnoy.

« Mais vous, ici, vous savez ce qui se passe, tout ce que les médias nous cachent. Au fond de vous-mêmes, vous ne pouvez pas nous donner tort, nous sommes dans le même camp. Zenner, on a le droit de ne pas l'aimer, mais il dit les choses comme elles sont, il parle de ce qu'on peut voir dans la rue, de toute cette merde qui devient incontrôlable ; vous êtes bien placés pour savoir qu'on court à la catastrophe, que c'est peut-être déjà râpé. »

Sacrilège-Zéro tentait de créer une connivence, mais Lacarnoy savait à quel mangeur de pain il avait affaire, la roublardise de cet homme lui inspirait un profond dégoût ; un éclat de mépris passa dans son regard, ce fut suffisant pour renvoyer l'autre dans les cordes et le remettre à sa place, celle d'une petite gouape, d'un second couteau mal aiguisé. L'annonce de la mort de ses deux compagnons ne fit ni chaud ni froid au Vicaire. Il n'avait jamais tenu Manticore en haute estime, il le décrivit comme une tête brûlée, un homme capable de tout.

« Au point de commettre l'attentat de la porte de la Chapelle ?

– J'en sais rien, moi.

– Et Doc Trasher ? »

Dingreville haussa les épaules.

« Parlez-nous de lui, insista Lacarnoy.

– J'ai déjà tout dit.

– Recommencez. »

Dingreville fit à nouveau une description de Doc Trasher. Elle collait au profil de Paul Delmas. Comme elle aurait pu coller à celle de n'importe quel homme ayant la soixantaine et de longs cheveux blancs. Lacarnoy présenta au prévenu une photo de Delmas.

« Reconnaissez-vous cet homme ? »

Moue dubitative de Sacrilège-Zéro. Lacarnoy reprit :

« Hier soir, vous l'avez identifié comme étant Doc Trasher, l'un des vôtres. Vous vous êtes montré catégorique. Souhaitez-vous revenir sur votre déclaration ? »

Dingreville dodelina de la tête, il réaffirma que Zenner était le seul à connaître l'identité réelle des membres des Vicaires, ces derniers se rencontraient parfois dans des bars qu'il refusa de nommer. Jamais tous ensemble.

« Mais ce Doc Trasher, vous l'avez déjà vu.

– Je l'ai juste aperçu deux ou trois fois.

– Vous le connaissez donc *de visu*. Vous avez dû remarquer son bec-de-lièvre… »

Non, Dingreville n'avait pas remarqué, mais il était possible que ce détail ne l'ait pas frappé.

Lacarnoy fronça les sourcils ; il tendit à bout de bras la photo de Delmas vers l'aide-soignant et demanda en haussant le ton :

« Cet homme, est-ce Doc Trasher ? »

Avec un grand sourire de connard, Dingreville se contenta de répondre : « P't-être bien que oui. P't-être bien que non. »

Lacarnoy se détourna du prévenu et murmura quelques mots à l'oreille des agents installés à ses côtés, il se leva et sortit dans le couloir. Il était inutile de s'acharner, ce clampin ne savait rien de plus.

Lacarnoy vit de dos son collègue Lesueur qui raccompagnait vers la sortie un homme grand et râblé vêtu d'un costard sombre. Celui-ci se retourna vers lui comme s'il avait senti sa présence dans son dos. Il avait un nez aquilin, des yeux trop rapprochés et un menton en galoche, pas vraiment une tête d'enfant de chœur. Lacarnoy rejoignit Lesueur dans le hall.

« C'était qui ?

– Vitrou, le responsable sécurité d'un labo pour lequel Delmas a travaillé. D'après lui, Delmas était réglo. »

Lacarnoy retourna dans son bureau et but une gorgée d'eau minérale ; il resta un long moment les yeux dans le vague. L'affaire était filandreuse, les auditions ne donnaient rien. La responsabilité de Zenner laissait peu de doutes, ses motivations étaient limpides. Doc Trasher avait certainement été son bras armé, et tout indiquait qu'il s'agissait de Delmas. Le médecin avait dans sa bibliothèque des livres de Julius Evola, auteur prisé par la Nouvelle Droite et référence majeure de Zenner. Il avait surtout été vu et filmé porte de la Chapelle juste avant l'hécatombe. Pourtant, ses deux acolytes, Pelaprat et Vernet, avaient affirmé qu'ils avaient seulement traficoté sur les lieux et qu'ils n'avaient rien à voir avec les Vicaires ni avec la mort des migrants, ils n'étaient pas revenus sur leur version des faits.

La sonnerie de son portable ramena l'enquêteur à l'instant présent. On lui apprit qu'on avait retrouvé et presque aussitôt perdu la trace du migrant érythréen dans le quartier de la Goutte-d'Or. Lacarnoy reposa son portable. Machinalement, il se mit à feuilleter le manifeste de Zenner, l'*Esquisse d'un tableau général des Vicariances*. Il tomba sur un long chapitre intitulé « La guerre des races n'aura pas lieu ». Zenner y revenait sur l'attentat du Bataclan, il soulignait qu'on avait d'abord cru que le commando terroriste avait agi sous Captagon, une drogue euphorisante favorisant la concentration et la vigilance, une substance

« parfaitement adaptée au combat ». Peu de temps après le massacre, une ancienne gloire littéraire s'était même empressée d'évoquer dans les médias son expérience d'écriture sous Captagon. Les tests toxicologiques pratiqués sur les auteurs des attentats du 13 novembre étaient pourtant revenus négatifs, on n'avait retrouvé aucune trace de ladite substance dans leurs corps, ils avaient agi de sang-froid, en jouissant de toute leur lucidité. Plus tard, l'avocat belge d'un membre du commando avait déclaré que son client avait « l'intelligence d'un cendrier vide », il s'était aussi étonné de voir venir à lui des femmes et des hommes appartenant à la communauté ethno-religieuse de son client, ils tenaient à remercier le juriste de défendre leur coreligionnaire, autant dire sa cause et ses actes. Dans le paragraphe suivant, Zenner résumait le témoignage d'un homme qui, le soir de l'attentat de Nice, le 14 juillet 2016, avait déposé à l'hôpital sa femme, une infirmière appelée en urgence pour faire face à l'afflux de blessés, il avait eu la surprise d'entendre un groupe de Nord-Africains exulter et crier dans la rue qu'ils avaient gagné – ils ne parlaient évidemment pas d'un match de foot. Confronté à cette malignité brute, le témoin avait tenté de cerner, sans tout à fait y parvenir, le sentiment d'effroi qui l'avait alors traversé. Sur des pages et des pages, Zenner égrenait des faits et des témoignages analogues – vérifiables ou non – et chaque paragraphe s'achevait invariablement par cette formule : *la guerre des races aura bien lieu*. Lacarnoy tourna une grosse liasse de pages pour arriver à la conclusion du manifeste, « Contre-attaque ». Il parcourut quelques lignes en se massant les tempes et décida de retourner dans les salles d'audition. En cheminant dans le couloir du sous-sol, il jeta un coup d'œil dans la salle où mijotait encore

Sacrilège-Zéro : Dingreville était avachi, le regard à présent complètement éteint – un autre cendrier vide. Lacarnoy s'intéressa à la salle suivante. Elle contenait deux agents et un homme maigre qui en imposait par sa prestance. Un professeur de médecine, ancien confrère de Delmas. L'un des agents aperçut l'officier derrière la vitre de la porte et vint à sa rencontre.

« Alors ? » demanda Lacarnoy.

Rien de neuf. Le son de cloche était toujours le même, Delmas avait été un chercheur passionné et un médecin intègre, sa carrière était sans tache. L'agent retourna dans la salle. Lacarnoy fixa une porte située au fond du couloir, il hésita un instant, il savait ce qu'il allait y trouver. Il décida de s'en approcher, son visage s'encadra derrière la vitre de la porte et il vit Zenner, aussi immobile qu'un phasme dans son vivarium, la tête légèrement inclinée vers l'avant et les yeux dissimulés derrière le rideau de sa chevelure noire.

Stéphane Zenner connaissait l'identité de celui qui avait été son bras armé à la porte de la Chapelle, il avait le pouvoir de confirmer que Delmas et Doc Trasher ne faisaient qu'un. En silence, il jouissait de sa position mégalomaniaque inviolable.

Le coin de ses lèvres se retroussa, un sourire était en train de naître. Lacarnoy comprit que Zenner avait remarqué sa présence et qu'il l'observait. La vérité était scellée dans la boîte crânienne de cet homme. L'enquêteur eut envie de fracasser celle-ci. Une ligne ardente de pure violence scinda son esprit en deux et il imagina distinctement sa main gauche empoigner la tignasse noire et plaquer la tête de Zenner sur la table tandis que, de sa main gauche ramassée en une masse compacte, il martelait la face de l'idéologue – pluie de grêlons qui déforment la tôle, déluge de coups qui disséminent des esquilles d'os dans la chair –, il pouvait presque entendre le bruit sec des dents fracturées et des cartilages qui craquent. Cette pensée incandescente ne dura qu'une seconde, Lacarnoy la refoula instantanément, il la rangea à côté d'autres pensées de même nature dans le réservoir d'affects auquel sa personnalité s'alimentait. Dans ses bras, il sentait encore bouillonner les influx nerveux d'actes mort-nés, leur intensité douloureuse mettrait plus de temps à disparaître.

Un sourire narquois flottait toujours comme un spectre sur le pâle visage de Zenner. Lacarnoy eut le désagréable sentiment que ce salaud prenait plaisir à l'observer, ce duel à distance l'amusait. Et il sut que son ennemi l'avait désigné – *c'est toujours l'ennemi qui vous désigne*.

Il dégagea, il avait besoin de prendre l'air.

# Chapitre 38

*Borel*
*Noirac*

*Nuit du mardi 25 au mercredi 26 septembre 2018.*
*Appartement de Borel, 10, rue d'Aumale, Paris 9e.*

Dans le taxi qu'il avait hélé rue de Rivoli, Borel récapitulait pour Cléo les informations qu'ils avaient tirées de leur entretien avec Restil. Delmas était mort, il semblait avoir eu une vie sordide, il était clair qu'il s'était fait piéger : pendant des mois la danseuse l'avait saigné à blanc, il était même probable qu'il ait trempé dans des combines douteuses pour s'offrir des passes avec la femme qu'il aimait. Borel révéla à Cléo le montant d'une heure de plaisir en compagnie d'une danseuse du Théâtre. Elle resta bouche bée. « C'est une expérience très particulière, croyez-moi », ajouta-t-il. Elle scruta son visage. Il en avait trop dit.

« Ah, parce que vous avez…

– Juste une fois. Je ne voulais pas mourir idiot. »

Dans l'habitacle de la berline, il y eut un blanc. Borel tenta de noyer le poisson, il fit observer que le procédé de Claire Restil avait été profondément pervers. Sa liaison avec Delmas, obligé par la suite de payer pour coucher avec elle comme un micheton quelconque, lui faisait penser aux stratégies commerciales qui offrent un mois d'abonnement gratuit et font payer les mois suivants. Cette femme était décidément un piège vivant.

« Non, c'est une pro, c'est tout », dit Cléo. Le ton était cassant, mêlé de lassitude.

Le taxi les déposa devant le numéro 10 de la rue d'Aumale. Borel habitait un immeuble cossu à deux pas de la place Saint-Georges. Cléo découvrit l'appartement. Il était assez vaste pour abriter une famille nombreuse, mais tout y hurlait : *Vieux garçon*. Il régnait là un ordre maniaque. La pièce principale était organisée autour d'un énorme bureau en chêne massif. Tous les murs étaient tapissés de rayonnages de bibliothèque. Sur chaque rayon, des blocs de livres proliféraient sur plusieurs épaisseurs, ils formaient des excroissances en pleine poussée, comme dans le *Merzbau* de Kurt Schwitters.

Tandis que Borel s'installait à son bureau et allumait un iMac flambant neuf, Cléo parcourut une section de la bibliothèque, passant son doigt sur le dos des livres. De la philosophie classique et médiévale. Elle ne découvrit aucun traité de démonologie, pas la moindre trace d'écrits ésotériques. De toute évidence, Borel n'était pas l'un de ces zinzins qui traquent un exemplaire original du manuscrit de Voynich. Mais pourquoi accumuler une telle quantité de livres ? Dans l'une de ces *battles* de bibliothèques où les rivaux postent sur Twitter des photos de leur bibliothèque, Borel aurait sûrement gagné haut la main, il en avait une très grosse. Elle débordait de la salle de travail et rampait comme un lierre monstrueux sur tous les murs de l'appartement, même dans les toilettes, où Cléo se rendit pour se soulager et terminer la soirée dans de bonnes conditions. Quand elle revint dans le bureau de Borel, elle le vit connecter le périphérique USB de Delmas à son ordinateur. Il était voûté au-dessus du clavier et elle eut une illumination, comme si la nature profonde de Borel venait de lui apparaître en pleine lumière. Elle comprit qu'il s'était constitué une bibliothèque gigantesque pour se protéger du monde et du temps, pour se recroqueviller dans une gangue d'immortalité. Ses murailles de livres étaient un rempart contre la mort. Stratégie dérisoire. La mort ne cessait de ruisseler et de s'infiltrer à l'intérieur de chacun, la mort finissait toujours par glisser sa pointe dans un défaut de la cuirasse. Il n'existait d'ailleurs aucune cuirasse. Face à la mort, nous étions tous à poil. Elle nous traversait constamment, la mort, elle était notre élément, et la seule gloire consistait peut-être à danser en elle. Cléo repensa à Claire Restil en train de danser sur scène dans un abandon total. Elle repensa à cette femme belle à couper le souffle, une forme de vie à laquelle rien ne semblait manquer. Le contraste avec Borel était saisissant. Il était comme un fœtus expulsé de l'utérus et qui ouvre de grands yeux incrédules sur le monde ; il avait fait fructifier cette incrédulité en s'orientant vers la philosophie et s'était enfermé à l'intérieur. Il savait qu'il n'avait pas trouvé la bonne voie. D'autres que lui, comme le philosophe Clément Rosset, s'étaient convaincus qu'il n'y avait pas de bonne voie, que toutes étaient équivalentes, et ils avaient fini par se noyer dans l'alcool. Borel était dans une impasse, et Cléo sut qu'il était encore plus paumé qu'elle. Elle éprouva une bouffée de mépris pour tant de faiblesse.

Il lui fit signe de la rejoindre. Le contenu de la clef USB était affiché sur l'écran de l'ordinateur. Un dossier intitulé « Mycélium ». À l'intérieur, plusieurs dossiers, portant des noms de lieux. *Stalingrad. Marché aux puces de Saint-Ouen. Calais. Rue Ambroise-Paré. Porte de la Chapelle.* Borel ouvrit au hasard le dossier *Ambroise-Paré.* Comme une poupée gigogne, il contenait d'autres dossiers seulement nommés par des numéros. Dans chacun d'eux, une photographie en format JPEG et une fiche synthétique en format PDF. Sur les photos, des gueules ravinées, des visages de camés. Sur les fiches, aucun nom, aucune mention de l'état civil, juste des analyses de sang, des formules chimiques, des mesures. Les dossiers numérotés se rapportaient chacun à un individu différent. Dans le dossier *Ambroise-Paré*, les numéros allaient de 137 à 211. Borel s'abîma un instant dans ses pensées. Il referma le dossier et double-cliqua sur un autre dossier bleuté. *Porte de la Chapelle.* Il enveloppait des dossiers numérotés de 212 à 243.

« Il y a un ordre chronologique », dit Cléo. Elle reconnut immédiatement l'homme photographié dans le fichier JPEG 243. Le migrant aux yeux hallucinés.

« Lui, je l'ai vu samedi dernier, dit-elle. Oui, c'était bien lui. J'en ai un souvenir très net. »

Borel cliqua sur la fiche du numéro 243. Des masses de données chiffrées.

« Il faudrait étudier tout ça en détail, dit-il.

– On devrait plutôt remettre la clef USB à la police, suggéra Cléo.

– J'aimerais quand même étudier ces dossiers avant.

– Ces fichiers, ils prouvent que Delmas est directement mêlé aux meurtres de la porte de la Chapelle, on ne peut pas garder ça pour nous. »

Borel affecta de ne pas entendre, il avait les yeux rivés sur l'écran et semblait excité. Par une porte entrebâillée, Cléo aperçut un plumard défait et une bouteille de whisky posée sur la table de chevet. Il était facile d'imaginer le reste de la vie de Borel, d'en déplier la routine. Pas de femme, pas d'enfants, pas d'engagements. Il avait simplifié son existence comme on simplifie une position aux échecs en échangeant les pièces. Il avait fait le nettoyage par le vide, il se débattait depuis trop longtemps dans ce vide sans trouver l'issue et il lui arrivait enfin quelque chose.

« Faites comme vous voulez, dit-elle. Je rentre chez moi. »

Borel lui proposa de la raccompagner. Elle refusa, c'était inutile, elle n'habitait pas loin, mais il insista ; elle finit par céder. Il était bientôt 2 heures du matin. En chemin, ils croisèrent des ombres qui zonaient sur le terre-plein du boulevard de Clichy, ils tracèrent.

« Merci, dit Cléo quand ils furent rue Lepic, en bas de son immeuble. J'habite là, tout en haut. » Borel leva la tête et vit les petites fenêtres des chambres mansardées. Elle ne l'invita pas à monter. Ils se quittèrent sur un « au revoir » indéterminé. Dans les escaliers, Cléo consulta son iPhone. Chautard, l'ami de Thibault Belgrand, lui avait envoyé un message sur Facebook. L'enterrement de Belgrand était prévu jeudi au cimetière du Montparnasse. Elle décida qu'elle irait. C'était dans l'ordre des choses, la mort était son élément.

# Chapitre 39

*Ravard*
*Boisseau*
*Manel*

*Mercredi 26 septembre 2018. Matin.*
*Au Bastion, 36, rue du Bastion, Paris 17e.*

Ravard était accroupi dans la baignoire, un genou en appui sur l'acier émaillé, dans la position du *Terminator* qui vient de se matérialiser. Il palpait son épaule droite, elle était encore douloureuse, une contusion violacée marbrait sa peau. Il avait heurté le sol violemment en procédant à l'arrestation de Pelaprat, l'un des sbires de Paul Delmas. Dans le feu de l'action, il ne s'était rendu compte de rien, mais son corps en portait la trace. Les corps ne mentaient jamais. Le sien était cabossé. C'était le corps d'un moine-guerrier, un corps qui donnait des coups et en prenait, entièrement consacré à sa mission. Un instrument parfait, une arme de précision que ne ternissait aucune piqûre de rouille. Le flic l'entretenait avec une rigueur absolue, en accomplissant chaque matin une centaine de tractions à la barre fixée dans son couloir. Il ferma les yeux. L'énergie circulait dans ses muscles encore congestionnés par l'effort, et l'eau chaude tombait sur sa peau, elle le faisait renaître, sa caresse était le seul substitut de caresses plus charnelles. Il se demanda depuis quand il n'avait pas baisé, depuis quand il vivait ainsi, en apnée relationnelle; il avait oublié. Il se frictionna le cuir chevelu et se rinça. Dix minutes plus tard, il quittait son domicile du 62 rue Lemercier et marchait en direction du Bastion.

On s'activait dans les rues, une existence neuve s'organisait sur les décombres de la journée précédente. Mais à vrai dire, pour Ravard, les journées fusionnaient depuis le samedi en un continuum tendu vers un but unique, la résolution de l'enquête en cours. L'objectif se précisait, le problème était clair: il suffisait d'élucider la relation entre l'hécatombe des migrants de la porte de la Chapelle et le meurtre de Delmas. L'image du crâne défoncé du médecin traversa l'esprit de Ravard. Delmas était la clef de toute l'affaire, c'était une évidence intuitive. Le flyer retrouvé dans sa chambre avait fait émerger une nouvelle piste qui conduisait au théâtre de Rose Lecœur. Un endroit opaque, lié à Delmas et, qui sait, peut-être à son meurtre. Ravard se souvint de la réaction gênée de Diard, le chef de la brigade criminelle, quand il avait mentionné le flyer du Théâtre des Extases. Il se souvint aussi de la mise en garde de Prieur: on ne pouvait pas toucher au Théâtre, c'était un domaine protégé, où les flics comme eux n'avaient pas pied. Mais n'étaient-ils que des larbins du pouvoir? Non, ils étaient la justice qui se fraye une voie à travers la boue et qui ordonne celle-ci pour recréer un équilibre. La justice était une création continue, une activité démiurgique harassante. Ils contourneraient l'obstacle ou ils en briseraient le noyau dur. Il fallait frapper fort et vite.

Ravard entra dans le bureau, Manel était déjà à pied d'œuvre. Un parfum flottait autour d'elle, des senteurs de sauge et de vanille. C'était nouveau. Il ne fit aucune remarque, il en savait peu sur sa vie intime. Il prit un café avec elle avant de monter dans la salle de crise au dernier étage. Là-haut, Diard l'invita à s'asseoir d'un mouvement de paupières. La visioconférence avec les enquêteurs de la DGSI avait déjà débuté. Sur le mur d'images, des photos de qualité médiocre montraient un homme maigre avec un sac à dos. Le migrant en fuite. Depuis la veille au soir, il avait changé de rive. On l'avait repéré à proximité de la gare d'Austerlitz. La vidéosurveillance avait perdu sa trace peu après, en dépit du réseau tentaculaire de plus de trente mille caméras installées en Île-de-France. Le plan de vidéoprotection pour Paris incluait neuf mille caméras de la RATP et de ses partenaires. La consultation des images était possible en temps réel ou en différé depuis les PC de police et de la RATP. Mais les *sociétés de contrôle* étaient encore largement un fantasme, le maillage du dispositif comportait de nombreuses zones d'ombre et l'Érythréen s'y tapissait. Il était lui-même une zone d'ombre, il avait croisé la route d'un SDF et le SDF était mort d'un mal étrange, comme les victimes de la porte de la Chapelle, empoisonné ou contaminé. Avait-il aussi provoqué le malaise de Boisseau dans le quartier de la Goutte-d'Or ? La chose n'était pas claire car, dans ce cas précis, il n'avait apparemment pas sorti de liquide toxique de son sac. L'individu constituait un danger, il était urgent de le retrouver ; plusieurs services étaient à présent entièrement mobilisés pour le traquer.

La presse n'avait pas encore eu vent de son existence, elle se concentrait sur le cas Zenner et ne cessait de revenir sur le « démantèlement du réseau d'ultra-droite » vraisemblablement impliqué dans le drame de samedi soir. Zenner et les Vicaires étaient toujours placés en détention à Levallois dans les locaux de la DGSI, leur garde à vue avait été prolongée. De nouveaux éléments de l'enquête démontraient l'étendue insoupçonnée du réseau et des ressources financières de Zenner – plus de quatre-vingt mille euros en *Ether*, une monnaie virtuelle, avaient été saisis et indiquaient des accointances probables entre les Vicaires et des puissances étrangères. Les officiers de la Sécurité intérieure restèrent vagues sur de nombreux points, et Ravard eut le sentiment qu'ils ne jouaient pas complètement cartes sur table. Ils lui demandèrent où il en était sur Delmas, ajoutant que, de leur côté, les auditions des anciens collaborateurs du médecin avaient seulement permis d'établir le portrait d'un professionnel irréprochable. Ravard fit une brève synthèse, des traces d'ADN avaient été retrouvées sur la dépouille de Delmas, mais aucun profil ne correspondait dans le fichier national automatisé des empreintes génétiques. Quant à la piste du Théâtre, une maison de passe haut de gamme, elle n'avait rien donné. Il sentit le regard de Diard peser sur lui. Pour la seconde fois de la semaine, le directeur de la brigade répéta que c'était maigre et qu'il était impératif de ne pas engager leurs forces dans des bras morts de l'investigation, il suggéra même à Ravard d'affecter à plein temps son équipe à la recherche du migrant, mais l'officier de la section antiterroriste protesta, ils avançaient, une nouvelle piste se dessinait – il resta évasif. Quand il releva les yeux, Diard évita son regard et fit un bruit désagréable avec sa bouche, à la manière d'une maman noire qui tchipe. Diard voulait du concret, la coopération entre les services de lutte contre le terrorisme était une chose, passer pour un guignol face à la DGSI en était une autre.

Quand il quitta la salle de crise, Ravard avait un goût de défaite dans la bouche. Il trouva Boisseau et Manel en pleine conversation, Manel tourna la tête vers lui, un large sourire arquait ses lèvres. Pendant qu'il s'était absenté, elle avait visionné en différé accéléré le flux des caméras de surveillance installées dans la rue Saint-Merri, presque en face de l'entrée de la rue Pierre-au-Lard.

« Devine qui est allé au Théâtre, hier soir… »

Elle lui remit l'impression papier d'une capture d'écran. On y voyait distinctement une jeune femme à la chevelure bleue accompagnée d'un homme plus âgé.

« On l'avait oubliée, celle-là, murmura Ravard. Tu es sûre que c'est elle ?

– À cent pour cent. On a comparé avec les clichés de la porte de la Chapelle, aucun doute », dit Manel.

Elle ajouta que Boisseau l'avait identifiée rapidement, la fille était dans les contacts de Belgrand sur Facebook et elle avait utilisé son vrai nom, Cléo Noirac. Il fut aisé d'obtenir son adresse.

À 11 heures du matin, les trois flics entraient dans l'immeuble du 7 rue Lepic. Sur une boîte à lettres métallique défoncée, ils virent que Noirac résidait au dernier étage. Il n'y avait que deux studios au septième. Ils frappèrent à une première porte et un vieux Maghrébin leur ouvrit. Ils s'excusèrent et frappèrent à la seconde porte. Ils entendirent des bruits d'eau qui circule dans les canalisations, ils frappèrent à nouveau. La porte s'entrouvrit et Cléo apparut, les cheveux mouillés, le buste enveloppé dans une serviette de bain.

# Chapitre 40

*Ravard*
*Manel*
*Boisseau*
*Noirac*

*Mercredi 26 septembre 2018.*
*Domicile de Cléo Noirac,*
*7, rue Lepic, Paris 18e.*

Il était tard dans la matinée et Cléo émergea comme on s'éveille le lendemain d'une fête trop arrosée dont on ne se souvient que par bribes, avec l'impression de se tenir sous un plafond qui menace de se casser la gueule. Son souvenir du Théâtre était net, mais ce qui s'était passé ensuite flottait à l'état gazeux dans son esprit. Elle se rappelait la clef USB, les dossiers sur les migrants, les photos de leurs visages. Ce que cette découverte impliquait était vaguement menaçant. Elle laissa pendre son bras sur le côté du lit et sa main tâtonna sur la moquette, elle finit par trouver son téléphone portable. Il n'y avait aucun message de Borel. Cléo se leva et se prépara un café. La nuit avait été mauvaise, elle avait remué dans tous les sens, incapable de s'abandonner au sommeil. Le bruit des avions l'avait gênée, elle ne les supportait plus. Les avions faisaient vibrer l'espace comme si tout était fondu dans la masse d'un même bloc de matière. Cléo était contenue dans ce bloc, il la contiendrait tant qu'elle serait vivante, la vie était un tumulte accablant. Mais pourquoi les avions volaient-ils si bas, si près du centre-ville ? Quelques mois auparavant, Cléo avait fait une recherche sur Internet, elle était jusqu'alors convaincue que, depuis le 11 septembre 2001, les couloirs aériens au-dessus de Paris avaient été fermés et voulait en avoir le cœur net. Elle avait découvert que le 11 septembre n'avait rien changé, la rupture était plus récente : ce n'est qu'en septembre 2017 que les arrêtés de 1948 relatifs à ce point avaient été modifiés. Pour des *besoins de sûreté aérienne*, on avait créé une ZIT, une zone d'interdiction temporaire. Que fallait-il en déduire ? Que la menace n'avait jamais été aussi grande qu'à présent ? La seule certitude était que la défense des citoyens s'organisait à leur insu. Nous existions dans un monde chargé d'interdits dont nous n'avions pas même conscience. Cléo songea aux TAZ imaginées par Hakim Bey, ces zones autonomes temporaires qui surgissent de façon anonyme et disparaissent dès qu'elles sont officiellement répertoriées. Les ZIT constituaient l'exact contrepoint des TAZ : des zones où des libertés sont confisquées sans même qu'on s'en aperçoive. Et sans doute formaient-elles un nouveau procédé des Arpenteurs de l'État. En vérité, le risque toujours plus élevé d'une agression terroriste de grande ampleur n'était pas seulement contrebalancé par des moyens de plus en plus opaques d'assurer la sécurité, les deux tendances se conjuguaient pour façonner un climat oppressant, plus sombre, comme si l'on avait appliqué une feuille de métal à la surface du monde. Le Théâtre était l'un des rares lieux qui échappaient à cette pesanteur. Cléo s'y était sentie étrangement libre. Alors qu'elle portait à ses lèvres une tasse de café noir, elle rencontra la photo d'André Breton punaisée au mur. Le « bœuf Breton » et les surréalistes s'étaient fourvoyés, l'épicentre de Paris, son pôle magnétique intime, n'était pas le square du Vert-Galant mais le Théâtre des Extases. Cléo ne trouva aucune trace de l'établissement secret sur le Net, même en faisant varier les mots-clefs. Rien non plus sur Rose Lecœur. Quand elle lança une recherche avec le nom de Claire Restil, elle obtint un résultat. Mais la Claire Restil qui apparaissait sur le site copainsdavant.linternaute.com vivait à Belfort, elle avait cinquante ans et un visage porcin. Cléo entra ensuite « Gustave + violoncelle » dans la barre de recherche de Google, sans plus de succès. L'univers du Théâtre magnétique était encore plus secret que le réseau de rencontres Chiens & Chats, il était la crypte inviolée d'un Paris livré à la spéculation immobilière et aux touristes. Cléo consulta ses mails. Celui de Marin Delorme était comminatoire. Delorme s'inquiétait de ne pas avoir de ses nouvelles, il lui rappelait la *deadline* pour l'envoi de son article, jeudi à midi, c'est-à-dire le lendemain ; tous les autres contributeurs de *La Nouvelle Chair* lui avaient déjà envoyé le leur, on n'attendait plus qu'elle. Il y avait aussi trois courriels provenant d'inconnus, ils la traitaient de salope et détaillaient ce qu'ils aimeraient lui faire, en puisant dans l'imaginaire appauvri des amateurs de sites pornos. Cléo sut immédiatement de qui provenaient ces messages, elle reconnut le style de Georges, le « chaton craintif ». Il s'était constitué une armada de faux comptes Facebook et d'adresses mail bidon, il l'inondait de messages électroniques ; on était proche du harcèlement, on était même en plein dedans. Dans l'un de ses messages du jour, il avait ajouté en pièces jointes trois photos d'un sexe court et trapu en érection, peut-être le sien. Il avait franchi un cap, devait-elle déposer une main courante ? Cléo réalisa qu'elle s'était plantée. Alors qu'elle avait cru lui accorder beaucoup en lui offrant son amitié, elle lui avait tout retiré. Il s'était senti brutalement friendzoné, parqué comme un fauve châtré dans le camp des spectateurs de la vie sexuelle des autres, et il disjonctait. Sa libido débordait, elle cherchait en vain un point de sortie dans un corps féminin, elle avait jeté son dévolu sur celui de Cléo. Georges se débattait maintenant contre cette libido envahissante, il s'efforçait de la décoller de son objet d'amour, de la convertir en énergie narcissique, et cela passait par une agression contre l'objet aimé. Pendant de longues années, en jouant à *World of Warcraft*, il avait connu un bonheur sans mélange dans le royaume d'Azéroth, une vie simple, sans friction, il avait réussi à duper sa libido, mais celle-ci l'avait rattrapé, elle le mettait au supplice. Freud n'avait-il pas écrit que refuser de satisfaire un désir amoureux signifiait à terme entrer en maladie ? De fait, Georges était très littéralement malade. Mais de quoi était-il capable ? Cléo referma la fenêtre de sa messagerie et lança une playlist avec lecture aléatoire, le premier titre fut « Placebo Effect » de Siouxsie and the Banshees. Elle se déshabilla pour prendre sa douche et se regarda dans le miroir ondulé collé au mur. Son corps avait changé, elle était amaigrie, elle s'était à peine nourrie depuis samedi soir, la fatigue avait affiné ses traits. Elle repensa à Gustave fumant sa clope dans la ruelle, à la stylisation parfaite de chacun de ses gestes, et elle entra dans la cabine de douche.

Quand elle entendit frapper à la porte, elle se demanda si c'était Georges, s'il avait franchi un palier supplémentaire et osait la harceler jusque chez elle, mais ce n'était pas du tout sa voix. Elle entrouvrit la porte et reconnut la femme flic de la porte de la Chapelle. Un flic brun au regard intelligent et un autre, plus costaud, l'accompagnaient. Cléo les fit entrer, sa chevelure encore mouillée gouttait. Nue sous sa serviette de bain, elle était vulnérable. Le regard du flic costaud sautait d'un détail à l'autre de sa chambre, murs blancs tapissés de fibres de verre, bouteilles de Coca vides accumulées, cendrier rempli de mégots de joints, culottes qui traînaient à terre, il archivait toutes ces données, il était en train de faire entrer Cléo dans sa classification personnelle.

Boisseau remarqua des livres entassés au pied du lit, il lut un titre, l'*Histoire de la sexualité* de Michel Foucault, il se dit que les parents de cette fille se saignaient sans doute pour lui payer une piaule hors de prix et qu'en retour elle passait son temps à lire des bouquins de cul et à coucher avec un maximum de types. Ravard montra à Cléo des photos d'elle prises porte de la Chapelle et rue Saint-Merri, il lui demanda ce qu'elle était allée faire dans la rue Pierre-au-Lard. Cléo réfléchit un instant. Elle jeta un coup d'œil à Manel, qui l'encouragea à parler d'un léger signe de tête. Et Cléo fit le récit des événements, en suivant l'ordre chronologique. Elle raconta sa liaison avec Thibault Belgrand – Boisseau plissa les yeux, il avait vu juste, la fille était bien une Marie-couche-toi-là. Elle raconta la porte de la Chapelle, l'homme aux yeux fous, l'hallucination ultra-réaliste le samedi soir, le sentiment de sentir la mort de Belgrand, de la vivre de l'intérieur, la visite à Chautard, le mail à Borel, la séance de somnambulisme chez Mérieux, la soirée au Théâtre, la rencontre avec Claire Restil, la clef USB de Delmas et son contenu. Ravard prenait des notes à toute vitesse dans un calepin noir. Plusieurs fois, il releva la tête pour contrôler les expressions faciales de cette fille, son discours était émaillé de divagations, mais quand elle évoqua le contenu de la clef USB, Ravard la fixa comme si elle était la Vierge en train d'apparaître et une décharge électrique illumina toutes les cellules de son cerveau. Le lien entre Delmas et la mort des migrants était établi, la fille n'avait pas pu inventer tous ces détails. Ils ne faisaient donc pas fausse route, la justice progressait.

Cléo s'aperçut de la réaction des trois flics, il y avait bien un enjeu autour de la clef USB. « D'ailleurs, je voulais la remettre à la police », dit-elle. Ils lui demandèrent le nom et les coordonnées de Borel, elle les leur donna. Ils quittèrent son studio en lui disant qu'elle devait se tenir à la disposition de la police, qu'on la convoquerait plus tard au commissariat pour faire une déposition circonstanciée. Elle acquiesça et crut bon d'ajouter qu'au fond, elle n'avait rien à voir avec cette histoire, qu'elle n'avait jamais rien demandé.

Assise sur son lit, le téléphone portable dans la main, Cléo hésitait. Elle finit par envoyer un texto à Borel : « J'ai tout dit aux flics, ils arrivent chez vous, ils vont vous tomber dessus. »

## Chapitre 41

***Borel***

*Mercredi 26 septembre 2018.*
*Appartement de Borel, 10, rue d'Aumale, Paris 9^e^.*

Quand le soleil se leva à 7 h 43, Borel ressemblait à un cadavre. Il s'étira et quitta son fauteuil. Il avait passé la nuit à étudier les fichiers de Delmas, il était crevé mais commençait à y voir plus clair. Ou peut-être ne voyait-il que ce qu'il avait décidé de voir. Des Post-it bleus sur lesquels il avait pris des notes recouvraient son bureau. Il les rassembla et les colla méthodiquement sur le vieux miroir au-dessus de l'âtre de la cheminée. À travers ces massifs d'écailles de papier bleu, c'est le portrait de Delmas qui se dessinait. Un portrait ambivalent et confus, comme si l'on avait collé le négatif d'une photo développée sur celle-ci. Le dossier « Mycélium » enregistré sur la clef USB contenait une pléthore de dossiers enchâssés les uns dans les autres, certains laissaient clairement deviner que Delmas avait mené des essais cliniques sauvages en différents lieux. Les fichiers les plus récents concernaient la porte de la Chapelle ; leur date de création – le samedi 22 septembre – était celle de la mort des migrants. Delmas était étroitement mêlé à un crime de grande ampleur, ce qui le plaçait d'emblée du côté de la monstruosité morale. Pourtant, plus tôt dans la nuit, dans la loge du Théâtre, Claire Restil avait présenté Delmas comme un chercheur intègre, comme un homme passionné. Elle avait révélé qu'il l'appelait parfois sa « Muse magnétique » et qu'elle l'avait inspiré pour ses recherches au point de l'amener à réorienter celles-ci. Était-ce à cette aune qu'il fallait interpréter les faits ? Mais quel rapport entre un crime de masse et l'étude du magnétisme ? Entre des meurtres à caractère raciste et des recherches d'ordre métapsychique ?

En pénétrant Claire Restil, le médecin était entré dans un monde inconnu, le monde des potentialités latentes et de l'hyper-veille. Il s'était pris d'intérêt pour les états de transe somnambulique et lancé dans une étude approfondie de la littérature scientifique consacrée à cette question. L'un des dossiers contenus dans la clef USB regroupait un grand nombre de textes scannés, parmi lesquels Borel avait pu reconnaître des ouvrages de Georges Lapassade, Eugène Osty, Richard Hodgson, Charles Richet, César de Vesme et Albert von Schrenck-Notzing. Borel avait même eu la surprise de découvrir un fichier PDF du *Livre blanc de la parapsychologie*, mis en ligne par l'Institut métapsychique international. Plusieurs livres pointaient cependant en direction de préoccupations plus sombres, en particulier la *Synthèse d'une doctrine de la race*, de Julius Evola, et la *Doctrine secrète* de Helena Blavatsky, une vaste compilation d'assertions ésotériques et fumeuses où le concept de race occupait une place centrale. Borel avait aussi noté la présence de deux textes de Charles Binet-Sanglé : en deux exemplaires, le fichier PDF de *La Fin du secret* ainsi qu'une version numérique d'un livre étrange entre tous, *Le Haras humain*. Binet-Sanglé y exposait méthodiquement des « principes pour l'amélioration de la race » et jetait les bases de l'anthropogénétique, science destinée à « choisir les hommes et les femmes qui présentent au plus haut degré les qualités utiles, à les apparier, à les accoupler dans des conditions telles que ces qualités se transmettent intégralement, à diriger l'élevage de telle manière que les qualités se conservent et se développent », tout un programme. Delmas avait-il été séduit par les thèses eugénistes et racistes de ces penseurs ? S'était-il lancé dans une folle entreprise de purification ethnique ? Une chose était sûre : ces textes constituaient, avec le dossier « Porte de la Chapelle », une preuve accablante. Les accointances de Delmas avec ce groupe d'ultra-droite dont parlaient tous les médias étaient plus que probables. Mais la question revenait, têtue, insistante : pourquoi Claire Restil avait-elle affirmé qu'il s'était toujours comporté en homme intègre ? Pourquoi leur aurait-elle menti ? Et surtout, qu'avait-elle voulu dire en suggérant que si on l'avait tué, c'était à cause de ses recherches et de sa « découverte » ? Quelle découverte ?

Borel avait retracé le parcours professionnel du médecin à partir d'un CV mis en ligne, il avait complété les zones d'ombre par diverses informations collectées sur le Net. Delmas s'était spécialisé en psychopharmacologie, il avait consacré sa thèse à la dépendance aux psychotropes, il avait ensuite travaillé dans différents services d'addictologie et participé à plusieurs projets de recherche appliquée, tous étaient mentionnés dans son CV. Le dernier en date concernait l'étude clinique de l'innoxycycline, une nouvelle molécule susceptible de servir de substitut aux opioïdes et dépourvue d'effets addictifs. Le problème de la dépendance aux antidouleurs était devenu une cause nationale aux États-Unis, où les morts par overdoses d'opiacés avaient atteint des proportions épidémiques. Il ne tarderait pas à exploser en France, la surconsommation de tramadol, d'OxyContin et autres opioïdes forts y faisait déjà plus de morts que l'héroïne. Le marché était énorme, un fric monstre était en jeu. Les entreprises pharmaceutiques rôdaient comme de grands requins blancs, elles finançaient ou effectuaient elles-mêmes ce type de recherches. Delmas avait très exactement su où il allait, il avait eu un plan de carrière en béton et un projet de recherche dans l'air du temps. Pourtant, un événement avait fait dévier sa trajectoire.

Sur le site clinicaltrials.gov, qui répertorie les essais cliniques menés officiellement dans le monde, Borel n'avait trouvé que peu de précisions sur la dernière étude clinique pilotée par Delmas. Aucun résultat n'avait été fourni au site, le statut actuel de l'étude de l'innoxycycline était inconnu. Une croix latine coiffait le mot *inconnu*, comme elle aurait surplombé une pierre tombale. Fallait-il en déduire qu'on avait enterré le projet ? Tout portait à croire que les différents tests sur la molécule n'avaient pas été concluants et qu'elle ne deviendrait jamais un médicament. Les substances actives étaient toujours testées suivant trois phases, la première étant la plus délicate : des sujets sains se portaient volontaires pour participer à des essais cliniques, on les plaçait sous un strict contrôle médical et on évaluait la sécurité d'emploi du produit et ses effets indésirables sur la cohorte de patients. En vertu d'un principe élémentaire de pharmacovigilance, les investigateurs étaient tenus de déclarer immédiatement des SUSARS[1]. Si une substance active était susceptible d'entraîner la mort ou de mettre en danger la vie de la personne, il était rare que l'ANSM[2] donne son autorisation de fabriquer le médicament. Quelle réaction nocive la molécule étudiée par Delmas avait-elle entraînée ? Borel n'avait trouvé aucun indice sur Internet.

D'après clinicaltrials.gov, l'étude consacrée à l'innoxycycline devait porter sur une cohorte d'une centaine de participants. Le processus impliquait un suivi des patients pendant douze mois, avec entretiens cliniques standard, électrocardiogrammes, analyses de sang et d'urine. Au bas de la page, juste avant le nuage de mots-clefs, deux contacts étaient mentionnés : Paul Delmas et Antoine Mazé. Borel avait lancé une recherche Google. Le professeur Antoine Mazé donnait des cours à l'université Paris-Descartes et des consultations privées au sein de l'hôpital Fernand-Widal. Ses consultations avaient lieu le mercredi à partir de 9 heures.

Il était 7 h 43, Borel mit l'ordinateur en veille. Son dos était douloureux. Il contempla un long moment les Post-it qui tapissaient le miroir. Ils contenaient l'essentiel des infos tirées de la clef USB et de ses investigations nocturnes : les recherches de Delmas en psychopharmacologie, ses lectures sur le magnétisme, les fiches sur les camés et les migrants, tout était sous ses yeux. Dans son esprit, les idées s'entrechoquaient. D'un point de vue chronologique, la fin de l'étude clinique sur l'innoxycycline concordait approximativement avec la date de création des premiers fichiers du

---

1. *Suspected Unexpected Serious Adverse Reaction.* Suspicion d'effets indésirables graves et inattendus qui sont issus d'essais cliniques.
2. Agence nationale de sécurité du médicament et des produits de santé.

dossier « Mycélium ». Y avait-il un lien ? Delmas avait-il été un chercheur passionné ou un fanatique de l'amélioration de la race ?

Plus Borel y pensait, plus Paul Delmas lui apparaissait comme un homme capable d'un engagement total, un homme qui, par fanatisme ou par appétit de découvrir, était allé au bout de son idée. De même qu'il avait aimé Restil et s'était ruiné pour elle, il avait peut-être aimé la science au point de lui sacrifier des vies et de perdre la sienne. Dans tous les cas de figure, Delmas n'avait accepté aucun compromis. Son visage contrefait avait été celui de l'intransigeance. Borel considéra son propre reflet dans les espaces laissés vacants par les Post-it. Il n'aperçut que son œil droit, sa bouche et sa chevelure couleur rouille en bataille. Un cyclope enfermé dans une bibliothèque. Il prit conscience du fait que, contrairement à Delmas, il n'avait rien risqué. Au fil du temps, il s'était détaché de sa vie réelle, il avait traversé l'existence comme un somnambule, endossant des rôles dérisoires auxquels il n'avait jamais cru. Mais quelque chose en lui s'était réveillé et réclamait davantage, un monstre assoiffé auquel il n'avait pas donné une goutte d'eau depuis des années. Dans sa jeunesse, au cours de ses études, il y avait eu un tournant. Il avait senti et parié que l'homme était doté de facultés capables de frayer un chemin vers d'autres plans de réalité et il avait fondé son choix de vie sur ce pari. À quarante-sept ans, il n'avait toujours aucune certitude, il n'avait pas avancé d'un pouce, ses recherches métapsychiques étaient restées purement livresques. Delmas avait-il, de son côté, fait une véritable découverte, comme l'avait suggéré Restil ? Le médecin addictologue avait surtout semblé nourrir un intérêt certain pour les théories racistes délirantes, tout indiquait qu'il n'était pas sans rapport avec la mort d'un grand nombre de migrants au nord de Paris. Du moins était-il allé au bout de sa folie.

Borel passa les mains sur son visage. Les os du masque facial que ses doigts palpaient sous sa peau avaient presque une présence incongrue. Il se rendit compte qu'il battait la campagne, la fatigue commençait à entamer sa lucidité. Il était à présent 8 h 02. Il se prépara un café dans la cuisine et le but lentement, les fesses posées sur le rebord d'une table, avec pour seule bande-son le ronronnement du réfrigérateur. Sa conscience était embrumée, il avait besoin d'aide pour y voir plus clair et il eut la tentation de téléphoner à Cléo pour lui faire part de ses hypothèses. Très vite, il se ravisa. Ce n'était pour l'instant qu'un ensemble de constructions mentales instables.

Un homme au moins pouvait l'éclairer sur Delmas et l'innoxycycline, le professeur Antoine Mazé. L'hôpital Fernand-Widal n'était qu'à une demi-heure de marche. Borel décolla du miroir le Post-it où il avait noté l'adresse et enfila sa veste. Quand il franchit le seuil de son immeuble, la lumière aveuglante le contraignit à plisser les yeux. Il se mit à sourire, avec la vague conscience de s'égarer peut-être, mais aussi la certitude qu'il irait, pour une fois, jusqu'au bout.

## Chapitre 42

***Borel***
***Mazé***

*Mercredi 26 septembre 2018.*
*Hôpital Fernand-Widal,*
*200, rue du Faubourg-Saint-Denis, Paris 10^e^.*

Dans la rue Saint-Lazare, Borel croisa une jeune femme avec des cheveux noirs coupés au carré et, l'espace d'une seconde, elle le regarda dans le fond des yeux avec un large sourire qu'il ne lui rendit pas, il vit aussitôt son visage se refermer. Il se retourna. Lui avait-elle fait des avances ? Venait-il de lui coller un vent ? Mais quoi, cette fille avait tout de même l'air très jeune. Son allure et sa face ronde lui disaient quelque chose. Il resta immobile un long moment, ombre solide frôlée par les passants. Il observait la fille qui s'éloignait. Le souvenir remonta lentement à fleur de conscience et il réalisa que c'était l'une de ses élèves. Il essaya de se remémorer son nom, en vain. Quand il faisait cours, Borel se contentait de développer ses pensées face à un brouillard de visages mal différenciés. L'adolescente tourna au coin d'une rue et disparut de son champ visuel, elle devait se rendre au lycée. Et ce fut comme un coup de fouet, Borel se rappela que lui aussi était censé s'y rendre pour assurer ses cours. Il était encore temps de faire demi-tour, il serait à l'heure, il pourrait certainement encaisser la nuit blanche, il l'avait déjà fait. Mais le chemin qui conduisait au lycée ne menait qu'à des possibilités mortes. Il remit le cap sur l'hôpital Fernand-Widal et appela la secrétaire de direction du lycée Jules-Ferry, il lui annonça que son médecin l'avait placé en arrêt maladie jusqu'à la fin de la semaine, il s'engageait bien entendu à rattraper toutes les heures de cours manquées. Délesté d'un fardeau, il rempocha son portable. Il marchait dans le soleil, il se sentait vivre, c'était un sentiment rare. Il franchit l'accueil de l'hôpital et s'orienta dans les couloirs des bâtiments jusqu'à une petite salle d'attente. Les chaises étaient disposées en carré autour d'une table basse en plastique. Un homme livide était assis et triturait une brochure. Un tremblement agitait sa main gauche, qu'il avait étalée sur sa cuisse comme une bête mourante. Borel prit place sur une chaise, séparé du junkie par la table basse. L'homme leva les yeux vers lui. Dans ses iris délavés, on pouvait entrevoir les débris d'une âme torpillée. Le tremblement de sa main gauche s'amplifia, il dut plaquer sur elle sa main droite et il se mit à agiter nerveusement une jambe. Était-ce la dope qui l'avait précipité dans le supplice de l'impatience ou une impatience plus profonde qui l'avait amené à se jeter dans la dope ? Il avait voulu tenter le Grand Voyage, fuir sa condition d'organisme parqué dans un bloc d'espace-temps très restreint. Mais ce gars était surtout ici pour que Mazé l'aide à guérir et à restaurer son attachement au monde. Un petit joueur. Borel songea à la *Prière pour demander à Dieu le bon usage des maladies*. Dans cet étrange opuscule, Blaise Pascal se réjouissait des maladies qui l'avaient mis dans l'incapacité de jouir des plaisirs du monde pour mieux jouir de Dieu. L'image de « cet effrayant génie » entièrement détaché des voluptés terrestres et flottant au milieu d'un monde anéanti pour mieux contempler l'infini avait quelque chose de sublime.

Borel sortit de sa rêverie. Un toupet de cheveux blond cendré s'agitait derrière un guichet au fond de la salle d'attente. Une petite bonne femme en blouse blanche l'observait. Elle l'interpella. Avait-il rendez-vous avec le professeur Mazé ? Borel passa sa langue sur ses incisives, il se leva et se dirigea vers elle. Penché au-dessus du guichet, il lui murmura qu'il devait poser des questions au professeur, c'était au sujet de la mort de Paul Delmas. Il n'en dit pas plus. À son grand étonnement, ce fut suffisant. Tout se passa comme si le nom de Delmas déclenchait une réaction chimique dans le cerveau de la secrétaire médicale. Elle se tassa sur elle-même et disparut derrière son guichet pour passer un appel. Son visage replet émergea un instant plus tard : « Le professeur va vous recevoir. » Borel reprit sa place et fit l'inventaire des brochures placées sur la table basse. Devant lui, la main gauche du camé continuait à faire du morse. Une main monstrueuse, douée d'une vie autonome. Le fragment d'un système nerveux déglingué. Pourquoi Delmas avait-il au début pris pour cobaye des drogués ? Leurs corps brisés faussaient les résultats des tests. Il était certainement allé au plus simple, il avait fait avec ce qu'il avait sous la main, les patients qu'il suivait à la salle de shoot, mais c'était voué à l'échec, et il était logiquement passé à d'autres cobayes. Les migrants. Leurs organismes étaient affaiblis, mais plus sains. À moins que les essais sur les camés n'aient été que la première étape d'un plan visant à la destruction massive de migrants. C'était pour l'instant indécidable.

Il y eut un mouvement dans la salle. Un homme s'entretenait avec la secrétaire. Il correspondait aux photos d'Antoine Mazé que Borel avait vues sur Internet. Grand et maigre, une allure d'échassier et une vague ressemblance avec l'entraîneur de football Arsène Wenger. Sa blouse blanche n'était pas boutonnée. Il se tourna vers Borel, lui adressa un sourire professionnel et vint à sa rencontre. Poignée de main ferme.

« Suivez-moi », dit-il. Borel emboîta le pas du médecin. Les pans de la blouse blanche balayaient toute la largeur du couloir. Ils entrèrent dans une pièce grisâtre. Les dossiers des patients s'empilaient sur le bureau.

« Asseyez-vous, je vous en prie. »

Les deux hommes prirent position. Le toubib croisa ses longues mains osseuses sur le plateau du bureau. Elles étaient calmes, disciplinées. Tout dans la gestuelle et la voix de Mazé indiquait la maîtrise et le détachement. Il maniait sa parole comme un instrument en acier chirurgical. Pas de contact humain, pas une once de spontanéité dans la relation qu'il offrait à son interlocuteur. Une carapace vide très articulée. Son vrai *moi* était en retrait, parfaitement protégé, mais derrière le regard bleu azur, on pouvait presque deviner une balle de tennis en train de rebondir sur la terre ocre. Mazé n'était pas fait du même bois que Delmas, ce n'était pas un chercheur dans l'âme. Il avait choisi le confort, il officiait également dans une clinique privée, il avait probablement son abonnement au Lagardère Paris Racing.

« Vous souhaitiez me parler de Paul Delmas, dit-il.

– Oui, c'est important. C'est à propos d'un essai clinique. L'innoxycycline. »

Quelque chose passa dans le regard du médecin, un souffle d'inquiétude peut-être. Mazé était enfin *là*, pleinement présent dans sa carcasse. Borel reprit :

« D'après vous, Paul Delmas aurait-il été capable d'administrer délibérément un médicament nocif à des patients ?

– Vous connaissez le mot d'Hippocrate, *primum non nocere*. D'abord ne pas nuire. C'est un précepte que les médecins respectent, et Paul était un médecin. Pour ce que j'en sais, non, il n'aurait jamais empoisonné sciemment un patient, si c'est votre question… »

Borel le coupa :

« Je parle d'essais cliniques. Ceux que vous avez menés avec lui. »

Mazé réfléchit un instant en se mordant la lèvre inférieure et répondit que la médecine n'était certes pas une science exacte, les sujets pouvaient réagir différemment, mais les essais cliniques étaient très contrôlés, on ne jouait pas avec la santé des patients. Une procédure très stricte régissait les tests cliniques, et dans le cas de l'innoxycycline, la procédure avait été respectée, toute une équipe avait encadré les patients.

« Mais justement, le projet a été interrompu.

– Oui.

– Pourquoi ?

– Nous avons décelé un lien de causalité entre la molécule testée et des effets indésirables.

– Lesquels ? »

Le toubib eut l'air troublé, il n'avait pas l'habitude d'être bousculé. Borel était aux aguets, il allait enfin savoir. Jusqu'ici, tout avait été étonnamment facile, un peu comme une porte qu'on pousse et qui s'ouvre sur d'autres portes en enfilade. Il avait déjà connu cette sensation quand il s'était retrouvé dans le lit de filles qui, quelques heures avant, lui avaient semblé inaccessibles.

Mazé se raidit contre le dossier de son fauteuil.

« Je ne vois pas vraiment où vous voulez en venir, et j'ai déjà parlé de Paul Delmas à vos collègues hier soir à Levallois. »

Borel marqua imperceptiblement sa surprise, il y avait eu méprise, le toubib l'avait jusqu'ici pris pour un flic. Cela ne dura qu'une seconde, mais Mazé eut le temps de lire l'étonnement dans le regard de son interlocuteur. Sa physionomie changea instantanément, il venait de piger :

« Qui êtes-vous ? Un journaliste ? »

Borel se sentit con, il était démasqué, c'était impossible à rattraper. Dans la pièce, la température avait chuté de dix degrés. Le professeur grimpait déjà dans son Olympe, prêt à le foudroyer. Borel lui dit simplement qu'il menait des recherches dans le domaine des sciences métapsychiques.

« Quoi ?

– Delmas vous a-t-il parlé du somnambulisme magnétique et des phénomènes psi ? »

Il y eut un blanc. Mazé se leva de son siège et demanda à Borel de sortir du bureau. Le ton était sans appel, il fallait vider les lieux. Borel s'exécuta. Alors qu'il était déjà dans le couloir, il bloqua la porte du pied.

« Je vous en prie, dites-moi seulement quel était l'effet secondaire de l'innoxycycline. Pourquoi avez-vous arrêté les essais cliniques ? »

Dans l'entrebâillement de la porte, Mazé dévisagea Borel comme s'il avait affaire à un patient en manque. Il lâcha le morceau comme on file une dose :

« Bouffées délirantes, hallucinations sévères. Plus puissant que du LSD. Mais apparemment, vous n'avez pas besoin de ça. »

Borel retira son pied, Mazé lui fit une sorte de grimace proche du sourire pincé de l'*emote* Kappa et lui claqua la porte au nez.

Après avoir quitté l'hôpital, Borel fit une halte juste à côté, dans les locaux de l'Institut métapsychique international. Il était claqué, ses idées étaient confuses et sa capacité de jugement abolie. Il descendit au sous-sol dans une salle équipée pour les expériences sur la télépathie et s'installa dans le fauteuil réservé aux cobayes. Il sombra. Pendant sa sieste, des images-souvenirs du Théâtre affluèrent. Le visage de Cléo, sa croupe généreuse, les seins en poire de Claire Restil, leur peau nacrée. Quand la sonnerie de son téléphone le tira du sommeil, il s'aperçut qu'il était plus de 11 heures. Cléo venait de lui envoyer un texto : « J'ai tout dit aux flics, ils arrivent chez vous, ils vont vous tomber dessus. »

Borel ressentit comme un électrochoc. Une vague de panique qu'il parvint rapidement à enrayer ; après tout, il n'avait rien à se reprocher, il était inattaquable. Mais il n'avait eu le temps d'étudier qu'une infime fraction des fichiers de Delmas, il voulait en savoir plus. Il fallait à tout prix prendre les flics de vitesse et dupliquer le contenu de la clef USB avant qu'ils ne mettent la main dessus. Borel bondit du fauteuil et sortit de l'IMI. Il se mit à courir dans la rue, s'engouffra dans le métro ligne 7. Une fois arrivé à la station Le Peletier, il reprit sa course. De l'extérieur, on eût dit un fou. Dans son immeuble, il monta les marches quatre à quatre, mais en arrivant à son étage il se figea, il était trop tard. Trois flics l'attendaient devant sa porte.

# Chapitre 43

*Ravard*
*Manel*
*Boisseau*
*Prieur*

*Mercredi 26 septembre 2018.*
*Au Bastion, 36, rue du Bastion, Paris 17^e^.*

Ravard dégringola les escaliers à la suite de Manel. Boisseau les attendait dans la rue, une clope aux lèvres. Il fixait la fenêtre de l'appartement de Borel, on devinait une forme humaine derrière les vitres.

« Vous le voyez là-haut ? Il nous observe, il est vraiment à la ramasse.

– C'est clair », dit Ravard. Son regard se posa sur le petit parallélépipède de métal qu'il tenait entre son pouce et son index. « Il nous a donné la clef, c'est l'essentiel. Allons voir ce qu'elle a dans le ventre. »

Borel leur avait remis le périphérique USB sans broncher, il s'était dit entièrement prêt à coopérer avec la police, dont il saluait le travail remarquable, il ne demandait qu'à partager ses informations. Il partagea même ses hypothèses personnelles sur le rôle de Delmas dans l'hécatombe de la porte de la Chapelle et sur ses motivations troubles. Il parla de purification ethnique et d'essais cliniques sauvages, mentionna le nom d'une molécule, mais se garda de faire allusion à sa visite à Mazé, il assura au passage que Cléo Noirac n'était en rien liée à cette affaire. Il expliqua que Delmas s'était aventuré sans guide dans le domaine mal balisé des sciences métapsychiques, il s'était certainement égaré dans les marécages de l'occultisme et laissé séduire par des illuminés racistes, un itinéraire désolant mais fréquent, les passerelles entre doctrines ésotériques et théories raciales étaient, hélas, innombrables, ce type de dérives était monnaie courante. Il ajouta que les gens avaient tendance à tout amalgamer alors qu'en vérité la recherche scientifique sur les phénomènes paranormaux, discipline noble et légitime, devait fermement être distinguée de l'ésotérisme et du spiritisme ; il évoqua en vrac certains disciples racistes d'Alan Kardec au Brésil, le sommeil lucide, l'hyper-veille, les facultés somnambuliques. Ravard dut interrompre le flux de parole, il pria Borel de ne divulguer aucune de ces informations, le dossier était hautement sensible, et de se tenir à la disposition de la justice, on le convoquerait bientôt au commissariat pour qu'il vienne y faire une déposition.

En arrivant au Bastion, Ravard sentit l'excitation se condenser dans sa poitrine. Il allait prouver à Diard et aux responsables de la DGSI qu'il avait raison, que Delmas était bien responsable de l'attentat. Il fallait d'abord décortiquer les fichiers sauvegardés dans la clef USB. Les trois flics se plongèrent dans les dossiers, ils y passèrent des heures. Ils y trouvèrent tout ce dont ils avaient besoin : tout y était, les photographies des cobayes involontaires de Delmas, des informations sommaires sur chacun d'eux, les dosages et la composition chimique de la substance injectée en intraveineuse ou, plus rarement, administrée par voie orale. Manel examinait le dossier consacré à la porte de la Chapelle. Elle put rapidement établir que les fiches sur les migrants qui avaient reçu une injection correspondaient aux cadavres retrouvés sur place le samedi soir. Parmi les migrants fichés, seul l'Érythréen avait survécu. Manel montra les documents aux deux autres. Une vague de jubilation balaya le bureau. Boisseau serra le poing et murmura : « *Yes !* » Moins démonstratif, Ravard s'abritait derrière un visage concentré, il finit par dire : « Ouais, ça ne prouve pas que Delmas *est* Doc Trasher, le complice de Zenner, mais c'est tout comme. Ce type a mené des essais cliniques sauvages, reste à savoir pourquoi et pour qui. » Il ajouta qu'il fallait comparer avec les cas récents d'essais non autorisés, il évoqua les essais cliniques illégaux menés à Poitiers l'été précédent, des patchs contenant des molécules aux effets inconnus appliqués à plusieurs centaines de malades de Parkinson et Alzheimer dans une abbaye ; il se souvenait de l'affaire, les arguments mis en avant pour justifier les tests cliniques illégaux renvoyaient à une théorie du complot et au prétendu souci de rester libre à l'égard des grands lobbies pharmaceutiques. Delmas était-il tombé dans ce travers ? À quoi correspondaient les formules chimiques consignées dans les fichiers du dossier « Mycélium » ? Concordaient-elles avec les substances retrouvées dans le sang des migrants empoisonnés ? Il était nécessaire de communiquer ces données au département scientifique. « Tu t'en occupes, Boisseau », dit Ravard. Il réfléchit un instant et reprit : « Manel, tu continues à examiner ces documents et tu imprimes ce qui concerne la porte de la Chapelle, je vais aller montrer ça au patron. Je dois d'abord passer des coups de fil. » Il sortit dans le couloir et s'isola dans un bureau inoccupé. Dehors, de l'autre côté de la fenêtre, le tribunal de grande instance ressemblait à la tour de givre d'un royaume pétrifié.

Jeanne, une collègue qu'il avait chargée de passer au crible les comptes bancaires de Paul Delmas, venait à l'instant de lui adresser par mail un mémo. Les deux points à retenir étaient les suivants : Delmas avait reçu plusieurs versements importants au cours des dernières années, ils provenaient d'une entreprise pharmaceutique, Nectar Pharma SAS. Après vérification, tout semblait en règle, le chercheur avait été rémunéré pour une étude clinique. L'autre point était plus préoccupant : Delmas était un homme ruiné, et même au-delà. Sa fortune personnelle, en partie issue de la vente de son appartement parisien, avait fondu comme neige au soleil depuis 2016. Il avait été saigné à blanc par une femme, une certaine Claire Restil, à qui il avait tout donné. Ravard se souvint du témoignage de Noirac, la fille aux cheveux bleus. Elle avait dit vrai à propos de la danseuse du Théâtre, elle avait bien été la maîtresse de Delmas, une maîtresse gourmande. Il chercha le nom de Ronan Prieur dans le répertoire de son portable et l'appela. Le flic de la BRP répondit à la première sonnerie. Oui, il connaissait Claire Restil, c'était l'une des danseuses les plus courues du théâtre de Rose Lecœur, elle n'était pas officiellement fichée à la brigade des mœurs, car rien de ce qui touchait au Théâtre n'avait d'existence officielle. Ravard lui expliqua qu'ils avaient épluché les comptes bancaires de Paul Delmas, un médecin lié à l'affaire de la porte de la Chapelle. Delmas était endetté à mort, il avait versé des sommes d'argent colossales à Restil, dont il avait été un client régulier.

« Et c'était un simple médecin, vraiment ?

– Oui, pourquoi ?

– En général, les danseuses du Théâtre tapent seulement dans les très hautes sphères. Tu connais le prix d'une passe là-bas ?

– Combien ? »

La mâchoire de Ravard s'affaissa légèrement quand il entendit la réponse.

« Eh ouais, mec, pour une liaison suivie avec une de ces filles, il faudrait que tu braques une bijouterie de la place Vendôme. »

Un ange passa. Il n'y eut plus qu'un bruit de bouche dans le téléphone, Prieur mâchait son chewing-gum. Il brisa le silence :

« Tu penses que le médecin a tué ces pauvres gens pour de l'argent, à cause de Restil ?

– En tout cas, c'est à cause d'elle qu'il était surendetté. Elle n'est pas étrangère à ce qui s'est passé porte de la Chapelle, elle sait des choses, on va devoir la secouer un peu. »

Il y eut un blanc au bout du fil et Prieur finit par dire :

« Si tu permets, j'aimerais m'en charger. J'ai établi une relation de confiance avec la patronne du Théâtre.

– OK, mais c'est urgent.

– Je m'en occupe, je te tiens au jus. »

Dans le couloir, Manel vint à la rencontre de Ravard, elle lui remit une liasse de documents imprimés. Il pouvait à présent monter dans le bureau du directeur, il allait tous les mettre à genoux, c'est lui qui allait plier l'affaire.

# Chapitre 44

*Ravard*
*Manel*
*Boisseau*

*Mercredi 26 septembre 2018.*
*L'Industrie Café, 125, boulevard Bessières, Paris 17ᵉ.*

La nuit tombait au-dehors et les pintes de bière s'alignaient sur le comptoir de l'Industrie. C'est dans ce rade, situé à l'angle de l'avenue de Clichy et du boulevard Bessières, que les trois flics se retrouvaient parfois pour prendre un pot. Ravard offrait sa tournée, il décrivit à Manel et Boisseau la réaction des hommes de la DGSI dans la salle de crise du Bastion.

« Il fallait voir leurs gueules, vraiment !

– Et le patron ? demanda Boisseau.

– Diard était dans ses petits souliers. Mais il a fallu qu'il remette sur le tapis le chaînon manquant, le lien entre Delmas et Zenner.

– Zenner, celui-là, on ne le laissera pas s'en tirer », dit Manel.

Elle but une gorgée de bière. Ravard la regardait, il remarqua qu'une fine dentelle de mousse festonnait sa lèvre supérieure, il eut envie de caresser cette lèvre. Il avait passé les derniers jours sous pression, son organisme sanglé dans un système nerveux tendu comme un réseau de filins d'acier. La tension retombait enfin, Ravard était souriant. Dans le tumulte du bar, il croisa le regard de Manel, un regard marron profond, pailleté de nuances dorées. Il s'accouda au zinc pour commander trois nouvelles pintes d'Affligem. Son épaule frôlait celle de la jeune femme et il sentit à nouveau ce parfum aux notes de sauge et de vanille. Dans sa position, il pouvait entrevoir l'ovale du visage de Manel. Elle parlait à Boisseau en souriant, elle savait que Ravard la regardait à la dérobée. La connexion entre eux était une évidence. Quand les consommations arrivèrent sur le comptoir, Ravard se mêla à nouveau à la conversation, qui roulait sur Borel. Mazé, un professeur de médecine qui avait déjà été interrogé mardi dans le cadre de l'enquête – c'était un ancien collègue de Delmas –, avait appelé le commissariat, il s'était plaint de la visite d'un homme plus tôt dans la journée. La description de cet homme, qui s'était fait passer pour un policier et lui avait posé des questions sur Delmas, correspondait à celle de François-Michel Borel. Manel expliqua qu'elle avait eu accès au dossier de Borel au ministère de l'Éducation nationale. Il avait souffert d'épisodes dépressifs sévères qui avaient entraîné des arrêts maladie de longue durée.

« Ça ne m'étonne pas, dit Ravard. Il m'a paru instable, il a l'air fragile nerveusement.

– Complètement à l'ouest, tu veux dire ! corrigea Boisseau. C'est un doux dingue. Pas un dangereux, mais il délire avec ses histoires de paranormal.

– Il y a peut-être un fond de vérité dans ce qu'il raconte…

– Mais le paranormal, tu crois à ces conneries, maintenant ?
– Je n'ai pas dit ça, mais je laisse une place au doute. Chez mes parents, dans la cambrousse, j'ai déjà vu un rebouteux faire des choses étonnantes.
– Quelles choses ?
– Des choses. Il y a des phénomènes qui échappent à la raison. L'intuition, le flair, tu vois ce que je veux dire ? »
Boisseau marmonna une phrase inaudible et se tourna vers Manel.
« Et toi, tu y crois ?
– Pas vraiment. Et en même temps, je lis mon horoscope chaque matin dans *Le Parisien*.
– Sérieux ?
– Oui, c'est une habitude.
– Ah ouais ? Et ton horoscope te prédit quoi ? Une belle histoire d'amour ? »
Manel se contenta de sourire, Ravard s'efforça de ne pas croiser son regard à ce moment précis, un câble invisible la reliait à lui et les rapprochait l'un de l'autre, avec une force de traction irrésistible. Il tourna la tête vers la rue et aperçut un tram qui filait dans la nuit.

Ravard reprenait son souffle devant le miroir de sa salle de bains, il venait d'achever sa série de tractions du soir. Du plat de la main, il appliqua une claque sur les muscles abdominaux bien dessinés dont il scrutait le reflet et il y eut un bruit mat. Il descendit un demi-litre de Volvic et s'autorisa un verre de whisky. Allongé sur son lit, il fit tourner le liquide ambré au fond du verre et repensa à Manel. Coucher avec une collègue, ce n'était pas l'idée du siècle, l'adage *no zob in job* ne venait pas de nulle part, ces histoires tournaient parfois très mal. Mais tout de même, Manel, c'était très tentant.

Le portable se mit à vibrer sur les draps noirs. Appel entrant. C'était Diard. Ravard hésita à répondre, pourquoi son patron l'appelait-il à 22 h 40 ? Il prit l'appel. La conversation, à sens unique, fut brève comme un coup de tonnerre. Diard annonça à Ravard que la DGSI prenait intégralement en main le dossier Delmas et qu'en conséquence on affectait à son groupe une mission collatérale, la recherche de l'Érythréen. Il était urgent de le retrouver, il avait laissé derrière lui un nouveau cadavre dans le métro parisien. Ravard laissa retomber le portable sur le lit et tenta d'analyser sa réaction, un curieux précipité émotionnel. Il fut surpris de ne pas éprouver une déception plus franche, car, après tout, il avait cru boucler une affaire et il n'avait rien bouclé du tout, il n'avait pas eu le temps d'établir la relation entre Delmas et Zenner : le commanditaire de l'attentat de la porte de la Chapelle continuait à ricaner dans sa cellule. Dans une certaine mesure, c'était un échec pour Ravard, on lui confiait une mission subalterne. Et pourtant, il pouvait détecter en lui une joie naissante. Ravard était une bête de proie, il aimait la chasse et, il le savait, la chasse à l'homme n'était jamais une occupation médiocre.

# Chapitre 45

*Prieur*
*Restil*

*Mercredi 26 septembre 2018.*
*Appartement de Claire Restil,*
*rue Scheffer, Paris 16e.*

Ronan Prieur salua d'un *fist bump* l'agent posté à l'entrée du Bastion et démarra. Sa Kawasaki Ninja à la robe carbone s'enfonça dans la ville. Caparaçonné de cuir et casqué, il filait vers son but, fébrile comme un homme qui va affronter l'épreuve décisive. Il avait téléphoné à Rose Lecœur pour la prévenir, l'enquête se rapprochait de sa danseuse Claire Restil. La vieille maquerelle avait senti le vent du scandale, un facteur de nuisance majeur dans son secteur d'activité ; la tempête qui se préparait allait souffler fort, elle risquait même d'emporter le toit de son établissement. Rose savait que rien ne dure, elle connaissait l'impermanence des êtres, la vie qui file entre nos doigts, et cette chose horrible de sentir s'écouler tout ce qu'on possède. Ce qui lui restait, le Théâtre, était sa raison d'être, son sanctuaire, le lieu depuis lequel elle menait, à sa façon, une lutte acharnée contre le temps. Elle ne tolérerait pas qu'on y touche, elle ferait son possible pour protéger Claire Restil ; elle avait néanmoins décidé d'arranger une entrevue entre la danseuse et Prieur. Rose avait déjà eu affaire au policier de la brigade de répression du proxénétisme, elle l'avait vu céder une fois à la tentation. Dans l'univers feutré de son cabaret, elle avait été témoin de la faiblesse du plus droit des hommes. Par expérience, elle savait que tout homme pouvait sentir en lui une soif subite, comme un vampire sevré de sang pendant mille ans qui soudain s'éveille et ressent le besoin de planter ses crocs dans une poitrine inconnue. Une soif malsaine, intraitable. Prieur n'avait jamais manqué de femmes, elles lui étaient toujours tombées dans les bras et il avait fait un mariage heureux, dont il avait toujours respecté les conditions. Une créature du Théâtre l'avait pourtant fait flancher un soir, il n'en était pas fier. C'est vers l'une d'elles qu'il roulait à présent. Tandis que sa moto sinuait dans la circulation et le propulsait entre des immeubles baignés dans une lumière verdâtre post-nucléaire, l'inquiétude tournoyait au creux de son ventre comme une bille sur la roulette d'un casino. Il tourna au rond-point de la place de l'Étoile et se dirigea vers le Trocadéro. L'appartement de Restil était situé au sommet d'un grand immeuble de la rue Scheffer.

Prieur retira son casque et leva la tête. Il discerna une silhouette accoudée au balcon filant du dernier étage. Il composa le code que lui avait communiqué la vieille. Dans le hall d'entrée, il pressa le bouton de l'interphone de la danseuse ; on lui ouvrit aussitôt. On l'attendait. Dans l'ascenseur, les idées défilèrent, il devait obtenir de Restil de nouvelles informations sur Delmas. Avait-elle su ce qu'il préparait ? Avait-il fréquenté les milieux d'ultra-droite ? Le lien entre le médecin et Zenner n'était jusqu'ici qu'inféré. Ce lien était le chaînon manquant, le nexus qui soudait les éléments épars de toute l'affaire.

La porte de l'appartement était entrouverte. Prieur frappa deux fois et on ouvrit la porte en grand. La danseuse était là, seulement vêtue d'une brassière et d'un mini-short en Lycra. Elle l'invita à entrer et à poser son casque. Il se retrouva face à elle, dans une vaste pièce à la décoration épurée. Claire Restil était au-delà de la beauté. Il l'avait déjà aperçue au Théâtre, mais seulement de loin. Il fut saisi par l'apparition et sentit ses viscères se soulever dans son ventre, aimantés comme de la limaille de fer. Restil entendit le flic déglutir, elle sut que c'était gagné, elle n'aurait rien à craindre de lui. Elle esquissa même un étrange sourire en remarquant l'alliance qu'il portait à la main gauche, ce qui n'échappa pas au flic, qui choisit de se concentrer sur ce qu'il disait, sans cesser d'analyser la réaction chimique qui s'opérait en lui et le ramenait invariablement à ce fait brut : il n'était qu'un homme en présence de la plus séduisante des femmes, autant dire face à un tourbillon prêt à le happer. Comme sous l'effet d'une désarticulation du réel, les phrases qui furent prononcées se déployèrent dans l'espace indépendamment de l'expression des deux corps occupés à dialoguer ensemble en silence.

« Je connais un peu Rose, dit-il.

– Elle m'a raconté… Personne n'est infaillible. »

Claire Restil sourit franchement, dévoilant la nacre de ses dents. *Elle savait pour lui.* Elle savait qu'il avait cédé, qu'il avait couché avec l'une des filles du Théâtre. L'allusion avait presque valeur de menace, car il était possible que ses ébats aient été filmés. Restil lui signifiait qu'elle avait le pouvoir de faire exploser son couple. Il affecta de ne pas avoir saisi le sous-texte.

« Nous lui avons déjà rendu service. Elle a jugé utile que je vienne vous parler, elle a dû vous expliquer, c'est au sujet de Paul Delmas.

– Oui, Paul... »

La danseuse tourna le dos au policier et se baissa pour ajuster son périscélide, un bracelet cuivré qu'elle portait au-dessus du galbe de sa cheville. Elle se redressa avec lenteur. Le flic eut le temps de parcourir des yeux le sillon de la colonne vertébrale qui plongeait vers les fesses. Il chassa cette vision et son regard se fixa sur la tour Eiffel qui scintillait au loin. Restil suivit son regard.

« Vous voulez la voir ? Venez. D'ici, on a une vue imprenable. »

Elle fit coulisser une porte-fenêtre et sortit sur le balcon. C'est dans cette position, accoudée au fer forgé, que Prieur l'avait aperçue du bas de l'immeuble. Il l'imita, ils étaient au bord du vide. Côte à côte, ils regardèrent la tour en silence. L'immense structure métallique crépitait de ses milliers de lampes flash. Bougie colossale, synthèse de toutes les bougies allumées depuis 2015 et symbole d'une certaine réaction face aux agressions terroristes répétées – une réaction qui puait la défaite.

Une brise légère déplaça une masse d'air et la longue chevelure de Prieur caressa l'épaule de la danseuse sans qu'il en ait conscience. Le bruit de la ville était lointain, il se sentait cotonneux, envahi par la mollesse et comme réchauffé de l'intérieur par l'appesantissement sur lui d'une main de femme géante. Restil était à la fois à côté de lui et tout autour de lui, elle l'enveloppait, il n'était qu'un bonbon ensalivé dans sa bouche. Il se tourna vers elle et dit :

« Vous étiez la maîtresse de Delmas ?

– Il était mon client.

– Un peu plus, si j'ai bien compris. »

Vague sourire sur les lèvres fines. La danseuse tourna son visage vers Prieur, elle le scanna tranquillement. Un aplomb désarçonnant, une densité d'être stupéfiante. Le flic comprit qu'il n'était pas de taille ; eût-il été deux fois l'homme qu'il était, il n'aurait pas été la moitié de ce qu'il fallait pour rivaliser avec elle ou pour la combler.

Le scintillement de la tour Eiffel prit subitement fin, un éteignoir invisible glissait quelque part sous le plafond nuageux de Paris. Claire Restil redressa son buste.

« J'ai froid, dit-elle, rentrons. »

Prieur la suivit dans l'appartement. Elle marchait pieds nus, il détailla le périscélide à sa jambe droite, le bracelet avait une forme de serpent, il lui donnait des allures de prêtresse d'une religion oubliée et impie. Restil mena le policier jusqu'à la cuisine à travers une enfilade de pièces, une salle de sport bourrée d'appareils chromés, une garde-robe en désordre contenant l'équivalent de plusieurs boutiques de fringues, une pièce complètement vide peut-être consacrée à la méditation, une autre seulement garnie de miroirs muraux et d'un parquet de chêne clair, d'autres pièces encore, toutes de couleurs sombres, cavités labyrinthiques creusées à même le flanc d'une falaise. Un intérieur qui était une grotte complexe, un dehors de la civilisation.

La danseuse se servit un verre d'eau minérale Veen. Prieur refusa celui qu'elle lui proposait. Ils se perchèrent sur des tabourets, de part et d'autre de l'îlot central de la cuisine.

« Delmas, quand l'avez-vous vu pour la dernière fois ?

– Un soir, il y a trois semaines. Je ne l'ai pas revu depuis. D'ailleurs, je ne souhaitais plus le voir. »

Restil expliqua qu'elle avait découvert une face inconnue de sa personnalité, qu'il avait changé. Ou peut-être avait-il toujours été ainsi. Elle marqua un temps de silence. Dans le halo de lumière tamisée, son visage était d'une pâleur presque phosphorescente. Au-dessus de son épaule nue, à l'arrière-plan, des couteaux de cuisine japonais et des hachoirs de tailles diverses étaient disposés sur une crédence magnétique anthracite, ils semblaient flotter dans l'espace comme des ailes de métal enracinées dans le dos de la jeune femme. Prieur lui demanda d'en dire plus, elle s'exécuta. Delmas prostituait des droguées ou droguait des prostituées, il leur faisait faire des « choses immondes » dans sa cave.

« Quelles choses ?

– Il les obligeait à torturer des hommes, à les piétiner. Du *trampling* extrême.

– Des pratiques SM ?

– Pas exactement. L'homme que j'ai vu ce soir-là n'avait pas du tout l'air consentant. Et ce qu'ils lui ont fait... »

Les mots s'ensablèrent dans le silence.

« Ce qu'ils lui ont fait, c'est-à-dire ?

– Ils lui ont fait endurer un supplice. Il n'y a pas d'autre mot. »

Nouveau silence. Prieur se montra patient. Dans le dos de Restil, les couteaux avaient l'air de vibrer.

Elle reprit :

« Il y avait un type avec Delmas, il filmait la scène.

– Cet homme, vous le connaissez ?

– Non, il portait un masque ou une cagoule. Un type très grand. »

*Un type très grand.* Accélération, connexions. Prieur fit défiler des photos sur son portable en leur jetant une série de coups d'œil rapides. Il montra à la danseuse une photo de Zenner :

« C'était lui ?

– Peut-être, je ne sais pas, je vous dis qu'il portait un masque. Il ne parlait pas, il n'a pas prononcé un mot. Il filmait.

– Delmas vous a-t-il parlé de Stéphane Zenner ?

– Je ne m'en souviens pas, non.

– Et des Vicaires ?

– Non.

– L'homme torturé, quel était son profil ?

– Peau très foncée, un Africain. Il était bâillonné et attaché au sol, il ne pouvait pas bouger, il ne pouvait rien faire.

– Qu'est-il devenu ?

– Je ne sais pas.

– Les vidéos, qu'en faisaient-ils, c'était pour eux ?

– Aucune idée. »

Prieur nota les informations sur son téléphone, puis il planta son regard dans celui de Claire Restil.

« Pourquoi ne l'avez-vous pas signalé à la police ?

– Je l'ai dit à Rose, c'est elle qui m'a dissuadée d'en parler aux flics. Et je vous le répète, Delmas, je ne l'ai pas revu depuis. »

Prieur la regarda silencieusement ; elle soutint son regard et demanda :

« Les morts de la porte de la Chapelle, c'est lui ?

– On dirait, oui. »

Pour la première fois, elle parut sincèrement touchée :

« Je ne savais pas qu'il irait aussi loin… »

Prieur l'observa encore sans rien dire, il scrutait le fond de l'œil de cet ange aux ailes tranchantes et décharnées. La colère et une pulsion obscure entrèrent en ébullition dans ses veines. Il eut la brusque envie de lui faire des choses sales, de la faire couiner, la petite salope, de lui remplir le ventre, de l'ouvrir en deux, de la bouffer même et d'en aspirer tous les sucs. D'une zone noire de son âme s'échappèrent une flopée de mots orduriers, mais ils ne franchirent pas le seuil de ses lèvres ; il s'entendit seulement dire à Claire Restil qu'elle était dans la merde, qu'il y aurait un procès et que même si elle avait des protecteurs en haut lieu, elle serait entendue par les enquêteurs, qu'elle devrait faire des dépositions, témoigner, révéler la nature de sa relation avec Delmas, révéler ce qu'elle était, qu'elle serait accusée de complicité – et complice d'actes de barbarie, ce n'était pas rien, elle pouvait le croire. Il ajouta que les médias s'intéresseraient à elle de très près et la traîneraient dans la boue, qu'elle serait déchiquetée par la meute.

« Ouais, t'es vraiment mal barrée. »

Prieur s'aperçut qu'il venait de passer au tutoiement, Restil enregistra le changement, elle sut qu'ils glissaient ensemble dans un autre registre. Mais sur ce terrain, c'est elle qui menait la danse :

« Et pourquoi tu me dis ça ? »

Abasourdi par sa propre réaction, le policier répondit juste que c'était pour qu'elle débarrasse le plancher. Elle se mit à sourire, ravie de la tournure que prenait l'entretien.

« Tu es sûr que tu ne veux pas un verre ? »

Elle indiqua une cave à vin vitrée qui occupait un mur entier de la cuisine, mais l'invitation incluait surtout ce qu'il désirait le plus, à savoir elle-même. Prieur savait qu'il n'aurait pas même besoin d'un verre pour se muer en pourceau et se ruer sur elle, le processus de métamorphose était à vrai dire déjà engagé, son cœur battait la chamade, il n'y avait plus aucun écran entre elle et lui. Il eut malgré tout la force de dire non et de prendre congé.

Ce fut seulement dans l'ascenseur qu'il put dominer ses nerfs. Pendant tout le trajet du retour jusqu'au Bastion, la sensation oppressante persista, avec l'impression d'entendre fourmiller et gémir dans son crâne un million de bayadères en train de danser. Il resta pensif un long moment dans son bureau avant de passer à l'action. Il réclama les clichés photographiques de la cave de la maison de Delmas et les diffusa à son équipe avec des instructions précises. Il fallait explorer les sites spécialisés et retrouver dans les abîmes du Web des vidéos de *trampling* tournées dans un décor identique à celui de cette cave. Le coup était hasardeux, mais il se tentait. Le reste de la nuit ne fut qu'une longue descente dans un enfer d'images.

# Chapitre 46

*Prieur*
*Armand*
*Ravard*

*Jeudi 27 septembre 2018.*
*Au Bastion, 36, rue du Bastion, Paris 17e.*

Sous les semelles crantées des bottes, plusieurs clous dépassaient. Ils labourèrent l'abdomen de l'homme étendu sur le carrelage et mirent en pièces son maillot de corps. Gros plan sur le ventre blafard et mou strié de marques rouges. La femme, dont seules les jambes étaient cadrées, fit un pas en arrière et posa ses boots sur le tapis disposé entre les cuisses légèrement écartées du soumis. Elle balança une série de coups de pied sur le slip kangourou, le tissu se déchira. L'homme s'exclama : « Ça c'est bien, le dernier il était bien. » Miss Sofia recommença. En fond sonore, un transistor réglé sur Chérie FM diffusait *Face à la mer* de Calogero. Miss Sofia se mit à piétiner le bas-ventre dont les renflements écarlates apparaissaient sous les lambeaux du slip. Le soumis respirait fort, il l'encourageait : « Allez, vas-y, vas-y ! »

Prieur stoppa la vidéo. Inutile d'aller plus loin, les lieux ne correspondaient pas du tout à la cave de Delmas. Il se leva pour se dégourdir les jambes, il saturait. Au cours des dernières heures, il avait déjà visionné des centaines d'extraits de films où des femmes piétinaient des hommes, écrasaient leur dos, leur face, leur ventre, et martyrisaient leurs attributs virils. En avalant un énième gobelet de café, le policier observa qu'il avait jusqu'ici sous-estimé l'ampleur du phénomène : le *piétinement* fascinait les foules. Des milliers de vidéos mettaient en scène des femmes en train de piétiner des œufs, des jouets, plus particulièrement des figurines miniatures représentant des hommes. De quoi assouvir les rêves misandres des féministes les plus radicales. L'Internet n'était pas seulement une benne à ordures sans fond, il révélait au grand jour l'inconscient collectif d'une espèce parvenue au seuil de sa propre extinction.

L'aube approchait. Prieur regagna son fauteuil. Avec de moins en moins de conviction, il se remit en quête des films tournés dans le sous-sol de la maison de Paul Delmas. Il se perdit à nouveau dans ballbusting-guru.org et autres sites dédiés au *femdom* extrême et au CBT[1] ; à nouveau s'abattirent sur lui une nuée de talons insérés dans des urètres anonymes. C'est Armand, l'un des analystes de son service, qui apporta la bonne nouvelle vers 7 heures du matin. Il avait trouvé un filon. Des dizaines de vidéos. Le décor, dans ses moindres détails, collait avec les photos du sous-sol de Delmas. Les vidéos étaient commercialisées sur le site porno XtremeTrampling.fr. Pour chacune d'elles, un descriptif détaillé était assorti de bandes-annonces accessibles gratuitement. L'équipe eut rapidement accès aux films dans leur version intégrale et le visionnage put commencer.

---

1. *Cock and Ball Torture* : torture des organes génitaux masculins.

Ronan Prieur cliqua sur plusieurs clips de *preview*. Des femmes plutôt grosses ou d'une maigreur effrayante, chaussées ou pieds nus, y piétinaient méthodiquement des hommes attachés et bâillonnés. Intrigué par l'un des clips, il parcourut le descriptif de la vidéo n° 18, intitulée *Pink Stiletto Stomping* :

> Et voici sans doute notre vidéo la plus barbare, la plus extrême ! La grande première de Maîtresse Sonja et ses escarpins acérés. Son esclave avait cru judicieux de laisser Maîtresse Sonja porter un bandeau et des écouteurs avec du heavy metal à plein volume entre les oreilles alors qu'elle exécuterait sa première séance de stomping. Quelle erreur ! Incapable de voir et d'entendre ce qu'elle fait, Maîtresse Sonja piétine à l'aveugle son esclave et saute sur lui de toutes ses forces sans aucun égard pour son intégrité physique. Les coups portés sont absolument **FÉROCES**, elle retombe de tout son poids sur la bite et les couilles, la pointe de ses escarpins inflige des coupures multiples. Dès le début de la vidéo, l'esclave se met à hurler, à supplier, mais ses poignets sont entravés et sa bouche scotchée. Et les choses ne cessent de se gâter tout au long du film, on voit les couilles gonfler à vue d'œil et les ecchymoses s'étendre. **ABSOLUMENT BARBARE** ! Sonja se laisse complètement aller et devient folle ! Elle veut que son esclave comprenne qu'elle peut faire n'importe quoi à sa virilité et qu'elle est le maître. Elle n'arrive plus à s'arrêter et saute comme une dingue sur ses couilles des centaines de fois ! Elle est là pour lui infliger des dommages irréversibles ! Mais le plus surprenant est encore que les couilles n'aient pas été éjectées hors des bourses ! Il mettra des mois à récupérer, à supposer qu'il guérisse un

jour ! Wow ! Quel clip incroyable ! Indispensable à votre collection !
**Category : CBT**
**Related Categories:** ***Trampling, Ball stomping, Ballbusting, Ball abuse, Stomping***
**Keywords:** ***brutal bdsm, Maîtresse Sonja, ball trample, cock box, ball jumping, ball stomping, ball popping, trample, cbt, ballbusting, dickstomp, jump, trampling***
**Price :** $29,99 USD (VAT included)
**Length:** 11 minutes
**Size:** 352 MB
**Format :** MP4
**Resolution:** 960x540
**Added:** 08/13/18 02:00AM

Prieur lança la vidéo. Image d'abord floue. Le buste d'une femme corpulente sanglée dans un corset de vinyle noir passa devant la caméra. Zoom arrière. La femme apparut avec netteté. Allure teutonne, épaules larges, physique de lanceuse de poids, chevelure mousseuse décolorée et traits émaciés, poitrine flasque, laiteuse, marbrée de veines bleues. Elle portait un masque occultant et des écouteurs d'iPod. Chaussés d'escarpins roses, ses pieds martelaient le sol mécaniquement. Un mouvement de caméra montra que les talons aiguilles de dix centimètres s'écrasaient en réalité sur une « plate-forme de piétinement ». Parfois appelé *cock box*, c'était un accessoire SM fait de bois avec ouverture pratique pour la zone génitale et réglable pour différentes hauteurs. Emprisonné à l'intérieur de cette boîte, le bassin d'un homme. Celui-ci était attaché au sol, nu, les bras en croix, incapable du moindre mouvement pour protéger ses organes génitaux qui ressortaient comme un bouquet de chair molle par l'ouverture de la plate-forme de *trampling*.

Gros plan sur le visage de l'homme bâillonné. Pommettes tuméfiées, arête du nez éclatée. Ses yeux de cheval fou roulaient comme s'ils allaient jaillir de leurs orbites, c'était pourtant sur d'autres globes que s'acharnait l'extrémité triangulaire métallique des escarpins.

Zoom sur la plate-forme maculée de sang. Un talon s'enfonça dans les bourses, ou ce qu'il en restait. Un autre écrasa le gland. Les talons décollaient et retombaient en claquant sur le bois, parfois avec un bruit mouillé. Piétinements frénétiques, danseuse de flamenco en furie. Le sexe et les testicules étaient pilonnés, réduits en charpie, ils éclataient à chaque impact. Malgré le bâillon boule en cuir noir enfoncé dans sa bouche, l'homme émettait des cris inhumains, il agitait la tête dans tous les sens. Spectacle insoutenable. L'air s'était soudain raréfié. Prieur eut un haut-le-cœur, une convulsion serra son estomac et des sucs gastriques acides remontèrent dans sa gorge. Il mit la vidéo sur pause et alla à la fenêtre pour respirer. Il avait lu quelque part que les héros mouraient de gifles et de coups de pied dans les couilles, mais ce gars-là avait depuis belle lurette dépassé le cap de l'héroïsme, il était directement entré dans la sphère de la sainteté ou de la damnation. Prieur avala sa salive en contemplant le bleu du ciel ; elle avait un goût de gerbe. Il regagna son poste et relança la lecture.

Nouveau mouvement de caméra, l'ensemble de la scène apparut. On pouvait discerner une silhouette en arrière-plan. Prieur fit un arrêt sur image. Dans le feu de l'action, Maîtresse Sonja avait perdu son masque occultant, ses yeux bleus translucides étaient presque révulsés. Complètement camée, complètement partie, retirée très loin dans un monde de dope et de décibels. Les écouteurs vissés dans ses conduits auditifs l'empêchaient toujours d'entendre les cris étouffés du martyr. Prieur eut beau agrandir l'image, l'homme tapi dans l'ombre restait indistinct. Il dut regarder la suite.

Maîtresse Sonja sautait maintenant comme une possédée sur la plate-forme, ses talons percutaient la planche avec une violence inouïe. Soudain, son point d'appui se déroba, elle glissa sur les organes génitaux disloqués et s'écroula comme une masse de viande sur sa victime. Elle peinait à se relever. L'homme qui était dans l'ombre s'approcha d'elle pour l'aider.

Arrêt sur image. L'homme portait une cagoule en lycra laqué avec ouverture pour les yeux et la bouche. L'ouverture pour la bouche était assez large pour laisser apparaître une cicatrice labiale. Le bec-de-lièvre de Paul Delmas.

Captures d'écran. Lecture.

Un second homme entra dans le champ de la caméra pour prêter main-forte à Delmas. Très grand. Son allure rappelait celle de Zenner. Prieur reçut un coup de fouet, les astres s'alignaient enfin, tout se débloquait, l'énergie affluait : le lien Delmas-Zenner, le nexus de toute l'affaire, était là, sous ses yeux. Il fit de multiples captures d'écran, les imprima et envoya un texto à Ravard pour qu'il rapplique au plus vite.

La vidéo n° 18 prenait fin après que les deux hommes avaient redressé Maîtresse Sonja ; la chute avait cassé son rythme, elle lui avait fait perdre son entrain. Porté par l'excitation du limier, Prieur décida de visionner la vidéo n° 19. Son descriptif ressemblait au précédent, il mentionnait une certaine Zoé.

Zoé est une petite amie brutale, elle voulait que sa première vidéo soit parfaite en son genre. Avec ses bottes militaires, elle saute de tout son poids sur les couilles de Tom, son compagnon : elle aime lui rappeler à qui elles appartiennent ! Au début, elle marche au hasard, écrasant les couilles qui s'aplatissent et se distordent sous ses chaussures. Puis elle se met à les piétiner pour de bon. Avant de devenir complètement **BARBARE** dans la deuxième partie du clip ! Elle saute si fort sur la bite et les couilles qu'il est incroyable qu'elles n'éclatent pas tout simplement ! ! ! Et les sauts ne s'adoucissent pas par la suite, bien au contraire ! Elle veut marquer Tom de manière permanente ! Après tout, c'est sa première fois ! Elle donne le ton et montre quelle femme impitoyable elle sait être, une femme qui s'arrête seulement quand ça lui chante, et non quand Tom l'implore ! Déconseillé aux âmes sensibles.

**Category : CBT**
**Related Categories:** ***Trampling, Ball stomping, Ballbusting, Ball abuse, Stomping***
**Keywords:** ***brutal bdsm, Maîtresse Zoé, ball trample, cock box, ball jumping, ball stomping, ball popping, barefoot, trample, cbt, ballbusting, dickstomp, jump, trampling***
**Price :** $27,99 USD (VAT included)
**Length:** 9 minutes
**Size:** 315 MB
**Format :** MP4
**Resolution:** 960x540
**Added:** 09/06/18 07:00AM

La séquence débuta par un long plan fixe sur les cuisses de Zoé, des cuisses fermes, parfaites. Un zoom arrière révéla son buste de statue grecque. Elle portait un body string résille noir ainsi qu'une cagoule rouge vernissée comportant seulement une ouverture pour la bouche.

Plan plus large : à quelques détails près, l'ensemble du dispositif était le même que dans la vidéo n° 18. Sous la plate-forme de piétinement, le dénommé Tom avait une peau foncée et la face sévèrement amochée. Son cou maigre se tendait comme une corde à la limite de la rupture chaque fois que Zoé écrasait sur ses génitoires tuméfiées ses lourdes boots de combat, leurs semelles ultra-rigides n'étaient pas sans évoquer l'attendrisseur à viande d'un boucher. Zoé piétinait Tom de manière martiale, mais avec une sorte de grâce aérienne, comme si elle dansait sur un podium. Une idée traversa la conscience de Prieur, son attention avait accroché quelque chose ; il figea l'image de la vidéo et se pencha vers l'écran, inspecta chaque parcelle de la scène et finit par reconnaître le bracelet que « Zoé » portait à la cheville droite au-dessus du mollet. Il avait une forme de serpent, une forme étrange qu'il aurait reconnue entre mille, celle du périscélide de Claire Restil.

Prieur en eut le souffle coupé. La salope ne s'était pas contentée d'être spectatrice, elle avait activement participé au martyre de ces hommes, il la voyait à l'œuvre. Était-ce sous l'effet d'un sentiment de culpabilité qu'elle avait donné la clef USB de Delmas à d'autres ? Ce poids avait-il été trop lourd à porter ? La première impulsion de Prieur fut de foncer chez elle pour la coffrer *illico*, mais il comprit qu'il avait envie de retourner là-bas pour de mauvaises raisons. Pour la brutaliser ou la baiser, c'était indécidable. Il préféra s'abstenir, il connaissait les enjeux : non seulement Restil connaissait son petit secret, mais, plus largement, elle était dans le secret des dieux – les ministres, les capitaines d'industrie, les chefs d'État étrangers, les rois du béton et de l'armement, elle les avait tous vus mourir de la petite mort entre ses cuisses ou dans sa bouche. Toucher à l'une des filles de Rose Lecœur, c'était faire vibrer simultanément toutes les cordes du pouvoir, autant dire se condamner à la mort sociale et professionnelle. Même pas en rêve.

Prieur cliqua, la vidéo redémarra. Il la visionna plusieurs fois dans un état de semi-conscience, mais la fatigue et l'écœurement l'emportèrent, il finit par enfouir son visage dans ses mains. Le martyr ne s'était jamais appelé Tom, il n'avait probablement pas été consentant. Sa vie s'était-elle achevée ce jour-là ? Qu'étaient devenus tous ces hommes torturés, émasculés, mutilés à vie ? Prieur écarta ses doigts et entrevit à nouveau l'écran du PC. Claire Restil dansait encore sa danse de mort. Elle dansait au-dessus du supplicié comme une prêtresse de Kali, comme la déesse Kali elle-même foulant aux pieds le cadavre du seigneur Shiva. Restil appartenait à cette cave de l'horreur comme elle appartenait à son siècle. Elle évoquait une ivresse sauvage au milieu des abattoirs. Même au fond de l'abîme du sordide, elle était envoûtante comme une nymphe immaculée dans un bain de sang chaud.

Un peu partout autour du flic de la BRP, les bureaux commençaient à se remplir, ils bruissaient de conversations. Prieur quitta le Bastion, sa Kawasaki traçait maintenant sur l'asphalte. Il avait déniché la clef de l'affaire, le lien entre Zenner et Delmas. Il avait fait le job, il n'avait pas fait semblant. Extérieurement, il pouvait sembler intact, mais la nuit avait été rude, il y avait laissé des plumes et quelques miettes de santé psychique. En quelques heures, l'abjection avait poussé un peu plus profondément ses racines virales dans son organisme. Le destin de ceux qui, comme lui, s'exposaient durablement à elle était de s'effondrer un jour ou l'autre. Il accéléra.

# TROISIÈME PARTIE

## *Soliloques de Nectar*

*« Seulement puis-je vraiment rejoindre une expérience non contemporaine de la mienne ? »*

Gabriel Marcel,
*Journal métaphysique*, p. 233

*« Mourir est un pays que tu aimais. »*

Yves Bonnefoy,
*Du mouvement et de l'immobilité de Douve*

# Chapitre 47

*Borel*
*Noirac*

*Mercredi 26 et jeudi 27 septembre 2018.*
*Appartement de Borel, 10, rue d'Aumale, Paris 9e.*

Borel suivit des yeux les trois flics, il attendit qu'ils s'engouffrent dans leur véhicule et décampent avant de se remettre à respirer. Ils le convoqueraient bientôt, il n'était pas pressé de les revoir. À leurs sourires entendus, il avait compris qu'ils le prenaient pour un jobard. Ils étaient visiblement obtus, il n'y aurait rien à attendre de leur côté. Borel faisait les cent pas dans sa bibliothèque en se repassant mentalement le film de son entretien avec les policiers. Il s'arrêta devant le miroir tapissé de Post-it. On lui avait pris la clef USB et il n'avait pas eu le temps de faire une copie des fichiers, mais une partie des données de Delmas était encore là, transcrites en fines pattes de mouche. Une maigre partie seulement. Il parcourut les Post-it. Le nom de David Niemhauser, l'un des responsables du groupe Nectar Pharma SAS, apparaissait plusieurs fois, il semblait avoir été l'interlocuteur privilégié de Delmas au sein du laboratoire. Après l'arrêt officiel des tests cliniques sur la molécule d'innoxycycline, Delmas avait-il poursuivi ces essais de façon solitaire ou avait-il continué à œuvrer dans l'ombre pour le compte de Nectar Pharma SAS ? Si la molécule possédait une utilité potentielle, elle ne pouvait qu'intéresser un groupe privé. Borel regretta de ne pas avoir soulevé la question plus tôt, quand les enquêteurs étaient là. L'un d'eux avait laissé sa carte de visite sur un coin du bureau, il la saisit et lut : Arnaud Ravard. Était-ce le gros ou l'autre ? Au fond, c'était sans importance, les deux l'avaient pris pour un pitre, il était inutile de les appeler maintenant.

Dans une portion vierge du miroir, Borel remarqua que ses yeux étaient écarlates, zébrés de vaisseaux sanguins. La fatigue l'écrasait. Elle le téléguida jusqu'à sa chambre, il se vautra sur son lit comme sur le dos d'un animal énorme. Quand il se réveilla, la lumière du jour déclinait, l'après-midi touchait à sa fin. L'image de Cléo se matérialisa dans sa conscience visqueuse. Il décida de l'appeler pour savoir comment s'était déroulée son entrevue avec les flics. Elle répondit. D'emblée, il la sentit distante. Manifestement, il la dérangeait. Elle lui dit que ses vêtements étaient étalés devant elle et qu'elle hésitait, elle ne savait pas quelle tenue choisir pour l'enterrement de Thibault Belgrand. L'inhumation aurait lieu le lendemain au cimetière du Montparnasse. Borel ne trouva rien à dire pour alimenter la conversation, il changea de sujet et la remercia de l'avoir prévenu, la police lui avait en effet rendu visite, la clef USB de Delmas n'était plus en sa possession, mais il se posait encore des questions. Cléo ne lui laissa pas le temps de développer, le problème ne la concernait plus, il fallait qu'il comprenne que l'affaire était désormais entre les mains des services compétents, qu'elle n'était plus de leur ressort.

Elle conclut leur échange par un timide « À bientôt », façon polie de dire « adieu ». Borel se retrouvait seul, Cléo venait de l'évincer. Sa réaction l'étonna à peine. Après tout, elle ne lui devait rien et c'est lui qui l'avait embarquée dans cette histoire. Il s'était servi d'elle pour en apprendre plus sur des expériences auxquelles il n'avait jamais eu accès directement. Car Cléo possédait ce qu'il n'avait pas, ce qu'il n'aurait probablement jamais : une sensibilité innée à une frange inapparente du réel. Elle l'avait démontré au moins trois fois au cours de la semaine écoulée : samedi soir elle avait eu l'obscure prescience du drame, quelques heures après elle avait ressenti une connexion télépathique avec Thibault Belgrand au moment de sa mort. Et lundi, en état de crise somnambulique dans le cabinet de Mérieux, elle avait revécu une scène passée avec la vivacité d'une scène actuelle. Cléo était une sensible, capable très ponctuellement de remonter ou de descendre le cours du temps comme un nageur dans un cours d'eau. Certains êtres étaient dotés d'antennes supplémentaires, c'était un fait. Gabriel Marcel l'avait suggéré à maintes reprises dans son *Journal métaphysique*. Pour le philosophe spiritualiste, là où il y avait phénomène de voyance, il devait nécessairement y avoir en même temps un phénomène physique non pensable pour le commun des mortels parce qu'il relevait d'un mode de perception différent du nôtre. Borel feuilleta son exemplaire annoté du livre de son maître spirituel. Il en relut certains passages, mais les caractères d'imprimerie finirent par se brouiller dans la pénombre, il dut s'installer à son bureau. Il entreprit d'ajouter une note à son propre traité, ses *Carnets métapsychiques*. Il y passa la soirée et une partie de la nuit. C'est le lendemain matin, en écoutant France Info, qu'il apprit la nouvelle. Le responsable de la tragédie de la porte de la Chapelle avait été identifié. Il s'agissait d'un médecin. Le reportage laissait entendre qu'il avait probablement agi sous l'influence de l'idéologue d'extrême droite Stéphane Zenner, le chef de file des Vicaires. On avait retrouvé sa dépouille à son domicile. L'hypothèse d'un règlement de comptes au sein du groupuscule des Vicaires était privilégiée. Borel se rua sur son ordinateur et consulta plusieurs sites d'information. Le médecin en question y était nommé, il s'agissait bien de Paul Delmas. Les articles suggéraient eux aussi une connivence entre Delmas et l'extrême droite. Mais le chercheur n'avait-il pas pratiqué des essais sauvages sur des drogués sans profil ethnique déterminé avant de choisir ses cobayes chez les migrants ? De plus, il n'y avait pas de traces claires d'une motivation raciste dans ses fichiers numériques. Dans ses lectures, peut-être ? Borel inspecta les Post-it, il se souvenait d'avoir noté les titres de livres scannés par Delmas. Il les retrouva sur un Post-it au bord du miroir, les parcourut et décolla le morceau de papier. Quelques-uns de ces ouvrages figuraient dans la bibliothèque de l'Institut métapsychique, il fallait aller voir de plus près.

Borel se souvint qu'il avait pris rendez-vous la veille avec son médecin pour 11 h 30, il lui fallait un arrêt de travail pour justifier son absence au lycée depuis la veille. Il était déjà 11 h 05, il se prépara en hâte. En sortant de son immeuble, il nota que la porte extérieure ne se refermait pas, le système électrique de verrouillage et le digicode ne fonctionnaient plus depuis une semaine et le syndic n'avait toujours pas levé le petit doigt, cette copropriété partait décidément en sucette. Le médecin le reçut à l'heure. Borel lui expliqua qu'il était tétanisé, qu'il ne pouvait pas faire cours, la dépression revenait, il le sentait. Il raconta ses insomnies et ses angoisses, il savait jouer cette partition.

« Oui, vous n'avez pas l'air bien, dit le généraliste. Je vais vous arrêter jusqu'à la fin de la semaine. » Borel n'en éprouva aucun soulagement. Le médecin le regardait droit dans les yeux, comme s'il voyait clair dans son jeu. L'avait-il réellement dupé, ne s'était-il pas dupé lui-même ? Quand, à dix-huit ans, il avait été convoqué par les bidasses, il avait joué la comédie face au psychiatre de l'armée pour se faire réformer, il avait simulé de façon très convaincante un état dépressif. Quelques mois plus tard, il était tombé en dépression. Il était fort possible que le schéma se répète et que le besoin de simuler une dépression traduise en vérité une dépression profonde.

« Tenez-vous encore votre journal ? demanda l'homme de l'art.

– Oui.

– Vous faites bien, continuez, c'est nécessaire pour ne pas perdre pied. »

Borel prit congé. Son arrêt maladie dans la poche, il décida de marcher, ses pas le conduisirent à l'Institut métapsychique international. Le Post-it bleu scotché au creux de la main, il se mit à passer en revue les rayonnages. Il trouva et feuilleta des livres de Julius Evola, ils figuraient dans la liste de Delmas mais ne présentaient que peu d'intérêt. Guidé par un souvenir lointain qui refusait de prendre corps, Borel cherchait autre chose. Après plusieurs minutes passées à tâtonner, il posa le doigt sur l'exemplaire d'un autre livre qu'avait numérisé Delmas. Il sut qu'il avait trouvé, un ordre émergea spontanément du chaos. Sur la couverture souple, on pouvait lire, imprimé en caractères rouge écarlate : *La Fin du secret*.

# Chapitre 48

*Ravard*

*Jeudi 27 septembre 2018.*
*Domicile d'Arnaud Ravard,*
*62, rue Lemercier, Paris 17ᵉ.*

Arnaud Ravard s'éveilla au petit matin comme au milieu d'un champ de bataille. Désorienté, perdu dans le brouillard de guerre. Allongé sur son lit et les yeux fixés au plafond, il eut soudainement conscience du caractère impénétrable de son avenir, de l'avenir en général, qui avait des allures de déversoir. Il se fit violence pour se couler dans sa routine quotidienne. Le ventre vide, le cerveau encore embrumé, il s'appliqua à faire ses cinq séries de vingt tractions à la barre fixe. À la quatre-vingt-septième traction, une douleur fulgurante éclata dans sa poitrine. Il interrompit son effort et s'adossa au mur, son cœur s'emballait. Course folle du sang dans les artères, pouls accéléré. Le corps qui lâche, une fissure dans un bloc de granit. Il respira à fond, la crise de tachycardie ne tarda pas à se calmer. Il prit une longue douche. La tête levée vers le pommeau et sans penser à rien, il recevait l'eau chaude sur le visage, elle ruisselait dans sa bouche ouverte, il put en apprécier la saveur calcaire. La seule saveur de sa vie en cette seconde précise.

Il se sécha, se prépara un café et s'accorda un instant de repos supplémentaire. En passant la main sur sa mâchoire mal rasée, il fut saisi par une rêverie furtive. En d'autres temps, il eût été un chevalier errant vêtu de hardes se reposant sur une souche d'arbre au fond d'une forêt, avec pour seule compagne une épée gigantesque au manche lacé de cuir racorni. Mais Ravard n'échappait pas à son siècle digitalisé, il n'était qu'un homme bien nourri en boxer et tee-shirt noirs dans une cuisine moderne. La pièce était baignée d'une clarté matinale intense. Le café descendit dans ses entrailles, corolle de brûlures spiralaires. Il posa sa tasse de café dans l'évier et se servit un grand verre de jus d'orange qu'il porta à ses lèvres. Il jeta un coup d'œil par la fenêtre ; en contrebas, dans la rue Lemoine, une femme en tailleur passa, suivie d'un cadre dynamique, et puis, plus personne ; la portion de la rue saisie par le champ visuel du flic était maintenant entièrement déserte, sans aucun bruit. Il y eut un moment de calme complet. Ravard leva son verre et contempla la robe opaque du jus d'orange. Elle avait la profondeur d'un système cosmique. Il regarda les murs de la cuisine et le plafond ; à l'intérieur de ce cube de béton dont il était locataire depuis plusieurs mois, il tenait resserrés dans sa solitude des trous qui avaient été béants et chargés d'odeurs fétides mais qui s'étaient spontanément comblés, comme des fossés que remplissent les morts en y tombant pendant les assauts successifs. La sonnerie de son portable ramena un semblant de vie dans l'appartement. C'était un message de Ronan Prieur.

Ce fut la poudre du départ, les brumes se levaient enfin. Prieur avait interrogé Restil et découvert la preuve du lien entre Delmas et Zenner. En l'occurrence, une série de vidéos passablement dégueulasses où, sous leurs yeux complices, des pauvres types étaient torturés. Delmas ne s'était pas choisi le pseudonyme de Doc Trasher par hasard, il était même allé très loin dans le *trash*. Ravard imagina le pire, il était loin du compte.

# Chapitre 49

***Borel***

*Jeudi 27 septembre 2018.*
*Institut métapsychique international,*
*51, rue de l'Acqueduc, Paris 10e.*

Les pages jaunies avaient presque un siècle, Borel les tournait comme s'il maniait le temps lui-même. *La Fin du secret*, du docteur Charles Binet-Sanglé, était parue en 1922 et avait pour sous-titre : « Applications de la perception directe de la pensée ». L'auteur confiait avoir observé pour la première fois le phénomène de la perception directe de la pensée à Toul entre 1893 et 1896. Il soutenait qu'à chaque pensée correspondait « un système particulier d'ondes éthérées », de même qu'à chaque image d'un film correspondait un système de rayons dans la salle de projection. De telle sorte que, par le moyen des ondes cérébrales, chaque pensée d'un sujet émetteur quelconque (le « cérébro-radiant ») éveillait la même pensée chez certains autres sujets, qu'il appelait « euthypercipients ». Plus l'émetteur des pensées était situé près du récepteur, plus la perception de ce dernier était nette. Cette perception directe de la pensée d'autrui, ou « euthyperception », exigeait malgré tout une attention intense ; elle était souvent suivie d'une fatigue qui pouvait aller jusqu'à l'épuisement complet. Présente à l'état naturel et parfois entretenue par des moyens artificiels, elle variait d'un jour ou même d'une heure à l'autre quant à sa précision et à sa puissance, mais l'existence de cette faculté paranormale ne faisait aucun doute aux yeux de Binet-Sanglé, la masse des expériences qu'il avait recueillies la démontrait pleinement. De fait, son livre était pour l'essentiel une succession d'observations relatives à ce phénomène, invariablement présentées de la même manière : figurait d'abord la date de l'observation, accompagnée des noms de l'observateur, du « cérébro-radiant » et de « l'euthypercipient ». S'ensuivait un descriptif sommaire de l'expérience. La présentation était *exactement la même* que dans les fichiers de Delmas, qui avait trouvé là sa source d'inspiration et son modèle – aucun doute n'était permis sur ce point, la ressemblance était trop frappante pour être due au hasard. Delmas avait seulement substitué à la description littéraire de chaque expérience des données chiffrées dont la grille d'interprétation se trouvait certainement ailleurs, dans d'autres fichiers de la clef USB. Celle-ci était à présent entre les mains de la police, laquelle semblait pourtant s'obstiner à attribuer à Delmas des motivations racistes. Borel tenait maintenant entre ses mains la preuve que cette version des faits était fausse. À la suite de Binet-Sanglé, Paul Delmas avait bien mené des expériences sur les facultés métapsychiques. À un siècle de distance, un médecin d'exception avait repris les recherches d'un autre médecin hors norme. Delmas avait constitué des groupes témoins pour réaliser une expérience grandeur nature sur les capacités humaines. Claire Restil avait été sa muse, elle l'avait mis sur la voie de la transe somnambulique et des pouvoirs métapsychiques inouïs qui s'y manifestaient, elle lui avait permis de mettre un nom sur certains phénomènes qu'il avait observés : elle lui avait fait comprendre qu'il avait accidentellement découvert que la molécule d'innoxycycline testée lors de l'essai clinique permettait de reproduire chimiquement l'état de crise somnambulique parfaite ; il avait tenté d'en explorer les effets. Mais qu'avait-il constaté chez ses cobayes involontaires ? La molécule avait-elle fait apparaître en eux des facultés de télépathie, de psychokinèse, de précognition ? Avaient-ils réussi à ployer du métal par la seule force de leur esprit ? Après tout, d'autres circonstances accidentelles avaient déjà fait surgir des capacités insoupçonnées. Borel songea aux foudroyés d'Azerailles, ce groupe d'une vingtaine de personnes frappées par la foudre dans un petit village de Meurthe-et-Moselle un an auparavant. Plusieurs d'entre eux avaient présenté des symptômes d'activité cérébrale accrue et des capacités de calcul hors norme, les scientifiques s'y intéressaient de près. Il n'était pas du tout aberrant de penser que la découverte de l'étendue exacte des pouvoirs humains était encore à venir. Comme Charles Binet-Sanglé en son temps, Delmas avait été un précurseur, un explorateur même, il avait foulé une *terra incognita* avant d'être assassiné. Voilà à quoi le médecin avait travaillé, voilà quelle était la cause réelle du désastre de la porte de la Chapelle.

Pris d'une sorte de fièvre, Borel se replongea dans *La Fin du secret*. Selon l'auteur, la télépathie apparaissait à l'âge de cinq ans, elle atteignait son acmé entre dix-huit et vingt-deux ans et s'affaiblissait à l'âge adulte, avant de connaître un regain dans la vieillesse. Les états seconds favorisaient sa manifestation : « Les intoxications par l'éther, le protoxyde d'azote, le chloroforme, la morphine, l'opium, le tabac, la belladone, la jusquiame ou le haschich, les auto-intoxications du jeûne, de l'asphyxie, de la fatigue » pouvaient « faire apparaître la perceptivité directe de la pensée en faisant régresser les neurones vers l'état amiboïde ». Binet-Sanglé rapportait le cas d'un patient, B, qui lui avait déclaré que sa faculté était apparue pendant la guerre, à la suite d'une intoxication par les gaz. Il citait aussi Plutarque, d'après qui l'ivresse et les fureurs bachiques prédisposaient beaucoup à la faculté divinatoire, et rappelait qu'au sanctuaire de Claros le prêtre chargé de la divination buvait d'une « eau mystérieuse » avant de répondre aux questions formulées mentalement par les consultants. Les mots du professeur Mazé à propos des effets secondaires de l'innoxycycline revinrent en mémoire à Borel – *bouffées délirantes, hallucinations sévères, plus puissant que du LSD*. Oui, l'innoxycycline avait pu induire des états propices à l'émergence de facultés latentes telles que la perception directe de la pensée. Du moins Delmas avait-il été assez intrigué pour se livrer à des essais cliniques sauvages et mettre sa vie et sa carrière en péril afin de vérifier son hypothèse. Vue de l'extérieur, l'entreprise semblait délirante. En cela, Delmas s'était avancé plus loin que son prédécesseur sur la voie de l'originalité radicale. Celui-ci s'était contenté de mots, celui-là était passé à l'acte. L'un comme l'autre avaient pourtant été tenus en haute estime par l'institution. Rendu célèbre par un livre polémique sur « la folie de Jésus », Charles Binet-Sanglé avait finalement été décoré de la Légion d'honneur. Dans *La Fin du secret*, son étrangeté se manifestait jusque dans son attachement obsessionnel à développer certains points, tels que l'abstinence comme condition d'éclosion de la perception directe de la pensée. Il notait que la perceptivité directe de la pensée était « incomparablement plus fréquente chez les célibataires que chez les gens mariés » – mieux valait ne jamais baiser pour espérer lire dans l'esprit d'autrui. Il avait relevé les cas suivants « chez les devins en vogue » de son époque :

> D et G sont vierges.
> F2 resta vierge jusqu'à 37 ans ; il est célibataire et ne coïte que d'une façon exceptionnelle.
> F3 a été mariée, mais elle vit actuellement dans une chasteté absolue et se rend compte que ce genre de vie est nécessaire à l'exercice de sa profession.
> B2 est douée de l'euthyperceptivité depuis l'âge de 5 ans. Cette faculté disparut lorsqu'elle se maria et reparut lorsqu'elle devint veuve.
> T est douée de l'euthyperceptivité depuis l'âge de 7 ans. Cette faculté disparut lors de son mariage et reparut lorsqu'elle cessa d'avoir des relations sexuelles avec son mari, qui continua de vivre avec elle.

Le propos pouvait passer pour fantaisiste, mais Charles Binet-Sanglé avait fermement été convaincu que ses idées changeraient le monde de fond en comble et qu'après la publication de son étude tout gouvernement intelligent s'emploierait à rechercher des euthypercipients et à les utiliser pour le bien de la collectivité. La maîtrise de la télépathie signifierait la fin des secrets militaires, diplomatiques, criminels. Les cas d'espionnage militaire faisant usage des euthypercipients étaient légion : Alexandre le Grand, assisté des devins Aristandros et Démophon dans ses opérations militaires, ou encore les druidesses gauloises, qui étaient voyantes et que consultaient les autorités. Binet-Sanglé évoquait la possibilité de constituer un corps d'hypnotiseurs et d'euthypercipients et de le rattacher à l'état-major général. Déjà le 6 février 1916, lors d'une conférence faite à l'hôtel des sociétés savantes, un certain Bardonnet avait proposé d'utiliser la « clairvoyance » afin de « découvrir l'emplacement des troupes, des fortifications, des batteries ennemies » et demandé que des expériences fussent faites à cet effet. Sa proposition ne rencontra aucun écho.

La dernière partie de *La Fin du secret* avait un aspect programmatique et défendait l'idée d'un dressage spécial de certains sujets, le but était d'obtenir « des euthypercipients susceptibles de percevoir les pensées de tous les hommes situés dans un rayon de deux mille kilomètres au moins ». D'où le projet de créer une école d'euthyperceptivité « située aux environs de la capitale, à l'abri du mouvement et du bruit », avec des hypnotiseurs, des « médecins convaincus par des expériences personnelles de la réalité de la perception directe de la pensée ». Binet-Sanglé détaillait les conditions du dressage des euthypercipients : isolement absolu, régime végétarien, portions de nourriture minimales, jeûnes fréquents, continence absolue, interdiction du coït et de l'onanisme, absorption régulière d'éther, de morphine, de haschich. Il couplait même ce dressage avec la notion d'élevage : puisque la perception directe de la pensée était héréditaire, on pourrait plus tard essayer d'obtenir des euthypercipients « par des croisements rationnels ». Le discours de Binet-Sanglé prenait alors des inflexions racialistes ; les euthypercipients recrutés dans son programme de dressage devraient avant tout être puisés dans les « races arriérées (nègres, tibétains) ou prédisposées à la régression (juifs) ». Il écrivait ainsi :

La preuve que la perceptivité directe de la pensée est déterminée par la régression du cerveau vers un type antérieur, c'est qu'on la rencontre plus souvent chez les représentants actuels de nos ancêtres, c'est-à-dire chez le sauvage et chez le barbare, que chez l'homme civilisé. Elle a été particulièrement observée chez les nègres du centre de l'Afrique, les Abyssins, les Peaux rouges, les Tibétains, les Lapons.

Borel referma le livre de Binet-Sanglé, il l'emporta en quittant l'Institut métapsychique international. Il marchait dans la rue comme un somnambule, les nouvelles informations glanées s'entrechoquaient et fermentaient dans son cerveau. Le scénario du déroulement des faits se précisait. Si Delmas était passé des drogués aux migrants pour faire ses expériences clandestines, ce n'était pas sans rapport avec les thèses de *La Fin du secret* sur la prédisposition de certaines races à développer des capacités paranormales. Son racisme n'avait été qu'une incidence, et non le moteur de sa démarche. Borel émergea de ses méditations place de Clichy, il avait faim. Il alla déjeuner au Wepler et commanda un rognon de veau entier sauce moutarde et des crêpes Suzette flambées au Grand Marnier. Une demi-heure plus tard, en arrivant sur son palier, il s'arrêta net devant la porte de l'appartement. Elle était grande ouverte, la serrure fracturée.

# Chapitre 50

*Ravard*
*Lacarnoy*

*Jeudi 27 septembre 2018.*
*Au Bastion, 36, rue du Bastion, Paris 17e.*

La vidéo avait beau être à gerber et de qualité médiocre, elle constituait une pièce à conviction de première importance. À l'arrière-plan, on voyait distinctement la rangée d'armoires métalliques de la cave de Paul Delmas. On pouvait surtout reconnaître la fente labiale du médecin, cette cicatrice obscène qui barrait sa bouche apparaissait dans l'ouverture de la cagoule en lycra laqué. Delmas sortait de l'ombre pour aider la femme, Maîtresse Sonja, à se relever. Quelques secondes plus tard, un deuxième homme entrait dans le champ de la caméra. Visage entièrement masqué par une cagoule de cuir cloutée, ouverture de la bouche scellée par un zip. De petits rivets autour des yeux lui permettaient de voir sans révéler son regard. En mettant sur pause à 7 minutes et 27 secondes, on pouvait discerner sa main droite, une main large avec des doigts effilés. Ravard se souvint des mains de Zenner, crispées comme des serres quand ils lui avaient annoncé le suicide de son complice Manticore.

Les mêmes mains. La stature et la morphologie correspondaient aussi à celles de Zenner. Pour s'en assurer, Ravard visionna plusieurs fois la séquence. Il fit de nombreux arrêts sur image, se rapprochant parfois de l'écran au point de l'embuer par son propre souffle. Les pixels finirent par se mettre à danser et sa vision et ses certitudes se perdirent dans une sorte de neige télévisuelle. Cet homme à la cagoule de cuir n'était qu'un spectre, une forme sans nom. Ravard n'aurait pas été étonné de découvrir sous sa cagoule une face lépreuse, difforme, l'ultime condensation de toute la pourriture de monde. « Je crois bien qu'il s'agit de Zenner », avait noté Prieur dans son message. Mais les captures d'écran et agrandissements qu'il avait déposés sur le bureau de Ravard n'apportaient aucune information supplémentaire. Prieur s'était-il emballé ? De toute évidence, il avait seulement inféré la présence de l'idéologue d'extrême droite dans cette vidéo en se fondant sur plusieurs points de ressemblance. Quatorze points caractéristiques identiques étaient nécessaires pour établir sans erreur possible l'identité entre deux empreintes digitales, mais combien en fallait-il pour corréler Zenner et ce spectre ? Ravard mordillait l'ongle de son pouce, hypnotisé par la silhouette d'ombre figée sur l'écran. Il était seul dans son bureau, Manel et Boisseau n'avaient pas encore pris leur service. Il saisit son portable et appela Lacarnoy, la vidéo pouvait l'intéresser, c'était un nouvel élément à prendre en compte dans le dossier. L'officier de la DGSI répondit aussitôt ; il lui dit que, justement, il était en bas dans le parking du Bastion et l'invita à le rejoindre.

Lacarnoy conversait avec deux agents à proximité d'un monospace noir aux vitres teintées. Il aperçut Ravard qui venait vers lui. Coupe en brosse impeccable, poignée de main énergique. Il expliqua qu'il était venu transférer Ludovic Vernet et Luc Pelaprat dans les locaux de la Sécurité intérieure à Levallois. Les deux sbires de Delmas avaient modifié leur stratégie de défense. Sur les conseils de leurs avocats, ils avaient décidé de parler. Depuis que le nom de Delmas avait été balancé aux médias, ils sentaient la tempête se rapprocher d'eux – une *shitstorm* de force 12 sur l'échelle de Beaufort – et ils craignaient d'être mis en pièces ; ils s'étaient mis à table, ils avaient tout déballé : ils avaient vu Delmas faire des injections aux migrants dans un entrepôt aux abords d'un château d'eau, à un jet de pierre de la porte de la Chapelle, mais ils prétendaient ne pas en savoir plus, Delmas les avait seulement payés pour jouer les rabatteurs et assurer sa sécurité. Lacarnoy précisa que leur témoignage semblait plausible, même si les fouilles de l'entrepôt n'avaient rien donné. Ravard se pencha et aperçut les deux petites frappes à l'intérieur de l'habitacle du monospace. Ils étaient pâles, engourdis de sommeil, ils avaient visiblement passé une sale nuit. Le flic se redressa et demanda :

« Et Zenner, il a parlé ?

– Négatif. »

Zenner n'avait pas desserré les dents depuis leur dernière entrevue, il s'était blindé contre le monde extérieur, sa maîtrise de soi et sa ténacité étaient hors norme, elles forçaient presque l'admiration. Lacarnoy confia même qu'il ne voyait pas comment il pourrait obtenir de lui la moindre réaction. D'une manière générale, les Vicaires ne leur avaient pas appris grand-chose de plus. Sautant du coq à l'âne, il ajouta que la nature du poison injecté aux migrants n'était pas encore déterminée avec exactitude, il était encore trop tôt pour se prononcer sur la question, il fallait être prudent et attendre des rapports plus complets des experts scientifiques. On avait retrouvé de l'héroïne dans la maison de Delmas, mais pas la moindre trace de la substance utilisée par le médecin à la porte de la Chapelle. Pourtant, les investigations progressaient, l'exploitation des données de la clef USB de Delmas était en cours, il fallait faire preuve de patience. Lacarnoy s'interrompit, le moteur du monospace tournait. « Je dois vraiment y aller », dit-il. Il s'apprêtait à entrer dans le véhicule, mais Ravard le stoppa net, il avait quelque chose à lui montrer, une vidéo qui tendait à démontrer la connivence entre Stéphane Zenner et Paul Delmas : « On y voit Delmas, son bec-de-lièvre, on le reconnaît sans ambiguïté. Un autre type filme la scène, on l'aperçoit brièvement, on pense que c'est Zenner. C'est une vidéo porno de torture, et des vidéos pornos, on en a retrouvé à la pelle dans le disque dur de Zenner, il faisait même certains montages lui-même. »

Lacarnoy hésita une seconde ; il ordonna à ses agents de convoyer sans lui les deux détenus à Levallois. Sans prendre la peine de leur donner plus d'explications, il claqua la portière du chauffeur et suivit le policier dans son bureau.

Dans un silence plein d'attentes, Ravard observait Lacarnoy, à qui il avait laissé son siège. L'officier de la Sécurité intérieure scrutait l'écran du PC. Il plissait les yeux, comme pour en faire surgir des rayons X, mais les images restaient opaques, elles ne livraient pas leur secret. Il ne cacha pas sa déception. De façon presque inaudible, il murmura :

« C'est tout ?

– Oui », dit Ravard. C'était la seule vidéo du lot dans laquelle Delmas et l'autre homme se montraient. La seule séquence exploitable. Les analystes mis sur le coup n'avaient rien trouvé de plus dans les autres films tournés chez Delmas. Restait bien sûr à établir l'identité des âmes en peine torturées dans ce sous-sol et à savoir ce qu'il était advenu d'elles.

« Mais tout de même, le mec cagoulé aux côtés de Delmas, il ressemble à Zenner, non ?

– Ça ne suffira pas pour le faire plonger », répondit Lacarnoy. Il tourna la tête vers Ravard et remarqua l'embarras du flic. Presque aussitôt, il ajouta : « On peut quand même tenter quelque chose. »

# Chapitre 51

*Borel*
*Noirac*

*Jeudi 27 septembre 2018.*
*Cimetière du Montparnasse, Paris 14e.*

La porte blindée n'avait pas résisté bien longtemps, on l'avait attaquée à la disqueuse, le bruit n'avait alerté personne, il y avait des travaux plus bas, au premier étage. Dans l'appartement, l'iMac et un disque dur externe avaient disparu. Les cambrioleurs n'avaient rien pris d'autre, mais Borel avait tout perdu : ses cours, ses notes et les milliers de pages de ses *Carnets métapsychiques* – le travail d'une vie. Son premier réflexe fut d'appeler la police, il composa le 17 sur le clavier digital de son portable mais suspendit son geste au moment de passer l'appel. Il laissa ses pensées dériver un long moment, il commençait à assembler toutes les pièces du puzzle. Il n'y avait pas de coïncidence, ce n'était pas un banal cambriolage, c'était une barbouzerie. Les services de police avaient analysé les fichiers de Delmas, ils les avaient transmis aux experts de la DGSI et du ministère de la Défense, qui avaient rapidement compris tout le potentiel d'une molécule capable d'éveiller des facultés sur-normales, oui, ils étaient parvenus à la même conclusion que Binet-Sanglé, ils avaient pressenti tout le parti qu'ils pourraient en tirer dans le domaine du renseignement. Les applications militaires d'une telle substance étaient innombrables, il leur fallait maintenir le secret. Ils avaient propagé dans les médias une version officielle très éloignée de la réalité : affirmer que Delmas n'avait été qu'un empoisonneur guidé par la haine était un moyen commode de dissimuler à l'opinion publique la nature exacte de ses recherches. Plus Borel y pensait, et plus l'idée d'un mensonge d'État lui semblait plausible. Par précaution, les petites mains gantées des services secrets étaient venues visiter son appartement et dérober son matériel informatique, au cas où il aurait dupliqué les fichiers de Delmas. Mais ils n'étaient pas si futés, ils n'avaient pas vu ce qui était sous leur nez : les Post-it étaient encore là, collés sur le miroir au-dessus de la cheminée du séjour. Il y en avait plus de soixante-dix. Borel les décolla un à un et les rassembla dans un cahier Moleskine. Cette version papier des fichiers de Delmas, c'était son petit trésor de guerre, on ne le lui prendrait pas. On avait peut-être voulu l'intimider, mais il ne céderait pas. Au contraire, cette barbouzerie lui avait ouvert les yeux : il y avait un complot encore plus sinistre que les expériences sauvages pratiquées par Paul Delmas. C'était une certitude : le pouvoir cherchait à accaparer la découverte du pharmaco-psychiatre, car le pouvoir cherchait toujours à accroître son pouvoir. L'État tentait de maquiller les faits, il fallait que Cléo le sache, son ami Thibault Belgrand n'était pas mort par la faute d'un fou furieux d'extrême droite. Borel tenta de l'appeler mais il tomba sur la messagerie. Il n'insista pas, il tenait à lui parler de vive voix. Elle devait se trouver aux funérailles de Belgrand.

Moins d'une heure plus tard, Borel entrait dans l'enceinte du cimetière du Montparnasse. Il erra longtemps dans les allées, promenant son regard sur les noms inscrits sur les tombes. Il reconnut celui de Sarah Kofman, une philosophe spécialiste de Nietzsche et Freud. Encore étudiant, Borel avait acheté son essai *L'Énigme de la femme*, un traité consacré à l'étude de la féminité dans l'œuvre de Freud. La vieille libraire avait lu le titre et lui avait jeté un regard vaguement méprisant, comme s'il était un jeune puceau en quête d'un manuel pour s'attirer les faveurs du Sphinx féminin. Pour cette rombière, la femme n'était pas une énigme. Et sans doute avait-elle raison, l'énigme était ailleurs. Borel s'était souvent détourné des femmes parce qu'elles le détournaient de l'énigme et qu'un monde sans énigme serait un monde qu'il faudrait quitter. C'est ce qu'avait choisi de faire Sarah Kofman. Borel pensa à un autre spécialiste de Nietzsche, Michel Haar, qu'il avait eu pour professeur à la Sorbonne. Il était mort lui aussi, ses cendres étaient contenues dans une boîte au Père-Lachaise et ses écrits avaient fini dans neuf boîtes numérotées et conservées à l'université d'Essex. À la fin, tout terminait toujours dans une boîte. Mais le pire était à venir, nous n'en étions pas encore à l'ère du compost humain, et les cimetières n'étaient pas tout à fait des jardins.

Alors que Borel foulait le gravier et brassait ces idées, il eut une sensation d'hémorragie générale, comme si le monde s'était subitement vidé de son sens. Le jour n'était qu'une nuit renversée et, dans la lumière crue de cet après-midi d'automne, les silhouettes effilées qu'il apercevait au loin étaient comme les flammes filantes des chandelles dans les tableaux de Georges de La Tour. Il s'approcha de l'attroupement. C'était l'enterrement de Belgrand, il y avait un monde fou. Des femmes surtout. Il crut reconnaître l'une d'elles de dos. La couleur de ses cheveux laissait peu de doutes. Il lui tapa doucement sur l'épaule.

# Chapitre 52

*Ravard*
*Lacarnoy*
*Zenner*

*Jeudi 27 septembre 2018.*
*Locaux de la DGSI,*
*84, rue de Villiers, Levallois-Perret.*

Lacarnoy avait insisté pour que Ravard participe à l'interrogatoire, il le guidait à présent dans les méandres du siège de la DGSI. Il connaissait par cœur le cerveau des détraqués, il avait jugé que mettre Zenner face aux images des pauvres diables que lui et Delmas avaient torturés dans une cave avait des chances de le faire sortir de son mutisme, peut-être même de provoquer des aveux immédiats. Ils s'engouffrèrent dans la pénombre d'un long couloir. Tout au fond, derrière la porte d'une cellule, Zenner les attendait.

La main sur la poignée de la porte, Lacarnoy marqua un temps d'arrêt, il indiqua qu'il dirigerait l'interrogatoire, cela allait de soi. Ravard ressentit une sorte de crampe dans le ventre, il lui sembla que toute l'affaire tendait vers cette confrontation, qu'elle allait y trouver sa résolution ; il se demanda pourtant un bref instant s'il ne ferait pas mieux de laisser Lacarnoy entrer sans lui, mais il lui emboîta tout de même le pas et s'assit sur une chaise à sa droite. Il remarqua l'extrême crispation des mâchoires de son homologue – l'officier de la DGSI était particulièrement tendu, il s'affairait sur l'ordinateur portable posé devant lui. Il releva aussi la présence incongrue d'un îlot de poils drus au niveau du larynx de Lacarnoy, une portion de la peau de son cou n'avait pas été rasée comme le reste, qui était net et glabre. Puis le flic laissa son regard dériver vers la silhouette qui les observait en silence. Zenner avait la tête légèrement baissée, il leur présentait son visage de trois quarts. Le long nez osseux qui émergeait de sa chevelure d'encre lui donnait une vague allure d'aristocrate déclassé. Mais ce type n'était que de la merde en barre, en témoignaient ce qu'il avait écrit et, plus encore, ce qu'il avait fait. Lacarnoy fit pivoter le PC, de telle sorte que Zenner puisse voir l'écran. Les deux enquêteurs étaient épaule contre épaule, comme pour faire bloc face à l'efflorescence de la pourriture humaine.

Zenner se redressa. Même en position assise, il semblait immense. Ses yeux noirs comme le fond de la mer n'exprimaient rien, les plis de sa bouche étaient indéchiffrables. Lacarnoy lui dit d'une voix calme qu'ils avaient trouvé les vidéos, que c'était une preuve accablante : dans plusieurs d'entre elles, on le voyait distinctement en compagnie de Paul Delmas, alias Doc Trasher. Le regard de l'idéologue s'anima. Ils avaient capté son attention.

Lacarnoy cliqua sur *lecture*.

À l'écran, Maîtresse Sonja sautait comme une possédée, ses talons claquaient sur la planche de bois, ils rendaient parfois un bruit spongieux, celui d'organes génitaux qu'on réduit en bouillie. L'homme allongé se tortillait. Une larve sous une loupe au soleil. Son buste se soulevait violemment, retenu par les entraves d'acier fixées au sol. Maîtresse Sonja l'avait déjà émasculé, les lambeaux de testicules étoilaient de taches sombres la surface de la *cock box*.

Zenner avait les yeux rivés sur l'écran. Dans un silence religieux, il n'en perdait pas une miette. Ravard s'échinait à déceler sur son visage la trace d'un micro-événement, mais rien. Il sortit d'une poche de son blouson un morceau de papier. Il le déplia. Sur la feuille de format A4, l'impression d'une capture d'écran de la vidéo. Un gros plan sur des mains, celle de l'homme à la cagoule cloutée. Mais ces mains sarmenteuses appartenaient-elles à Zenner ? Son regard fit plusieurs allers-retours, de la feuille de papier aux mains du propagandiste. La ressemblance était patente, mais en conclure à une stricte identité exigeait un saut cognitif que Ravard ne se sentait pas prêt à accomplir. Sa pensée se brouilla, il perdit le fil, il pensa à Manel, à ses lèvres festonnées de mousse de bière la veille, à ses yeux. Il pensa aux mains de son père, larges et calleuses, des mains qui cognaient fort et qui ne cogneraient plus jamais. Des mains du passé, flottant abstraitement dans l'éther. Ses yeux le piquaient, il se massa les paupières. Quand il les releva, la lumière des néons avait l'air de vibrer. Autour de lui, la pièce insonorisée était sinistre, elle puait la sueur rance et l'abandon, elle démultipliait l'horreur de la vidéo, comme si elle avait été spécialement conçue pour visionner ce genre de merde.

Sur l'écran, Delmas s'efforçait de relever Maîtresse Sonja, affalée sur la victime. Lacarnoy mit la vidéo sur pause. Son regard était braqué sur celui de Zenner. « Regarde, lui dit-il. Regarde bien. Vous avez l'air de vous amuser. » Il lança la suite de la vidéo. Zenner la regarda sans ciller jusqu'à la fin, puis il observa les deux flics, celui de la DGSI et l'autre, qui triturait un papelard. Il se livrait à une évaluation scrupuleuse de la situation, il semblait méditer la réponse la plus adéquate à lui apporter.

Son attitude fit d'un seul coup naître un espoir immense chez les deux enquêteurs, il se passait quelque chose, Zenner allait parler, il allait leur faire une révélation cruciale. Le fauve inquiet qui allait et venait en eux s'immobilisa : après une longue attente, la proie venait de surgir devant lui. Lacarnoy demanda au prévenu si Delmas avait reçu le surnom de Doc Trasher parce qu'il se livrait à ces tortures répugnantes, il lui demanda si c'était Delmas qui l'avait embringué dans toute cette histoire.

Il y eut un silence glacial. La réaction de Zenner se limita à hocher doucement la tête de droite à gauche.

« Des bobards, dit-il à voix basse.

– Quoi ? » dit Lacarnoy.

Un mépris amusé s'imprima sur le visage de l'idéologue.

« Vous, les flics, vous me faites bien marrer, vous êtes de grands malades. »

Son intonation évoqua à Ravard le souvenir de films avec Patrick Dewaere. Zenner les regardait maintenant avec un air intelligent et moqueur. Il fit un signe de tête en direction de l'ordinateur.

« Votre bonhomme, là, il est complètement à la ramasse. »

Mais son sourire s'effaça subitement. Il plongea son regard dans les yeux de Lacarnoy et il se mit à gueuler :

« Ce n'est pas moi dans cette vidéo ! Et le vieux avec la cicatrice, là, ce n'est pas Doc Trasher. Doc Trasher, celui que je connais, ne serait certainement pas capable de faire ça.

Il n'en serait *physiquement* pas capable, vous comprenez ? Il n'a rien à voir avec ces deux dingues. Moi non plus. Et je n'ai rien à voir avec les morts de la porte de la Chapelle. Rien ! »

À l'intérieur de la cellule, tout se figea dans une stase intense. Un courant électrique de plusieurs milliers de volts parcourut les réseaux synaptiques des deux enquêteurs. Le buste de Ravard s'affaissa insensiblement et Lacarnoy abandonna son attitude martiale.

Ils avaient voulu fissurer l'assurance de Zenner, lui arracher des aveux comme on arrache un cœur malade et noirâtre de la poitrine d'un pestiféré. Ils venaient d'échouer. Leurs regards se croisèrent un bref instant et la certitude s'ancra en eux que Zenner disait vrai.

# Chapitre 53

*Noirac*
***Borel***

*Jeudi 27 septembre 2018.*
*Cimetière du Montparnasse, Paris 14e.*

Elles étaient toutes là, dans le sillage du cercueil. Belgrand les avait-il vraiment aimées, ces filles qu'il avait baisées par dizaines ? La plupart d'entre elles en étaient convaincues, chacune s'assignait intuitivement une position dans la hiérarchie des conquêtes amoureuses auxquelles Belgrand avait consacré tant d'énergie. Elles avaient circulé dans son lit, elles lui avaient révélé les habitudes sexuelles de ses concurrents, entre les mains desquels elles étaient aussi passées et qu'il comptait parmi ses contacts sur les réseaux sociaux. C'était un tout petit monde, où les alcôves communiquaient comme des vases clos qui laissent suinter des ragots en permanence. Le lien social était ce suc poisseux de foutre et de bile qui percolait sur la Toile et formait des perles gluantes le long de filaments virtuels. Dans ce monde de corps et d'esprits clivés, effleurer les touches d'un clavier en surfant sur Instagram ou Facebook avait valeur de préliminaire amoureux. Les souvenirs de sécrétions, d'odeurs et d'images d'organes sexuels étaient couplés à des profils digitaux. Belgrand avait baigné dans cette soupe, il avait émis des flux de libido à taux constant sur les réseaux sociaux, il avait entretenu jusqu'à neuf liaisons simultanées, commentant en messages privés ses hauts faits avec les autres mâles de sa meute. Cléo le savait, c'était un secret de Polichinelle. Du moins n'avait-il pas eu le temps de se confier à d'autres sur sa séance de baise avec elle, il était mort avant.

Elle regarda le cercueil, il flottait dans une lumière jaune poudreuse, porté par des bras d'hommes au-dessus d'une marée de corps féminins dont le cadavre avait joui. Belgrand était à l'intérieur, bringuebalé comme une rock star qui se lance dans un *crowd surf* à la fin de son ultime concert. Si l'un des porteurs, déséquilibré, avait laissé chuter le cercueil à terre, les admiratrices de Belgrand se seraient-elles jetées comme des furies sur sa dépouille pour en emporter un morceau ? Le risque était faible, le cercueil était inviolable, il était équipé d'une enveloppe intérieure étanche en métal soudé et d'un filtre épurateur de gaz. C'était la procédure dans certains cas de décès. Le couvercle avait été scellé, même la famille n'avait pas pu voir le corps autopsié du défunt.

La tête du cortège s'immobilisa, elle venait d'atteindre l'emplacement de la mise en terre. Bérénice, la fiancée officielle de Belgrand, était aux premières loges. Elle était pâle, élégante dans une tenue noire très ajustée qui mettait en valeur ses seins. En la voyant entourée par les parents de Belgrand, Cléo se sentit sale. Sa propre présence aux obsèques d'un homme qui avait couché avec elle pour se divertir lui parut subitement incongrue. Sa place n'était pas là. Sa place n'était peut-être nulle part.

Elle sursauta, on venait de poser une main sur son épaule. Elle fit volte-face et reconnut Borel. Il était planté là, avec une mine de déterré. Il se mit à parler à toute vitesse à voix basse. Un déluge de murmures. Cléo n'en décoda qu'une partie. Elle crut comprendre qu'on l'avait cambriolé, que ce n'était pas vraiment un cambriolage et qu'il savait qui était derrière tout ça.

« Vous connaissez les coupables ? »

Borel fit non de la tête, il entraîna Cléo derrière un caveau familial et s'assit sur le bord d'une tombe.

« Avez-vous lu les journaux ce matin ? »

Non, Cléo s'était réveillée tard, Borel dut lui faire un compte-rendu : Paul Delmas était présenté par les médias comme un terroriste proche d'un groupuscule d'extrême droite, les Vicaires. Il avait empoisonné les migrants de la porte de la Chapelle en raison d'une idéologie vénéneuse. C'était la version officielle. Mais elle ne tenait pas la route. Borel avait étudié les dossiers de la clef USB de Delmas, il y avait passé la nuit de mardi à mercredi et il n'y avait décelé aucune trace de thèses racistes, aucune marque d'affiliation politique. Le médecin avait certes agi de façon aberrante, mais il n'avait rien d'un terroriste. Jusqu'au bout, il était resté un chercheur, aimanté par la vérité, et c'est sa découverte qui l'avait conduit à faire ces essais cliniques sauvages. Il avait acquis la conviction d'avoir trouvé un moyen chimique de débloquer de nouvelles potentialités chez l'homme, son but n'avait pas été de tuer, mais d'éveiller des pouvoirs psi. Était-ce un hasard si Delmas avait choisi de présenter les fiches numériques de ses cobayes en se conformant *très exactement* au modèle d'un livre consacré au paranormal et dont une version scannée figurait aussi sur la clef USB ?

« Ce livre », dit Borel en sortant de sa sacoche l'exemplaire de *La Fin du secret* de Binet-Sanglé. Il l'ouvrit de façon aléatoire et le mit sous le nez de Cléo. Sur la page maculée de taches d'humidité, elle put lire :

**Dixième observation**
*Camille Hoffmann capte le secret d'un meurtrier et fait découvrir le cadavre de sa victime.*
Date : 31 janvier 1914.
Observateur : Mme Sainby.
Cérébro-radiant : ?
Percipiente directe : Camille Hoffmann, hystérique à somnambulismes, devineresse professionnelle.

« Je ne sais pas, dit Cléo. Peut-être qu'il s'en est juste inspiré pour la présentation, comme vous dites. Peut-être même que c'était involontaire, une vague réminiscence. Vous ne pouvez pas fonder votre interprétation des faits sur quelque chose d'aussi mince. »

Borel la regarda avec une intensité inhabituelle. Il était dans un état nerveux singulier, comme s'il était sur le point de craquer. Plusieurs fois, pendant son laïus, sa voix avait déraillé. Il fit un effort visible pour se reprendre et tourna l'objection : il fondait son interprétation sur d'autres éléments, notamment l'intérêt marqué de Delmas pour les recherches métapsychiques et l'influence sur lui de sa maîtresse, Claire Restil, qui l'avait initié aux étranges pouvoirs déclenchés par la transe somnambulique. Delmas n'était pas le premier scientifique à se passionner pour les phénomènes paranormaux et pour le magnétisme. Des exemples, il y en avait à la pelle. Le physicien Yves Rocard, père de la bombe atomique française, n'avait-il pas consacré une partie de sa vie à élucider le pouvoir des sourciers et les mystères de la radiesthésie ? Ces faits scientifiquement inexpliqués, nous en possédions une compréhension intuitive ; les facultés psi n'étaient pas un fantasme, elles existaient réellement, elles étaient le dévoilement d'un autre plan de la réalité.

« D'ailleurs, vous les avez éprouvées, Cléo, et vous en avez été ébranlée. Si ma mémoire est bonne, c'est pour ça que vous m'avez contacté dimanche, non ? »

Cléo ne trouva rien à répondre, Borel avait touché juste. Elle s'assit sur la tombe à ses côtés. Sous ses fesses, la pierre était glacée. Borel chuchota qu'il ne voyait pas Delmas comme un monstre, plutôt comme quelqu'un qui, maladroitement, avait voulu le bien de l'humanité. Car les êtres humains, séparés de leurs pouvoirs psi, étaient des êtres mutilés. La conversation prit un tour plus intime et Borel confia qu'il s'était lui-même toujours senti mutilé, qu'il avait sa vie durant aspiré à s'approprier cette part manquante de son être, c'est pourquoi l'affaire Delmas était si importante à ses yeux. Sa sincérité et sa fragilité étaient presque touchantes. Cet homme était un vase de cristal posé sur une sépulture. Il exposa son plan à Cléo : il n'était pas trop tard, il fallait aller dans le laboratoire pharmaceutique où Delmas avait découvert la molécule, il fallait rencontrer un certain Niemhauser, que Delmas mentionnait dans ses dossiers, peut-être leur donnerait-il un échantillon de cette substance, peut-être pourrait-il comprendre qu'elle ne lui appartenait pas, qu'elle était la propriété de l'humanité et que l'État n'avait pas le droit de se l'approprier.

« L'État ? »

Borel fusilla Cléo du regard. Oui, le vol de son ordinateur, c'était l'État, et les *fake news* propagées dans les médias à propos de Delmas, c'était encore l'État. La molécule d'innoxycycline avait des applications manifestes dans le domaine du renseignement. Ce n'était pas un hasard si, au cours du XXe siècle, les États-Unis avaient investi dans le domaine des recherches métapsychiques. Dès les années 1920, le psychologue français Charles Binet-Sanglé, l'auteur du livre qu'il tenait entre les mains, avait évoqué l'intérêt stratégique des applications de la perception directe de la pensée, il avait décrit un État capable d'éveiller les facultés latentes de certains sujets et d'employer ces télépathes pour s'assurer le contrôle des pensées individuelles, pour lire dans l'esprit de chacun. Certes, son propos était par certains côtés déroutant : les télépathes, qu'il nommait des « euthypercipients d'État », devaient selon lui être soumis à un régime végétarien, parqués dans des camps, drogués en permanence et placés sous le contrôle d'hypnotiseurs. Binet-Sanglé s'était laissé aller à des divagations, mais grâce à la molécule de Delmas, ce qu'il avait imaginé était en train de se produire. Les facultés psi pourraient trouver des applications innombrables dans le domaine militaire, à commencer par la psychokinèse, action directe de la pensée sur la matière, et la bio-psychokinèse, faculté d'agir par l'esprit sur des cibles biologiques. Des expériences scientifiques menées au Japon au cours des années 2000 avaient clairement mis en évidence la possibilité pour un sujet doué d'influencer un système immunitaire ou de modifier l'activité d'un organisme par une simple action mentale. Plusieurs décennies avant, la célèbre guérisseuse psychique Olga Worrall avait réussi à provoquer le développement accéléré de bactéries exposées à un antibiotique dans un tube à essai entouré par ses mains. L'influence de la pensée sur la matière organique n'était pas du tout une spéculation fumeuse, nous pouvions la constater à divers degrés, de la puissance réparatrice des guérisseurs jusqu'au sentiment diffus de malaise instillé par certaines personnes. Car il y avait bien des êtres toxiques, en un sens très littéral, des êtres capables de siphonner votre énergie d'un seul coup. Borel marqua soudain une pause, comme pour ménager son effet :

« Et qui vous dit que votre ami Belgrand et les autres ont été victimes d'un empoisonnement ? Qui vous dit qu'ils ne sont pas morts à cause d'autre chose ?

– Genre quoi ?

– Imaginez que la molécule de Delmas ait brutalement libéré des pouvoirs psi, qu'elle ait révélé et dopé une forme de bio-psychokinèse chez l'un des cobayes… »

Cléo se souvint du migrant aux yeux fous, de son regard, du malaise profond qui l'avait fait chavirer. Elle était déboussolée. Borel finissait par être convaincant, son délire était plus organisé que la réalité elle-même. Elle jeta un coup d'œil au loin, la cérémonie suivait son cours, toutes les silhouettes vêtues de noir se pressaient autour de la tombe ouverte, elles se pressaient autour de la mort, de son abstraction monstrueuse, de son absurdité sans fond ; la réalité ne pesait pas lourd, elle n'était qu'une masse nuageuse d'une grande fadeur.

« Vous croyez ? » dit-elle.

Borel haussa doucement les épaules, l'air de dire « Pourquoi pas ? ». Un sujet capable de tuer à distance par l'action de sa seule pensée, oui, c'était du domaine du possible.

# Chapitre 54

*Ravard*
*Manel*
*Diard*

*Jeudi 27 septembre 2018.*
*Au Bastion, 36, rue du Bastion, Paris 17$^{e}$.*

Il fut impossible d'en apprendre davantage de Zenner. Quand Ravard rentra au Bastion, il ne savait plus quoi penser. Il se laissa tomber sur son fauteuil et releva son courrier électronique. Aucun nouveau message. Il se massa la nuque et jeta un coup d'œil alentour. Ses deux lieutenants étaient toujours en vadrouille, aux trousses de l'Érythréen. Sur un meuble, il reconnut le manifeste de Zenner, il s'en empara et se mit à le feuilleter. Dans le passage qu'il lut en diagonale, Zenner se défendait d'avoir des intentions haineuses, il militait seulement pour les siens, pour leur droit à « persévérer dans leur être sans avoir à s'en excuser ». Il écrivait que les Blancs n'étaient pas les dominants mais bien plutôt les dominés : les nouveaux damnés de la Terre, c'était eux. Il expliquait aussi que « le racisé transforme en racisé celui dont il est le racisé » et que la remigration systématique constituait à ses yeux la meilleure solution. Un moindre mal, même, car d'autres mûrissaient déjà des projets infiniment plus radicaux que les siens. Dans un futur plus ou moins proche, ces âmes dangereuses organiseraient des exterminations massives. Zenner pouvait déjà les entrevoir, il décrivait la longue procession des corps bigarrés vers de gigantesques broyeurs à migrants. Ravard relut la fin de la phrase, Zenner avait bien écrit « broyeurs à migrants ».

« Ça va ? » dit une voix dans son dos. Ravard se retourna. Manel et son visage d'ange sévère s'étaient matérialisés dans le bureau. Elle regardait *L'Esquisse d'un tableau général des Vicariances* qu'il avait entre les mains.

« Alors, c'est instructif ? dit-elle.

– J'étais à Levallois, dit Ravard. J'ai vu Zenner. »

Il résuma son entretien avec le propagandiste, qui clamait maintenant son innocence.

« Et tu le crois ? »

Ravard haussa les épaules, un doute existait dans son esprit. Il changea de sujet et demanda à Manel d'où elle revenait.

« De la gare d'Austerlitz. Boisseau y est encore. »

C'était là que l'Érythréen avait disparu des radars ; il avait fait une nouvelle victime au cours de la nuit, un autre sans-abri qu'il avait poignardé et auquel il avait dérobé ses vêtements. La description donnée par les SDF qui avaient assisté à la scène dans la station Strasbourg-Saint-Denis concordait avec son signalement. Le fugitif hantait les souterrains du métro, il y avait trouvé un refuge naturel, avec une prédilection pour les grandes stations et les échangeurs du réseau ; il se mêlait à toute une populace troglodyte – plusieurs centaines de SDF dormaient dans les couloirs du métro chaque nuit, certains employés de la RATP parlaient même de plusieurs milliers. Sous la terre, l'agression au couteau avait créé un vent de panique ; en surface, elle avait été relayée par les médias, mais la vérité la plus troublante n'avait pas été ébruitée : la victime était morte avant même de s'être vidée de son sang, foudroyée par un collapsus et des désordres biologiques déjà observés sur les cadavres de la porte de la Chapelle. Ravard enregistra ces données, il se souvint qu'en effet Boisseau avait mentionné la présence d'un couteau dans la main du migrant quand il avait cru faire sa rencontre à la Goutte-d'Or le mardi soir. Son adjoint n'avait donc pas affabulé, mais il s'abstint de formuler à voix haute sa pensée devant Manel. Un homme court sur pattes passa la tête dans l'embrasure de la porte : « Arnaud, on te demande en haut. » Il précisa : « Diard, il veut te voir. »

Dans la salle de crise, le directeur de la brigade était en pleine conversation avec un membre du cabinet du ministère. De façon synchronisée, Diard et le type en costume tournèrent leur tête vers Ravard. Derrière eux, la photo d'un homme d'une soixantaine d'années occupait tout l'espace du mur d'écrans. Ravard s'en approcha.

« Qui est-ce ? » demanda-t-il.

Diard se leva et vint rejoindre l'officier.

« Justement, c'est ce dont je voulais vous parler. »

En préambule, il souligna la nécessité de considérer toute l'affaire de la porte de la Chapelle avec un regard neuf. Puis il en vint au fait : les analystes informatiques avaient identifié le dernier complice de Zenner. Il pointa son index vers l'image.

« Doc Trasher, c'est lui. Il s'appelle Gabriel Malèbre. »

Il ajouta que Malèbre vivait à Châteauroux, qu'il était retraité de la fonction publique et qu'il était paraplégique depuis l'âge de trente ans.

Ravard entendit la suite comme un écho lointain, il avait l'impression d'être dans un train qui déraille au ralenti. Les lèvres de son patron continuaient de remuer, mais il ne percevait plus qu'un écho diffus des paroles, une sueur acide collait son tee-shirt à son thorax. Par un processus physique très concret, il prenait la mesure de la révélation : Zenner et ses Vicaires étaient définitivement hors de cause. Ravard jeta un nouveau coup d'œil à la photo de Gabriel Malèbre sur le mur d'écrans. Il ressentit un éblouissement violent, comme si on lui avait tiré une balle en pleine tête.

# Chapitre 55

***Noirac***
***Borel***

*Jeudi 27 septembre 2018.*
*Siège social de Nectar Pharma SAS,*
*159, rue Anatole-France, Levallois-Perret.*

L'homme qui *savait* peut-être était là, derrière les vitres fumées du bâtiment. David Niemhauser avait été étroitement associé à l'essai clinique sur l'innoxycycline. L'intime conviction de Borel était qu'il détenait la clef de toute l'affaire, qu'il pourrait leur donner accès aux résultats de l'étude clinique, voire à des échantillons du médicament. Il avait connu Delmas, il était fort possible que le chercheur lui ait fait part de son hypothèse sur la molécule et même de son projet de recherche sur les pouvoirs métapsychiques. Borel avait persuadé Cléo de l'accompagner au siège social de Nectar Pharma SAS pour y rencontrer Niemhauser. Il fallait aller au cœur du problème et vider ce point une fois pour toutes, il fallait rétablir la vérité. Car, il le répéta, l'État cherchait à les enfumer, Belgrand n'était pas mort à la suite d'un acte terroriste et Delmas n'avait pas voulu tuer pour tuer. Cléo avait suggéré à Borel d'alerter les médias, par exemple Mediapart ou son ami du *Parisien*, Alban Viscardi, qui se trouvait à la porte de la Chapelle le samedi précédent, mais Borel avait évacué l'idée, les journalistes ne connaissaient pas les enjeux réels, ils n'entendaient rien au somnambulisme magnétique, leur compréhension du monde était étriquée, rien à attendre de leur côté. Cléo lui objecta qu'elle doutait de sa stratégie : si la molécule d'innoxycycline dont Nectar Pharma SAS avait financé l'étude avait ensuite servi à commettre un meurtre de masse, Niemhauser ne leur dirait rien, il ne voudrait pas être associé à des essais cliniques illégaux, encore moins à un acte terroriste. « On essaie, on laisse tomber si ça ne donne rien », avait dit Borel. Assis sur une tombe du cimetière du Montparnasse, ils avaient consulté la page LinkedIn de Niemhauser : il occupait actuellement le poste de « directeur site R&D » chez Nectar, il ne serait pas facile à circonvenir, mais le coup se tentait. Cléo avait ensuite emmené Borel à Levallois sur son scooter, ils étaient à présent devant le siège de la firme, un cube massif planté en bord de Seine.

« Alors, on attend quoi pour entrer ? » demanda Cléo. Il s'était mis à pleuvoir, des gouttes ruisselaient sur sa chevelure turquoise. Borel avait l'air embarrassé. Il était en train de détailler Cléo comme s'il la découvrait. La tenue qu'elle avait choisie pour se rendre à l'enterrement de Belgrand aurait été parfaite pour une soirée gothique ou pour la Nuit de l'élastique, elle l'était beaucoup moins pour gagner la confiance du cadre d'une entreprise pharmaceutique. Borel eut un élan de franchise : « En fait, je crois que c'est mieux si vous m'attendez là. » Cléo avait deviné ses pensées, elle souffla juste « OK, allez-y tout seul » et le regarda se diriger vers les bureaux.

Borel franchit la porte-tourniquet, il se retrouva dans un vaste hall. Tout au fond, une employée encastrée dans une banque d'accueil en chêne plaqué lui adressa un sourire. Il s'approcha d'elle et demanda à parler à M. Niemhauser. Non, il n'avait pas rendez-vous et non, il n'était pas un client. La physionomie de la secrétaire changea, elle faisait face à un corps étranger parachuté dans un écosystème qui n'était pas le sien. Que voulait-il au juste ? Borel ne fit pas l'effort de mentir, il confessa qu'il s'intéressait à une ancienne molécule testée par Nectar Pharma SAS, il voulait savoir si les résultats de l'essai clinique étaient disponibles et s'il restait des stocks du produit. La réponse fut sèche, Niemhauser était en déplacement. « Mais laissez-moi vos coordonnées, je transmettrai votre message. » Borel hésita, laisser son nom et son numéro de téléphone ne lui parut pas judicieux, il dit que ce n'était pas la peine, c'est lui qui appellerait. Il s'éloigna du guichet et pensa qu'il avait été nul, puis il se demanda si Mazé était encore en contact avec eux, s'il avait alerté Niemhauser après qu'il lui eut rendu visite, peut-être avaient-ils anticipé sa venue. Ces gens se serraient les coudes, comme tous ceux qui détiennent le pouvoir. De fait, celui des laboratoires pharmaceutiques n'était pas des moindres, il était même le biopouvoir le plus fondamental – *faire vivre et laisser mourir*. Les labos avaient placé sous leur dépendance une large partie de la population, qu'ils maintenaient en vie sous perfusion, à la merci d'une rupture de la chaîne de production ou d'un problème d'approvisionnement. Avec le soutien des pouvoirs publics, ils accomplissaient au grand jour le rêve le plus fou des barons de la drogue, ils étaient des dealers de vie. Depuis longtemps Borel les avait pris en grippe, il n'avait pour eux que mépris et n'était pas loin de souscrire aux propos dégueulasses de Coupat et de ses petits copains du collectif Tiqqun : dans un passage de l'*Introduction à la guerre civile*, l'immunodéficient et le greffé, dépendants à vie des grands laboratoires pharmaceutiques, étaient comparés à l'homme du ressentiment, à l'humaniste, au névrosé et à l'intellectuel ; tous constituaient des citoyens modèles de l'Empire libéral, car d'eux on était sûr qu'il n'y avait rien à craindre, ils ne pourraient jamais se rebeller, ils étaient « arrimés à des conditions d'existence d'une artificialité telle que seul l'Empire pouvait les leur assurer ; et toute modification brutale de celle-ci signifierait leur mort ». Tiqqun concluait que ces individus sous assistance médicamenteuse étaient des « collaborateurs-nés », transis par le pouvoir d'État qui passait à travers leur corps diminué. Jusqu'à ,un certain point, ce n'était pas faux, il y avait peut-être collusion entre l'« Empire » libéral et l'empire des grandes firmes pharmaceutiques. Pour celles-ci, chacun était un cobaye. Car elles ne testaient pas seulement les molécules candidates sur des volontaires lors d'essais cliniques, les tests se poursuivaient bien au-delà de l'autorisation de mise sur le marché du médicament : on découvrait souvent les effets indésirables après coup, une fois les substances largement diffusées dans les corps, on faisait même évoluer les formules, quitte à faire surgir de nouvelles intolérances, comme dans le cas du Levothyrox – et tant pis pour les patients mécontents, ils avaient le couteau sous la gorge, ils n'étaient pas en position de faire la fine bouche et devaient accepter leur sort de damnés mal bouillis : leur intégrité corporelle ne reviendrait jamais, leurs corps défaillants ne leur appartenaient plus tout à fait, l'industrie pharmaceutique les avait annexés.

À bien y réfléchir, ce qui était arrivé à ces migrants de la porte de la Chapelle, empoisonnés comme des rats, ne différait pas *en nature* d'empoisonnements parfaitement officiels à base de médicaments délivrés sur ordonnance ; ces choses passaient sous le radar des médias et faisaient rarement scandale, l'affaire du Mediator et des laboratoires Servier restait une exception. Invariablement, l'industrie pharmaceutique triomphait, elle engrangeait des bénéfices faramineux.

Borel franchit la porte-tourniquet et quitta le bâtiment de Nectar Pharma SAS comme on sort de la gueule du diable ; il vit Cléo, assise sur son scooter, elle n'avait pas bougé d'un pouce et consultait son portable. Elle releva la tête et demanda : « Alors ? » Borel lui fit signe que sa démarche n'avait pas abouti. Dans sa main droite, il tenait comme une relique le livre de Charles Binet-Sanglé à moitié détrempé.

« On aura essayé, dit-il.

– Oui », souffla Cléo.

Elle ne lui proposa pas de le ramener chez lui et le planta sur place. Sa Vespa fila plein gaz vers le centre de Paris. Pendant qu'elle attendait Borel sous la pluie, une intuition avait pris en elle la consistance d'une conviction : en effet quelqu'un *savait*, et ce n'était pas un homme.

# Chapitre 56

*Ravard*
*Lacarnoy*
*Nazaoui*
*Boisseau*
*Manel*

*Jeudi 27 septembre 2018.*
*Au Bastion, 36, rue du Bastion, Paris 17e.*

En quittant la salle de crise, Ravard emprunta les escaliers de service, il était certain de n'y croiser personne. Il descendit quelques marches et s'arrêta devant une large fenêtre. Dans la clarté immobile, il cessa de penser, lâcha la main courante et son bras retomba le long de son corps. Le temps s'était brusquement vidé de toute urgence. Dehors, un soleil pâle faisait luire des bâtiments vitrés aux allures d'hôpitaux. Tout un univers stérile, où des vies séparées traçaient leur ligne de fuite vers l'abîme.

Ravard sentit son portable vibrer, c'était Lacarnoy, qui lui apprit, outre ce qu'il savait déjà, que Gabriel Malèbre venait d'être interpellé et qu'il avait reconnu être le dénommé Doc Trasher, l'éminence grise de Stéphane Zenner. L'homme avait un casier judiciaire vierge. Un temps proche d'Alain de Benoist et de la Nouvelle Droite, il avait pris ses distances avec les mouvances néo-païennes de la droite extrême et s'était tourné vers des groupuscules émergents pour les façonner à sa guise. Il avait essayé de faire l'éducation politique de Zenner, pour qui son admiration ne semblait pas feinte ; son poulain possédait, selon lui, un charisme brut d'une rare magnitude. Malèbre avait en revanche démenti tout contact approfondi avec les autres Vicaires, qu'il n'avait rencontrés qu'occasionnellement via l'interface d'un jeu vidéo installé sur le PC de son fils, Guillaume, un adolescent. Sur ce point, Lacarnoy fit observer que Benoît Dingreville, alias Sacrilège-Zéro, avait délibérément omis de leur parler du jeu vidéo *Star Citizen*, se bornant à évoquer de vagues rencontres dans un bar, sans doute pour ralentir l'identification de ses complices. De fait, ce jeu permettait de retranscrire les expressions faciales des joueurs captées par leur webcam, tous se connaissaient donc *de visu* par l'intermédiaire d'avatars ressemblants assez réalistes. Mais cela n'avait plus guère d'importance, ce beau monde allait bientôt quitter les cellules de Levallois, Zenner serait à nouveau libre comme l'air. Pour la forme, on lui collerait sur le dos des incitations à la haine raciale, ce qui n'allait pas l'abattre, il en avait vu d'autres. Les directives du ministère étaient de toute façon très claires, il s'agissait désormais de se concentrer sur l'Érythréen et sur le passé de Delmas, il fallait s'activer et rendre la paix à cette ville. Un certain dépit pointait dans la voix de Lacarnoy. Ravard raccrocha, il s'aperçut que son ex-femme lui avait envoyé un texto, elle insistait pour qu'ils se parlent, ce n'était pas le moment.

Dans les bureaux de la section antiterroriste, la nouvelle s'était déjà propagée, chacun savait maintenant que les hypothèses sur Stéphane Zenner tombaient à l'eau, qu'il était hors de cause et n'avait aucun rapport direct avec l'affaire de la porte de la Chapelle. Les flics ne rayonnaient pas de joie, la plupart avaient l'air de progresser dans cet après-midi comme un étron dans un intestin paresseux. Autour de la machine à café, certains se laissèrent même aller à pester contre les médias : n'avaient-ils pas réclamé à cor et à cri la tête de Zenner sur un plateau ? En vérité, les médias n'avaient fait que ce qu'ils savaient faire : suivre une tendance. Les réseaux sociaux avaient amplifié celle-ci. La justice, les enquêteurs, tout le monde s'était emballé. Alors qu'on le voyait déjà au fond du trou, Zenner allait revenir comme une vague de flammes et calciner ses détracteurs, il allait gagner sur les deux tableaux : non seulement il avait bénéficié d'un prodigieux coup de pub, mais il allait passer pour la victime d'une accusation mensongère, il y glanerait au passage l'aura douteuse de champion des « antisystèmes ».

On attrapa Ravard par le bras. Farid Nazaoui, un agent de police judiciaire, lui dit qu'ils avaient identifié Maîtresse Sonja, la femme de la vidéo de Delmas. Une pute aux abois qui vivait dans la rue. Elle avait fréquenté la salle de shoot du 14 rue Ambroise-Paré. Son cadavre avait été retrouvé début septembre dans une cabane faite de bâches et de palettes de bois entreposées contre un pilier du périphérique au niveau de la rue Hélène-et-François-Missoffe à Saint-Ouen. Le Collectif Les Morts de la Rue était parvenu à mettre un prénom sur le corps sans vie. Oksana. Sur un poteau scellé dans un bloc de béton, un ruban d'étoffe rouge, un bouquet de fleurs séchées et une affichette jaune plastifiée indiquant qu'une femme de trente-quarante ans sans domicile fixe était décédée à cet endroit constituaient les maigres traces matérielles de son passage sur terre. Son souffle vital s'était évaporé dans la solitude, au milieu des gravats, des gobelets en carton écrasés et des graffitis de Puls. Mais les autres, les suppliciés des vidéos tournées par Delmas, qu'étaient-ils devenus ? Nazaoui n'en savait rien, les recherches se poursuivaient. Ravard poussa la porte de son bureau, il constata le retour de Boisseau et informa ses lieutenants de la situation. « Ça ne change rien pour nous, on se concentre sur l'Érythréen », dit-il.

Une tribune publiée dans *Le Monde* par des bénévoles de La Chapelle-aux-migrants s'alarmait de l'inaction de la police, une inaction « ciblée » selon eux. Ravard se massa la nuque et farfouilla dans un tiroir. Il en sortit le dossier que Prieur avait déposé sur son bureau le matin même et remit à sa place la feuille sur laquelle était imprimée une capture d'écran des mains du complice de Delmas. Il passa en revue les autres documents, son regard tomba sur la photo de l'homme à la cagoule cloutée. Il posa son index sur la tache sombre formée par la cagoule. La moelle de l'affaire était là. D'après le rapport de Prieur, Claire Restil, sa source, disait ne rien savoir de cet homme. Delmas et lui avaient-ils agi ainsi sous l'effet d'une passion raciste ou par pure malice ? Avaient-ils tenté de trouver un chemin de traverse vers le mal absolu ? Ravard posa la liasse de feuillets à côté de son ordinateur et se posta auprès de Manel, dans une position accroupie. Il lui demanda si, à sa connaissance, il y avait du nouveau du côté de l'exploitation des données contenues sur la clef USB de Delmas. Son lieutenant lui répondit que d'après les analystes scientifiques la substance injectée aux migrants semblait être une formule modifiée de l'innoxycycline, un médicament qui devait à l'origine servir de substitut aux antidouleurs à base d'opioïdes et présentait l'intérêt d'être moins addictif que la morphine, le tramadol ou l'OxyContin. Les essais cliniques qu'avait pilotés Delmas n'avaient pas abouti, les effets de la molécule d'innoxycycline s'étant avérés violemment nocifs.

« Violemment, c'est-à-dire ?

– C'est une substance psychoactive puissante, un truc capable de te scotcher pendant des mois », dit Manel. L'innoxycycline provoquait des malaises cardio-vasculaires et toute une ribambelle d'effets secondaires. « Ils n'ont pas tous été répertoriés, les tests ont été interrompus à un stade très précoce. Et Delmas a certainement trafiqué la formule initiale pour en faire quelque chose de plus virulent, un aller simple pour la psychose. »

Ravard fit remarquer qu'on avait retrouvé de l'héroïne dans la maison de Delmas, mais pas la moindre trace de la substance utilisée porte de la Chapelle.

« Il a peut-être injecté tout le stock qui lui restait.

– Il aurait pu faire plus simple, utiliser un poison plus classique.

– Les analystes de la scientifique pensent qu'il n'a pas forcément voulu tuer, que son projet premier était peut-être de déclencher des crises psychotiques, des passages à l'acte violents, par exemple dans le but de ternir l'image des migrants dans l'opinion publique.

– C'est une spéculation, dit Ravard.

– Non, c'est probablement ce qui est arrivé au type qu'on recherche, l'Érythréen. Il a été rendu dingue par cette merde qu'on lui a injectée. »

Manel s'interrompit, elle devait prendre un appel. Ravard regagna son espace de travail. Il avisa Boisseau, il le voyait de dos, massif, tassé sur lui-même face à son écran. L'image lui fit penser à cet homme obèse coiffé d'un bonnet d'âne sur la couverture d'un album de Ministry, *Dark Side of the Spoon*. Était-ce la mort du SDF, une mort qu'il aurait pu empêcher, qui pesait sur ses épaules tombantes ? Avait-il conscience d'en être en partie responsable ? Il avait laissé s'enfuir l'Érythréen alors qu'il avait eu l'occasion de le neutraliser, c'était presque une faute professionnelle. Ravard s'aperçut qu'il en voulait pour de bon à son subordonné : Boisseau n'avait pas été à la hauteur et il était là, posé comme un colis de viande. Par sa faute, le tueur continuait à sévir. Cette colère soudaine le surprit lui-même, mais il décida d'en tirer des conséquences pratiques – dorénavant, il n'enverrait plus Boisseau sur le terrain, la confiance était rompue.

Ravard vit que Manel s'était tournée vers lui, elle le dévisageait avec étonnement. Sans s'en rendre compte, il s'était mis à pianoter nerveusement sur son bureau. Il se leva et lui dit qu'il allait prendre l'air. Il attrapa sa veste et descendit au rez-de-chaussée, il lui arrivait de faire un tour jusqu'à l'esplanade du tribunal de grande instance pour se changer les idées, mais il n'eut pas le temps d'atteindre le portique du Bastion, il vit Manel se précipiter vers lui, elle le rattrapa pour lui annoncer la bonne nouvelle :

« L'Érythréen, on l'a localisé. Il est à Châtelet. »

En voyant Boisseau débarquer derrière elle en petites foulées, Ravard se souvint de sa décision de le maintenir à l'écart. Cette fois, ils n'avaient pas droit à l'erreur.

# Chapitre 57

*Noirac*
*Gustave*
*Lecœur*

*Jeudi 27 septembre 2018.*
*Théâtre des Extases, rue Pierre-au-Lard, Paris 4ᵉ.*

La rue Pierre-au-Lard sentait encore la pisse. Une odeur âcre et pénétrante. Au-dessus de la porte de vieux chêne, Cléo vit la caméra de surveillance, elle ne l'avait pas remarquée lors de sa précédente visite. Elle la regarda fixement, écarta une frange bleue pour dégager l'ovale de son visage, puis cogna du poing contre la petite grille de fer incrustée dans la porte. Un œil couleur acier apparut derrière la grille, on la jaugea un instant. Il y eut un déclic métallique, le vantail s'ouvrit. Le physionomiste ne lui adressa pas un mot, son énorme masse se tenait en retrait, tapie dans l'ombre. Cléo perçut la plainte d'un violoncelle, rauque comme le souffle d'un animal. Guidée par l'étrange mélodie, elle s'enfonça dans le couloir étroit. Elle avançait avec le sentiment d'explorer un organisme. Ce lieu avait une âme, il respirait. Elle reconnut l'escalier en colimaçon, sa rampe en fer forgé, et amorça la descente.

À l'étage du dessous, elle entrevit une danseuse dans une pièce, elle brossait sa longue chevelure. Une autre à la taille élancée était penchée sur un miroir, un bâton de rouge à lèvres entre ses doigts fuselés. Épaules blanches, hanches au modelé parfait, poitrine nue, corsage ouvert, jupe de dentelles noires vaporeuses. Des joyaux de chair dans leur écrin. D'étage en étage, le chant du violoncelle se précisait. Il guida Cléo jusqu'aux tréfonds du Théâtre. Elle franchit le seuil de l'espace scénique.

Demi-pénombre.

Dans un halo de lumière jaune, le long corps svelte de Gustave était engagé dans un corps à corps avec son instrument. L'archet s'immobilisa. Gustave releva lentement la tête. Elle avait senti la présence de Cléo. Elle dit : « Ce que j'ai joué, ça t'a plu ? »

Face à la scène, les loges étaient dans le noir, ouvertes comme de grandes bouches muettes. Cléo s'approcha de Gustave au centre du plateau et dit que oui, elle avait aimé ; elle lui demanda si c'était du Bach.

« Non. Dutilleux. *Trois Strophes sur le nom de Sacher*, dit Gustave en se levant du tabouret. Je t'ai vue l'autre jour. Tu viens auditionner ? »

Cléo expliqua qu'elle n'était pas ici pour des questions d'ordre professionnel, elle avait besoin de parler à Claire Restil, c'était important. « Claire n'est pas là, Rose pourra peut-être t'aider », dit Gustave. Elle pointa l'archet en direction des coulisses.

Dans l'entrebâillement d'une porte, Cléo découvrit Rose Lecœur installée dans un canapé de cuir fauve, elle l'attendait et l'invita à entrer, à ne pas être timide.

« J'ai cru comprendre que tu cherches Claire, pourquoi ? »

Cléo parla de la clef USB que Restil lui avait confiée le mardi soir, du drame de la porte de la Chapelle, qui la touchait personnellement, des motivations obscures de Delmas. Lecœur l'écouta sans dire un mot, le regard pointé vers le plancher.

« Delmas nous a fait beaucoup de mal », dit-elle d'une voix blanche. Il y eut un long silence chargé de colère triste. « Mais c'est fini ! » s'exclama la patronne du Théâtre. Ses traits de vieille maquerelle rayonnaient à nouveau. Une énergie redoutable, rien ne pouvait abattre une telle femme. Elle se leva pour faire face à Cléo et saisit délicatement la mâchoire de celle-ci entre le pouce et l'index de sa main droite. Cléo ne broncha pas. Les ongles lie-de-vin frôlèrent ses lèvres, elle sentit les petits doigts osseux lisser ses sourcils tandis qu'un regard expert l'évaluait sous toutes les coutures, comme si elle était tombée entre les griffes de Madame Claude. « Un profil intéressant », murmura Lecœur. De façon plus audible, elle ajouta : « Le rouge est votre couleur, je vous l'ai déjà dit, je crois. » Elle ouvrit le tiroir d'un petit meuble et s'empara d'un morceau de bristol couleur crème. L'une des faces était vierge, l'autre ornée d'un symbole, une paupière fermée stylisée. Sur la face vierge, elle griffonna quelque chose. Elle tendit le carton à Cléo, qui put y lire l'adresse de Claire Restil ainsi qu'un numéro de portable.

« C'est mon numéro personnel, dit Lecœur. Appelez-moi. Quand vous voulez. »

# Chapitre 58

*Manel*
*Ravard*
*Boisseau*
*Yared*

*Jeudi 27 septembre 2018.*
*Station de métro Châtelet-Les Halles, Paris 1er.*

« … il est dangereux, faites gaffe. »

La voix de Boisseau mourut dans l'oreillette de Ravard. Le trafic était interrompu depuis vingt minutes sur la ligne 14, le quai était bondé. Manel et Ravard déambulaient dans la masse compacte des voyageurs, scrutant les visages. Depuis le centre de vidéosurveillance de la station Châtelet-Les Halles, Boisseau coordonnait l'opération, ses yeux passaient d'un écran de contrôle à l'autre. Mais ce qu'il cherchait lui échappait, l'Érythréen Yared Wossem restait invisible. Depuis une heure, c'était le branle-bas de combat à Châtelet, un policier de la brigade ferroviaire avait cru le reconnaître dans un couloir de la station. Il y avait 458 caméras de vidéosurveillance, mais pas de système de reconnaissance faciale, et Yared pouvait être n'importe où. La station de métro Châtelet était la plus vaste de la capitale, une véritable cité souterraine. Un flux torrentiel de voyageurs s'y déversait et chaque jour plus de 320 000 corps circulaient entre les cinq lignes de métro et les trois lignes de RER. Il était probable que Yared ait déserté les lieux, ou qu'il ait trouvé refuge dans un parking ou un local technique oublié. La consigne était de ne pas l'appréhender directement, de ne pas le toucher, de seulement signaler sa position et d'attendre les renforts. La nature du danger était floue. On savait que l'homme détenait un couteau et des bouteilles d'eau contaminée hautement toxique. On ignorait la couleur et l'aspect de ses nouveaux vêtements, on ne pourrait le reconnaître qu'à son visage, des photos de lui prises à la porte de la Chapelle avaient été distribuées à tous les personnels du poste de police installé depuis 2017 à l'intérieur de la station Châtelet. Des flics en civil et en uniforme fourmillaient dans la foule, chasseurs mêlés au bétail inconscient du danger, de la mort qui vient du dehors et qui, sans crier gare, entre par effraction dans une vie et rafle tout. Les affichettes de la RATP invitaient les usagers à être « attentifs ensemble », mais la menace n'avait pas été rendue publique et tous se mouvaient sur une mince pellicule de glace au-dessus d'une eau noire et profonde, leur impatience était encore une forme d'insouciance. Ravard, lui, était sous la surface, dans l'élément saumâtre de la survie, il savait que rien n'était sous contrôle, il était à l'affût. Il atteignit l'extrémité du quai de la ligne 14 et chercha Manel du regard, elle fit un signe de dénégation de la tête, c'était leur cinquième aller-retour et ils avaient encore fait chou blanc.

Dans leur oreille droite, la voix de Boisseau éclata : l'Érythréen venait de monter dans une rame du RER B, un groupe de la brigade ferroviaire l'avait pris en chasse. Ravard sourit et regarda Manel. Dans ce regard qui dura plus longtemps qu'il n'aurait dû, il y avait du soulagement. Autre chose aussi. Ils quittèrent le quai et rallièrent la plate-forme d'échange entre les lignes de métro et de RER, direction l'« unité d'accueil et de sécurisation gare », rue Pierre-Lescot. La marche des voyageurs les entraînait comme le courant d'un fleuve. Le souffle glacial d'une ventilation contraignit Ravard à détourner la tête, il vit Manel et sa chevelure noire ébouriffée par la soufflerie. À travers l'écran des cheveux virevoltants, son regard accrocha un ensemble de points remarquables, le tracé qui les reliait et dessinait un profil déclencha un signal d'alarme dans son cerveau. L'homme qui marchait à vive allure et venait de doubler Manel ressemblait à l'Érythréen. Une ressemblance au-delà de la ressemblance.

# Chapitre 59

*Noirac*
***Restil***

*Jeudi 27 septembre 2018.*
*Appartement de Claire Restil,*
*rue Scheffer, Paris 16e.*

Claire Restil portait un jean noir et un débardeur en cachemire noir. Une œuvre d'art vivante, jusque dans les moindres détails de son corps. Elle s'agenouilla pour fourrer une pile de vêtements dans une valise à moitié remplie. Des sacs de voyage et une valise cabine Louis Vuitton s'entassaient dans le corridor.

« Vous partez ? demanda Cléo.

– Oui, besoin de changer d'air. »

Ton sec. Une pointe d'anxiété dans la voix. Elle continua à s'activer et retourna vers le dressing. Cléo la suivit. De sa vie, elle n'avait jamais vu autant de fringues chez un particulier. Sans se retourner, Restil lui dit :

« Rose a l'air de bien vous aimer, vous lui avez tapé dans l'œil. Vous avez de la chance, vous savez, elle a fait beaucoup pour moi. » Elle saisit une paire de chaussures à talons hauts, hésita, la reposa. « Elle m'a dit que vous aviez des questions à me poser. Je vous écoute. Ces temps-ci, on me pose beaucoup de questions. »

Cléo se lança : « Vous vous souvenez de ce que vous nous avez dit, mardi soir ? » Mais la danseuse avait-elle seulement eu conscience de leur entrevue au Théâtre ? N'était-elle pas en état de transe ? Elle semblait l'avoir reconnue quand elle lui avait parlé à l'interphone et quand elle lui avait ouvert sa porte, mais son regard conservait quelque chose de vague, comme si elle flottait toujours entre deux mondes, dans l'espace interstitiel du somnambulisme. Cléo poursuivit :

« Borel, l'homme qui était avec moi l'autre soir, il a une théorie sur Paul Delmas. Selon lui, Delmas n'a pas voulu tuer, il expérimentait une substance. »

Restil se tourna vers elle et la dévisagea. Elle soupira.

« Votre ami a raison, Paul n'était pas un tueur. C'est plus compliqué. »

Elle quitta le dressing, escortée par sa visiteuse. Sur la table de la cuisine, une bouteille de bourgogne était largement entamée. Restil remplit deux verres à ras bord, elle en tendit un à Cléo.

« Le problème, c'était son associé. Un type dangereux. Si je fous le camp loin d'ici, c'est à cause de lui. Il est capable de tout, vous n'imaginez pas… »

La danseuse avait l'air de flipper, sa peur n'était pas feinte. Dans sa main, le verre tremblait légèrement.

« Mais si je vous dis ce que je sais, vous en ferez quoi ? »

Cléo s'assit sur un tabouret en face d'elle et répondit juste :

« Je saurai. »

Derrière son regard embrumé, Restil sembla analyser le propos amphibolique de son interlocutrice – voulait-elle dire qu'elle se contenterait de savoir pour savoir ou qu'elle saurait quoi faire des informations ? Puis elle s'ouvrit à Cléo, elle se livra entièrement, comme on se déleste d'une charge pour mieux mettre les voiles ensuite. Elle lui raconta la déception de Paul Delmas quand il avait prématurément dû mettre un terme à l'essai clinique sur l'innoxycycline, une molécule prometteuse, un antidouleur dépourvu d'effets addictifs et dont les effets secondaires entraient directement en résonance avec sa nouvelle passion pour les états d'hyper-lucidité. Pour Delmas, cet intérêt naissant avait pris le pas sur le reste, et il avait fait des pieds et des mains pour reprendre les essais, sans succès, jusqu'à ce qu'il parvienne à convaincre Julien Vitrou, le responsable de la sécurité d'un laboratoire de Nectar Pharma SAS. Il lui avait fait miroiter le potentiel commercial de l'innoxycycline – une fois la formule stabilisée, il serait possible de la faire breveter et d'en tirer une fortune colossale. Vitrou avait passé un *deal*, moyennant un large pourcentage sur les profits à venir, il le laissait utiliser le labo pendant la nuit. Delmas s'était démené corps et âme, il avait fait évoluer la formule, la modifiant en profondeur, jusqu'à sa dénomination même : il ne parlait plus d'*innoxycycline*, mais de *mycélium*, à cause des hallucinations visuelles très singulières que la substance entraînait chez les cobayes ; l'un d'eux avait tenté d'en faire un dessin, il avait l'impression persistante de voir partout des textures fibreuses, des réseaux de filaments semblables à ceux des champignons. Porté par une audace toujours plus grande, Delmas avait pratiqué des injections de *mycélium* dans la salle de shoot de Lariboisière. Mais les premiers essais clandestins avaient vraiment démarré dans la cave de sa maison, sur des SDF ou des drogués qu'il suivait et dont la disparition n'inquiéterait personne. Progressivement, Vitrou s'était impliqué dans le processus, il avait laissé libre cours à ses penchants. Un sadique de premier ordre. Les essais s'étaient mués en séances de torture, que Vitrou filmait pour sa jouissance personnelle et pour s'enrichir du commerce de ces vidéos. Delmas s'était laissé embarquer dans une aventure qui le dépassait, il ne contrôlait plus rien.

« Un soir, il m'a invitée chez lui. Je me souviens, c'était à 21 heures, j'avais même noté l'heure du rendez-vous sur un carton du Théâtre comme celui que vous aviez dans la main en arrivant. J'avais besoin de quelque chose de fort, Paul me faisait parfois des ordonnances de complaisance. Il m'a donné quelque chose, puis il m'a fait descendre dans sa cave, j'étais dans un état second mais j'ai vu ce qu'il faisait à ces gens. J'ai vu l'horreur. Et la folie dans les yeux de Paul. Il n'était plus le même. »

Restil but une gorgée de vin, puis une autre.

« Ce soir-là... », dit-elle. Mais elle n'alla pas plus loin.

Après un court silence, Cléo l'encouragea à poursuivre :

« Ce soir-là, que s'est-il passé ? »

# Chapitre 60

*Manel*
*Ravard*
*Boisseau*
*Yared*

*Jeudi 27 septembre 2018.*
*Station de métro Châtelet-Les Halles, Paris 1er.*

L'homme portait une sorte de K-way bleu marine et une casquette verte. Un sac dorsal pendait à son épaule droite. Au lieu de s'arrêter au niveau du poste de la police des transports pour y attendre Boisseau, Ravard continua à avancer. Manel ne posa aucune question, elle devina instantanément qu'il avait vu quelque chose d'anormal et comprit qu'il avait en point de mire l'homme au K-way. Ils le suivirent jusqu'à la sortie de métro Porte Berger, prirent l'escalator et entrèrent dans le Forum des Halles Westfield, au niveau moins 3. Devant eux, l'homme fonçait, les néons multicolores des enseignes se réverbéraient sur le revêtement noir du sol et défilaient comme les lueurs orange dans le tunnel d'une autoroute. Ravard sentait les semelles de ses baskets adhérer au linoléum caoutchouteux, sensations de pilotage, sentiment de performance. Lancée à toute vitesse, sa cible était à la lisière de la marche et de la course, c'était une esquisse vivante, impossible de fixer une vision bien nette de son visage. L'homme tourna à l'angle du McDonald et mit le cap vers la place de la Rotonde. Il ralentit en arrivant à la place Carrée et s'immobilisa. Il semblait hésiter. Allait-il emprunter l'escalator qui menait vers la sortie Porte Saint-Eustache ? Quelques mètres derrière lui, Ravard s'était arrêté lui aussi. Il demanda à Boisseau de confirmer l'information : l'Érythréen avait-il, oui ou non, été formellement identifié dans une rame du RER B ? Où se trouvait-il actuellement ? Avant d'avoir pu obtenir une réponse, Ravard vit le suspect se remettre en mouvement, il filait maintenant dans la rue du Cinéma. Son allure avait changé, elle était plus lente, plus maîtrisée. L'homme au K-way passa comme un spectre devant le Forum des images et laissa glisser de son épaule la bretelle de son sac à dos. Sans arrêter de marcher, il l'ouvrit.

Des voyants écarlates s'allumèrent dans le cerveau de Ravard, qui plaqua instinctivement sa main sur le holster fixé à sa ceinture. Il coula un regard vers Manel, elle était en train d'écarter un pan de sa veste en cuir et de saisir son arme. Ils étaient repérés, l'affrontement était imminent. L'homme plaça un démarrage soudain, il laissa les deux flics sur place. Sa vélocité était surprenante, ses mouvements se fondaient les uns dans les autres en un continuum fluide. Ravard se mit à courir avec un temps de retard, tout tanguait autour de lui, il parvint à discerner les paroles de Boisseau dans son oreillette :

« Fausse alerte, Arnaud, ce n'était pas lui dans le RER.

– Il est dans le Forum des Halles niveau moins 3, dit Ravard. Casquette verte, K-way bleu foncé, sac à dos noir, il se dirige vers le cinéma UGC, on est sur lui. »

La silhouette maigre disparut de son champ de vision. Il y eut un cri violent, il venait du cinéma. Devant les caisses, un vigile était à terre, le visage enfoui dans ses mains. À ses pieds, le contenu d'une bouteille en plastique finissait de s'écouler sur la moquette anthracite. Le grand black avait paniqué, il avait pensé à une attaque à l'acide. La réalité était peut-être bien pire. Deux employées du multiplexe s'approchèrent de lui.

« Ne le touchez pas, cria Manel, les secours arrivent ! »

Ravard jeta un coup d'œil vers la rampe bleutée de l'escalator qui conduisait au niveau moins 2, puis du côté du Starbucks et du couloir menant à la sortie Porte du Louvre. L'Érythréen s'était volatilisé. Une caissière parla à Manel, elle avait vu l'agresseur du vigile, il s'était dirigé vers l'accès aux salles. Ravard remarqua une porte de service entrouverte, celle du local poubelle du cinéma. Le Sig Sauer était maintenant dans sa main, pointé vers cette porte qu'un coup de pied ouvrit en grand. Le local était vide. Regard périphérique, course vers les salles, il n'y en avait pas moins de vingt-sept, trop d'issues possibles. Le cœur de Ravard battait à fond. Un type à la barbe soignée genre *hipster* observait calmement le flic derrière de grosses lunettes rétro. Sans ouvrir la bouche, il pointa son doigt en direction d'un escalator qui montait vers les salles 6 à 23. Ravard s'y précipita. Il atteignit le niveau supérieur à temps pour voir qu'une porte battante achevait de se refermer, celle de la salle 6. Le fugitif y avait trouvé refuge, c'était une certitude. Ravard posa sa main sur la porte, prêt à la pousser.

À l'intérieur, il y avait la mort. Il expira longuement l'air de ses poumons par les narines et entra, il fut happé par l'obscurité comme s'il chutait dans une eau glacée. La salle était un piège, il n'était plus le chasseur.

# Chapitre 61

*Noirac*
*Restil*

*Jeudi 27 septembre 2018.*
*Appartement de Claire Restil,*
*rue Scheffer, Paris 16$^{e}$.*

« *Ce soir-là*, j'ai découvert ce à quoi Paul Delmas occupait ses nuits depuis des semaines, j'ai compris qu'il menait des essais clandestins sur des sans-abri et des migrants, sur des paumés en tout genre, qu'il testait un antidouleur miraculeux en soumettant ces miséreux à des tortures sans nom, obligeant des droguées à moitié dans les vapes ou en pleine montée à piétiner les parties les plus vulnérables de leur corps. Delmas m'a injecté une nouvelle dose, de l'héroïne, il n'en avait plus rien à foutre de me voir replonger dans les affres de l'addiction. Vitrou était là lui aussi, il m'a déshabillée pour me faire revêtir une tenue SM bas de gamme et des boots de combat à semelles cloutées, il m'a introduit des AirPods dans les conduits auditifs et enfilé une cagoule de latex rouge, je ne pouvais plus rien voir, l'accessoire ne comportait qu'une ouverture pour la bouche. Une main m'a guidée et Vitrou a susurré à mon oreille: “Danse.” La musique a explosé dans mes tympans, de l'électro-indus, et je me suis mise à danser, j'ai dansé dans la nuit, la dope dans mes veines et les pulsations sonores dans mes nerfs, et la voix du chanteur répétait en boucle: *If I was high / I could be a flame / I would bend the sky / And set the world on fire / If I was high / I would blow you away.*

« Mais un grondement avait recouvert sa voix, une lame de fond sonore, une voix inhumaine, pré-individuelle, peuplée de paysages désertiques et mouvants, de couleurs jaunes tirant sur le pourpre, une ébullition globuleuse. Je l'ai senti. Une invasion intérieure. Ce n'était pas un dieu qui s'invitait en moi, la chose qui remontait dans ma colonne vertébrale ne me voulait aucun bien, c'était une larve immense, une foule de larves grouillantes, sa présence collait à mes viscères, je la sentais dans ma poitrine, oppressante, je n'avais jamais connu pareille sensation, et pourtant je m'y connais en transe. C'était une intrusion brutale, un viol sans résidu d'intégrité, une sensation de danger absolu. Un geyser de douleur m'a traversée, une rafale de visions, des bris de vitraux qui, en s'agençant, ont recomposé une image de moi-même vue en contre-plongée, et je me suis vue en train de danser sur place, martelant le sol de mes boots, martelant les chairs disloquées de cet homme dont je sentais la présence se raidir en moi, je me voyais comme il me voyait, j'ai arraché la cagoule de latex et je l'ai vu, de mes yeux de chair, son entrejambe était réduit en bouillie, des lambeaux de viande attendrie. Et en surimpression, je me voyais telle que lui me voyait, ses yeux me regardaient, ils brillaient d'un éclat anormal et labouraient mes chairs, les déchiraient de l'intérieur, en raclaient la pulpe pour ne laisser qu'une membrane lisse et vide, l'intrus avait prise sur mes nerfs, ma panique était la sienne, fusion des terreurs, partage des asphyxies dans un souterrain inondé, il essayait de m'emporter avec lui dans la mort, je le sentais me mettre à mort de l'intérieur, me dévorer, impossible de lutter, et j'ai senti la révolte et la haine, une forêt de haines pétrifiées, alluvions de mort charriés d'un organisme à l'autre, transfusion d'horreur, le grand Froid, le Gel absolu, les éclaboussures de sang scintillaient comme des cristaux de glace sur la planche de bois entre ses jambes agitées de convulsions et tout s'est mis à étinceler, un long hurlement de terreur s'est effiloché dans le néant, je chutais, mais Paul m'a rattrapée, il m'a fait asseoir sur une chaise et m'a donné un verre d'eau, et tandis qu'il épongeait d'un mouchoir la sueur sur mon cou et la salive sur mes lèvres, j'ai cru voir comme à travers une vitre dépolie Vitrou qui traînait le corps de l'homme, un corps sans vie. Paul me pressait de questions, il voulait que je décrive mon expérience, il m'a forcée à répéter plusieurs fois et son excitation était toujours plus grande, il triomphait, il avait atteint son but, ce qu'il avait injecté au supplicié l'avait certes fait crever, mais avant de trépasser le cobaye avait manifesté une forme singulièrement agressive de télépathie, il avait démontré des aptitudes de nature paranormale. Paul avait réussi au-delà de tout espoir. »

Claire Restil se tut. Elle vida d'un trait son verre, attrapa une autre bouteille, se resservit. Elle porta le ballon de cristal à ses lèvres et planta son regard dans celui de Cléo.

« Ce ne sont pas des conneries, c'était réel, je n'ai jamais rien vécu d'aussi réel, vous comprenez ? »

Cléo hocha la tête. L'éclat étrange des yeux du migrant de la porte de la Chapelle lui était revenu à l'esprit, avec la pénible reviviscence de cette sensation d'intrusion qu'elle avait éprouvée.

« Oui, Claire, je crois que je comprends. »

# Chapitre 62

*Manel*
*Ravard*
*Boisseau*
*Yared*

*Jeudi 27 septembre 2018.*
*Cinéma UGC Ciné Cité Les Halles, Paris 1er.*

La bonne sœur avançait dans un couloir sombre, une lanterne à la main. Au-dessus de sa tête, des crucifix pendaient un peu partout. Elle arriva au bout du couloir, face à une lourde porte en bois sur laquelle était gravé « Dieu s'arrête ici ». Dans la salle numéro 6, les spectateurs ne bronchaient pas, ils étaient venus voir *La Nonne*, ils n'étaient pas trompés sur la marchandise. Ils ne prêtèrent pas attention à la silhouette maigre qui vint se joindre à eux dans l'obscurité après les spots publicitaires et le début du film. Ils étaient là pour avoir peur, l'idée curieuse de s'enfermer dans le noir avec de parfaits inconnus ne les effrayait pas, c'était la meilleure preuve que le lien social n'était pas mort, qu'une confiance minimale subsistait. Quand Ravard fit irruption dans la salle, il planqua son Sig Sauer dans sa veste, un mouvement de panique aurait compliqué sa tâche. Ses yeux mirent plusieurs secondes à s'accoutumer. La salle était un labyrinthe d'ombres, un large plan incliné qui faussait les sensations kinesthésiques. Seules les diodes lumineuses des marches offraient des points d'ancrage sur lesquels régler son équilibre. La musique était oppressante, le volume sonore trop élevé. Sur l'écran, la jeune nonne récitait le Notre Père. Un fracas l'interrompit avant la sixième prière, les spectateurs n'eurent pas l'occasion d'entendre « Ne nous laissez pas entrer en tentation », nouvelle traduction adoptée en France par l'Église catholique pour combattre l'idée que Dieu lui-même puisse nous soumettre à la tentation, car celle-ci ne pouvait émaner que de puissances démoniaques – c'était cohérent avec le propos du film, l'Église et les scénaristes de *La Nonne* avaient accordé leurs violons.

Hurlements en Dolby stéréo, bruit de bouches qui mâchent du pop-corn, sol en pente, Ravard traversait une mosaïque de sensations tandis qu'il descendait les marches de l'escalier central. Il sondait les abîmes, les rangées de sièges étaient comme les allées d'un dédale. Plus de trois cents places, la plupart occupées. L'Érythréen n'était nulle part. La voix de Manel surgit dans l'oreillette, elle avait alerté les secours et laissé des consignes au sujet du vigile agressé, elle se trouvait à présent dans la salle de surveillance vidéo du multiplexe UGC. C'était sans doute gênant pour ceux qui voulaient baiser en dehors de chez eux à peu de frais, mais la plupart des exploitants de salles avaient équipé leur cinéma de systèmes vidéo infrarouges.

« Je serai tes yeux », dit Manel.

Le cadavre de la nonne était pendu à une corde, ses vertèbres craquèrent et son crâne roula à terre. Le public était absorbé. Quelques têtes se tournèrent pourtant vers Ravard.

Il arpentait la salle depuis assez longtemps pour que ses allées et venues commencent à gêner. Il y eut un grésillement dans l'oreillette :

« Arnaud, j'ai quelque chose. La quatrième rangée, sur ta droite. »

Ravard dévala les marches et gagna la première rangée, il passa devant les spectateurs, ils étaient polis, ils fermaient leurs gueules, mais une nuée de murmures s'envola quand ils remarquèrent le pistolet automatique. Le flic progressait maintenant avec son arme en position de garde, l'index sur le pontet.

« Il est devant toi, derrière le deuxième fauteuil en partant de la gauche. »

Des spectateurs se levaient, les regards se polarisaient sur Ravard.

« Attention, ça bouge ! » cria Manel.

Une forme sombre se déplia d'un seul coup, elle se mit à courir, se frayant un chemin entre les spectateurs, sautant d'une rangée de sièges à l'autre. De la main gauche, Ravard avait saisi en mode poinçon sa lampe torche. Le faisceau de lumière balaya l'espace, il captura la silhouette de l'Érythréen. Mais impossible d'ajuster la cible mobile et de tirer, les spectateurs étaient comme des boucliers humains, ils étaient médusés, certains se mirent à crier. En quelques secondes, l'inquiétude enfla comme un airbag, elle dégénérait maintenant en une panique incontrôlable : cet homme pointait un flingue sur eux, il allait faire un massacre. Ce n'était pas une peur de pacotille, c'était la frayeur viscérale, la vraie, celle qui vous fait relâcher votre vessie et pisser dans votre froc.

Ravard se lança à la poursuite de Yared, il percuta un jeune couple, le choc fit sauter son oreillette hors du conduit auditif. Manel ne pouvait plus le guider, tout s'agitait autour de lui, il parvint pourtant à distinguer le fugitif, il se dirigeait vers une sortie latérale, en bas de la salle à gauche de l'écran. L'homme disparut dans l'issue de secours sous le bloc d'éclairage de sécurité. Ravard poussa à son tour la porte métallique et s'élança à l'intérieur. Le couloir était en ligne droite avec, tout au bout, un coude à angle droit. Ravard fonça, il couvrit la distance en quelques enjambées. Au moment de passer l'angle, il écrasa son dos contre le mur anthracite et prit une inspiration. Il jaillit dans le nouveau segment du couloir et se figea en position Weaver. Devant lui, à trois mètres du canon du Sig Sauer, l'Érythréen était immobile. La tête légèrement baissée, les yeux masqués par la visière de sa casquette, il faisait face au policier. Son sac à dos était à ses pieds. Sous un panneau lumineux où étaient affichés les mots *The End*, les deux battants de la porte de sortie qui communiquait avec la rue étaient seulement à quelques mètres dans le dos du suspect. Il avait eu la possibilité de fuir et il avait choisi de faire face au flic. Très lentement, il releva la tête et ses yeux apparurent. Dans l'éclairage artificiel du couloir, les deux iris luisaient d'un éclat violet intense. Ravard laissa échapper la lampe torche qui était dans sa main gauche, il l'entendit rouler sur le linoléum. Il ne pouvait pas quitter des yeux le regard de Yared. Il n'avait rien de normal, ce regard. Ravard s'aperçut que ses muscles se tétanisaient, qu'il était complètement paralysé. Ces yeux mauves étaient deux vortex vivants, ils projetaient leurs pseudopodes dans les ramifications les plus ténues de son système nerveux, ils le contrôlaient, son corps ne répondait plus, il se sentait comme un avion qui va se crasher, et les instructions de Diard lui revinrent en mémoire, *ne l'appréhendez pas vous-mêmes.*

Un sourire extatique se dessina sur les lèvres de l'Érythréen, il était toujours dans la ligne de mire. À cette distance, la cible était immanquable, mais Ravard sentit son bras s'abaisser, il pesait des tonnes, il faisait de plus en plus chaud, la température était montée en flèche, le couloir était écarlate. Ravard sentit des charges d'angoisse exploser dans sa poitrine, sa respiration était difficile, il était toujours debout mais vacillait comme une tour en flammes. Son arme tomba à terre. L'Érythréen tendit une main dans sa direction et une lame scintilla, il pointait un couteau vers lui. Il s'approcha d'un pas, tout se déroulait comme au ralenti, le dément souriait de plus belle, il fit un autre pas en avant, la lame était effilée, c'était une sorte de dague. Ravard ne parvenait toujours pas à bouger, il allait se faire égorger, il n'y croyait pas, le sang pulsait dans ses tempes. Il sentit la pointe du couteau sur la peau de sa gorge.

Deux déflagrations emportèrent ses tympans. Il vit l'Érythréen tomber en arrière, des étoiles de sang sur le front. La bande sonore du monde n'était plus qu'un bruit blanc. Il tourna la tête et le visage de Manel entra dans son champ visuel. Elle venait de faire feu, un *double tap*. Ses lèvres remuaient, mais il n'entendait rien. Elle le serra dans ses bras.

# Chapitre 63

*Noirac*

*Vendredi 28 septembre 2018.*
*Domicile de Cléo Noirac,*
*7, rue Lepic, Paris 18^e^.*

Cléo avait grillé cinq feux rouges, des SUV lancés à toute allure dans les rues vides avaient frôlé son scooter, mais elle était rentrée chez elle en une seule pièce. En titubant, elle avait regagné sa piaule et avait dû s'y reprendre à trois fois avant d'introduire la clef dans la serrure. À peine la porte claquée, elle s'était ruée au-dessus de la cuvette pour y dégueuler longuement de grands jets drus de vin et de bile. Pendant toute la soirée, Claire Restil lui avait raconté en détail sa vie de danseuse et de courtisane somnambule. Ensemble, elles avaient descendu au moins trois bouteilles. Vers une heure du matin, dans le vestibule, Restil avait agité sous le nez de Cléo les clefs de son appartement fastueux, il était désormais libre ; s'il l'intéressait, il suffisait de demander les clefs à Rose. Et Restil s'était rapprochée comme pour donner une accolade sororale, Cléo avait senti la chaleur de son corps et sa langue entrer dans sa bouche et glisser autour de la sienne ; elle s'était laissé embrasser, puis repousser doucement à l'extérieur, et la danseuse avait refermé la porte, laissant Cléo toute chose sur le palier.

Courbée au-dessus des chiottes, elle crachait maintenant un long filet de bave. Elle s'essuya du revers de la main. La fatigue dégringola d'un coup sur ses épaules; elle retira sa veste et, sans prendre le temps de se déshabiller, alla s'écrouler sur son lit, elle s'endormit comme une masse. Elle se réveilla tard dans la matinée, avec la gueule de bois. La première image qui s'imposa à son esprit amolli fut celle de Claire Restil, elle en éprouva un curieux pincement au cœur. Sur la moquette, sa veste était étalée comme une grande peau morte. Dans l'une des poches, elle trouva le badge magnétique que Claire lui avait donné à la fin de la soirée. Delmas l'avait joint à la clef USB dans le courrier qu'il avait adressé à son égérie avant d'être tué. Il donnait accès au laboratoire où il avait mis au point et stocké son *mycélium*, sa Divine Substance. Dans sa lettre, Delmas indiquait qu'il en restait des doses dans le labo, rue Pierre, à Saint-Ouen. La clef de voûte de toute l'affaire de la porte de la Chapelle était là-bas. Mais Restil avait plusieurs fois mis en garde Cléo, l'associé de Delmas était dans les parages, et il était dangereux à l'extrême: c'était surtout à cause de lui qu'elle avait choisi d'aller se faire oublier à l'étranger. Elle n'avait pas précisé sa destination. Méfiante, la danseuse semblait avoir contrôlé ses confidences. Elle avait demandé à Cléo une faveur: ne pas aller à la police avant samedi. Elle n'était certes pas coupable des agissements de son ancien amant ou client, mais on pourrait essayer de faire d'elle la complice d'un meurtre. Cléo lui avait promis de ne rien dire. Face à Claire, qui n'avait que quelques années de plus qu'elle, Cléo n'était qu'une gamine révérencieuse. Elle s'était saoulé la gueule en contemplant une femme qui s'était épurée au point de devenir un être de pur désir, et cet être avait croisé la route d'un pur instinct de mort.

Cléo regarda le badge magnétique qui reposait dans le creux de sa main. Elle referma ses doigts sur l'objet et le serra. Elle détenait à présent le pouvoir d'agir sur la réalité, le temps était venu de ne plus la subir.

# Chapitre 64

*Ravard*
*Manel*

*Vendredi 28 septembre 2018.*
*Domicile d'Arnaud Ravard,*
*62, rue Lemercier, Paris 17*e.

Ravard fut tiré de son sommeil par le chuintement de l'eau qui monte dans une cafetière italienne. Sa nuit avait été courte et agitée, il s'était débattu dans une enfilade de rêves hantés par l'Érythréen, il avait revu ses yeux mauves, il avait senti cet étrange regard mordre sa conscience et il avait à nouveau éprouvé la sensation d'une main qui se resserre sur son cœur. Que s'était-il passé, au juste, dans le cinéma ? Y avait-il un rapport avec la crise de tachycardie du matin précédent ? Ravard ne s'était pas étendu sur ce point la veille au soir, quand il avait remis un compte-rendu détaillé des faits à sa hiérarchie, il avait seulement indiqué que le suspect l'avait attaqué par surprise, qu'il l'avait contraint à lâcher son arme de service en le menaçant avec une dague. Il ne comprenait pas lui-même sa réaction, cette paralysie soudaine, il savait seulement qu'il avait merdé et qu'il avait failli tout perdre. Mais l'Érythréen était mort, le cerveau pulvérisé, Manel ne lui avait laissé aucune chance.

Un bruit dans la salle de bains acheva de réveiller Ravard, quelqu'un prenait une douche. Il se redressa dans son lit. En appui sur un avant-bras, il caressa du plat de la main la place encore chaude à côté de lui. Ses testicules étaient congestionnés d'avoir trop baisé, le bourdonnement dans ses oreilles avait disparu, il se sentait bien. Des images nettes de la nuit lui revinrent en rafales et il arqua un sourire. C'était peut-être une époque de merde, mais il y avait quand même de bons moments. Une odeur de café flottait dans la chambre, elle venait de la cuisine. S'y mêlait un parfum subtil de sauge et de vanille. Ravard resta un long moment allongé, laissant ses pensées vagabonder. Les yeux fermés, il revit Manel, son corps souple chevillé au sien, sa tête rejetée en arrière dans un abandon sans réserve. Reviviscence intégrale. Il avait à nouveau une vue plongeante sur le dos fin et cambré, il revoyait ses propres mains saisir ces hanches. Il s'était enfoncé dans cette nuit soyeuse, il avait étreint la femme qui lui avait sauvé la vie ; de toute sa puissance physique, il avait aimé sa chair.

Ravard rouvrit les yeux. Manel se tenait à l'entrée de la chambre, elle était déjà habillée, prête à repartir au combat. Ils burent le café dans la cuisine, ils parlèrent peu. Leur intimité toute neuve était incertaine, fragile comme ces larves translucides à la peau encore molle. Sans en avoir eu une claire conscience, ils s'étaient longtemps tourné autour, ils avaient su que la chose se produirait et elle s'était produite. Mais était-ce vraiment ce qui leur avait manqué ? Cela justifiait-il leur existence ? Ravard avait de la bouteille, il savait qu'il ne fallait pas avoir d'attentes démesurées, il prenait la vie comme elle venait. Il regarda plusieurs fois sa partenaire à la dérobée : dans la clarté matinale, des paillettes d'or brillaient dans ses iris, elle était belle, un agencement viable avec elle venait de surgir comme un vaisseau fantôme qui sort des brumes, il les emporterait quelque part ou s'évanouirait. Ils échangèrent un baiser sur le pas de la porte, Manel devait partir au Bastion, Ravard ne l'accompagnerait pas, il avait frôlé l'accident de service et son supérieur l'avait fermement prié de se mettre au repos ce vendredi. Il se retrouva seul dans son appartement avec le sentiment de flotter là comme dans un élément abstrait. Pour la première fois depuis des mois, il dérogea à sa discipline et fit l'impasse sur sa séance quotidienne de tractions. Ses pensées ne cessaient de revenir à ce qui s'était passé la veille à l'intérieur du cinéma. Sa confrontation avec l'Érythréen avait mis en pièces ses certitudes. Il n'avait pas su faire face au danger, il avait perdu ses moyens au pire moment et la mort avait effleuré sa gorge. Ce n'était pourtant pas la peur qui l'avait tétanisé, mais quoi alors ? Tant que cette interrogation sur les causes de sa défaillance persisterait, il ne vaudrait pas plus qu'une arme défectueuse ; il avait blâmé Boisseau après l'épisode de la Goutte-d'Or, mais il n'avait pas fait mieux, il avait éprouvé le même malaise que lui. Ravard se souvint du récit de la fille aux cheveux bleus, elle aussi avait fait part de sa confusion quand elle s'était trouvée face à l'Érythréen, toujours lui. Il y avait un lien évident, le migrant était le dénominateur commun. Les hypothèses de Borel sur les pouvoirs paranormaux déclenchés par la substance de Delmas lui revinrent en mémoire. L'Érythréen avait-il réellement développé le pouvoir d'instiller la mort à distance ? Ravard passa le reste de la matinée à gamberger ; il finit par appeler Borel, il voulait lui parler de vive voix. Rendez-vous fut pris à l'Institut métapsychique en fin d'après-midi. Mais immédiatement après l'appel téléphonique, Ravard eut l'impression d'avoir commis une erreur.

# Chapitre 65

*Noirac*
*Borel*

*Vendredi 28 septembre 2018.*
*Site de production de Nectar Pharma SAS,*
*29, rue Pierre, Saint-Ouen.*

La Vespa filait plein gaz rue de Clichy à Saint-Ouen. Cléo ralentit et tourna à droite, elle s'enfonça dans une longue rue bordée de murs tagués, de zones de construction et d'entrepôts, puis elle décéléra. Au-dessus de la porte métallique d'un entrepôt, elle vit un panneau blanc sur lequel figuraient le nom et le logo de Nectar Pharma SAS. Elle se trouvait au bon endroit, au 29 rue Pierre à Saint-Ouen. Une Mercedes gris métallisé entra dans son champ visuel et se gara juste devant elle, parallèlement à la façade de l'entrepôt. Cléo démarra et roula sur cent mètres avant de faire demi-tour. Elle vit un homme en complet anthracite sortir du véhicule et claquer la portière, il se planta devant la porte métallique verte. Sa main droite se levait vers le clavier d'un digicode au moment précis où la Vespa arrivait à son niveau. Cléo freina, elle était presque à l'arrêt, elle put distinctement voir l'index de l'homme composer un code à quatre chiffres. La porte s'ouvrit; l'homme se retourna en la poussant, il aperçut le dos d'une fille qui s'éloignait sur un scooter, puis il entra dans l'entrepôt. Dans le rétroviseur, Cléo s'assura que la rue était vide. Elle fit à nouveau demi-tour et gara sa Vespa près de la Mercedes; elle mit pied à terre. Durant quelques secondes, elle resta interdite devant la porte. Le propriétaire de la Mercedes était entré en composant un code qu'elle avait vu et dont elle se souvenait parfaitement. Le badge magnétique que lui avait remis Claire Restil devait servir à ouvrir d'autres portes à l'intérieur, elle l'avait dans une poche de sa veste. Rien ne l'empêchait d'entrer. Si quelqu'un s'étonnait de sa présence et lui posait des questions, elle pourrait toujours se tirer en vitesse. Elle leva la main vers le digicode mais suspendit aussitôt son geste, elle jeta un regard inquiet vers la porte de l'entrepôt, elle avait cru percevoir un déclic métallique, quelqu'un allait sortir et la surprendre, il était temps de dégager.

En montant sur son scooter, elle se dit qu'elle n'était pas taillée pour l'aventure. Et si Vitrou était aussi dangereux que le prétendait Restil, il était imprudent d'y aller seule. Elle fit une halte à l'angle de la rue Pierre et de la rue de Clichy et téléphona à Borel. Elle crut détecter une trace de joie dans sa voix quand il lui répondit. Elle lui fit un compte-rendu de son entretien nocturne avec la maîtresse de Delmas, elle lui parla de Vitrou et du site de Nectar Pharma à Saint-Ouen. La firme pharmaceutique y produisait une partie de ses médicaments, mais c'était surtout là que le complice de Delmas conservait les stocks du produit à l'origine du drame de la porte de la Chapelle, cette substance qu'ils avaient baptisée *mycélium* et qui, selon les dires de Restil, avait, au moins une fois, déclenché chez un cobaye une manifestation évidente de facultés paranormales. Borel lui coupa la parole : « Je le savais. » Cléo ajouta que la danseuse lui avait fait promettre de ne rien dire aux flics avant samedi.

« Ne leur dites rien ! Ni maintenant ni plus tard. On ne peut pas leur faire confiance. » Borel lui rappela l'épisode de l'effraction de son appartement, qu'il attribuait à la « racaille bleue ». Comme il se mettait à radoter, Cléo dit qu'il suffisait d'aller jeter un coup d'œil à l'intérieur, ça ne coûtait rien, il fallait y aller au culot pour trouver le produit et alerter ensuite les médias.

« Mais on n'entre pas là-dedans comme dans un moulin, dit Borel.

– Je connais le code, et la danseuse m'a donné le badge magnétique de Delmas, j'ai accès au labo.

– Attendez, attendez, ne faites rien pour l'instant. Venez me voir en fin d'après-midi à l'Institut. J'ai un rendez-vous à 17 heures, passez après. »

Cléo accepta. Elle rentra à Paris sous le glacis ocre du ciel, avec l'impression de se mouvoir dans un univers accéléré.

# Chapitre 66

*Ravard*
*Borel*
*Noirac*

*Vendredi 28 septembre 2018.*
*Institut métapsychique international,*
*51, rue de l'Aqueduc, Paris 10e.*

Il était 17 heures passées quand Ravard pénétra dans les locaux de l'IMI. Borel barbotait au milieu de ses livres, il faisait mine d'être occupé ; il releva la tête et accueillit le flic avec la jubilation de celui qui vient d'attirer une proie sur son terrain. Quelques minutes en sa présence confirmèrent à Ravard ses premières impressions : Borel était un petit homme, il puait la névrose à des kilomètres et semblait lié à cet endroit par la plus collante des servitudes ; obscur gardien du temple de l'irrationalité, il était entré en coalescence avec ces rayonnages de publications sur le paranormal, qui avaient de quoi donner le vertige quand on songeait à la quantité de temps colossale investie par des êtres humains dans ce bras mort de la recherche scientifique.

D'emblée, le rat de bibliothèque essaya de lui tirer les vers du nez, Ravard dut lâcher des informations sous le sceau du secret : le dossier de la porte de la Chapelle était presque clos, Stéphane Zenner et le groupuscule des Vicaires, longtemps soupçonnés d'être les instigateurs de l'empoisonnement de masse, étaient à présent hors de cause. Delmas n'avait pas de lien apparent avec eux, il avait agi avec des rabatteurs et un complice que les enquêteurs n'avaient pas encore identifié. Le médecin s'était-il contenté de suivre les directives de celui-ci ? Avait-il été animé de motivations racistes, comme le laissait supposer le choix de migrants comme cobayes ? Ce n'était pas clair. De même, les conditions dans lesquelles Delmas avait trouvé la mort restaient à élucider.

Affalé sur une chaise en plastique, Borel avait écouté Ravard avec un visage impassible. Il tenait un vieux livre dans sa main droite, il le fit passer dans son autre main et se caressa le nez de l'index. Il eut un rire de fond de gorge et s'exclama : « D'accord, d'accord… Delmas était donc un vieux faf en bout de course, il a voulu occire une poignée de Noirs et d'Arabes… C'était donc ça, OK, l'affaire est réglée, on n'en parle plus. »

Après un silence pénible, Ravard fit l'effort de renouer la conversation, il dit à Borel qu'il se souvenait parfaitement de leur entrevue deux jours auparavant, il avait bien compris que, pour lui, Delmas n'avait pas fait des injections pour tuer.

« En effet, je ne crois pas qu'il ait poursuivi un tel but, dit Borel. Parmi les fichiers de Delmas, il y avait ceci. » Il exhiba la couverture brunie de *La Fin du secret* sous le nez du flic et résuma les thèses de Binet-Sanglé sur la perception directe de la pensée ; il lut quelques fragments du texte à Ravard. « C'est un catalogue d'observations. Regardez, Delmas a présenté ses fiches sur ses cobayes de la même manière que l'auteur. La *même.* » C'était bien simple, Delmas avait seulement voulu tester clandestinement une molécule dont il s'était aperçu qu'elle avait des propriétés remarquables.

« Remarquable parce qu'elle fait naître des… pouvoirs ?

– Des pouvoirs psi », corrigea Borel. Une forme insidieuse d'agressivité pointait dans sa voix. « Et elle ne les fait pas "naître" comme vous dites, ces pouvoirs existent à différents degrés en chacun de nous. La molécule les dope, elle les stimule. Bref, avec vos histoires de motivations racistes, vous êtes hors sujet. »

Ravard ne mentionna pas les scènes de torture dans la cave du médecin-chercheur, il concéda que les deux hypothèses étaient peut-être conciliables, il fallait laisser à la justice le temps de manifester la vérité sans entraver sa bonne marche. Comme Borel ouvrait à nouveau la bouche pour reprendre la parole, le flic ajouta qu'il savait pour sa visite au professeur Mazé à l'hôpital Fernand-Widal : « Pourquoi êtes-vous allé le voir ? »

Borel fit un bruit de déglutition et réfléchit un instant. Il bredouilla qu'il avait lu le nom de ce professeur dans les fichiers de Delmas et qu'il avait voulu en savoir plus sur un essai clinique, sur la cause de son interruption, sur le médicament en question, l'innoxycycline. Il ajouta qu'en effet il aurait dû s'abstenir de faire cette visite : non seulement Mazé ne lui avait rien appris, mais, comme par hasard, le lendemain, on s'était introduit par effraction chez lui et on lui avait volé son ordinateur.

« Et vous croyez que c'est en rapport avec l'affaire ?

– C'est évident ! s'écria Borel. Ne vous foutez pas de moi, vous savez pertinemment que ce truc intéresse beaucoup de monde, qu'il est peut-être même assez intéressant pour que vos potes de la Sécurité intérieure viennent me faucher mon matériel informatique et maquillent ça en cambriolage. »

Ravard ne prit pas la peine de répondre, les discussions avec les paranoïaques ne menaient jamais nulle part. Il avait face à lui un homme faible, sans densité, un être à l'état gazeux. De manière abrupte, il changea de sujet de conversation et revint au poison utilisé par Delmas sur les migrants ; d'après les analystes de la scientifique, c'était un dérivé de la molécule d'innoxycycline, le médicament expérimental sur lequel l'addictologue avait mené des essais cliniques infructueux et dont Borel venait de parler. « Sur ce point, vous aviez vu juste », reconnut le policier. Ce médoc venait d'une plante exotique proche du kratom, mais beaucoup plus rare, qu'on utilisait depuis des siècles en médecine traditionnelle dans une région paumée d'Asie du Sud-Est. Même à très faible dose, elle entraînait des hallucinations visuelles puissantes.

Borel se redressa sur sa chaise, ses yeux se mirent à briller d'un éclat nouveau comme l'écran d'un PC qu'on vient de rebooter, il se mit à parler des constantes de Klüver, du chamanisme, de la mescaline, demanda à Ravard s'il avait lu Castaneda, s'il connaissait le modèle thérapeutique de Takiwasi – une manière de lutter contre la toxicomanie par la médecine traditionnelle et l'usage de psychotropes –, s'il avait lu le livre d'Antonin Artaud sur le rite du peyotl chez les Tarahumaras, il disserta sur le pillage et le brevetage du patrimoine des cultures traditionnelles par les grandes firmes pharmaceutiques qui en tiraient « un fric monstre ».

Soudain, Borel stoppa net sa logorrhée : « Bon, on bavarde, on bavarde, mais vous ne m'avez pas encore parlé de ce qui vous amène vraiment. Au téléphone, vous avez évoqué une expérience qui vous a troublé. » Il avait prononcé ces mots avec un air entendu de vieille maquerelle. Par association d'idées, Ravard pensa à Rose Lecœur, au Théâtre des Extases, et, de fil en aiguille, le visage émacié de Yared Wossem s'imposa à son esprit. Il hésita un court instant et se lança, il se confia à Borel, il lui raconta sa confrontation avec l'Érythréen, son malaise, le regard dément qui avait fouillé les replis intimes de son âme. Borel buvait ses paroles, il se mordait la lèvre inférieure, il avait amené son contradicteur à réfuter sa propre position, car le flic avouait qu'il s'était passé quelque chose d'extraordinaire, un événement qui mettait en déroute sa raison étriquée. Oui, Borel était un malin et Ravard sentit le réseau barbelé de la conscience de cet homme se déployer en frises autour de lui. Il arrêta de parler, conscient qu'il s'était livré plus qu'il n'aurait dû. L'autre le regardait en souriant, d'un air de dire « Vous les flics, vous ne voyez rien sauf quand on vous colle la tête au fond de la cuvette des chiottes ». Pour Borel, la déconvenue du policier face à Yared corroborait les informations que lui avait livrées Cléo plus tôt dans l'après-midi et qu'elle tenait de Claire Restil ; elle confirmait de façon éclatante sa propre thèse : le migrant avait été exposé à la molécule de Delmas et celle-ci avait déverrouillé un faisceau de pouvoirs psi d'une intensité impressionnante. Lesquels ? À en juger par le récit qu'il venait d'entendre, Borel penchait pour la bio-psychokinèse – le pouvoir d'influencer directement la matière biologique – et pour une emprise psychique sur le système nerveux d'une cible. Nous étions en présence d'un phénomène qui venait du fond des âges. L'analogie avec les pouvoirs chamaniques déclenchés par la consommation d'une plante ou d'un champignon s'imposait. Delmas n'avait pas utilisé des doses de l'essai clinique avorté, il avait en effet réussi à optimiser la formule de l'innoxycycline et avait produit cette substance. Toisant son interlocuteur avec le regard surplombant de celui qui a trois coups d'avance, Borel suggéra que Delmas en avait sans doute laissé des doses quelque part et qu'il était urgent de mettre la main dessus.

« Je crois que ce n'est plus votre problème, dit Ravard. Lâchez l'affaire. Restez à votre place. » D'un geste vague de la main, il désigna la bibliothèque. La conversation était terminée, il se leva et prit congé. Il traversa la cour intérieure de l'immeuble, quitta l'Institut et rallia la plus proche station de métro. Sur le chemin, il marqua un temps d'arrêt dans la rue et jeta un bref coup d'œil aux corps en mouvement sur les trottoirs, avec la sensation d'avoir reconnu quelqu'un sans savoir qui – la fatigue sans doute ; il reprit sa marche.

# Chapitre 67

*Noirac*
*Borel*

*Vendredi 28 septembre 2018.*
*Site de production de Nectar Pharma SAS,*
*29, rue Pierre, Saint-Ouen.*

Dans la rue déserte, l'entrepôt du laboratoire pharmaceutique n'était qu'une masse morte. Cléo jeta un coup d'œil à Borel, il n'avait pas l'air tranquille, c'était pourtant lui qui avait insisté pour venir. En arrivant à l'Institut métapsychique, Cléo avait aperçu le flic au regard intelligent qui s'éloignait, elle avait même hésité à lui parler, à lui déballer tout ce que Restil lui avait dit, mais elle s'était abstenue, la danseuse lui avait fait promettre de tenir sa langue jusqu'à samedi au moins. Borel ne s'était pas étendu sur son entrevue avec le flic, il n'était pas sûr d'avoir compris le sens de sa visite, il avait surtout retenu la mise en garde finale, dont il déduisait qu'ils étaient sur la bonne voie, qu'il fallait de toute urgence trouver la drogue élaborée par Delmas. Selon les informations de Restil, elle était certainement là, devant eux, de l'autre côté de la porte de l'entrepôt. Plus tôt dans l'après-midi, Cléo s'était dégonflée et Borel l'avait dissuadée d'y aller seule, mais le moment était venu de se jeter à l'eau.

Elle murmura : « Maintenant ! » Sans laisser à Borel le temps de donner son aval, elle fit un pas en avant et posa la main gauche sur le panneau métallique de la porte, prête à donner une impulsion. De l'autre main, elle composa les quatre chiffres du digicode. Elle appuya sur la peinture verte écaillée, sans réussir à faire bouger d'un millimètre le battant en acier. Elle réessaya, en vain. *Mais c'était quoi, ce putain de code ?* Cléo avait beau pianoter sur les touches, la porte restait close. À côté d'elle, Borel était de plus en plus nerveux.

« Alors ? demanda-t-il.

– Alors ça ne marche pas. J'étais certaine d'avoir vu le code. »

Une voiture passa dans la rue, ils étaient à découvert.

« Il ne faut pas rester ici », dit Borel.

Cléo tenta sa chance une dernière fois. Nouvelle combinaison. Nouvel échec. Ils montèrent sur la Vespa et s'arrachèrent, ils quittèrent Saint-Ouen et franchirent le périphérique. C'était une fuite honteuse, une foirade complète, ils n'étaient même pas entrés dans l'enceinte du site de production. En arrivant près de la place de Clichy, à l'arrêt au feu rouge, Borel pria Cléo de le raccompagner à l'Institut métapsychique international. Elle le transporta jusqu'à la rue de l'Aqueduc et le déposa devant l'IMI. Comme elle ne semblait pas vouloir descendre du scooter, Borel l'invita à le suivre, il tenait à lui offrir un café, ils ne pouvaient pas se quitter ainsi. Elle accepta, surtout à cause du café. Cléo se sentit à nouveau enveloppée par l'atmosphère de marécage paisible de la bibliothèque de l'Institut. Elle posa son casque sur la grande table de réunion et s'écroula sur un siège. Borel posa un gobelet de café fumant devant elle. « Au fait, dit-il, je vous présente mes condoléances pour votre ami. Je n'aurais pas dû venir vous enlever à la cérémonie hier après-midi, c'était égoïste de ma part. »

Cléo laissa entendre que ce n'était pas si grave, que de toute façon elle ne s'était pas sentie pleinement présente à l'enterrement. Il s'installa en face d'elle de l'autre côté de la table et croisa les bras. Ses cheveux roux étaient en vrac. Il la fixait bizarrement, comme s'il était sur le point de lui annoncer qu'il était tombé sous son charme. Mais ce n'était pas le genre de la maison :

« J'ai quelque chose à vous proposer. »

Il se leva aussitôt, il semblait être monté sur ressorts, il descendit les marches de l'escalier au fond de la bibliothèque et, depuis le sous-sol, cria : « Cléo ? » Cléo but une gorgée de café, il était trop chaud, elle le reposa et descendit. Borel l'attendait à l'entrée d'une petite pièce, adossé au chambranle de la porte. Il lui rappela que ce lundi, chez le magnétiseur Mérieux, elle avait fait l'expérience d'une transe somnambulique et que, dans cet état, elle avait revécu une scène à moitié oubliée, elle avait fait renaître un souvenir de ses cendres.

« Nous pouvons recommencer. Le code pour ouvrir la porte de l'entrepôt, je crois que vous pouvez le retrouver en état de transe.

– Je n'ai pas du tout envie de retourner chez Mérieux…

– Nous n'avons pas besoin de lui. Vous êtes très réceptive, on peut faire ça ici. »

Il lui montra un large fauteuil au centre de la pièce. C'est là que prenaient place les cobayes dans les protocoles expérimentaux sur la télépathie et la prémonition – le chercheur chargé de contrôler l'expérience se trouvait dans la pièce voisine. Cléo ne protesta pas, elle se laissa guider jusqu'au fauteuil. Il était mou, spongieux. Borel inclina le dossier et ramena un repose-pied sous les jambes de la jeune femme, qui était maintenant complètement étendue dans une posture zéro gravité. Il alluma deux lampes fixées à des trépieds et une douce lumière rouge emplit instantanément la pièce, c'était apaisant. Il tendit un masque à lumière à Cléo, il lui expliqua qu'il fallait se couper du monde extérieur pour mieux se tourner vers soi-même et se rendre attentif aux phénomènes psi, l'isolation sensorielle favorisait la relaxation et l'accès à la transe profonde. Il était cependant nécessaire qu'elle entende sa voix pour qu'il la guide de l'état hypnagogique jusqu'à l'hyper-veille. Ce serait comme un voyage dans la profondeur de la mémoire, il ne durerait pas plus de quelques minutes, mais elle aurait l'impression de traverser l'éternité et de revivre mille fois la scène vers laquelle il la conduirait. Cléo était en état d'apesanteur, elle flottait dans les limbes, aveugle, enveloppée en elle-même comme dans un œuf, il ne subsistait du monde que la voix de Borel. Depuis leur retour de l'entrepôt à Saint-Ouen, il avait cette idée derrière la tête, il l'avait emmenée exactement où il avait choisi de l'emmener. Borel était sur le chemin du Graal, il cherchait la molécule de Delmas, il croyait dur comme fer y trouver la clef des pouvoirs psi, la porte qui ouvre sur d'autres plans d'existence, et il avait décrété que Cléo l'aiderait dans sa mission. Une fois de plus, il la poussait vers un état supérieur, mais il n'y montait pas avec elle. Il était la voix dans sa tête et elle le laissait faire, elle le laissait en ce moment même frictionner son vertex crânien, elle sentait un souffle sur son front. Autour d'elle, le monde n'était plus rien, elle chutait en elle-même, elle franchissait les paliers de conscience comme on passe au travers des planchers d'un immeuble en ruine. Sa chute était toujours plus rapide, une chute infinie. Et tout se figea, Cléo flottait au milieu du vide, elle surplombait une petite rue grise. Elle reconnut la rue Pierre, les murets, les terrains vagues, l'entrepôt de Nectar Pharma SAS, ses fenêtres grillagées et sa porte blindée verte. Elle reconnut aussi la Mercedes grise vue plus tôt dans l'après-midi et son propriétaire, l'homme en costume anthracite, il se tenait devant la porte. Un deux-roues était en approche, il était immobile, toute la scène était pétrifiée. Cléo se vit elle-même sur la Vespa, la tête tournée vers l'homme qui s'apprêtait à composer le code d'entrée. En une pensée, elle se propulsa derrière la main droite de l'individu, à moins de dix centimètres du digicode. Elle vit les doigts se déplacer au ralenti et presser les quatre boutons. Et la main s'immobilisa dans un arrêt sur image. Cléo connaissait maintenant le code correct, il se terminait par 28. D'une simple volition, elle se retrouva à la verticale de la rue Pierre, au niveau des fenêtres de l'entrepôt. Derrière les barreaux et les vitres luisait un luminaire rouge. Elle forma la pensée de s'en approcher et la lueur rougeâtre gagna en intensité. Cléo sentit un souffle sur ses paupières, elle rouvrit les yeux.

# Chapitre 68

*Noirac*
*Borel*

*Vendredi 28 septembre 2018.*
*Institut métapsychique international,*
*51, rue de l'Aqueduc, 10^e^.*

Cléo battit des paupières, il n'y eut d'abord qu'un brouillard rouge, et le visage de Borel apparut devant elle, énorme, mur de chaux vive percé de deux trous noirs. Il lui demanda si elle allait bien et lui proposa un verre d'eau, elle refusa. Il la questionna : avait-elle découvert le code d'entrée de la porte de l'entrepôt ? Oui, avec la netteté d'un film HD, Cléo avait vu en gros plan l'index de l'homme presser les quatre boutons du digicode, elle connaissait maintenant la bonne combinaison. Ils remontèrent dans la bibliothèque au rez-de-chaussée. Dans le gobelet de plastique, le café de Cléo était encore tiède. Ils parlèrent assez longtemps et convinrent de retourner à l'entrepôt le soir même, quand il serait entièrement déserté par les employés de Nectar Pharma. Ils se donnèrent rendez-vous à la station de métro Garibaldi à 22 heures. Borel raccompagna Cléo sur le pas de la porte de l'Institut et lui dit « À tout à l'heure ». Alors que leur contact visuel était en train de se rompre, Cléo crut détecter une modification presque imperceptible dans son regard, comme si l'écran de la bienveillance avait été retiré une fraction de seconde trop tôt et qu'elle avait eu un aperçu de la subjectivité froide et intelligente qui, pendant toute leur entrevue, n'avait cessé de la calculer. Cléo enfourcha sa Vespa, elle avait un peu moins de trois heures pour repasser chez elle et se préparer. En chemin, elle fit une halte à un Carrefour Express. Elle avait la dalle. Après coup, les transes somnambuliques provoquaient souvent des fringales intenses, Borel le lui avait dit, elle avait pu le vérifier elle-même le lundi précédent. Elle gara son scooter et traversa le Carrefour, aimantée par le rayon biscuits. Elle consulta son portable, il était 19 heures précises. Pendant que les enceintes diffusaient à plein volume « Flames » de David Guetta et Sia, Cléo cherchait des barquettes de LU parfum fraise. Il n'y en avait pas, c'était désespérant, elle dut se rabattre sur trois paquets de Petit Écolier. Quand elle rentra dans son studio, il lui parut encore plus vide qu'avant. Tout était pourtant à sa place. Le vide était en elle, une bulle d'air géante se déplaçait dans sa poitrine, prélude d'une embolie gazeuse foudroyante. Elle éventra un paquet de biscuit et se lança dans une séance de gavage. En quelques minutes, elle vida les trois paquets. L'écran de son iPhone s'illumina alors qu'elle était assise sur son lit, occupée à dénouer les lacets de ses Doc Martens montantes. C'était un texto de Marin Delorme, il était bref et sec : Marin la débarquait de l'équipe de *La Nouvelle Chair*. Inutile de lui envoyer son article désormais, il était trop tard, l'exclusion était sans appel, elle prenait effet immédiatement. Cléo n'avait pas tenu compte de la *deadline*, elle avait joué avec leurs nerfs.

Par sa négligence, elle avait menacé l'ensemble du projet et craché à la gueule de l'équipe en entier. Marin était un connard brillant et un faux cul de première classe, mais il n'avait pas tort, Cléo se foutait complètement de lui, de sa revue, de Maud et des autres. Pourtant, elle se sentit brusquement très bas. Elle acheva de se déshabiller et s'enroula dans sa couette. Elle en émergea vers 21 heures. Elle pouvait encore être à l'heure au rendez-vous. Comme un automate, elle passa un jean slim bleu, une veste en denim et des Converse. Sa vie se déroulait dans une vaste nappe de brumes, et entrer par effraction dans un entrepôt pharmaceutique n'avait pas moins de sens que le reste. À 21 h 50, elle était à Saint-Ouen, postée à la surface de la station Garibaldi. Un vent coupant rabattait ses cheveux bleus sur ses traits pâles. Cinq minutes plus tard, Borel sortit de la bouche de métro. Il portait des gants de cuir noir, un treillis kaki et une sorte de polo marron à manches longues très moulant, ce con se prenait pour Dexter ; dans son imaginaire, c'était la tenue de l'homme d'action. Il tenait une sacoche remplie d'outils, elle était neuve, il n'avait jamais dû s'en servir. Elle lui donna un casque et ils rallièrent la rue Pierre en Vespa. Dans l'éclairage des rares réverbères, l'artère ressemblait à un canal asséché. Ils parvinrent devant le numéro 29. L'entrepôt de Nectar Pharma semblait désert, tout était éteint. Cléo laissa le scooter en face du bâtiment, contre le mur de béton qui séparait la rue d'un terrain vague peuplé d'engins aux formes arachnéennes. Elle se dirigea droit vers la porte blindée et se retourna. Borel était resté près du scooter, il ne bougeait pas. Cléo revint vers lui et il lui dit qu'il préférait rester dehors pour faire le guet, elle n'avait qu'à mettre son téléphone en mode vibreur, il l'avertirait si quelqu'un approchait. Elle hocha la tête, elle acceptait. Borel lui confia le sac à outils – elle en aurait sans doute besoin – et il se replia plus loin dans une poche d'ombre, derrière une fourgonnette stationnée. À nouveau, Cléo faisait face au bâtiment, un bunker de béton d'un seul étage avec des fenêtres serties de barreaux. Elle composa le code, il y eut un déclic. *Bingo*.

Elle poussa le battant de la porte et vit que, de loin, Borel lui faisait *thumb up*. Elle alluma la torche de son iPhone et le faisceau diffusa un halo blanc neigeux. Elle pénétra dans l'entrepôt, la porte d'acier se referma derrière elle. Elle était dans un corridor, une seconde porte protégeait l'accès au site. Blindée, elle aussi. Cléo posa la sacoche au sol et fouilla à l'intérieur de sa veste, elle en sortit le badge de Delmas et le passa devant le lecteur de la serrure magnétique ; la porte s'ouvrit. Cléo était dans la place. Elle ramassa le sac à outils et entra. Quand, un peu plus tôt, ils avaient discuté dans la bibliothèque de l'IMI, Borel lui avait dit qu'il s'était renseigné sur l'agencement des sites de fabrication de médicaments, ils étaient en principe pourvus de mini-zones de stockage, c'est là qu'on conservait les produits non conformes ou en attente de contrôle. Il était probable que Delmas ait planqué la molécule de *mycélium* dans l'une de ces mini-zones de quarantaine. Il n'y aurait sans doute qu'une petite quantité, il fallait chercher dans les armoires de stockage de dimensions modestes. Pour autant qu'elle pouvait en juger, Cléo ne se trouvait pas dans la zone qui l'intéressait. Il y avait autour d'elle des rangées de structures métalliques, des palettes chargées de cartons s'étageaient jusqu'au plafond. Elle ouvrit un carton, il contenait des boîtes étiquetées. Il n'y avait là que des produits finis fabriqués en grandes quantités. Elle progressa dans l'allée centrale comme au fond d'une tranchée et franchit une nouvelle porte, elle venait d'entrer dans une autre zone. Ici, les murs étaient immaculés. De part et d'autre du couloir principal, des salles étaient occupées par divers engins de conditionnement de médocs. Cléo s'immobilisa. Il n'y avait que le bruit de sa respiration et le grésillement d'un appareil filtrant l'air. Elle poursuivit son exploration, traversa une sorte de sas et déboucha dans un couloir plus large. C'était comme se promener dans un hôpital abandonné. Des portes vitrées étaient disposées à intervalles réguliers le long du couloir, elles ouvraient sur des salles abritant des cuves en inox, des tuyaux et toute une machinerie noyée dans l'ombre. Seule une porte couleur jaune d'œuf était opaque. Cléo la poussa et la torche de son iPhone révéla une petite pièce, le mur du fond était garni d'armoires de stockage. Cléo comprit qu'elle était au bon endroit. Elle posa la sacoche au sol, en tira un grand tournevis, l'introduisit entre les portes battantes de l'armoire principale et fit levier. Après plusieurs tentatives, la serrure céda, Cléo se mit à inspecter le contenu. Partout, des boîtes de flacons. Les noms étaient barbares, difficilement lisibles. Elle allait y passer la nuit, chaque seconde était comme une heure. Elle inspecta des dizaines de boîtes, près de vingt minutes s'écoulèrent ; elle était sur le point de jeter l'éponge quand son portable se mit à vibrer dans sa main. Appel entrant. C'était Borel. Elle prit l'appel, Borel était inquiet, elle était là-dedans depuis longtemps, il était plus prudent de laisser tomber. Cléo lui demanda à quoi pouvait ressembler ce qu'elle cherchait, devait-elle rechercher une boîte de grande taille ou de taille modeste ? Elle dut plaquer l'iPhone contre son oreille, elle entendait à peine Borel, qui s'était mis à parler à voix basse. Il lui disait qu'elle avait dû déclencher une alarme, le site devait être sous vidéoprotection, un homme venait de stationner son véhicule dans la rue, il s'était dirigé vers l'entrepôt, il allait entrer, il était en train d'entrer. Cléo écarta le téléphone de son oreille et entendit en effet une porte métallique claquer. « Sortez de là ! » cria Borel. Cléo regarda autour d'elle. « Comment ? »

Elle attendait la réponse mais Borel n'était plus en ligne. Elle se releva et quitta la pièce exiguë. Elle était dans l'allée centrale, son cœur battait à cent à l'heure. Impossible de sortir par où elle était entrée, il devait y avoir une autre issue. Cléo courut jusqu'au bout du couloir et s'engouffra dans une pièce latérale dont la porte était entrouverte. À en juger par le mobilier, c'était un bureau administratif. Elle promena le pinceau lumineux de la torche de l'iPhone dans la pièce. Des étagères encombrées de dossiers, des packs d'eau minérale posés à même le sol. Cléo perçut les bruits de pas, ils se rapprochaient. Le faisceau de sa torche balaya l'espace et fit miroiter l'écran d'un PC. À côté de l'ordinateur, une étiquette gravée sur un porte-plaque de table mentionnait : « Julien Vitrou, Responsable Sécurité ». Cléo s'accroupit derrière la table de travail et comprima son portable contre sa poitrine. Elle discerna une respiration sifflante, comme le passage de l'air à travers un soupirail de chair. Puis la respiration et les pas s'éloignèrent.

Cléo se souvint alors qu'elle avait laissé le sac à outils de Borel dans le local de stockage, bien en évidence. L'homme allait le voir et comprendre qu'elle était encore là. Pas moyen de sortir, il lui barrait la voie. L'angoisse vrilla le ventre de Cléo d'un tour de vis brutal. Elle se sentit perdue, elle n'avait rien pour se défendre. Rien sur le plateau du bureau, rien dans le tiroir du haut, juste des trombones et une agrafeuse. Le tiroir du bas, une sorte de caisson en aluminium, contenait une boîte large comme un carton à chapeau. Quelqu'un avait griffonné *mycélium* au stylo à bille sur le couvercle. Agenouillée sur le linoléum, Cléo souleva le couvercle de la boîte, elle découvrit des seringues conditionnées, insérées dans une plaquette en plastique thermoformée grande comme une feuille format A4. Plusieurs plaquettes se superposaient dans la boîte, chacune comportait une dizaine de seringues. Cléo retira une seringue de sa coque et approcha l'iPhone pour mieux éclairer. Elle put voir le piston en caoutchouc, l'aiguille protégée par un capuchon orange et, à l'intérieur du tube gradué en polypropylène translucide, l'éclat d'un liquide mauve. Elle parvint à extraire une plaquette de seringues, qu'elle glissa dans son sac à bandoulière Freitag à la façon d'un livreur de pizzas, puis elle referma la boîte et la replaça dans le tiroir, personne ne se rendrait compte de rien. Mais il fallait foutre le camp de toute urgence. Cléo se figea, aux aguets. Un silence électrique et la rumeur de la ventilation. Elle passa la tête dans le couloir et le rire enroué d'un fumeur tonna dans une pièce voisine. L'homme n'était qu'à quelques mètres d'elle, dans la zone de stockage où elle avait laissé les outils. Il lui coupait toute retraite. Cléo se tourna vers le fond du couloir, elle faisait face à une porte blindée identique à celle par où elle était entrée. Cléo la déverrouilla avec le badge magnétique et franchit un nouveau sas. La torche de son portable lui révéla qu'elle se trouvait dans une autre zone de stockage. Des bidons bleu pétrole étaient empilés contre les murs de béton. Une grande porte basculante industrielle en acier donnait sur l'extérieur, mais rien à faire, elle était verrouillée et le badge de Delmas n'était d'aucun secours. Il n'y avait aucune autre issue, les fenêtres étaient trop hautes. Cléo se rendit à l'évidence, c'était la merde, elle était piégée ; le type avait dû l'entendre, il se dirigerait vers elle, il allait la trouver. Elle se tapit derrière un bidon et posa son sac à terre, elle en tira la plaquette blanche et se mit à extraire les seringues de leur compartiment et à retirer leur capuchon. Dans sa main droite, elle serrait maintenant le bouquet de seringues. Elle se sentit moins vulnérable, elle avait une arme.

Les néons du plafonnier déversèrent d'un seul coup une myriade de lumens, l'homme venait d'allumer. La planque de Cléo était dérisoire, il allait la trouver, l'affrontement était inévitable. Les yeux fous, elle chercha une nouvelle fois une issue. En escaladant des piles de bidons, elle pouvait peut-être atteindre une petite fenêtre, juste sous le plafond. Les seringues toujours dans la main droite, elle grimpa sur une rangée de fûts en polyéthylène.

Arrêt, coup d'œil vers la porte.

Le type allait débouler, c'était imminent, elle distinguait le bruit de ses pas. Cléo parvint à atteindre le sommet d'une pile de trois fûts, elle se redressa de tout son long, sa tête était à présent au niveau de la fenêtre et elle vit les barreaux d'acier. Elle ne pourrait pas sortir par là, elle était dans une cage. À travers les vitres, elle remarqua une forme dans la rue. C'était Borel, sa tête était tournée vers la fenêtre, il la regardait. Pendant un instant, tout se figea. Puis Borel se détourna et se mit à courir comme un dératé. Cléo ne comprit pas immédiatement qu'il l'abandonnait, elle constata seulement qu'il avait disparu de son champ de vision. Dans son dos, une voix gueula « Ne bouge pas ! », et la suite se déroula comme au ralenti : une brève vision d'un homme en tenue sombre, de la chose noire dans sa main, la sensation d'un point d'équilibre qui se dérobe, la pile de fûts en plastique bleu qui se décale de son axe vertical et vacille. Vacarme, chute, tourbillon de bras et de jambes, explosion de douleur dans l'épaule, dans la poitrine.

L'homme était debout, dressé comme une tour oblique qui tangue, il l'observait. À moitié éblouie par les néons, Cléo le voyait à contre-jour, elle voyait surtout le flingue pendre dans sa main. Elle était à terre, étendue sur son flanc gauche au milieu des bidons qui avaient roulé dans l'entrepôt. Une douleur irradiait dans son épaule et sa poitrine la brûlait. Elle vit les seringues, plantées dans sa chair au niveau du plexus solaire. Elles étaient vides, leurs pistons étaient enfoncés.

# Chapitre 69

*Ravard*
*Manel*
*Boisseau*
*Borel*

*Vendredi 28 septembre 2018.*
*Au Bastion, 36, rue du Bastion, Paris 17e.*

Ravard lâcha la barre fixe, il venait de faire plusieurs séries de tractions ; il avait repris du poil de la bête, à croire que sa nuit avec Manel l'avait requinqué. Pourtant, l'effort ne l'avait pas calmé, il recommença à tourner en rond dans son appartement. Depuis son retour de l'Institut métapsychique et sa conversation avec Borel, il était comme un fauve en cage, il ne cessait de repenser à ces histoires de laboratoire pharmaceutique. Borel avait instillé le doute dans son esprit : l'enquête avait-elle examiné à fond le rôle de Nectar Pharma ? La DGSI n'avait pas eu le temps de rapatrier à Levallois tous les dossiers et Ravard se dit qu'il pouvait toujours faire un saut au Bastion, juste pour vérifier ce segment des investigations. Il gambergea encore, reconstituant la trame des événements, téléphona à sa fille, se fit chauffer au micro-ondes un plat Picard, il l'avala sans prêter attention à son goût en écoutant France Info et apprit que Zenner était désormais un homme libre et qu'il avait donné une conférence de presse. Stéphane Zenner avait tenu à rappeler que le principal responsable du drame de la porte de la Chapelle était mort et qu'il ne l'avait connu ni de près ni de loin. Il s'était défendu d'inciter à la haine par ses textes et ses prises de parole, il n'était pas responsable des interprétations de ses propos et encore moins des passages à l'acte de déséquilibrés. Il était encore plus fantaisiste de lui prêter des projets d'attentats. L'idée de lutte contre des « espèces invasives » ne devait pas être entendue autrement que comme une analogie biologique, une manière de projeter une autre lumière sur la situation des migrants. Pour mieux brouiller les cartes, Zenner avait alors cité Marx, qui, à propos de la population migrante, écrivait dans *Le Capital*: « Colonne mobile de la pestilence, elle importe dans les localités près desquelles elle établit ses campements la petite vérole, le typhus, le choléra, la scarlatine, etc. » Il n'était pas moins insensé, disait Zenner, de lui prêter à lui des intentions haineuses que d'en prêter à Marx, dont il reprenait à son compte les analyses: comme tous les travailleurs les plus pauvres, les migrants constituaient l'armée de réserve dont rêvaient les capitaines d'industrie, et leur afflux en France était fonction de phénomènes d'attraction et de répulsion de la grande Machine capitaliste. Loin de fomenter une guerre civile, Zenner prétendait vouloir l'empêcher, car nous foncions précisément droit dans le mur, vers un scénario où les idées de prophylaxie ethnique en viendraient à perler dans tous les esprits – la faute au capitalisme et à ses suppôts de droite ou de gauche. Aucun journaliste ne parvint à placer Zenner face à ses contradictions. L'orage médiatique qui s'était déchaîné autour de lui se calmerait bientôt, mais il saurait en recueillir la foudre, on pouvait lui faire confiance.

Ravard éteignit la radio, s'assit sur le canapé et se mit à feuilleter le manifeste de Zenner qui traînait sur la table basse. Il en lut un passage intitulé « Le seuil de saturation : combien sont-ils ? ». Le propagandiste décrivait un phénomène connu en zoologie sous le nom d'effet Allee : « Si une espèce exotique arrive dans un nouveau milieu en effectif trop faible, en dessous du seuil critique prédit par le modèle de l'effet Allee, elle ne pourra pas s'établir. Ceci pourrait expliquer pourquoi uniquement une petite fraction des espèces introduites réussit à se maintenir et/ou à envahir un nouveau milieu. » La suite déployait les implications de ce phénomène démographique et bifurquait vers des spéculations sur la population de Seine-Saint-Denis. Ravard referma l'*Esquisse d'un tableau général des Vicariances*, il jeta le lourd volume dans un coin, à côté d'un carton à pizza, et décida de sortir. En nouant ses lacets, il songea que cet aller-retour au Bastion serait aussi l'occasion de revoir Manel, elle ne lui avait envoyé aucun texto depuis son départ ; lui non plus. Allait-il s'engager avec elle ? Était-il prêt ? En avait-il seulement l'envie ? Il n'en savait rien, il était inutile d'y penser, leur aventure n'était peut-être qu'une friction transitoire entre deux corps, un souffle qui passe et jamais ne revient, et ce ne serait pas la fin du monde.

La circulation était étrangement fluide en ce début de soirée, Ravard aperçut la tour du tribunal de grande instance et, comme sous l'effet d'un glissement soudain, il se retrouva dans le parking du Bastion, puis dans son bureau, qui était désert. Manel et Boisseau étaient quelque part en opération ou en train de dîner à l'Industrie. Ravard collecta les dossiers consacrés à Delmas, il sélectionna ceux qui l'intéressaient et s'installa derrière son PC. Rapidement, il trouva ce qu'il était venu chercher. Le laboratoire Nectar Pharma possédait une cinquantaine de marques de médicaments, principalement des antidouleurs, des somnifères, des anxiolytiques et des aides à l'arrêt de la cigarette. Il avait parrainé une équipe de foot de ligue 2 en 2013 et rompu ce parrainage en 2014 suite à des résultats calamiteux. En 2016, Nectar Pharma avait été racheté par le groupe américain Klezma, dont il était devenu la filiale France. Comme pour la plupart des centres de recherches pharmaceutiques, l'axe de développement clinique était largement déterminé par le marché. La crise des opioïdes aux États-Unis avait donné naissance à plusieurs études sur des substituts aux antidouleurs à base d'opiacés. C'est dans ce contexte qu'avait été organisé l'essai clinique de l'innoxycycline. On avait fait des ponts d'or aux meilleurs chercheurs dans leur domaine, parmi lesquels Delmas et Mazé, qu'on avait recrutés pour piloter les recherches. Comme tant d'autres, cette molécule mise à l'essai en France avait été découverte aux États-Unis, mais c'était Delmas qui avait procédé à l'étude de sa structure et réalisé la phase préclinique du développement du médicament. Delmas avait donc joué un rôle de premier plan dans le projet. La direction de Nectar Pharma condamnait aujourd'hui fermement les crimes qu'il avait commis et affirmait n'avoir jamais eu connaissance de ses penchants criminels, elle assurait que le chercheur n'avait jamais manifesté publiquement de tendances xénophobes. Sur le site Web et le compte Twitter de la firme, un communiqué précisait que Delmas ne faisait de toute façon plus partie de leur équipe de chercheurs depuis des mois. Les dirigeants s'engageaient en outre à lutter contre les discriminations et à favoriser plus de mixité chez les blouses blanches, ça ne mangeait pas de pain.

Ravard éplucha le dossier où les témoignages des employés du labo étaient consignés ; parmi eux figurait le nom de Niemhauser, mentionné dans les fichiers de Delmas. En vérité, le lien entre Delmas et Niemhauser semblait se résumer à des questions administratives, il était sans rapport direct avec la teneur de l'essai clinique et rien de nouveau n'en ressortait. Ravard alluma son PC, il lança une recherche sur Nectar Pharma. À la page 4, sur près de 5 590 000 résultats donnés par Google, un article attira son attention. Il y apprit que, suite au rachat du laboratoire par le groupe américain Klezma, ce dernier réclamait quinze millions d'euros de dédommagement à Marc Pertuis, l'ancien patron et propriétaire de Nectar Pharma, l'accusant d'avoir falsifié la comptabilité et embelli les comptes de la boîte. Pertuis avait sa page Wikipédia, c'était un milliardaire qui avait investi massivement dans le monde du sport et dans plusieurs universités privées en Europe. Ravard nota sur un Post-it le nom de Pertuis. Avait-il été lié à des mouvances d'extrême droite ? Avait-il financé les recherches illicites de Delmas ? Entre Pertuis et Delmas, existait-il un dénominateur commun ?

Plus le flic s'efforçait d'agencer la constellation de noms en une combinaison cohérente, plus l'ensemble perdait consistance. Il ferma les yeux et se massa les paupières. Il reposa sa main sur un dossier resté à droite du clavier. Machinalement, il l'ouvrit et tomba sur l'impression d'une capture d'écran. On y voyait Cléo devant un scooter, un casque dans chaque main. Son visage mélancolique et gracieux était habité par la force radiante que sécrète la véritable séduction, sa chevelure avait la couleur lapis-lazuli du manteau de la Vierge. Ravard ressentit un pincement intérieur et une image instantanée lui revint en mémoire, il comprit que c'était elle qu'il avait cru voir dans la rue après être sorti de l'Institut métapsychique.

« Tiens, un revenant ! »

La voix de Boisseau arracha Ravard à ses pensées, il vit son lieutenant entrer dans la pièce, suivi de Manel.

« Ah, vous me manquiez », leur dit-il, le regard fixé sur la jeune flic. Elle s'approcha de lui et murmura : « Tu ne devrais pas être là » ; sa main effleura brièvement la sienne. Ravard regarda Boisseau, qui esquissait un sourire, il avait surpris le geste d'intimité, il avait compris. « Ici, c'est le calme plat, tu n'as pas manqué grand-chose », continua Manel. Elle interrogea Ravard sur sa journée, il choisit de ne pas lui parler de sa visite à l'Institut métapsychique, jugeant que les forces qui l'avaient poussé à revoir Borel pouvaient l'éloigner d'elle. Cette cachotterie était-elle déjà une infidélité ? Après tout, il n'avait pas vu d'autre femme. Ou plutôt si. L'image parasite de Cléo se matérialisa brutalement dans sa conscience avec une présence intense. Son téléphone portable vibra dans sa poche. Ravard décrocha et reconnut la voix de Borel, en pleine panique : Cléo et lui étaient entrés par effraction dans l'entrepôt d'un laboratoire pharmaceutique à Saint-Ouen et les choses avaient mal tourné, Cléo était en danger. Le flic se leva d'un bond. « Je t'appelle plus tard », lança-t-il à Manel. Quand elle entendit la fin de la phrase, Ravard n'était déjà plus là, il fonçait à Saint-Ouen.

# Chapitre 70

*Noirac*
*Borel*

*Vendredi 28 septembre 2018.*
*Rue Jean-Walter, Clichy.*

La sensation de chaleur s'épanouissait dans sa poitrine. C'était la substance mauve, Cléo en était certaine, cette saloperie était passée dans son organisme. Une injection massive. Il n'y avait pas une seconde à perdre, il fallait rejoindre l'hôpital le plus proche, c'était ça ou mourir par empoisonnement. Elle empoigna les seringues qui hérissaient son thorax, elle les arracha et les jeta de toutes ses forces à la tête de l'homme qui la surplombait. Tandis qu'il portait les mains à son visage, Cléo se releva d'un bond et fonça, elle retraversa l'entrepôt, couloir, porte, porte, la rue enfin. Au moment où elle démarrait son scooter, elle se souvint que son iPhone était resté dans l'entrepôt, on pourrait facilement remonter jusqu'à elle. Elle tourna la tête vers la porte de l'entrepôt et vit l'homme en costume sombre surgir dans la rue, elle mit les gaz et décampa. Elle fonçait droit devant, il y eut le claquement sec d'une détonation et Cléo ressentit une piqûre fulgurante dans le dos. Elle ralentit et tourna dans une rue sur sa gauche, franchit un rond-point et obliqua encore sur la gauche, elle était dans une ruelle étroite, elle réaccéléra, la douleur s'amplifia en un éclair, comme si une lance venait de se loger dans ses poumons, comme si on avait foré une caverne à même sa chair. La Vespa se mit à guidonner, Cléo perdit le contrôle, elle fut éjectée du scooter qui se coucha et glissa sur l'asphalte tandis qu'elle roulait sur elle-même comme un sac de chiffon. Dans la confusion immobile, elle sentit le goût du sang dans sa bouche. La douleur dans ses poumons était une éruption intense et continue. Cléo porta une main à son dos, elle la ramena et vit le sang, on lui avait tiré dessus, la blessure avait l'air sérieuse, sa respiration était pénible, elle commença à hoqueter. Elle prit seulement conscience de l'endroit où elle avait chuté, une petite rue prise en étau entre une zone en construction et un complexe sportif avec des courts de tennis couverts. Droit devant, l'architecture de briques rouges de l'hôpital Beaujon, avec sa tour de treize étages. Cléo n'eut pas le temps d'évaluer ses chances d'atteindre l'hôpital, les phares d'une voiture venaient d'apparaître au loin dans la ruelle et elle songea aussitôt que l'homme de l'entrepôt l'avait prise en chasse, elle se traîna entre deux véhicules stationnés sur le parking du club sportif. La voiture décéléra. Tapie contre la calandre d'une BMW, elle ne put qu'entrevoir son poursuivant, il balayait du regard les parages sans descendre de sa voiture, il la cherchait, il voulait l'achever, il marqua une pause, puis il disparut, le bruit du moteur électrique s'éloigna.

Cléo fit l'effort de se redresser et tenta de marcher, elle toussa, elle cracha un geyser de sang. La douleur embrasait ses poumons, elle n'avait jamais connu pareille souffrance. Tous les équilibres organiques étaient rompus, les signaux d'alerte clignotaient et la sensation de chaleur continuait à s'intensifier, son cœur cognait et tout vibrait, son corps était une usine atomique au bord de l'explosion, tout se brouillait, le monde était rouge carnage, le sang venait à chaque coup plus fort. Cléo grimaça, un élancement de douleur au fond de sa poitrine lui arracha un cri et elle se laissa tomber à genoux et se recroquevilla. Quand elle releva la tête, une forme menaçante se penchait sur elle.

# Chapitre 71

*Ravard*
*Noirac*

*Vendredi 28 septembre 2018.*
*Rue Jean-Walter, Clichy.*

Translation express sur le trajet de l'avenue de la porte de Clichy, du boulevard Victor-Hugo et de la rue Pierre-Dreyfus ; en quelques minutes, Ravard fut à Saint-Ouen, il éteignit le deux-tons et s'engagea dans la rue Pierre, un long ruban de désolation. Le gyrophare éclaboussait l'espace d'un halo bleu vif. Au niveau du numéro 29, Ravard ralentit. Il put voir que, de l'autre côté des vitres sales de l'entrepôt, des lumières étaient allumées, il y avait quelqu'un dans le laboratoire. Un corps en mouvement entra dans son champ visuel : plus haut dans la rue, un homme se ruait vers sa voiture, il le reconnut. Dans le pinceau des phares, Borel avait l'allure d'un fantôme aux cheveux rouges électriques, il se colla contre la portière côté conducteur et Ravard baissa la vitre. Ce n'était plus le Borel qu'il avait rencontré quelques heures plus tôt. Arraché à sa bibliothèque, il était comme un escargot sans coquille, avec une chair trop tendre pour se frotter au réel. Il dit qu'un type avait tiré sur Cléo, qu'elle était peut-être blessée et s'était enfuie en scooter mais que le type l'avait poursuivie. En désignant une rue adjacente, il ajouta : « Dans cette rue-là. » À peine eut-il prononcé ces mots que Ravard démarra en trombe, laissant la nuit engloutir Borel. Il obliqua dans la rue des Trois-Pavillons, traversa un rond-point et une portion de la rue Claude-Debussy. À l'intersection de la rue Jean-Walter, il aperçut au loin la carcasse d'un scooter renversé sur la chaussée. Accélération, freinage violent. Ravard s'éjecta du véhicule et fouilla la scène du regard en la parcourant à petite foulée, une main plaquée sur son arme de service. Sur le sol, quelques gouttes de sang. Et il vit Cléo, à terre, pelotonnée contre une BMW. Il fondit sur elle et elle leva la tête, prête à recevoir le coup de grâce. Il tenta de la rassurer, mais ses mots ne faisaient pas mouche, la jeune femme ne semblait pas comprendre ; l'iris mauve de ses yeux rappela au flic son face-à-face avec l'Érythréen. Il essaya de la relever et sentit que, dans son dos, une large tache humide imbibait son tee-shirt. Du sang coulait abondamment, une flaque noir réglisse s'était formée sur l'asphalte et s'élargissait ; Cléo était en train de se vider, il fallait de toute urgence réagir, stopper l'hémorragie : attendre les secours, c'était signer son arrêt de mort, il n'y avait pas une seconde à perdre. Ravard la prit dans ses bras et la souleva de terre.

Devant lui, l'hôpital Beaujon n'était qu'à deux cents mètres. Ravard se mit à courir, le bâtiment de brique rouge en point de mire ; il soufflait comme un bœuf et serrait Cléo contre lui, il ne la lâcherait pas, il fallait qu'elle s'en sorte, il sentait la chaleur de son corps, il la sentait vivre, une sensation d'une intensité sidérante qui, de seconde en seconde, ne cessait de croître. D'un seul coup, le monde se révéla dans toute sa plénitude. Et tandis qu'il courait comme un damné, Ravard eut le sentiment qu'il s'effondrait de l'intérieur comme un dôme de verre qui retombe en une pluie scintillante dans un fond obscur, tout son être glissait dans un ruissellement vital, dans une substance affective lumineuse qui s'écoulait entre Cléo et lui, de l'un à l'autre, de l'un dans l'autre, vases communicants de chair transcendée. Des verrous venaient de sauter : au-delà de l'opacité des corps, la vie était indivision, elle était une étoffe indéchirable qui exclut la possibilité d'être ailleurs. Le flic était comme au ciel, les bords de toutes ses failles intérieures, ces déchirures sur lesquelles il n'avait jamais pris le temps de se pencher, étaient instantanément recousus par l'activité d'une aiguille infiniment mobile. Dans sa *jonction* avec Cléo, Ravard ne pouvait plus tomber hors du monde, il avait trouvé un point fixe. C'était un branchement viscéral, incomparablement plus fort qu'un accouplement, un sentiment de déhiscence, comme l'ouverture spontanée d'organes végétaux clos qui libèrent leur contenu. Cléo irradiait une vie intense ; l'univers entier scintillait de spores mauves zébrant l'espace de filaments de mycélium et Ravard fonçait à toute berzingue au milieu de cette splendeur. Une détonation claqua dans l'air et, juste à côté de son crâne, un pare-brise explosa.

# Chapitre 72

*Noirac*
*Ravard*

*Vendredi 28 septembre 2018.*
*Rue Jean-Walter, Clichy.*

Cléo reconnut les traits du policier, celui qu'elle avait croisé plus tôt près de l'Institut. Il était à contre-jour et paraissait à la fois très proche et lointain, les paroles émises par sa voix grave floculaient en un bourdonnement confus. Elle fut soulevée de terre, transportée par une puissance physique pure. De sa main droite, elle agrippa l'avant-bras du flic ; elle sentit les muscles d'acier et toute la machinerie intérieure de cet homme, le cœur qui pompait le sang comme un flux de métal en fusion, elle sentit dans cette charpente une faiblesse aussi grande que la force qui la portait sous le ciel de plomb. Intuitivement, elle sut qu'il était vulnérable, qu'elle pouvait entrer en lui et puiser la force à sa source. Comme on enfile un gant en tirant d'un coup sec pour bien enfoncer les doigts jusqu'au bout, elle prit possession de Ravard. Une pénétration intégrale. Elle s'infiltra en lui, les voies d'eau étaient nombreuses. Elle poussa l'invasion jusque dans les moindres terminaisons nerveuses ; elle découvrit le visage secret du flic, la sensation du masque d'os sous la peau de son visage, elle put même survoler des champs d'images mentales. L'énergie qui bouillonnait dans sa poitrine avait cessé de la broyer, elle se déployait maintenant en une expansion continue et débordait dans le corps jumelé au sien. Cléo rayonnait, elle était comme une déesse revêtue de soleil qui s'empare du cœur d'un mortel ; elle avait saisi ce qu'on ne peut posséder que dans la nuit, la vérité d'un être.

Par réflexe, elle renforça son étreinte sur l'avant-bras, et la douleur que l'homme éprouva revint directement en elle comme dans un circuit fermé. Leurs sensibilités étaient soudées. Comme on resserre des sangles de cuir, Cléo accrut encore son emprise sur le noyau vital de celui qui la portait. À l'intérieur de cet attelage, le *nexus* était maintenant d'une force inouïe, il éclipsait la douleur, il éclipsait tout.

La tête à la renverse secouée au rythme de la course du policier, Cléo percevait un paysage d'ombres noyé dans un poudroiement violet. Elle choisit de fermer les yeux sur ce brouillard qui avait été un monde et s'abandonna aux saccades du corps qui prolongeait le sien. Du fond de la grande berceuse acosmique, elle crut entendre le claquement d'un coup de feu et des bris de verre. Son dos entra en contact avec le béton froid et la chaleur se retira d'elle. On l'avait déposée au sol, le lien était rompu. La douleur revint, cinglante, viscérale. Pendant une durée indéterminée, elle reposa presque inerte, comme un membre amputé qu'on aurait abandonné. À demi consciente, elle enregistra plusieurs détonations. Puis, sous l'effet d'un brusque élan intérieur, elle se releva. Sa vue était brouillée. Une succession de poussées syncopées la propulsa dans une ruelle en bordure d'un complexe sportif. De l'autre côté du grillage, le terrain de foot n'était qu'un immense buvard imbibé de néant.

# Chapitre 73

*Ravard*

*Vendredi 28 septembre 2018.*
*Rue Jean-Walter, Clichy.*

Ravard s'accroupit en serrant Cléo dans ses bras. Il vit qu'à sa gauche le pare-brise d'une Peugeot avait volé en éclats, il recula aussitôt pour sortir de la ligne de tir et s'abrita derrière la voiture. Cléo avait les yeux fermés, elle semblait inconsciente. Il l'allongea sur le bitume et, toujours accroupi, dégaina son arme de service. Il risqua un coup d'œil dans la direction d'où était parti le coup de feu, mais le tireur était invisible. Tapi derrière le coffre de la berline, le policier vacilla et dut poser une main à terre pour retrouver l'équilibre. Il se sentait pantelant, dégrisé, l'immense vague de lumière qui le remplissait quelques secondes plus tôt s'était dégradée en un clair-obscur s'évanouissant.

Cléo gisait à ses pieds, une respiration lente soulevait sa poitrine. Leur jonction si émouvante avait été, l'espace de quelques secondes, la zone la plus dense du réel ; elle appartenait déjà au passé. Ravard se concentra, il devait se ressaisir, il n'avait pas le droit de flancher. La veille, face à l'Érythréen, il avait failli ; il ne pouvait pas échouer aujourd'hui. Un homme était là, à quelques mètres d'eux, et il voulait leur peau. De la prédation à l'état brut.

Plus loin sur le parking, il y eut un bruit léger. Ravard se pencha et capta un mouvement, il aperçut le buste d'un homme à moitié dissimulé par une fourgonnette blanche, l'assaillant, sans doute celui qui avait pourchassé Cléo, tenait une arme. Le flic fit un rapide inventaire des scénarios possibles, il estima qu'il était plus prudent d'attendre là, aux côtés de Cléo, et d'appeler des renforts. Mais l'instinct prit le dessus et, ramassé sur lui-même, Ravard s'élança, se mit à progresser en position baissée pour contourner le tireur sans être repéré. Il se faufila derrière plusieurs véhicules stationnés, passant d'un écran à l'autre, marquant ici et là un temps d'arrêt pour vérifier que l'assaillant n'avait pas bougé. Il atteignit enfin la position souhaitée, l'autre était toujours debout derrière la camionnette blanche, il ne l'avait pas vu. Ravard avait un angle de tir ouvert, il pointa son Sig Sauer sur l'homme et prit le temps d'ajuster sa visée. Il ciblait la tête. Alertée par un pressentiment, celle-ci pivota : en une fraction de seconde, l'homme se tourna vers Ravard, il allait tirer. Le flic décala son point de mire et fit feu.

*Double tap.*

Les balles frappèrent l'épaule droite, elles disloquèrent l'articulation, le type virevolta comme une toupie. Il était au sol et tentait de se relever, il n'eut pas même le temps de plaquer une main sur sa blessure, un coup de pied d'une rare violence envoya son dos percuter le goudron et lui coupa le souffle. Ravard était sur lui et le jaugeait. Le policier scruta un instant la face du malfrat et crut la reconnaître, il abattit son poing sur le nez aquilin ; le crâne rebondit sur le béton avec un bruit creux. L'homme avait son compte, il était *out*.

Ravard rengaina son arme de service et ramassa celle de l'agresseur. Il appela Manel et lui expliqua en deux mots, la cavalerie pouvait rappliquer. Il demanda aussi une ambulance et précisa « C'est urgent ». Il revint vers la Peugeot, à l'endroit où il avait laissé Cléo. La fille n'était plus là.

# Chapitre 74

*Noirac*

*Vendredi 28 septembre 2018.*
*Rue Jean-Walter, Clichy.*

Cléo s'agrippa au grillage qui bordait le stade, son corps la lâchait, elle ne pourrait pas aller plus loin ; elle comprit alors qu'elle allait mourir, que c'était inévitable. Oui, elle allait mourir, il faudrait quitter tout ça, mais qu'allait-elle quitter sinon une vie de misère, une vie exposée à des agressions continues, un monde peuplé de connards en tout genre, de bactéries résistantes, de fous de Dieu, d'ego purulents acharnés à faire leur trou ? Après tout, sa mère l'avait déjà quittée, poussée vers la sortie par un cancer, quant à son père, il l'avait abandonnée depuis longtemps, ses amis étaient seulement des contacts, Belgrand était mort et elle n'avait rien été pour lui, qu'avait-elle de plus à perdre ? Elle allait crever et elle n'aurait pas eu ce qu'on peut appeler une vie heureuse, elle n'aurait pas le bonheur d'être une mère et de prolonger son espèce, celle-ci allait d'ailleurs bientôt finir par crever la gueule ouverte comme une carpe sur la berge, noyée dans un déluge de rayons ultraviolets. Mais tout de même, elle ne parvenait pas à y croire, elle était en train de crever comme une bête, là, dans cette ruelle sinistre, et ça ne pouvait pas être réel. Non, ce comble de la désolation, ce malaise sans fond, ce n'était pas vrai, elle se débattait dans un mauvais rêve, avec l'impression de flotter dans un corps devenu trop grand pour elle, trop encombrant, à la fois trop lointain et trop proche.

Une succession de flashs de lumière pure l'aveugla. L'éclipse de conscience ne dura qu'un battement de cœur. Quand Cléo retrouva ses esprits, elle pouvait visualiser avec précision le chemin creusé par le projectile dans son poumon gauche. Ce projectile chemisé en laiton était logé à quelques centimètres du cœur. Elle le voyait très distinctement, comme s'il était sous ses yeux, de même qu'elle pouvait aussi voir avec une grande netteté les textures de ses muscles lisses et striés, les ramures nerveuses rassemblées dans le canal osseux de sa colonne vertébrale et les dédales de viscères enroulés dans son ventre. C'était un spectacle superbe, comme si elle survolait en rase-mottes des récifs coralliens chatoyants. Mais la douleur pulsait, c'était une biffure frémissante dans son être.

La conscience de Cléo se rétrécit soudain au point d'épouser les pulsations hémorragiques du sang dévié de son circuit fermé. Ce sang, il remplissait maintenant ses poumons comme une eau de fer noirâtre, et elle se noyait dans cette eau.

Asphyxie.

Cléo se disait qu'elle était en train de mourir et cette voix qui ressassait l'imminence de sa mort, c'était encore la sienne. Une voix qui portait son existence et la maintenait à flot. Une voix qui lui évitait la noyade complète et la retenait comme entre le pouce et l'index en suspens au-dessus de l'impossible. Car c'était encore elle qui persévérait dans son être à l'intérieur de ce ressassement qu'il ne fallait surtout pas interrompre, c'était elle qui s'obstinait dans l'idée que rien de tout cela ne pouvait être vrai.

Mais le pire, c'est que c'était vrai. Cléo coulait à pic. C'était la mort qui l'entraînait vers la solitude la plus radicale, vers le point où la solitude s'abolit en elle-même.

Oui, elle était en train de crever ici, dans l'air tiède d'une soirée d'été, à deux pas de l'hôpital Beaujon. L'immense tour de brique rouge semblait presque oblique au milieu du vide saturé de lumière violette. Un violet électrique qui clignotait, parsemé de points lumineux intenses. Des points floconneux entre lesquels la pensée de Cléo zigzaguait comme si elle soulevait les replis de la matière et du temps. Comme si les nervures les plus intimes de l'univers apparaissaient enfin au grand jour.

Cléo *voyait* enfin.

Lucidité folle, étourdissante perception.

Peut-être que Borel avait raison.

Peut-être que c'était ça, le sommeil hypnotique.

L'hyper-veille.

Ou peut-être était-ce la mort.

La sienne.

Qui l'absorbait, qui l'avalait tout entière.

Cléo était seule. Cernée par l'horreur.

Elle n'était pas du tout prête à passer de l'autre côté.

Elle passa de l'autre côté.

## Chapitre 75

***Noirac***

*Vendredi 28 septembre 2018.*
*Institut métapsychique international,*
*51, rue de l'Aqueduc, Paris 10e.*

*Elle passa de l'autre côté…*

De l'autre côté, le voile noir se lève.

Il n'y a d'abord qu'un brouillard rouge. Puis le visage de Borel apparaît en gros plan devant Cléo. Il lui demande si elle va bien et lui propose un verre d'eau. Il semble anxieux. A-t-elle vu le code d'entrée de la porte de l'entrepôt ? Cléo conserve d'abord le silence. Elle a vu le code, mais elle a vu bien plus, elle l'a vu lui, Borel, s'enfuir comme un foireux tandis qu'elle était piégée en compagnie d'un fou furieux, elle a vu son vrai visage, celui d'un lâche, d'un minable. Comme il insiste, elle finit par bredouiller qu'elle ne conserve qu'un souvenir vague de ce qu'elle a aperçu en état de transe mais qu'elle éprouve en ce moment même un sentiment de *déjà-vu*. Ils remontent dans la bibliothèque et Borel se lance dans une longue digression sur la précognition, un type de perception extrasensorielle particulièrement malaisé à concevoir, dans lequel le sujet est capable de se souvenir de ses pensées futures, ce qui remet en question notre représentation du temps. « Mais le temps, de toute façon, personne n'y comprend rien », conclut Borel. Il revient à la charge et demande à nouveau à Cléo si, vraiment, elle n'a pas vu le code de l'entrepôt pharmaceutique. Cléo le transperce du regard, elle se repasse en lecture accélérée tout le film de ce qu'elle a vécu en transe, elle a envie de gifler Borel, qui l'a laissée crever. Elle regarde son portable, il est bientôt 19 heures.

*Flash rouge.*

Elle part, elle s'éclipse en scooter. À 19 heures précises, elle entre dans le Carrefour Express et se rend au rayon biscuits. Les haut-parleurs diffusent « Flames » de David Guetta et Sia et, comme une faille qui s'ouvre sous l'effet de contraintes tectoniques, un rire se fraye un chemin depuis la racine de son être jusqu'à sa bouche et fend celle-ci d'un large sourire. Cléo inspecte les rayons, il n'y a aucun paquet de barquettes de LU à la fraise. De retour chez elle, elle demeure longtemps debout à observer l'écran de son portable. Il est éteint, posé sur la couette du lit défait. Quand il s'allume, elle se surprend à faire une prière. Elle lit le texto, il est de Marin. L'impression de *déjà-vu* la frappe de plein fouet, c'est irréel.

*Flash rouge.*

Ce message bref et sec, elle le connaît déjà. Mot pour mot, c'est celui qu'elle a lu *en rêve*. Est-elle encore immergée dans un état de transe, quelque part dans le sous-sol de l'Institut métapsychique ? Ou bien ce qu'elle vit sans y croire, n'est-ce pas le souvenir de pensées futures qui entrent en collision avec son présent actuel ? La chute dans l'entrepôt de Saint-Ouen, l'injection accidentelle, la blessure par balle, la mort imminente, cela a-t-il eu lieu dans un futur proche qu'elle a entrevu en état d'hyper-veille ? Ou encore n'est-elle pas en train de mourir, une balle dans l'abdomen et du poison dans ses veines, piégée dans une ultime bulle de conscience où elle délire une issue plus favorable ? N'est-elle pas enveloppée dans son dernier instant, prisonnière des dernières millisecondes de sa vie, captive d'une goutte qui n'en finira jamais de tomber ? C'est peut-être ça, mourir, un processus infini et sans dehors, ne jamais passer sur l'autre bord, bégayer la même séquence hallucinatoire vécue comme une éternité, une éternité à l'intérieur de cette vie, un devenir-mort interminable. Cléo balance son portable sur le lit et balaye l'espace d'un long regard circulaire. Sa piaule pue la désolation. Rien, dans cette pièce, ne justifie qu'elle continue sa vie d'avant. Tout, jusqu'ici, a ressemblé à un mauvais rêve, et elle est en train de se réveiller.

*Flash rouge.*

Il n'est pas encore 21 h 30 quand Cléo gare sa Vespa en face de l'entrepôt de Nectar Pharma SAS à Saint-Ouen. Elle compose le code, la porte s'ouvre. Elle utilise le badge de Delmas et ouvre la seconde porte. Dans le tiroir du bureau de Julien Vitrou, elle trouve la boîte contenant les seringues de *mycélium*. Personne ne l'inquiète quand elle quitte le local, personne ne lui tire dans le dos. Les seringues dans son sac Freitag, elle roule jusqu'à la rue Lepic. Au lieu de stopper le scooter au pied de son immeuble, elle accélère, l'engin la porte au sommet de la butte Montmartre, elle l'abandonne contre le mur du Carmel. Elle cherche un peu de tranquillité dans la rue de la Bonne et s'isole dans le square Marcel-Bleustein-Blanchet. Là, sous une tonnelle recouverte de glycines, elle sort une seringue de son sac, elle s'injecte la substance dans les veines, c'est simple, elle a déjà vu faire des toxicos. Une traînée de chaleur se propage dans l'ensemble de son bras gauche et continue de s'étendre. Cléo sort du square, elle marche jusqu'au parvis du Sacré-Cœur, sa tête commence à tourner, un millier de soleils en voie de formation vibrent dans son crâne. Sous ses yeux, Paris est une vaste forêt sombre et dense, foisonnante de cris de bêtes qui s'appellent, qui se cherchent, se flairent, se fuient et se chassent. Cléo est immobile, elle se sent légère, éthérée, elle regarde cette ville luminescente aux allures d'hologramme géant. Le hasard l'a fait naître ici, il lui a fait rencontrer une foule de tocards, il lui a fait perdre sa mère et l'a placée au pied du mur, les plans du hasard sont merdiques, ils ne la concernent plus. Cléo se tient au-delà du hasard, elle est indestructible. Son regard se perd en direction d'un point lointain. Elle sait maintenant où aller, elle a trouvé sa place.

*Flash rouge intense.*
*Rouge.*
*Un monde rouge.*
*Coup de poignard dans le ventre.*
*Douleur fulgurante.*

Cléo ouvre grand les yeux comme si c'était la première fois, hébétée. Des filaments de mycélium rouge vif tirant sur le mauve flottent partout dans l'espace. Elle reconnaît la rue sordide, le grillage, le terrain de foot. Elle est toujours à Clichy, blessée à mort, l'hallucination ultra-réaliste qui l'a secouée s'est dissipée d'un seul coup, bulle iridescente éphémère. La substance injectée dans son corps en grande quantité lui flingue la tête et l'empoisonne, elle a l'impression que ses yeux vont éclater, que toute sa chair va éclater. Un élancement dans sa poitrine la plie en deux, elle tombe à genoux, sa joue frappe le goudron, son œil droit est une caméra posée au ras du sol, il enregistre la présence d'un objet, à quelques centimètres, un petit carton rectangulaire couleur crème. Cléo se souvient, c'est la carte du Théâtre sur laquelle Rose Lecœur a noté son numéro de téléphone personnel – « *Appelez-moi* ». Elle pose une main sur le carton, la referme sur lui et trouve la force de se relever. Elle croit entendre un coup de feu qui claque dans la nuit.

Le sang qu'elle a perdu, qu'elle continue de perdre l'allège, sa tête est légère, son corps ne pèse plus, elle se met à courir et c'est comme si elle abandonnait son enveloppe charnelle derrière elle. Elle court dans la nuit, dans une cuve infinie remplie de liquide mauve, ce liquide qui, à présent, s'est infiltré dans les canaux les plus ténus de son système nerveux et le fait luire d'une lumière chaude et mauve, vivante frondaison lancée dans une fuite en avant et que rien n'arrêtera.

# Chapitre 76

*Ravard*
*Vitrou*
*Manel*
*Boisseau*

*Nuit du vendredi 28 septembre*
*au samedi 29 septembre 2018.*
*Au Bastion, 36, rue du Bastion, Paris 17e.*

Les recherches dans le périmètre du parking ne donnèrent rien. Le scooter renversé n'avait pas bougé d'un pouce et les taches de sang retrouvées dans une ruelle aux abords d'un stade ne menaient nulle part. Ravard dut se rendre à l'évidence, Cléo avait vraiment disparu. Après l'avoir longtemps cherchée, il était retourné au Bastion. Dans la salle d'interrogatoire, Manel et Boisseau n'avaient pas chômé. Assis sur une chaise métallique, l'homme interpellé était livide. Il avait reçu des soins et passé des examens à l'hôpital Beaujon, sa blessure était moins grave qu'il n'avait d'abord paru, aucune artère n'avait été touchée; il portait un bandage imposant à l'épaule. Manel le laissa seul avec Boisseau, elle fit un compte-rendu à Ravard, la version brève. Le prévenu, un certain Julien Vitrou, était bien l'homme qui avait été entendu le mardi précédent dans les locaux de la DGSI à Levallois. Employé du laboratoire Nectar Pharma, il était responsable de la sécurité du site de Saint-Ouen. C'est là qu'il avait fait connaissance avec Delmas quelques années auparavant, lors de l'essai clinique avorté sur l'innoxycycline. Il avait sympathisé avec le médecin-chercheur, qui l'avait convaincu de l'aider à poursuivre clandestinement ses recherches sur le médicament. Une molécule en or, lui avait dit Delmas, qui n'était plus contractuellement lié au laboratoire depuis que l'essai clinique avait pris fin.

Progressivement, Delmas s'était mis à dévier du programme annoncé, il s'était même mis à déconner dangereusement, évoquant de plus en plus fréquemment des phénomènes métapsychiques. Il poursuivait des chimères, il était devenu incontrôlable. L'empoisonnement massif de la porte de la Chapelle avait été son initiative personnelle. Un désastre qui avait mis en péril leur petite entreprise. Après l'hécatombe des migrants et l'arrestation de Zenner, Vitrou avait rendu visite à Delmas dans sa maison de Gennevilliers pour récupérer les doses de *mycélium*. Là, une dispute violente avait éclaté, Vitrou était entré dans une rage folle, il s'était acharné sur le médecin pour qu'il lui donne les doses et il l'avait laissé sur le carreau ; il avait dérobé l'ordinateur de Delmas et rapatrié la substance dans l'entrepôt de Saint-Ouen, pensant qu'il avait effacé ses traces, que les choses allaient se tasser et qu'il passerait sous les radars. Mais la fouineuse aux cheveux bleus était venue déranger ses plans.

« À ce propos, toujours pas de nouvelles ? demanda Manel.

– Non, rien. J'ai lancé un avis de recherche. »

Ravard s'absenta dans ses pensées quelques secondes ; il refit surface et demanda si Vitrou avait parlé des personnes torturées.

« Il a juste dit que les images parlaient d'elles-mêmes, qu'il n'avait rien à ajouter. Selon lui, la vente des vidéos était un business à l'intérieur du business, pas plus.

– Et ces hommes, que sont-ils devenus ? »

Manel posa une main délicate sur la mâchoire de Ravard.

« Pose-lui la question, moi je rentre, je suis vannée. »

Sur sa chaise métallique, le pourri n'en menait pas large, sa pâleur s'était accentuée. Il manqua de tourner de l'œil quand il vit Ravard faire irruption dans la salle d'interrogatoire et verrouiller sur lui un regard glacial.

# Chapitre 77

*Ravard*
*Lacarnoy*

*Samedi 29 septembre 2018.*
*Site de production de Nectar Pharma SAS,*
*29, rue Pierre, Saint-Ouen.*

Lacarnoy surnageait au milieu des troupes de police qui grouillaient dans le laboratoire. Il remarqua Ravard, en grande discussion avec un homme rond comme une pomme, et se fraya un chemin jusqu'à lui. Golgoth silencieux, il attendit que le rondouillard décampe et entraîna l'officier de police judiciaire dans une petite salle plus calme. Ravard lui fit une synthèse efficace de l'interrogatoire de Vitrou qu'il avait mené jusque tard dans la nuit. Les fragments d'ADN retrouvés sur Delmas étaient bien ceux de Julien Vitrou, ce qui confirmait la version des faits de ce dernier, qui avait reconnu le meurtre et mis en avant l'idée d'un différend qui tourne mal. Le responsable de la sécurité du site avait également reconnu sa complicité dans les essais clandestins menés par le médecin-chercheur, tout en soulignant les divergences qui étaient apparues entre eux au cours des dernières semaines. Des échanges de mails conservés sur l'ordinateur de Vitrou révélaient surtout l'emprise de celui-ci sur Delmas.

« Mais pourquoi les tortures ? »

Ravard répondit que, selon l'intéressé, les séances de torture avaient dès le début fait partie intégrante du processus de test clinique. Des essais *sauvages*, dans tous les sens du terme. Adepte de longue date du *bondage* extrême, Vitrou avait eu l'idée de les mettre en scène et de filmer – ce genre de vidéos se monnayaient à prix d'or. Mais la véritable raison était sans doute ailleurs.

« C'est-à-dire ?

– Il l'a fait parce qu'il le *pouvait*. »

Dans la cave de Delmas, en présence de ces corps précaires, Vitrou avait trouvé l'occasion d'exercer un pouvoir absolu, il y avait pris goût. Tandis que le pharmacologue se perdait dans ses divagations paranormales, Vitrou était passé du pouvoir de la jouissance à la jouissance du pouvoir.

« Quant aux victimes, dit Ravard, c'est là qu'elles ont fini. »

Il montrait du doigt un volumineux parallélépipède rouge en acier coiffé d'une cheminée. L'incinérateur de crémation du laboratoire. Il permettait d'éliminer les déchets toxiques, sa chambre de combustion avait une capacité de charge de 300 kilogrammes et contenait 1,2 mètre cube, le docteur Petiot en aurait rêvé. À l'intérieur, la chaleur pouvait atteindre 1 150 degrés Celsius. C'était plus que suffisant pour faire partir en fumée les cadavres des hommes suppliciés dans la cave de Delmas et mêler leurs restes vaporisés à la pollution ambiante. Dans l'air que nous respirions, il y avait la mort à l'état dilué, et nous l'inhalions sans broncher. La nouvelle n'étonnerait personne de manière durable. Sous l'effet d'une apathie faite d'indignations trop nombreuses, le grand public n'était plus en état de maintenir son attention sur un problème déterminé. Accoutumé à voir des spectacles, il ne voyait en tout que spectacle et, déjà, le drame de la porte de la Chapelle commençait pour lui à s'estomper.

« En revanche, dit Ravard, Vitrou ne nous a pas éclairés sur la substance que Delmas a injectée aux victimes, on ne sait toujours pas exactement quels sont ses effets. »

Lacarnoy le regarda bizarrement, comme on dévisage un suspect ou un idiot. Un long regard dur. Il se contenta de répondre « Elle tue » et laissa entendre au flic qu'il n'avait plus à s'en préoccuper, que c'était désormais l'affaire de la DGSI. Ravard préféra ne pas insister. Il n'avait plus rien à faire sur les lieux et prit congé.

Avant de quitter la salle, il considéra à nouveau la masse compacte de l'incinérateur et repensa aux propos de Zenner sur les « broyeurs à migrants ». Le propagandiste avait vu juste : d'autres, plus fous que lui, étaient allés au-delà de ses projets les plus sordides, ils étaient passés à l'acte. Stéphane Zenner serait poursuivi pour « injure publique à raison de l'origine ou de l'appartenance ou de la non-appartenance à une ethnie, une nation, une race ou une religion déterminée » et « provocation publique à la haine ou à la violence, à l'égard d'une personne ou d'un groupe de personnes à raison de l'origine ou de l'appartenance ou de la non-appartenance à une ethnie, une nation, une race ou une religion déterminée », délits prévus par la loi sur la presse. Il assurerait seul sa défense et, selon toute probabilité, n'écoperait que d'une amende symbolique et d'emmerdements mineurs. Il avait encore de beaux jours devant lui, son idéologie raciste ne choquait plus les esprits, elle les préparait au pire. Dans l'inconscient de la population, les programmes politiques s'édifiaient à partir de fragments de rêves et de cauchemars, de barricades et de barbelés : un peu partout dans l'âme du peuple germaient les images d'un avenir aux allures de champ de ruines ou de muraille sans interstices.

# ÉPILOGUE

# Chapitre 78

*Ravard*
*Manel*
*Diane*

*Mercredi 8 mai 2019.*
*Parc Martin-Luther-King, Paris 17e.*

La tour du tribunal de grande instance miroitait sous un grand ciel bleu. Assis sur un banc dans le parc Martin-Luther-King, Ravard observait les silhouettes des laveurs de vitres dans leurs nacelles accrochées aux façades de verre. Il les quitta des yeux et suivit du regard sa fille, Diane. Elle venait de gravir un monticule couvert d'un revêtement amortissant en caoutchouc bleu et jaune et se laissa glisser dans la gouttière d'un grand toboggan. Elle se releva, adressa un grand sourire à son père et retourna sur la dune. Le soleil baignait l'espace de jeux, il chauffait fort, Ravard dut retirer sa veste, il la posa à ses côtés, contre la cuisse de Manel, et vit que la jeune femme avait les yeux clos, le visage offert aux effluves solaires. Ils étaient ensemble, leur histoire durait, elle s'écrivait toute seule, de façon autonome. C'était dans l'ordre des choses.

Tout autour, des immeubles sortis de terre en un clin d'œil avaient déjà trouvé preneurs, les appartements vendus sur plan étaient partis comme des petits pains. Le quartier Clichy-Batignolles changeait, des travaux d'aménagement étaient encore en cours, les hommes remuaient la terre, le percement de tunnels pour le prolongement de la ligne 14 avait provoqué des mouvements de panique chez les rats ; par colonies entières, ils étaient remontés à la surface et envahissaient les espaces verts. Ravard les voyait souvent rôder. Il remarqua qu'en revanche le héron qui fréquentait le bassin artificiel du parc avait disparu. Sa présence avait toujours été une sorte d'anomalie ; celle-ci était maintenant corrigée, il s'était envolé.

Ravard se laissa aller en arrière sur le banc. Un rai de soleil tombait sur son visage, aveuglant. Puits de lumière et d'éternité. Le policier songea à Cléo. Il n'avait jamais retrouvé sa trace, il n'avait sans doute pas assez persévéré. Il se souvint de ce moment où il avait vu se tourner vers lui ce visage dont tous les hommes ont besoin, où il avait tenu dans ses bras ce corps chaud qui est une réponse aux angoisses insondables ; pendant plusieurs secondes, leur âme et leur corps s'étaient unis et le réel s'était condensé au plus haut point. Cela ne se retrouverait pas, il le savait. Manel faisait seulement partie du monde, elle ne serait jamais Cléo, celle qui, pendant ces quelques battements de cœur, avait racheté le monde et lui avait rendu sa pulsation originelle. En cette vie, le paradis ne durait qu'un instant et ne revenait pas. Un instant cristallin qui donnait son éclat à l'ensemble du tableau. Ravard s'était trouvé sur la cime de son existence et ne pouvait dès lors qu'en redescendre. Mais le reste serait autre chose qu'une vaine attente de la mort.

# Chapitre 79

*Borel*

*Mercredi 8 mai 2019.*
*Appartement de Borel, 10, rue d'Aumale, Paris 9e.*

Depuis plusieurs mois, Borel s'était enfoncé dans une dépression sévère. Il était en arrêt maladie longue durée et se terrait dans son appartement, n'en sortant qu'une fois par semaine pour aller déjeuner au Wepler et consulter son psy. Il avait abandonné son poste à l'IMI. Le paranormal, il n'y croyait plus. Après le vol de son ordinateur et la perte de ses fichiers, il avait renoncé à reprendre l'écriture de ses *Carnets métapsychiques*. Il avait fait le tri dans sa bibliothèque, pratiquant des coupes sombres, et s'était peu à peu tourné vers le catholicisme. S'il n'avait pas tout à fait délaissé Gabriel Marcel, il passait le plus clair de son temps à lire Pascal et les jansénistes, il pensait souvent à la mort, elle l'obsédait. Souvent aussi, il pensait à Cléo. Il ne l'avait jamais revue après cette soirée du vendredi 28 septembre 2018. Le flic lui avait dit qu'elle avait disparu, mais que valait la parole d'un flic ? N'étaient-ils pas tous de mèche contre lui ? Cléo n'avait jamais répondu à ses messages, son numéro de portable n'était plus valide et on avait clôturé son compte Facebook.

Au mois de mars, Borel avait tenté de lui rendre visite chez elle, rue Lepic, mais le studio qu'elle avait occupé était maintenant reloué à un jeune couple qui n'avait jamais entendu parler d'elle. Cléo était-elle morte ? Était-elle partie vivre ailleurs ? Borel se souvenait qu'elle lui avait parlé de son père, elle ne l'avait pas vraiment connu, il avait refait sa vie aux États-Unis. L'avait-elle retrouvé ? Vivait-elle là-bas ?

Comme chaque jour, Borel se plia à la discipline que lui imposait son psychiatre, il devait consigner ses états d'âme, l'écriture faisait partie de sa thérapie. Il était malade, il avait fini par l'admettre, il progressait, ce travail sur soi portait ses fruits.

Après les événements de septembre 2018, Borel avait été brièvement interné, il avait suivi l'avis de son psychiatre, il s'était senti dépassé par un délire paranoïaque trop grand pour lui et qui prenait toujours la forme du même récit et revenait en boucle. Jusqu'à un certain point, il acceptait la version officielle : par appât du gain, un employé de l'entreprise Nectar Pharma SAS avait cautionné et même encouragé des essais cliniques sauvages menés sur des camés et sur des migrants par un médecin-chercheur sans foi ni loi. Ce même employé avait tiré profit des circonstances pour laisser libre cours à ses pires penchants, un sadisme mâtiné de racisme. Devant l'ampleur du drame de la porte de la Chapelle, il avait paniqué et liquidé le chercheur pour éviter le scandale. Mais la version officielle omettait de préciser les motivations profondes de Paul Delmas. Elle passait sous silence le fait qu'ayant mis la main sur la clef USB de Delmas et séduite par le potentiel de la molécule la Sécurité intérieure avait confisqué celle-ci, elle l'avait classée secret-défense, et l'État avait étouffé l'affaire. Borel ne pouvait pas lutter, il ne faisait pas le poids – ils étaient l'État français, lui n'était qu'une loque dépressive.

Lentement, toutes ces idées délirantes s'étaient détachées de lui. Son psy avait été d'une grande aide. Borel était sur la voie de la guérison psychique. Il recopia un passage du *Journal métaphysique* de Gabriel Marcel :

> Un monde d'où le mystérieux serait exclu et un monde où tout ce qui aurait la puissance de se communiquer se communiquerait directement, spontanément – ce monde-là n'est sûrement pas le nôtre. Il y a donc une intime relation entre les idées de mystère et de valeur. N'est mystérieux que ce qui est susceptible de m'intéresser, de présenter une valeur pour moi.

Il commenta longuement ces remarques et nota que Gabriel Marcel avait plusieurs wagons de retard, que nous vivions à présent dans un monde sans mystère, et donc sans valeur, mais que s'acharner à imaginer le mystère était encore une vanité. L'au-delà n'était pas dans cette vie. Il n'y avait que l'abîme et notre faiblesse face à l'abîme. Il n'y avait que notre solitude face à la mort. Borel ajouta qu'aujourd'hui encore il avait pensé à Cléo.

## Chapitre 80

*Gustave*

*Vendredi 7 juin 2019.*
*Théâtre des Extases, rue Pierre-au-Lard, Paris 4e.*

Gustave fuma une dernière clope avant de rejoindre les vestiaires. Elle passa dans la loge de Fauverne, le magnétiseur du Théâtre était à l'œuvre. Devant lui, les danseuses étaient assises, déjà plongées dans une transe profonde. Elle regagna son box de DJ et termina les préparatifs de son *set*. En face d'elle, les loges superposées étaient toutes occupées, des ombres fébriles s'y agitaient. Le spectacle allait commencer, les murmures se calmèrent et il y eut un moment de silence parfait. Des rouleaux de fumée commencèrent à ramper sur la scène et Gustave libéra les premières nappes sonores. Puis ce fut l'entrée des médiums. Les danseuses étaient là, elles étaient cinq. Claire Restil avait été remplacée. Depuis longtemps, elle avait quitté la France, elle avait de quoi refaire sa vie mille fois. En quelques mois, sa remplaçante s'était fait un nom, mais il arrivait encore aux clients du Théâtre de l'appeler « la petite nouvelle ». Avec sa chevelure rouge feu, elle était sublime. Au milieu des quatre autres danseuses, elle ondoyait comme une flamme, elle était la créature la plus vivante. Ses mouvements étaient lents et fluides. Sur son visage, il y avait une plénitude parfaite et un air de triomphe. Concentrée sur son *mix*, Gustave la regardait parfois à la dérobée et souriait, elle aimait cette vie. Quand elle lança « Face the Fire », de Boy Harsher, toutes les bougies étaient déjà allumées aux balcons des loges. Dans leurs photophores de cristal, elles formaient une immense lueur rouge.

*I've been wasting time*
*In your lonesome eyes*
*I've been split in half*
*I wanna be*
*A perfect match*
*Pull me up tonight*
*By my broken teeth*
*And my lies*
*Face the fire*
*The fear*
*It makes me wild*
*It makes me wild…*

# Bibliographie sélective

*On trouvera ci-dessous quelques précisions bibliographiques relatives aux auteurs ou livres mentionnés dans le récit.*


BINET-SANGLÉ, Charles, *La Fin du secret. Application de la perception directe de la pensée*, Paris, Albin Michel, 1922.

BINET-SANGLÉ, Charles, « Expériences sur la transmission directe de la pensée », *Annales des sciences psychiques*, 1902 ; Comptes-rendus pour l'Association française pour l'avancement des sciences, 1903.

BINET-SANGLÉ, Charles, *Le Haras humain*, Paris, Albin Michel, 1918.

BLAVATSKY, Helena, *La Doctrine secrète*, Paris, Adyar, 1994.

BRETON, André, *Œuvres complètes*, Paris, Gallimard, coll. « Bibliothèque de la Pléiade », 1988.

DELEUZE, Joseph Philippe François, *Histoire critique du magnétisme animal*, 2 tomes, Paris, Belin-Leprieur, 1819 [1re éd. 1813].

Deleuze, Joseph Philippe François, *Défense du magnétisme animal contre les attaques dont il est l'objet dans le Dictionnaire des sciences médicales*, Paris, Belin, 1819.
Deleuze, Joseph Philippe François, *Mémoire sur la faculté de prévision*, Paris, Crochard, 1834.
Evola, Julius, *Révolte contre le monde moderne*, Lausanne, L'Âge d'Homme, 1972.
Evola, Julius, *Synthèse de doctrine de la race*, Paris, L'Homme libre, 2002.
Faria, abbé José Custodio de, *De la cause du sommeil lucide, ou étude de la nature de l'homme*, Paris, 1813.
Klüver, Heinrich, *Mescal and Mechanisms of Hallucinations*, Chicago, The University of Chicago Press, 1966.
Koestler, Arthur, *Les Racines du hasard*, Paris, Les Belles Lettres, 2018 (titre original : *The Roots of Coincidence*, 1973).
Kofman, Sarah, *L'Énigme de la femme*, Paris, Galilée, 1980.
Lapassade, Georges, *Essai sur la transe*, Paris, Jean-Pierre Delarge éditeur, 1976.
Lavelle, Louis, *La Dialectique de l'éternel présent*, Paris, Alcan, 1932.
Marcel, Gabriel, *Journal métaphysique*, Paris, Gallimard, 1928.
Meheust, Bertrand, *Somnambulisme et Médiumnité*, tome 1, *Les Défis du magnétisme*, Paris, Les Empêcheurs de penser en rond, Institut Synthélabo, 1999.
Meheust, Bertrand, *Somnambulisme et Médiumnité*, tome 2, *Le Choc des sciences psychiques*, Paris, Les Empêcheurs de penser en rond, Institut Synthélabo, 1999.

MEHEUST, Bertrand, *Un voyant prodigieux, Alexis Didier 1826-1886*, Paris, Les Empêcheurs de penser en rond/Le Seuil, février 2003.
OSTY, Eugène, *Lucidité et Intuition, étude expérimentale*, Paris, Alcan, 1913.
OSTY, Eugène, *La Connaissance supranormale*, Paris, Alcan, 1923.
OSTY, Eugène et Marcel, *Les Pouvoirs inconnus de l'esprit sur la matière*, Paris, Alcan, 1932.
PASCAL, Blaise, *Prière pour demander à Dieu le bon usage des maladies*, in *Œuvres complètes*, Paris, Seuil, coll. « L'intégrale », 1963.
PUYSÉGUR, Armand-Marc-Jacques de Chastenet, marquis de, *Du magnétisme animal, considéré dans ses rapports avec diverses branches de la physique générale*, Paris, Desenne, 1807.
RICHET, Charles, *Traité de métapsychique*, Paris, Alcan, 1922.
SCHRENCK-NOTZING, Albert, baron de, *Les Phénomènes physiques de la médiumnité*, Paris, Payot, 1925.
VESME, comte César de, *Histoire du spiritualisme expérimental*, Paris, Éditions Meyer, 1928.
WEININGER, Otto, *Sexe et Caractère*, Lausanne, L'Âge d'Homme, 1975.

**Dans la même collection**

**EQUINOX**

*Racket*, Dominique Manotti, mars 2018
*Un feu dans la plaine*, Thomas Sands, mars 2018
*Ceci est mon corps*, Patrick Michael Finn, avril 2018
*Mamie Luger*, Benoît Philippon, mai 2018
*Requiem pour Miranda*, Sylvain Kermici, septembre 2018
*Présumée disparue*, Susie Steiner, octobre 2018
*L'éternité n'est pas pour nous*, Patrick Delperdange, octobre 2018
*Les Féroces*, Jedidiah Ayres, novembre 2018
*L'Étoile du Nord*, D.B. John, janvier 2019
*Mauvais Œil*, Marie Van Moere, janvier 2019
*La Vague*, Ingrid Astier, février 2019
*Paradigma*, Pia Petersen, février 2019
*Cherry*, Nico Walker, avril 2019
*Ma douleur est sauvagerie*, Pierric Guittaut, avril 2019
*Le Triomphant*, Clément Milian, mai 2019
*Glory Hole*, Frédéric Jaccaud, mai 2019
*L'Icône*, Thierry Marignac, septembre 2019
*Personne inconnue*, Susie Steiner, septembre 2019
*La Meute*, Thomas Bronnec, octobre 2019
*Le Second Disciple*, Kenan Görgün, novembre 2019
*City of Windows*, Robert Pobi, janvier 2020
*C'est pour ton bien*, Patrick Delperdange, février 2020
*Donbass*, Benoît Vitkine, février 2020
*Joueuse*, Benoît Philippon, mars 2020
*Marseille 73*, Dominique Manotti, juin 2020
*The Cry*, Helen Fitzgerald, juin 2020
*L'Un des tiens*, Thomas Sands, octobre 2020
*Tu me manqueras demain*, Heine Bakkeid, octobre 2020
*Lëd*, Caryl Férey, janvier 2021
*Tous complices !*, Benoit Marchisio, février 2021
*Un dernier ballon pour la route*, Benjamin Dierstein, mars 2021
*Serial Bomber*, Robert Pobi, avril 2021
*L'Heure du loup*, Pierric Guittaut, avril 2021
*Rendez-vous au paradis*, Heine Bakkeid, mai 2021
*Pandémonium*, Sylvain Kermici, août 2021
*Green Man*, David Klass, septembre 2021
*Garde le silence*, Susie Steiner, octobre 2021

*Milliame Vendetta*, Bernard Muñoz, octobre 2021
*Jolies Choses*, Janelle Brown, janvier 2022
*La Cour des mirages*, Benjamin Dierstein, janvier 2022
*Les Loups*, Benoît Vitkine, février 2022
*La Fille du ninja*, Tori Eldridge, février 2022
*Le chat qui ne pouvait pas tourner*, Anne Dhoquois, mars 2022

L'exemplaire que vous tenez entre les mains
a été rendu possible grâce au travail de toute une équipe.

Édition : Aurélien Masson
Illustration : Jessy Deshais
Logo EquinoX : Killoffer
Conception graphique : Éric Pillault
Révision : François des Accords, Fabrice Émont et Isabelle Paccalet
Mise en page : Soft Office
Photogravure : Point 11
Fabrication : Louise Clément
Commercial et marketing : Pierre Bottura
Coordination : Jean-Baptiste Noailhat
Relations libraires et réseaux sociaux : Laura Darmon et Damien Nassar
Presse et communication : Hind Boutaljante avec Axelle Vergeade
Les Arènes du savoir : Pierre Bottura avec Marc Blactot, Laura Darmon,
Adèle Hybre, Guillaume Lollier et Clémentine Malgras

Rue Jacob diffusion : Élise Lacaze (direction), Katia Berry (grand Sud-Est),
François-Marie Bironneau (Nord et Est), Charlotte Jeunesse
(Paris et région parisienne), Christelle Guilleminot (grand Sud-Ouest),
Laure Sagot (grand Ouest), Diane Maretheu (coordination), Charlotte Knibiehly
(ventes directes) et Camille Saunier (librairies spécialisées)

Distribution : Interforum

Droits France et juridique : Geoffroy Fauchier-Magnan et Bertille Comar
Droits étrangers : Sophie Langlais
Accueil et librairie : Laurence Zarra et Lucie Martino
Animation : Sophie Quetteville
Envois aux journalistes et libraires : Vidal Ruiz Martinez
Comptabilité et droits d'auteur : Christelle Lemonnier,
Camille Breynaert et Christine Blaise
Services généraux : Isadora Monteiro Dos Reis

Les Arènes,
17-19, rue Visconti, 75006 Paris
Tél. : 01 42 17 47 80
arenes@arenes.fr
www.arenes.fr

L'ensemble de cet ouvrage a été réalisé
dans le respect des règles environnementales en vigueur.
Il a été imprimé par un imprimeur certifié Imprim'vert, sur du Lac 2000 PEFC
pour l'intérieur et une carte Crescendo PEFC pour la couverture.

IMPRIM'VERT®

PEFC
10-31-2541
Certifié PEFC
Ce produit est issu de forêts gérées durablement et de sources contrôlées
www.pefc-france.org

Achevé d'imprimer sur les presses de l'imprimerie Normandie Roto s.a.s.
à Lonrai (Orne) en mars 2022.

ISSN : 2609-7966
ISBN : 979-10-375-0593-4
Numéro d'impression : 2200024
Dépôt légal : avril 2022